The WHY of life

Wie ilsa die Welt rettete - oder etwa nicht?

Roman - Teil I

Kai Neumann

The WHY of life

Wie ilsa die Welt rettete - oder etwa nicht?

Kai Neumann
»The WHY of life: Wie ilsa die Welt rettete - oder etwa nicht?«

© 2024 Kai Neumann
All copyrights reserved
Content: Kai Neumann
Cover: Kai Neumann
Graphics: Kai Neumann

Verlag: BoD • Books on Demand GmbH, In de Tarpen 42, 22848 Norderstedt
Druck: Libri Plureos GmbH, Friedensallee 273, 22763 Hamburg

For more information on KNOW-WHY and the author:
www.know-why.com
info@ilsa.de

(ISBN: 978-3-7597-7863-5)

*Eine Bifurkation oder Verzweigung
ist eine qualitative Zustandsänderung
in nichtlinearen Systemen
unter Einfluss eines Parameters …*
(Wikipedia nach Henri Poincaré)

1. Nach der Bifurkation (ndb)

Aus einer wenigstens scheinbar absoluten Stille heraus, als ob ein
Verstärker die Lautstärke aufgedreht bekommt ohne Musiksignal,
aber mit einem langsam sich steigernden und dennoch leisen
Brummen, erwacht ilsa wie so oft auch diesen Morgen. Gründe
für 'den Schädel' gibt es nicht - kein Exzess am Vorabend, keine
anderen Krankheiten - einfach nur Stress denkt auch ilsa und
überlegt kurz, was sie am Vorabend zuletzt gemacht hat. Hat sie
gearbeitet, nur gelesen oder einfach nur Reportagen geschaut?

Michael - wie scheinbar immer - springt förmlich aus dem Bett:
"Hast du gestern so lange gearbeitet?"

"Auch" erwidert ilsa für Michael vielsagend und schlurft zur Toilette. Auf dieser - dem Quell der Inspiration - murmelt sie für
sich: ''Sport, Gymnastik, Yoga, Meditation .... ?'' Sie verspürt dieses
'erstmal die Pflicht - dann die Kür' und geht daraufhin nur in die
Küche, um ihren fairen Bio-Kakao zu machen und ihren Laptop
aufzuklappen.

"Ich wecke die Kinder" freut sich fast Michael, die denn auch kurz
danach in die Küche schleichen. Der Uhrzeit entsprechend wortlos machen sie sich etwas zum Frühstück und packen mit häufigem Blick auf die Uhr offenbar jetzt erst ihre Schulsachen.

ilsa überfliegt die Liste ihrer Emails - über 30 vornehmlich aus
ihrer Blase internationaler Newsletter zum Thema Nachhaltigkeit und Wirtschaft. "Was liegt heute bei euch an, Kids?" ruft sie
in die Küche mit schmerzverzerrtem Gesichtsausdruck ob der

selbstgewählten Lautstärke. Mit dann leichtem Lächeln offenbar wenig verwundert hakt ilsa nach "Julia?", das 'u' langgezogen.

"Nichts Besonderes - ich geh nach der Schule zu Claudia." pariert Julia.

Max, die Stimmung des 'Nicht genervt werden Wollens' aufgreifend: "Mathe-Klausur - kein Problem" und schon hastet er aus der Tür. Julia, als ginge es darum die Gelegenheit zu nutzen, gleich hinterher.

"Solltest du mich auch fragen - ich fahre gleich ins Büro und treffe heute die Entwickler" strahlt Michael und gibt ihr einen Kuss auf den Nasenrücken sogleich ebenfalls entschwindend. Das E-Auto-Geräusch vernehmend, ohne den Blick vom Bildschirm zu nehmen greift ilsa zum Kakao.

Eifrig beteiligt sie sich an online Diskussionen und verlinkt Veröffentlichungen und Ursache-Wirkungsmodelle von sich als jäh Smartphone, Smartwatch und natürlich auch ihr Laptop einen Anruf ertönen lassen. ilsa hält kurz mit dem Gefühl des 'Gestört Werdens' inne und nimmt dann doch den Anruf am Laptop an. Es ist Thomas, ein Forscher-Kollege: "Morgen, dachte mir, dass du schon erreichbar bist. Wollte mal unseren Workshop nächste Woche besprechen."

"Warum nicht heute" flüstert nicht wahrnehmbar ilsa, und immer noch vertieft in den Beitrag, den sie gerade schreibt, entgegnet sie: "Jupp, darum will ich mich heute auch noch kümmern."

Thomas bemerkt unschwer die Stimmung: "Noch nicht wach oder schon mittendrin?"

"In meiner Blase - es ist frustrierend. Thomas, warum forschen wir überhaupt noch? Es ist alles so klar und doch ändert sich nichts. Vermutlich sollten wir einfach sagen 'Wissenschaft belegt, dass wir nichts ändern dürfen' und schon setzt die große Transformation ein."

"Du weisst ja selbst, dass die Ego-Trolle und ihre Troll-Lemminge zwar laut sind und durch viele Medien unnötig in den Vordergrund gestellt werden, nur damit deren Berichterstattung neutral erscheint. Letztlich stellen sie aber die Minderheit dar - zurzeit wenigstens" entgegnet Thomas offenbarend, dass das doch allen Wissenschaftlern letztlich bekannt sein müsste.

"Und doch müssen wir dagegenhalten, damit die falschen Meme nicht die Mitte der Gesellschaft erobern" rechtfertig ilsa sich auch gegenüber sich selbst für ihren vergeblich wirkenden Aufwand, um dann fasst seufzend nach vernehmbarem Einatmen noch zu sagen "It's the psychology, stupid." Sie hofft natürlich, dass Thomas die Referenz kennt und sich nicht angesprochen fühlt.

Doch Thomas hakt - vermutlich eher empathisch, zumal von dem Grund seines Anrufs abweichend - nach: "Was meinst du damit?"

"Nun, keine Ahnung, ob nun wirklich Clinton zu Obama das erstmals gesagt hat, oder es eigentlich noch älter ist: es ist der Rat 'It's the economy, stupid', meinend, dass letztlich der Zustand der Wirtschaft über den politischen Erfolg entscheidet. Wenn wir aber weiter nach dem WARUM auch der Wirtschaft fragen, landen wir schnell bei den Grundbedürfnissen der Menschen, ob nun im Konsum, um wirtschaftlichen Streben oder in den Leitbildern, die jeweils von unserem Umfeld geschürt werden. Es sind also psychologische Treiber hinter der Wirtschaft und auch hinter unseren Ansichten, welche die Geschicke unserer Gesellschaft lenken."

"Das heißt?" fragt Thomas weiter nach - vermutlich, um ilsa die Gelegenheit zu geben, das einfacher zu formulieren oder da er es überhaupt nicht verstanden hat und nicht wirsch zu seinem Thema wechseln mag.

"Wir Menschen wie auch andere Lebewesen mit Denkhaube, streben durch Gefühle nach Weiterentwicklung und Integration, um uns anzupassen und um im Wettbewerb bzw. in der Evolution besser zu werden und zugehörig zu sein. Für den modernen Mensch ist damit jeder Konsum über die Grundbedürfnisse hinaus begründet. Klamotten, Autos, große Wohnungen, ferne Reisen - alles fühlt sich gut an, weil die Evolution will, dass wir uns weiterentwickeln. Das treibt die Wirtschaft, das wird durch Marketing geschürt. Die Reaktion auf uns Wissenschaftler, die wir nun die Idee haben, dass wir auch ohne dieses Mehr von allem glücklich sein können, gibt vielen Menschen sozusagen ein Feindbild. Dabei geht es nicht nur darum, dass etwas genommen wird, sondern dass es sich gut anfühlt, gegen etwas zu sein, mindestens, wenn andere der gleichen Meinung sind, und insbesondere diese Meinung schön einfach ist."

Thomas ist voll dabei: "Deshalb wird ausgerechnet die Politik, die sich auf Wissenschaft berufen kann, idealistisch genannt.''

"Genau. Die Medien für die breite Masse punkten nicht mit sachlichen Überschriften, sondern mit Überschriften, die den Menschen in seiner Rolle bestärken, sei es, dass eine Bedrohung formuliert wird, oder unbewusst das Gefühl gegeben wird, dass die Promis ja eigentlich viel schlimmer sind. Das ist dann das böse Verbot, was die Politik plant, was eigentlich gar kein Verbot ist, oder das Auto, das die berühmte Klimaaktivistin fährt, was es vermutlich gar nicht gibt."

"Hast du da mal raufgeklickt?" fragt Thomas, bestätigend, dass diese Art reißerischer Überschrift als bezahlter Werbeplatz auch in den seriösen Medien immer wieder auftaucht.

"Ne. Aber die Gefahr ist eben, dass nicht mehr nur die von unserer Hochleistung-Gesellschaft abgehängten Menschen gegen alles sind, sondern auch die Mitte nicht mehr nur wenig engagiert bleibt, sondern so etwas mitträgt - spätestens, wenn konservative Parteien um politisches Kapital ringen und diese einfachen Meme mittransportieren."

Thomas daraufhin: "Letztlich kriegen hierüber dann die extremen Parteien weiter Zulauf."

"Und genau das macht sie ebenfalls zu Ego-Trollen - rücksichtslosen Menschen, die dem Gemeinwohl schaden und sich freuen, dass Troll-Lemminge ihnen dann in den sozialen Medien nachlaufen." ilsa ist in ihrem Element.

"Und deshalb hältst du dagegen und versaust dir den Tag mit schlechter Laune." greift offenbar ein wenig lachend Thomas das auf und fügt hinzu: "Du darfst nur nicht so kompliziert argumentieren…"

ilsa unterbricht ihn: "Ja, die Meme müssen möglichst einfach und klar von uns allen getragen und dann auch gelebt werden. Aber nun zurück zu unserem Workshop. Am besten erstelle ich ein paar Folien und du ergänzt dann, oder?"

"Gute Idee. Wäre prima, wenn du das heute schaffen könntest. Morgen würde ich mir das dann anschauen. Über die richtigen Meme sollten wir uns noch mal austauschen. Und du solltest mal in einer Talkshow auftreten!"

"Passt. Und in einer Talkshow sehe ich mich jedes Mal, wenn ich frustriert bin, wenn nicht mit ganz einfachen Worten klargemacht wird, dass die Wirtschaft letztlich von Nachhaltigkeit profitiert und eben alles tatsächlich zusammenhängt. Aber vermutlich wird man dort dann kaum zu Wort kommen oder sich dann doch verhaspeln. Vor dem Fernseher ist's leicht - vor der Kamera vermutlich nicht. Ich schicke nachher was." steuert ilsa auf das Ende des Gesprächs zu, zumal sich Bella neben ihr mit vorwurfsvollem Blick rührt.

"Prima, bis später." beendet Thomas das Gespräch.

ilsa klappt den Laptop zu, dreht sich zu Bella, um ihren wuscheligen Kopf in beide Hände zu nehmen und komplett zu kraulen, so dass die Augen in Fellfalten verschwindend die Hündin wohlig

ächzt. "Frauchen hat eine existentialistische Krise." erzählt ilsa ihrer Hündin regelrecht. "Ich erforsche die Welt und keinen interessiert's. Ich bin wirkohnmächtig."

Sich und die Hündin zum Jogging fertig machend ist ilsa sichtlich
in sich gekehrt. Als sie zur Tür raus sind, reißt sie ihr Nachbar aus
der Gedankenwelt heraus: "Morgen ilsa - kaum zu glauben, aber
euer Auto wird heute offenbar bewegt."

ilsa weiss, was kommt, und erwidert schon mal: "Touché. Wie
wäre es denn, wenn wir uns ein Auto teilen würden - ihr habt ja
so viele, dass auch immer eines herumsteht?"

"Noch können wir uns das leisten - und ihr euch das sicher auch.
Und wenn wir so etwas wollten, dann sicherlich kein E-Auto mit
Kinderarbeit und Kohlestrom drin." entgegnet Nick, als wolle er
es mit ilsa aufnehmen.

Diese überlegt tatsächlich, ob sie lächelnd das unkommentiert
lassen soll, oder übt die richtigen Meme zu verbreiten. Letzteres
gewinnt: "Du weisst schon, dass das Unfug ist, oder?

"Wieso, bestreitest du etwa, dass bei den vielen E-Autos wir weiterhin Kohlekraftwerke laufen lassen müssen, und dass für Lithium-Batterien seltene Erden verbraucht werden und Kinder arbeiten müssen?" fragt Nick siegessicher.

Tatsächlich hat ilsa eine Top-Ten der Vorurteile gegen E-Autos,
die sie gern entwaffnet, aber diese beiden sind eher schwer zu
erklären: "Das mit der Kohle liegt ja nicht an den E-Autos, sondern an dem zu langsamen Ausbau. Und selbst mit Kohle ist der
Fußabdruck geringer, als bei eurem Diesel - in dem übrigens auch
eine Menge Kohlestrom steckt. Und das mit den seltenen Erden
und der Kinderarbeit ist auch zu relativieren: Lithium ist nicht selten, Kinderarbeit steckt im Kobalt, auf welches moderne Batterien verzichten können. Was steckt denn eigentlich in deinem
Handy? Und seltene Erden sind ebenfalls nicht selten, sondern
nur in kleinen Konzentrationen überall auf der Welt verteilt.

Aber ich gebe dir Recht - wie alle Autos sind E-Autos viel zu schwere Rohstoffschleudern, von denen wir dringend wegmüssen."

"Ich habe gerade gestern erst eine Reportage zum Lithium-Abbau gesehen, wie Kleinbauern ruiniert werden - am Ende ist der Diesel die effizienteste Form der Fortbewegung oder eben synthetische Kraftstoffe" ist sich Nick sicher.

"Keine Frage, beim Abbau von Rohstoffen müssen wir einen Mehrpreis zum Schutz von Menschen und Umwelt einplanen. Übrigens sind die Folgen für Mensch und Natur pro Kilometer bei Diesel und Benzin wesentlich höher als durch Lithium, welches einmal abgebaut über Jahrhunderte recycelt werden kann. Und bei synthetischen Kraftstoffen müssen wir einfach mal kapieren, dass die mehr Strom brauchen als die direkte Nutzung im E-Auto. Und bevor du jetzt sagst, dass wir zu viel davon brauchen und spätestens im Winter nicht genug Wind und Sonne haben - ja, wir müssen Wasserstoff produzieren, um bei Dunkelflaute daraus Strom zu machen und wir müssen die E-Autos und die Wärmepumpen intelligent schalten, so dass diese die Stromnetze stabilisieren. Alles längst machbar."

"Ich warte erst mal ab, was es an Technologien in der Zukunft gibt - wir sollten da alle einfach technologieoffener sein und nicht dogmatisch nur noch E-Autos zulassen" raunzt Nick.

"Na, vielleicht kommt ja noch der Fusions-Reaktor im XXL-SUV und die Welt ist gerettet - ich muss los. Bis später, Nick." und als hätte Bella verstanden, dass es endlich losgeht, laufen ilsa und sie gleichzeitig los. Nick winkt wortlos ab und ilsa murmelt noch zu Bella "Weia, Bella, entweder er hat Recht, oder es interessiert ihn nicht..." und einige Schritte weiter "...und Frauchen sollte nicht so oberlehrerhaft mit Fakten daherkommen, sondern durch Fragen führen und der anderen Seite die Integration ermöglichen."

Die beiden sind kaum 100m weit gekommen, als ein Gelände-
wagen vom Militär vorfährt und ihnen förmlich den Weg ver-
sperrt. "What the ...." wie im Selbstgespräch wäre nicht Bella dabei ist ilsa komplett überrascht.

Aus dem Wagen steigt ein junger Mann aus: "ilsa, sie werden bei
einer wichtigen Frage gebraucht und wir haben den Auftrag, sie
sofort dorthin zu bringen. Mehr können wir im Moment nicht
sagen - es ist aber wirklich wichtig." Der junge Mann wirkt ernst,
der Satz wie auswendig gelernt und ilsa ahnt förmlich, dass viel
mehr Informationen vermutlich gar nicht kommen.

Sie blickt noch mal genau auf das Fahrzeug und die Uniform und
auch die Fahrerin im Auto, um wirklich sicher zu sein, dass es
kein Scherz ist. Und einerseits komplett überrascht die Augenbrauen hebend entgegnet sie andererseits scheinbar souverän:
"Ich muss den Hund nach Hause bringen. Wie lange wird das
dauern, muss ich etwas mitnehmen?"

"Wir warten vor Ihrer Tür." entgegnet der Soldat. ilsa joggt etwas
schneller hinter dem Auto hinterher und bemerkt, wie das Adrenalin sie aufregt und gleichzeitig die Knie weich werden. Vor
der Tür dann fügt die ausgestiegene Soldatin hinzu: "Wir können
nicht sagen, wie lang es dauert. Bitte geben Sie uns Ihr Smartphone, die Watch und den Laptop. Wir packen diese in eine
Box und bringen die Geräte an einen anderen Ort, ein Seminarhotel auf dem Land. Wir haben auch Kleidung und alle Utensilien,
die Sie brauchen. Wir formulieren jetzt noch schnell eine Erklärung für Ihre Familie, dass Sie eine Kollegin auf einem Seminar
vertreten, auf dem es keinen Internet-Empfang geben wird.
Schreiben Sie das bitte so, dass sich die Familie keine Sorgen
macht. Das Seminar dauert mehrere Tage und sie werden sich
in Kürze melden."

Der Soldat fügt noch schnell hinzu: "Es werden vermutlich weltweit Wissenschaftler abgeholt und es wird darauf geachtet, dass
dieser Vorgang nicht im Internet bekannt wird."

Durch ilsa's Kopf rattern viele Szenarien, während sie schnell eine Jeans und einen Hoodie anzieht, ein paar Spritzer aus dem Bio-Deo-Zerstäuber nachlegt und ihre Jacke greift. Sie blickt zu Bella und redet mit ihr oder mit sich selbst: ''Kidnapping? Aber weswegen und warum dann doch rücksichtsvoll den Hund zurückbringend? Warum kommt keiner mit ins Haus - offenbar vertrauen sie mir, dass ich nicht durch die Hintertür fliehe. Ich bin keine Expertin für irgendwelche Sicherheitsthemen - warum also überhaupt?'' Sie blickt herab zur verwunderten Bella, die für eine solche Abkürzung der Jogging-Runde offenbar kein Verständnis hat: "Keine Ahnung, Bella, was das soll. Bei einem Film würde ich an der Stelle sagen 'Was für ein Trash'. Frauchen ist aber bald wieder da." Sie bemerkt, wie sich ein Kloß in ihrem Hals bildet. "Hoffentlich."

ilsa steigt ins Auto, welches sofort losfährt. Sie schaut noch mal um sich, ob es sich wirklich um ein Militärfahrzeug und nicht irgendein Altfahrzeug vom Gebrauchtwagenmarkt handelt. Auch die Waffen und die Details an der Kleidung sehen echt aus. Sie blickt die Fahrerin im Rückspiegel an und obgleich sie sich vorgenommen hatte, keine vergeblichen Fragen zu stellen, formuliert sie dann doch: "Natürlich frage ich mich: warum ich? Ist es eine Verwechslung? Um was geht es? Muss ich mir Sorgen um meine Familie machen. Wäre ich bei einem Krieg oder einer Seuche irgendeine Hilfe oder würde ich nicht genau dann entscheiden, dass ich lieber bei meiner Familie bin? Was würden Sie denken, wenn man Sie so einfach von zu Hause abholt ohne weitere Informationen? Sie sagen mehrere Wissenschaftler - wie gehen Sie mit denen um, die panisch reagieren und sich weigern?"

Die Fahrerin blickt in den Rückspiegel, so dass sich ihre Blicke treffen. Der Soldat auf dem Beifahrersitz blickt zur Fahrerin und sagt dann ohne nach hinten zu schauen: "Wir haben den Auftrag, Sie ohne digitale Spur in die Kaserne zu bringen. Vor dort geht es dann weiter. Mehr wissen wir auch nicht. Wenn wir Sie überzeugen müssten, dürfen wir noch sagen, dass es sich um einen

Computer-Virus handelt, der Wissenschaftler attackiert. Wenn Sie sich dann weiter weigern, fahren wir ohne Sie und verpflichten Sie zur Geheimhaltung. Aber wir glauben, dass worum auch immer es geht, Sie helfen wollen."

ilsa bemerkt, dass der Weg offenbar wirklich zu einer Kaserne führt und damit schwindet zumindest der Gedanke an eine gut gemachte Entführung. Auf dem Gelände herrscht keinerlei Hektik, alles sieht nach Alltag aus, zwei Soldaten schlendern lachend auf dem Gehweg. Bei Krieg oder Alarmbereitschaft sähe das sicherlich anders aus, denkt sich vermutlich auch ilsa, und die innere Furcht, die sie sich nicht eingestehen wollte, weicht einer weiter steigenden Neugierde und Ungeduld, was denn wohl als nächstes kommen wird.

"Hallo ilsa" begrüßt sie ein etwas älterer, offenbar Offizier. "Wir fliegen Sie gleich zu einer Sammelstation, von wo Sie mit weiteren Experten zum Ort des Workshops geflogen werden. Damit das alles möglichst unauffällig passiert, möchte ich Sie bitten, sich einen Militäroverall anzuziehen."

'Expertin' und 'Workshop' sind offenbar Worte, welche die beiden Soldaten, die sie zum Mitkommen überredeten, nicht verwendet haben. Eh ilsa etwas entgegnen kann ist Sie sogleich schon überrascht, dass eine offenbar ebenfalls höherrangige Soldatin sie mittels Schulterberührung in Richtung eines Gebäudes führt: "Kommen Sie, wir haben nagelneue, fesche Overalls zur Auswahl." Das klingt für ilsa wie Routine und die Schulterberührung quasi als Technik des Neurolinguistischen Programmierens ganz und gar nicht militärisch, so dass sich für sie gerade alles zu einem noch größeren Rätsel entwickelt, was auch in ihrer Körpersprache durch leicht gedrehten Kopf und angehobenen Augenbrauen sichtbar wird. Als hätte die Soldatin dies wahrgenommen aber sicherlich auch einfach nur naheliegend fährt sie fort: "Sie werden gleich mit einem Hubschrauber geflogen - darin ist es ziemlich laut. Danach aber treffen Sie auf weitere Experten und fliegen in einem Flugzeug und erhalten dann sicherlich weitere Informationen. Mehr weiss ich leider selbst nicht und wäre natürlich gern dabei, um mehr zu erfahren."

ilsa ist immer noch geduldig, was das große Geheimnis angeht, aber sich einfach nur passiv umherführen lassen will sie sich nicht und fragt daher: "Erlernen Sie NLP-Techniken beim Militär?"

Fast beschämt gibt sich die Offizierin: "Oh, stimmt, ich hatte Sie gerade berührt. Wir lernen so etwas tatsächlich für besondere Situationen - aber im Alltag und in dem Fall eben ist so etwas beim Militär nicht angebracht. Ich habe das vermutlich ganz unbewusst gemacht - es tut mir leid."

"Oh nein, das muss Ihnen nicht leidtun. Ich wunderte mich nur. Entweder es wirkt unbewusst, oder es trifft auf einen Schutzwall. Oder jemand erkennt es und dann hängt es von der Situation ab, ob es einem übel genommen wird, oder nicht. Ich fand es völlig o.k.. Ich hatte auch den Eindruck, dass es kein Manipulationsversuch, sondern ganz natürlich ist. Außerhalb des Militärs wäre es mir vermutlich gar nicht aufgefallen. Also alles gut."

Mittlerweile hat sich ilsa den Overall übergezogen und die Jacke in einen Rucksack, der ihr ebenfalls gegeben wurde, gesteckt. Beide gehen daraufhin zügigen Schrittes hinaus zu einem recht großen Hubschrauber, der auch schon hochfährt. "Ich bin noch nie in einem solchen Ding geflogen" ruft ilsa und bedankt sich dann noch bei der Offizierin, die ihr viel Erfolg wünscht.

ilsa ist tatsächlich die einzige Passagierin und der Flug dauert auch nur 45 Minuten, eh sie zu einem Militärflugplatz kommen. Dort steht ein größeres Transportflugzeug, was offensichtlich beladen wird und in das auch einige Menschen mit ebenfalls 'feschen' Overalls gehen. Ein weiterer Hubschrauber landet parallel und wie auch die Passagiere von dort wird ilsa unter dem Lärm der Hubschrauber mit eifrigen Bewegungen hinüber zum Flugzeug gewunken. "Alle an Bord bitte, wir wollen starten" ruft ein Soldat.

Tatsächlich bemerkt ilsa zwei bekannte Gesichter - einen sehr prominenten Professor aus der Sprachforschung, der aber auch zu gesellschaftlichen Themen sich viel äußert. Und eine Professorin, die sie persönlich kennt und sogleich begrüßt: "Hallo Carol - ein bekanntes Gesicht. Du weisst vermutlich auch nicht, um was es hier geht, oder?"

"ilsa - toll dich zu sehen. Wir sind hier offenbar ein bunter Haufen und damit macht es schon mal Sinn, eine Systemforscherin wie dich, hier zu haben. Was ich als Psychologin hier soll, ist mir ein Rätsel. Und niemand sagt etwas. Wenn das Militär nicht echt wäre, würde ich ja sagen, dass es gar keinen Fall gibt und wir nur an einem Experiment von irgendwelchen Psychologen teilnehmen - wir Psychologen lassen sich ja die seltsamsten Dinge einfallen" sagt Carol mit einem lauten Lachen.

Beide gehen an Bord wo sie quer zur Flugrichtung an der Wand Plätze zugewiesen bekommen und ihnen beim Anschnallen geholfen wird. Zudem erhalten Sie ein Headset. Eh sie dieses aufsetzen fragt ilsa noch: "Woher weisst du, dass wir ein bunter Haufen sind. Kennst du viele von uns."

"Tatsächlich nur ein paar - aber die haben die anderen gefragt und es sind wohl Physiker, Informatiker, Biologen, Soldaten, und vermutlich noch ganz andere dabei." Und nach einem schnellen Atemzug, um wieder gegen die laute Umgebung anzukommen fügt Carol noch hinzu: "Fast wie eine Arche Noah für Experten vom Planeten Erde."

ilsa kämpft ebenfalls gegen die Geräuschkulisse gegen an: "Das klingt dann nicht mehr nach Computer-Virus, sondern eher nach Aliens. Aber für Aliens würde ich annehmen, haben die Vollzeit-Experten und brauchen nicht so viele neue Leute." Beide setzen nun ihre Headsets auf. ilsa sieht, wie die anderen im Flugzeug unterschiedlich verunsichert wirken und einander flüchtig anschauen.

"Hallo und willkommen" ertönt es noch während des Starts auf Englisch über die Kopfhörer. "Ich bin Major Marks und werde Sie auf Ihre Aufgabe vorbereiten - wobei ich selbst auch nicht weiss, worum es letztlich gilt. Sie werden bemerkt haben, dass die Sache offenbar hochgeheim ist und nicht über Telefon oder Internet kommuniziert werden darf. Daher wissen weder ich noch irgendwer sonst, dem oder der Sie bisher begegnet sind, um was es geht. Wir haben nur die Aufgabe vorgegebene Experten zusammenzusammeln und sicher und geheim an verschiedene Orte zu bringen." Ilsa senkt die Augenbrauen, weil das große Rätsel für sie jetzt eine Windung mehr bekommt. Der Major steht nach dem Start von seinem Sitz auf und spricht im Stehen sich mit einer Hand an einem Griff festhaltend mit ernster Miene zu allen. "Damit sind wir schon mitten im Thema. Sie werden auf eine Militärbasis geflogen, auf der auch andere Experten aus anderen Teilen der Welt ankommen werden. Das Ganze passiert, soweit ich weiss, auch auf anderen Kontinenten. Ziel ist es interdisziplinäre Expertenteams parallel zu der Aufgabe Lösungen entwickeln zu lassen. Ich gehe davon aus, dass es keine Übung ist."

Ein etwas älterer von den Körperformen her zu urteilen eher Wissenschaftler, denn Soldat fummelt ungehalten an seinem Headset herum, welches er sich vom Kopf gerissen hat. Der Major erklärt, dass zum Sprechen eine Taste am Ohr gedrückt gehalten werden muss, und dass dann alle das hören können. Der Nachbar des aufgeregten Wissenschaftlers hört diese Anweisung und erklärt sie dem Kollegen. Dieser setzt das sogleich um und wettert förmlich in das Mikrophon: "Was ist das nur für ein Unfug. Können mich alle hören?" Er schaut fragend aber eigentlich ungeduldig in die Runde und kriegt ein Nicken und einen Daumen nach oben als Antwort. "Wenn das so wichtig ist, dass wir alle aus unserem Alltag geradezu entführt werden und teuer und schnell mit Flugzeugen transportiert werden, warum diese Zeit-verschwendung und keiner sagt, um was es geht. Was immer es ist, wir könnten längst unsere Köpfe hierzu zusammenstecken!"

ilsa's erste Reaktion ist eine Mundbewegung, die ausdrückt, dass da etwas dran ist. Doch dann redet sie zu sich selbst: "Die Ge-heimhaltung ist doch eine gute Erklärung und wer immer sich so etwas Großes ausgedacht hat, wird wohl kaum solche Unge-reimtheiten einbauen."

Tatsächlich warten offenbar auch die übrigen Kollegen ab und positionieren sich weder hinter dem noch gegen den Vorwurf, um dann vom Major Marks zu hören: "Solche Fragen hat sich der gesamte Befehlsstab gestellt und die Antwort liegt schlicht in der Geheimhaltung. Wenn Sie jetzt schon darüber reden und ein Mitglied der Besatzung hier oder von der Militärbasis, von der Sie jeweils kommen, bekommt davon etwas mit und erzählt es weiter, dann gibt es offenbar eine Gefahr, ob für Sie oder uns alle. Ich hoffe ich erfahre selbst irgendwann, um was es über-haupt geht."

In diesem Moment kommt Carol ein Gedanke. Sie nimmt ihr Headset ab und fordert ilsa auf, das ebenfalls zu tun, um ihr zu-zurufen: "Was, wenn es ein Experiment ist, unsere Reaktionen zu erforschen, zu schauen wie wir unter Stress reagieren, wie viel wir uns gefallen lassen, ob wir passiv bleiben oder uns selbst or-ganisieren?"

ilsa nickt, um dann aber doch überlegt zu entgegnen: "Zu teuer. Der Aufwand, die Nutzung von Militär, die möglichen Zivilklagen auf Schadensersatz - ich glaube nicht, dass es eine Übung ist."

"Schade" verlautet Carol fast schmollend und ihr Headset wieder aufsetzend.

Auch andere haben kurz ihr Headset abgenommen, um mit den Nachbarn zu sprechen. Der Major fügt schnell hinzu: "Werden bereits in 30 Minuten am Ziel ankommen. Ich denke auf Sie kommen kurze Nächte zu weshalb Sie vielleicht ruhen sollten. Wenn Sie daran jetzt ganz und gar nicht denken können, nehmen Sie mir das bitte nicht übel - mehr kann ich gerade auch nicht bieten."

Viele schauen daraufhin tatsächlich einfach nur nachdenklich in den Raum, während einige noch zu zweit etwas austauschen, wovon ilsa allerdings nichts hören kann. Relativ schnell setzt dann das Flugzeug zur Landung an und alle wirken, als könnten sie es nicht erwarten, aus dem Flugzeug herauszukommen, um mehr zu erfahren.

Auch hier sind offenbar auch andere gerade hingeflogen worden und ca. 100 Personen strömen von Soldaten geleitet in ein Gebäude neben dem Rollfeld. Ein Kollege ruft in die Runde: "Gab es da nicht mal einen Film, in dem ein Professor seine Studierenden aufgefordert hat, auf den Tisch zu steigen, um dann zu sagen, dass alle nicht geeignet sein, Manager zu werden, da niemand vorher nach dem Warum gefragt hat?" Der Kollege hat natürlich keine Antwort erwartet, außer dem erfolgten Lächeln vieler, die ihn gehört haben.

Sie kommen alle in eine Halle mit vielen Stühlen in Reihen aufgestellt und vielleicht 20 Soldaten, die keinesfalls bedrohlich wirken, sondern offenbar selbst auf Informationen warten. Die meisten sprechen tatsächlich eher laut zu sich selbst, denn mit ihren Nachbarn, während sie sich setzen. Die Spannung steigt und die bisher so besonnenen Experten können es nun wirklich nicht mehr erwarten. Eine scheinbar sehr hochrangige Frau ohne Uniform umgeben von weiteren sieben Personen steht auf der Stirnseite der Halle und bittet über das Mikrofon alle sich zu setzen. Die zwei bis eben noch offenen Eingänge zu der Halle werden von innen verschlossen und es geht offenbar endlich los. "Werte Damen und Herren - vielen Dank, dass Sie bereit sind, uns zu helfen. Sie werden gleich in Teams eingeteilt, um einer großen Herausforderung für die Menschheit zu begegnen.''

Während alle gebannt nur nach vorn schauen entfährt es ilsa für ihr Umfeld vernehmbar: "Was kann größer sein als die Nachhaltigkeitskrise, für die wir offenbar keine so große Aktion hinbekommen?" Keiner aus ihrem Umfeld reagiert und alle schauen weiter gebannt nach vorn.

Die Frau fährt fort: "Um es Ihnen jetzt endlich zu sagen: es geht um das, was wir vermutlich Aliens nennen. Wir zeigen Ihnen gleich Bilder von einer Überwachungskamera, auf der Sie vermeintlich einen Menschen sehen, der dann wenige Momente später hinter einer Hausecke verschwindet, um dort Zeugenberichten zufolge zu schmelzen." In dem Moment wird ein Brei von einsilbigen Lauten und Atemformen der Experten im Raum laut, ohne dass wer etwas Konkretes sagt. "Bei der Analyse des Materials mussten wir feststellen, dass es sich um Elemente handelt, die wir auf der Erde nicht kennen. Experten analysieren diese weiterhin und gehen davon aus, dass diese außerirdisch sein müssen. Das Material ist offenbar eine Kombination aus organischen und mineralischen bzw. irgendwie geartet metallischen Verbindungen. Wer die vermeintliche Person ist, haben wir auch noch nicht herausgefunden - bei dem Versuch danach zu suchen bemerkten wir aber Angriffe auf unsere IT-Strukturen wie sie eigentlich nicht möglich sein sollten."

"Vibranium aus Wakanda" murmelt jemand ein paar Stühle rechts von ilsa, und während sie keine Ahnung hat, wovon er spricht, ist sie doch froh, dass auch wer anderes ungeduldig laut denkt.

"Bevor Sie nun erwägen, dass einer der Milliardäre, die sowohl im Bereich Robotik als auch in der Raumfahrt aktiv sind, seine Finger im Spiel hat - das haben wir geprüft und können wir ausschließen. Ebenso, dass irgendeine bedrohliche Nation oder Gruppierung hier einen Durchbruch erlangt hat. Und da einige von Ihnen sich fragen werden, wie wir auf Sie gekommen sind: Der Vorfall ist 10 Tage her, in denen wir Sicherheitsexperten mit den Experten für extraterrestrische Phänomene vor allem aus den USA nach Chemikern, Computerspezialisten, Katastrophen-forschern, etc., und sogar nach Philosophen und Medizinern ge-sucht haben, die in ihren Arbeiten irgendwie über den Tellerrand hinausschauen. Wir haben es hoffentlich geschafft, Sie alle analog zu kontaktieren und selbst die Computerspezialisten, die hier sind, lassen die Finger von der Technik, während IT-Teams an-derswo natürlich weiter nach digitalen Spuren suchen."

Bei diesem letzten Satz ist ob der saloppen Formulierung ein Lä-cheln bei mehreren der Führungsriege zu erkennen. ilsa ist sehr beeindruckt und Sie spricht leise zu Carol: "Faszinierend wie klug das Ganze hier ist und fern von den Trash-Filmen, die meine Kinder so schauen und in epischen Details am Frühstückstisch erzählen."

"Mir kommt das immer noch, wie ein surrealer Traum vor zu dem ich dann noch lange überlege, woher er kommt in wie er so real wirken kann.'' antwortet Carol.

Auch andere Experten murmeln dezent mit ihren Nachbarn, während es vorne weitergeht: "Wir sind zugegeben froh, dass so viele von Ihnen hier mitziehen und besonnen bleiben. Wir haben Teams zu acht oder neun Personen gebildet und teilen Sie gleich ein. Sie bilden Themeninseln. Nach jeweils 2 Stunden machen wir lange Pausen, in denen Sie sich auch mit den anderen aus-tauschen können. Die Themeninseln sollten Sie vielleicht erst morgen wechseln. Wir hoffen aber nicht länger als 24 Stunden zu brauchen und freuen uns auch, wenn wir vorher schon eine Erklärung und einen Plan haben. Für jedes Team haben wir eine Moderation vorgesehen. Bevor es losgeht, nehmen wir uns jetzt noch ein paar Minuten Zeit für etwaige Fragen. Schießen Sie los."

Verblüffenderweise gibt es erst einmal nur eine Wortmeldung - ein extrem sportlich aussehender junger Mann: "Die Frage für mich ist natürlich, was Sie nicht gesagt haben. Möglicherweise zerbrechen wir uns den Kopf und erst danach erfahren wir schrittweise wichtige weitere Informationen."

Ein bisher nicht in Erscheinung getretener Mann aus der Führungsgruppe tritt einen Schritt hervor: "Es ist alles gesagt. Tatsächlich würde ich das auch sagen, wenn es nicht so wäre. Sie sind nun in einem Dilemma, ob das unsere Glaubwürdigkeit erhöht oder genau deshalb ein Trick ist. Aber warum sollten wir etwas vorenthalten, wenn die Lösung offenbar so wichtig ist?"

Der junge Mann lässt nicht locker: "Zumindest in Filmen ist das Klischee, dass die Büchse der Pandora von Ihnen geöffnet wurde, und weil die Welt das nicht wissen darf, enthalten Sie uns Informationen vor und hoffen, dass wir Ihren Fehler dennoch aus dem Weg räumen. Das ist keine Unterstellung, nur können wir uns das möglicherweise nicht leisten, auf Informationen zu verzichten."

"Ok, guter Punkt. Wenn von uns irgendwer Informationen vorenthalten haben sollte, stellen Sie uns gern an den öffentlichen Pranger. Aber Sie haben Recht. Wenigstens eine Gruppe sollte vielleicht wirklich diesen Winkel betrachten - dass möglicherweise eine der Agencies hier etwas in die Welt gesetzt hat und die Kontrolle verloren hat." retourniert der Mann aus dem Führungsteam, keinesfalls ungehalten.

Nach dieser Sequenz will offenbar niemand mehr eine Frage stellen und lieber quasi unter sich sein und mit der Arbeit beginnen. Eine Frau aus der Führungsriege: "Dann geht es jetzt los. Dieser Bereich des Stützpunkts ist von der Außenwelt abgeriegelt. Wir haben genug Vorräte, Unterkünfte, Kleidung und Hygieneartikel für alle. Die Soldaten im Raum haben die Aufgabe Ihnen alles zu zeigen und den Stützpunkt betriebsbereit zu halten. Das sind die Gruppen: Gruppe 1: ...."

ilsa spricht noch mal zu Carol, eh durch die Einteilung beide in unterschiedlichen Gruppen landen: "Die Einführung war wirklich gut - hat viele Fragen vorweg beantwortet, enthielt empathische Elemente.... einfach gut. Wir sprechen uns später?" Carol nickt und beide gehen zu ihren Gruppen.

ilsa ist Gruppe 7. Eine Soldatin ernennt Sie zur Moderatorin - im Grunde hatte ilsa damit gerechnet: "Dann wollen wir mal. Ich bin ilsa, meine Spezialität ist die systemische Betrachtung von Zusammenhängen. Ich bin also weder Expertin für Außerirdische noch für IT noch für Chemie. Ich schlage vor ich trage die Verantwortung für diese Gruppe, aber Sie alle dürfen und sollen jederzeit Ihre Bedenken und Vorschläge äußern. Wir sollten mit einer Vorstellungsrunde starten. Zudem schlage ich vor, dass wir uns bei Vornamen ansprechen. Nach der Vorstellungsrunde sollte jeder von uns mal mögliche Erklärungen in den Raum werfen - dabei wird alles erlaubt sein und der Fantasie sind keine Grenzen gesetzt. Im Anschluss werden wir dann ein Ziel formulieren und im Ursache-Wirkungsmodell systematisch schauen, was die Risiken und die Hebel sind. Wir nutzen die Flip-Charts - ich habe wirklich lange nicht mehr auf Papier gearbeitet." ilsa sind als System-Modelliererin Workshops mit vager Zielformulierung sehr vertraut.

Eine gehörige Portion Adrenalin ob der surrealen Situation wie Carol sie beschrieb hilft zudem zu einem souveränen Auftreten: "Zu mir nur noch, dass ich viele Nachhaltigkeitsthemen aber auch Themen wir Digitalisierung und Künstliche Intelligenz sowie Demographie und Politik bearbeitet habe." Mit fragendem Blick in die Runde: "Sind alle einverstanden?" Die meisten nicken zustimmend und ilsa ist innerlich erleichtert, dass offenbar niemand irgendwie geartet ein Ego in den Vordergrund stellen will, sondern der Sache zugewendet scheint.

"Magst du dich als nächstes vorstellen…." fragt ilsa offenbar reihum den etwas älteren Mann links von sich. Die Runde stellt sich vor - vom Psychologen über den ITler bis zum Astronomen. Das Brainstorming zu den möglichen Erklärungen eines offenbar menschengleichen Aliens, der einfach zusammenschmelzen kann, liefert abenteuerliche Ergebnisse…

2. Vor der Bifurkation (vdb)

Aus einer wenigstens scheinbar absoluten Stille heraus, als ob ein Verstärker die Lautstärke aufgedreht bekommt ohne Musiksignal, aber mit einem langsam sich steigernden und dennoch leisen Brummen, erwacht ilsa wie so oft auch diesen Morgen. Gründe für 'den Schädel' gibt es nicht - kein Exzess am Vorabend, keine anderen Krankheiten - einfach nur Stress denkt auch ilsa und überlegt kurz, was sie am Vorabend zuletzt gemacht hat. Hat sie gearbeitet, nur gelesen oder einfach nur Reportagen geschaut?

Michael - wie scheinbar immer - springt förmlich aus dem Bett: "Hast du gestern so lange gearbeitet?"

"Auch" erwidert ilsa für Michael vielsagend und schlurft zur Toilette. Auf dieser - dem Quell der Inspiration - murmelt sie für sich: "Sport, Gymnastik, Yoga, Meditation … ?" Sie verspürt dieses 'erstmal die Pflicht - dann die Kür' und geht daraufhin nur in die Küche, um ihren fairen Bio-Kakao zu machen und ihren Laptop aufzuklappen.

"Ich wecke die Kinder" freut sich fast Michael, die denn auch kurz danach in die Küche schleichen. Der Uhrzeit entsprechend wortlos machen sie sich etwas zum Frühstück und packen mit häufigem Blick auf die Uhr offenbar jetzt erst ihre Schulsachen.

ilsa überfliegt die Liste ihrer Emails - über 30 vornehmlich aus ihrer Blase internationaler Newsletter zum Thema Nachhaltigkeit und Wirtschaft. "Was liegt heute bei euch an, Kids?" ruft sie in die Küche mit schmerzverzerrtem Gesichtsausdruck ob der selbstgewählten Lautstärke. Mit dann leichtem Lächeln offenbar wenig verwundert hakt ilsa nach "Julia?", das 'u' langgezogen.

"Nichts Besonderes - ich geh nach der Schule zu Claudia." pariert Julia.

Max, die Stimmung des 'Nicht genervt werden Wollens' aufgreifend: "Mathe-Klausur - kein Problem" und schon hastet er aus der Tür. Julia, als ginge es darum die Gelegenheit zu nutzen, gleich hinterher.

"Solltest du mich auch fragen - ich fahre gleich ins Büro und treffe heute die Entwickler" strahlt Michael und gibt ihr einen Kuss auf den Nasenrücken sogleich ebenfalls entschwindend. Das E-Auto-Geräusch vernehmend, ohne den Blick vom Bildschirm zu nehmen greift ilsa zum Kakao.

Eifrig beteiligt sie sich an online Diskussionen und verlinkt Veröffentlichungen und Ursache-Wirkungsmodelle von sich als jäh Smartphone, Smartwatch und natürlich auch ihr Laptop einen Anruf ertönen lassen. ilsa hält kurz mit dem Gefühl des 'Gestört Werdens' inne und nimmt dann doch den Anruf am Laptop an. Es ist Thomas, ein Forscher-Kollege: "Morgen, dachte mir, dass du schon erreichbar bist. Wollte mal unseren Workshop nächste Woche besprechen.''

''Warum nicht heute'' flüstert nicht wahrnehmbar ilsa, und immer noch vertieft in den Beitrag, den sie gerade schreibt, entgegnet sie: "Jupp, darum will ich mich heute auch noch kümmern.''

Thomas bemerkt unschwer die Stimmung: "Noch nicht wach oder schon mittendrin?"

"In meiner Blase - es ist frustrierend. Thomas, warum forschen wir überhaupt noch? Es ist alles so klar und doch ändert sich nichts. Vermutlich sollten wir einfach sagen 'Wissenschaft belegt, dass wir nichts ändern dürfen' und schon setzt die große Transformation ein.''

"Du weisst ja selbst, dass die Ego-Trolle und ihre Troll-Lemminge zwar laut sind und durch viele Medien unnötig in den Vordergrund gestellt werden, nur damit deren Berichterstattung neutral erscheint. Letztlich stellen sie aber die Minderheit dar - zurzeit wenigstens'' entgegnet Thomas offenbarend, dass das doch allen Wissenschaftlern letztlich bekannt sein müsste.

"Und doch müssen wir dagegenhalten, damit die falschen Meme nicht die Mitte der Gesellschaft erobern" rechtfertig ilsa sich auch gegenüber sich selbst für ihren vergeblich wirkenden Aufwand, um dann fasst seufzend nach vernehmbarem Einatmen noch zu sagen "It's the psychology, stupid." Sie hofft natürlich, dass Thomas die Referenz kennt und sich nicht angesprochen fühlt.

Doch Thomas hakt - vermutlich eher empathisch, zumal von dem Grund seines Anrufs abweichend - nach: "Was meinst du damit?"

"Nun, keine Ahnung, ob nun wirklich Clinton zu Obama das erstmals gesagt hat, oder es eigentlich noch älter ist: es ist der Rat 'It's the economy, stupid', meinend, dass letztlich der Zustand der Wirtschaft über den politischen Erfolg entscheidet. Wenn wir aber weiter nach dem WARUM auch der Wirtschaft fragen, landen wir schnell bei den Grundbedürfnissen der Menschen, ob nun im Konsum, um wirtschaftlichen Streben oder in den Leitbildern, die jeweils von unserem Umfeld geschürt werden. Es sind also psychologische Treiber hinter der Wirtschaft und auch hinter unseren Ansichten, welche die Geschicke unserer Gesellschaft lenken".

"Das heißt?" fragt Thomas weiter nach - vermutlich, um ilsa die Gelegenheit zu geben, das einfacher zu formulieren oder da er es überhaupt nicht verstanden hat und nicht wirsch zu seinem Thema wechseln mag.

"Wir Menschen wie auch andere Lebewesen mit Denkhaube, streben durch Gefühle nach Weiterentwicklung und Integration, um uns anzupassen und um im Wettbewerb bzw. in der Evolution besser zu werden und zugehörig zu sein. Für den modernen Mensch ist damit jeder Konsum über die Grundbedürfnisse hinaus begründet. Klamotten, Autos, große Wohnungen, ferne Reisen - alles fühlt sich gut an, weil die Evolution will, dass wir uns weiterentwickeln. Das treibt die Wirtschaft, das wird durch Marketing geschürt. Die Reaktion auf uns Wissenschaftler, die wir nun die Idee haben, dass wir auch ohne dieses Mehr von allem glücklich sein können, gibt vielen Menschen sozusagen ein Feindbild. Dabei geht es nicht nur darum, dass etwas genommen wird, sondern dass es sich gut anfühlt, gegen etwas zu sein, mindestens, wenn andere der gleichen Meinung sind, und insbesondere diese Meinung schön einfach ist."

Thomas ist voll dabei: "Deshalb wird ausgerechnet die Politik, die sich auf Wissenschaft berufen kann, idealistisch genannt."

"Genau. Die Medien für die breite Masse punkten nicht mit sachlichen Überschriften, sondern mit Überschriften, die den Menschen in seiner Rolle bestärken, sei es, dass eine Bedrohung formuliert wird, oder unbewusst das Gefühl gegeben wird, dass die Promis ja eigentlich viel schlimmer sind. Das ist dann das böse Verbot, was die Politik plant, was eigentlich gar kein Verbot ist, oder das Auto, das die berühmte Klimaaktivistin fährt, was es vermutlich gar nicht gibt."

"Hast du da mal raufgeklickt?" fragt Thomas, bestätigend, dass diese Art reißerischer Überschrift als bezahlter Werbeplatz auch in den seriösen Medien immer wieder auftaucht.

"Ne. Aber die Gefahr ist eben, dass nicht mehr nur die von unserer Hochleistung-Gesellschaft abgehängten Menschen gegen alles sind, sondern auch die Mitte nicht mehr nur wenig engagiert bleibt, sondern so etwas mitträgt - spätestens, wenn konservative Parteien um politisches Kapital ringen und diese einfachen Meme mittransportieren."

Thomas daraufhin: "Letztlich kriegen hierüber dann die extremen Parteien weiter Zulauf."

"Und genau das macht sie ebenfalls zu Ego-Trollen - letztlich rücksichtslosen Menschen, die dem Gemeinwohl schaden und sich freuen, dass Troll-Lemminge ihnen dann in den sozialen Medien nachlaufen." ilsa ist in ihrem Element.

"Und deshalb hältst du dagegen und versaust dir den Tag mit schlechter Laune." greift offenbar ein wenig lachend Thomas das auf und fügt hinzu: "Du darfst nur nicht so kompliziert argumentieren…"

ilsa unterbricht ihn: "Ja, die Meme müssen möglichst einfach und klar von uns allen getragen und dann auch gelebt werden. Aber nun zurück zu unserem Workshop. Am besten erstelle ich ein paar Folien und du ergänzt dann, oder?"

"Gute Idee. Wäre prima, wenn du das heute schaffen könntest. Morgen würde ich mir das dann anschauen. Über die richtigen Meme sollten wir uns noch mal austauschen. Und du solltest mal in einer Talkshow auftreten!"

"Passt. Und in einer Talkshow sehe ich mich jedes Mal, wenn ich frustriert bin, wenn nicht mit ganz einfachen Worten klargemacht wird, dass die Wirtschaft letztlich von Nachhaltigkeit profitiert und eben alles tatsächlich zusammenhängt. Aber vermutlich wird man dort dann kaum zu Wort kommen oder sich dann doch verhaspeln. Vor dem Fernseher ist's leicht - vor der Kamera vermutlich nicht. Ich schicke nachher was." steuert ilsa auf das Ende des Gesprächs zu, zumal sich Bella neben ihr mit vorwurfsvollem Blick rührt.

"Prima, bis später." beendet Thomas das Gespräch.

ilsa klappt den Laptop zu, dreht sich zu Bella, um ihren wuscheligen Kopf in beide Hände zu nehmen und komplett zu kraulen, so dass die Augen in Fellfalten verschwindend die Hündin wohlig ächzt. "Frauchen hat eine existentialistische Krise." erzählt ilsa ihrer Hündin regelrecht. "Ich erforsche die Welt und keinen interessiert's. Ich bin wirkohnmächtig."

Sich und die Hündin zum Jogging fertig machend ist ilsa sichtlich in sich gekehrt. Als sie zur Tür raus sind, reißt sie ihr Nachbar aus der Gedankenwelt heraus: "Morgen ilsa - kaum zu glauben, aber euer Auto wird heute offenbar bewegt."

ilsa weiss, was kommt, und erwidert schon mal: "Touché. Wie wäre es denn, wenn wir uns ein Auto teilen würden - ihr habt ja so viele, dass auch immer eines herumsteht?"

"Noch können wir uns das leisten - und ihr euch das sicher auch. Und wenn wir so etwas wollten, dann sicherlich kein E-Auto mit Kinderarbeit und Kohlestrom drin." entgegnet Nick, als wolle er es mit ilsa aufnehmen.

Diese überlegt tatsächlich, ob sie lächelnd das unkommentiert lassen soll, oder übt die richtigen Meme zu verbreiten. Letzteres gewinnt: "Du weisst schon, dass das Unfug ist, oder?

"Wieso, bestreitest du etwa, dass bei den vielen E-Autos wir weiterhin Kohlekraftwerke laufen lassen müssen, und dass für Lithium-Batterien seltene Erden verbraucht werden und Kinder arbeiten müssen?" fragt Nick siegessicher.

Tatsächlich hat ilsa eine Top-Ten der Vorurteile gegen E-Autos, die sie gern entwaffnet, aber diese beiden sind eher schwer zu erklären: "Das mit der Kohle liegt ja nicht an den E-Autos, sondern an dem zu langsamen Ausbau. Und selbst mit Kohle ist der Fußabdruck geringer, als bei eurem Diesel - in dem übrigens auch eine Menge Kohlestrom steckt. Und das mit den seltenen Erden und der Kinderarbeit ist auch zu relativieren: Lithium ist nicht selten, Kinderarbeit steckt im Kobalt, auf welches moderne Batterien verzichten können. Was steckt denn eigentlich in deinem Handy? Und seltene Erden sind ebenfalls nicht selten, sondern nur in kleinen Konzentrationen überall auf der Welt verteilt. Aber ich gebe dir Recht - wie alle Autos sind E-Autos viel zu schwere Rohstoffschleudern, von denen wir dringend wegmüssen."

"Ich habe gerade gestern erst eine Reportage zum Lithium-Abbau gesehen, wie Kleinbauern ruiniert werden - am Ende ist der Diesel die effizienteste Form der Fortbewegung oder eben synthetische Kraftstoffe" ist sich Nick sicher.

"Keine Frage, beim Abbau von Rohstoffen müssen wir einen Mehrpreis zum Schutz von Menschen und Umwelt einplanen. Übrigens sind die Folgen für Mensch und Natur pro Kilometer bei Diesel und Benzin wesentlich höher als durch Lithium, welches einmal abgebaut über Jahrhunderte recycelt werden kann. Und bei synthetischen Kraftstoffen müssen wir einfach mal kapieren, dass die mehr Strom brauchen als die direkte Nutzung im E-Auto. Und bevor du jetzt sagst, dass wir zu viel davon brauchen und spätestens im Winter nicht genug Wind und Sonne haben - ja, wir müssen Wasserstoff produzieren, um bei Dunkelflaute daraus Strom zu machen und wir müssen die E-Autos und die Wärmepumpen intelligent schalten, so dass diese die Stromnetze stabilisieren. Alles längst machbar."

"Ich warte erst mal ab, was es an Technologien in der Zukunft gibt - wir sollten da alle einfach technologieoffener sein und nicht dogmatisch nur noch E-Autos zulassen" raunzt Nick.

"Na, vielleicht kommt ja noch der Fusions-Reaktor im XXL-SUV und die Welt ist gerettet - ich muss los. Bis später, Nick." und als hätte Bella verstanden, dass es endlich losgeht, laufen ilsa und sie gleichzeitig los. Nick winkt wortlos ab und ilsa murmelt noch zu Bella "Weia, Bella, entweder er hat Recht, oder es interessiert ihn nicht..." und einige Schritte weiter "...und Frauchen sollte nicht so oberlehrerhaft mit Fakten daherkommen, sondern durch Fragen führen und der anderen Seite die Integration ermöglichen."

Beide laufen durch einen tollen Mischwald als ilsa einen Anruf auf ihrer Uhr erhält. Es scheint die Redaktion einer der einflussreichsten Talkshows zu sein: "Wir würden Sie gern als Teilnehmerin in unserer nächsten Sendung haben - es geht um das Thema 'disruptive Entwicklungen - sind die heute Verantwortlichen in der Lage, die großen Herausforderungen zu meistern?'"

ilsa holt erst einmal Luft und aus den eigenen Gedanken herausgerissen sagt sie vielleicht sogar vernehmbar baff: "Klingt im Moment noch so, als wollten sich da Kollegen einen Scherz machen.

Lassen Sie mich fragen: Warum sollte ich in Ihren Augen dabei sein? Wie sind Sie auf mich gekommen?"

Mit leichtem Lachen: "Die Unsicherheit, ob unsere Anfragen authentisch sind, erleben wir tatsächlich häufig. Wir senden Ihnen gleich eine E-Mail mit Details. Auf Sie gekommen sind wir über die Suche nach Experten für Komplexität. Wir sahen Ihren Blog mit Modellen unter anderem zu den Themen, die wir am Sonntag diskutieren wollen. Wirtschaft, Krieg, Migration, KI und einiges mehr. Und Sie wurden empfohlen. Vor der Kamera zu sitzen, dürfte für Sie als Moderatorin von größeren Workshops kein Problem sein, oder?"

"Nein, das passt schon. Ich nehme an es wird noch eine Art der Vorbereitung geben, Spielregeln, etc.?"

"Klar - wobei so viel wird das gar nicht sein. Wenn Sie dabei sind, schicken wir Ihnen gleich eine E-Mail. Wir übernehmen selbstverständlich die Reisekosten."

Nach dem Gespräch laufen ilsa und Bella augenscheinlich normal weiter - aber in ilsa gehen natürlich wilde Gedanken um. Wie soll sie mit der Chance wichtige Erkenntnisse zu verbreiten umgehen?

3.   Motivation (vdb)

Im Klassenraum von Max herrscht mit Unterrichtsbeginn das übliche Chaos: "Was hörst du da? " … "geiler Hoodie" …. "Ich muss nachher unbedingt Level 8 erreichen." …"Heute trainiere ich Oberschenkel" …. "Vergiss ihn"…

Schmunzelnd und leicht kopfschüttelnd betritt der Lehrer den Raum und mit offenbar ausreichend Autorität gegenüber der Klasse genügt es, dass er sich frontal vor sie stellt und innerhalb weniger Sekunden die Aufmerksamkeit ihm gilt: "Heute soll es um Motivation gehen."

"Einfach keine Hausaufgaben aufgeben - dann brauchen wir nicht über fehlende Motivation reden." erzeugt den ersten Lacher gefolgt von dem nächsten durch die Bemerkung "Ok, wer hat jetzt wieder Mist gebaut?"

Mit einer die Arme öffnenden Geste fordert der Lehrer auf: "Schießt mal los: Was motiviert uns? Warum entscheiden wir uns, das eine und nicht das andere zu machen?"

"Weil es andere auch machen.".... "Weil das System uns zwingt.".... kommen prompt als Antwort. Die Jugendlichen heben zwar den Arm, können dann aber direkt lossprechen, schauen sich dabei an und haben offenbar eine Diskussionskultur auf Augenhöhe mit dem Lehrer.

"Wartet kurz..." greift der Lehrer ein. "... Weil das System euch zwingt, es andere auch machen? Nach was klingt das denn?"

"Jedenfalls nicht nach freiem Willen" sagt Eve, eine hübsche, weniger aufgedreht als andere wirkende Schülerin.

"Seid ihr also willenlose Maschinen?" ...und als keine Rückmeldung erfolgt, fragt der Lehrer direkt einen genervt wirkenden, in der Ecke sitzende Schüler: "Entscheidest du selbst, was du willst, was du gut findest, was du machen willst?"

Die Antwort ist ein unmotiviertes Achselzucken, aber Eve springt ein: "Wir können schon selbst entscheiden, was wir wollen. Aber was wir wollen, ist nicht unabhängig von dem, was andere darüber denken. Oder was andere machen."

"Hä - wir entscheiden, was wir wollen, aber was wir wollen, geben andere vor?" fragt eine bisher eher unkonzentriert wirkende Schülerin. Der Lehrer blickt verzückt in die Runde in der Hoffnung, dass es so quirlig weitergeht.

Max meldet sich mit kurzem, verlegenen Blick zu Eve zu Wort: "Weil wir nach Glücksgefühlen streben, wollen wir etwas. Und diese haben wir, damit die Evolution funktioniert."

Offenbar positiv überrascht greift der Lehrer das auf: "Ok, sehr gut. Kannst du das erklären?"

"Nö, nicht wirklich." Max gerät ein wenig in Stress und konzentriert sich: "Wir machen alles entweder, um dazuzugehören, oder um besser zu sein, uns weiterzuentwickeln. Meine Mom beschäftigt sich mit so etwas. Und die meisten machen und wollen deshalb das gleiche, weil sie ja dazugehören wollen, die Sicherheit in der Gruppe suchen. Bis dann einzelne etwas anderes probieren. Und das halten sie nur durch, wenn andere das auch toll finden." Nach dieser langen Antwort schaut Max mit noch viel kürzerem Blick zu Eve.

"Sehr interessant. Hast du, Max, oder besser noch die anderen, ein Beispiel, damit man sich das vorstellen kann?" fragt ein offenbar selbst gerade grübelnder Lehrer.

"Na ja, wir machen alle keine Hausaufgaben, weil das uncool ist, und wenn dann doch wer Hausaufgaben macht, ist die große Frage, ob wir lästern oder einzelne dann auch anfangen, Hausaufgaben zu machen." …. posaunt ein Schüler heraus und erhält auch prompt die Lacher.

"Hmm, das ist natürlich gar nicht witzig, weil es so wirkt, als sei es in Ordnung, keine Hausaufgaben zu machen. Los, gebt mir noch weitere Beispiele!"

"Wir spielen alle Zombie 3, aber Max findet das doof, und spielt lieber als einziger Survivor. Wir haben Spaß, Max ist allein" sagt lachend ein Schüler offenbar wissend, dass Max das abkann.

"Äh, das schnall ich nicht. Warum spielt Max das dann - habt ihr nicht gerade gesagt, dass er nur motiviert ist, wenn andere das auch gut finden?" fragt eine Schülerin.

"Und Max, was motiviert dich?" fragt jemand.

"Ballerspiele sind halt hohl, und bei Survivor muss man sich Lösungen ausdenken, um weiterzukommen." entgegnet Max.

"Aber von uns spielt das niemand, also bewundert dich auch niemand. Warum bist du motiviert, das als einziger zu spielen?" fragt eine Mitschülerin, ohne gleich eine Antwort zu erhalten.

"Tja, hat Max also doch einen freien Willen und macht etwas unabhängig von euch anderen?" fragt der Lehrer merkend, dass der Diskussion langsam die Luft ausgeht.

Eve schaut Max länger an, dem es offenbar nicht schmeckt, so im Mittelpunkt zu sein. Nach kurzem Überlegen sagt sie: "Vielleicht bewundern ihn in seiner Gedankenwelt doch einige - vielleicht identifiziert er sich mit den Helden in seinem Spiel. Wir leben doch alle auch in unseren Gedankenwelten - nur reden wir darüber nicht." Zumindest kurz scheint das zum Nachdenken bei den anderen zu führen, denn es landet niemand einen flotten Spruch.

Der Lehrer ist begeistert: "Respekt, auf welchem Niveau ihr dieses Thema diskutiert. Aber was, wenn wir etwas machen müssen, das sich nicht gut anfühlt? Was motiviert uns dann?" fragt der Lehrer. "Die Frage geht natürlich an alle."

"Also Schule!" ist die schnelle Antwort eines Schülers ...

...und eine Schülerin gleich danach: "Na, hier machen wir doch alle etwas, ohne motiviert zu sein."

Max daraufhin: "Als Kinder haben unsere Eltern immer vom Tobe-Muskel, vom Kuschel-Muskel und vom Artig-sein-Muskel gesprochen. Und alle Muskeln müssen wir trainieren und schauen, dass wir auch alles können. Am besten habe ich meinen Tobe-Muskel trainiert" lacht Max.

Wieder ist der Lehrer überrascht und offenbart, worauf er eigentlich die ganze Zeit hinauswollte: "Eigentlich wollte ich mit euch über die Unterschiede zwischen extrinsischer und intrinsischer Motivation sprechen. Habt ihr davon schon mal was gehört?"

Als es keine Antwort gibt, folgt die Erklärung: "Intrinsisch motiviert seid ihr, wenn ihr etwas für euch persönlich macht, extrinsisch, wenn ihr das aufgrund von Zwang oder für eine Belohnung macht. Kennt ihr Beispiele?"

Eine Schülerin: "Also meine Hausaufgaben - wenn ich sie denn mache - mache ich nicht für mich, sondern weil ich gezwungen werde und weil ich eine gute Note brauche. Obwohl ich sagen würde, dass ich gar nicht motiviert bin, sagen Sie jetzt, dass ich extrinsisch motiviert bin?" Alle, inklusive Lehrer schmunzeln.

"Ok, Zeit das einmal alles sacken zu lassen. Tatsächlich ist das nicht so klar zu trennen. Die Philosophie rätselt bis heute, ob es einen freien Willen gibt. Cogito ergo sum. Aktuell wird das übrigens im Rahmen von künstlicher Intelligenz diskutiert." Er schaut erfolglos in die Runde, ob das Stichwort Interesse geweckt hat.

"Und ob bei extrinsischer Motivation, wenn ihr etwas nicht aus Interesse, sondern für gute Noten oder Geld macht, nicht auch gute Gefühle für euch im Spiel sind, müsstet ihr auch mal hinterfragen." Fordernd blickt er auf zwei Mädchen in der ersten Reihe, die mit ihrem Gesichtsausdruck irgendwie die Aufforderung fertig zu werden transportieren. "Und schließlich, was Max vorhin 'Artig-sein-Muskel' genannt hat, kenne ich unter der Bezeichnung 'Disziplin-Muskel'. Wenn wir den Disziplin-Muskel trainieren, mag das sich in dem Moment überhaupt nicht gut anfühlen, aber die Person zu sein, die große Disziplin aufbringt, kann sich toll anfühlen. Dabei ist es übrigens egal, ob andere das sagen oder wir nur in unserer Gedankenwelt von anderen bewundert werden. Und natürlich haben wir danach in der Regel etwas geschafft, von dem wir auch vorher sagen, dass es schon cool wäre, das geschafft zu haben."

Das war zu viel, und deshalb geht es für den Lehrer nun darum, den Bogen zu kriegen: "Okay, fangt mal an, allein oder in der Gruppe, aus eurer Sicht Motivation zu beschreiben. Mindestens eine DIN A4 Seite, Rest zu Hause, damit ihr cool sein könnt, die

Hausaufgaben gemacht zu haben. Wenn ihr hierzu auch im Internet recherchiert oder eure KI-Assis fragt, werdet ihr frustriert sein wie viele Ansätze es dazu gibt. Sucht euch die aus, mit denen ihr auch persönlich etwas anfangen könnt." resümiert der Lehrer wissend, dass viele eh abgeschaltet haben und diese Aufgabe definitiv verschieben werden - oder gar nicht angehen. Es entwickelt sich eine gute Mischung - einige zücken ihr Tablet oder Handy, einige bilden Gruppen und greifen das Thema auf, tja, und andere Gruppen reden eher über das, was sie wirklich motiviert.

Im Schulbus haut ein Kumpel Max von der Seite an: "Du hast also einen Artig-sein Muskel? Mann, du hast so schlaue Eltern und du willst Handwerker werden?" Unsicher schaut Max hinüber zu Eve, die nur kurz herüberblickt und offenbar schmunzelnd auf die Antwort gespannt ist.

"Ich find es halt cool, etwas zu bauen, was dann da ist. Programmierer wäre auch cool, aber davon brauchen wir in Zukunft kaum welche, wenn die KI übernimmt. Investment-Banker machen ja wohl eher etwas kaputt…" er blickt zu einem Jungen, der lässig das Victory-Zeichen macht. "… auf Wissenschaftler hört niemand und Juristen sind langweilig." was er mit Blick auf zwei weitere Jungen sagt, die offenbar eben solche Berufswünsche hegen.

Der Kumpel lässt nicht locker: "Aber als Handwerker musst du echt schuften und vieles wirst du dir dann doch nicht leisten können - fettes Haus, coole Reisen, und so."

"Mehrere Häuser!" lacht der zukünftige Investment-Banker.

"Super, wir machen hier unsere Hausaufgabe!" frohlockt der eigentlich genervte Max. "Sollen wir wenig motiviert eine Arbeit machen, nur weil sie viel Geld bringt?"

Ein anderer: "Aber ich kann doch auch richtig fett motiviert sein, Erfolg im Job zu haben und viel Kohle zu scheffeln."

Wieder ein anderer: "Das ist dann die extrinsische Motivation, wenn wir etwas nicht direkt für die Sache oder uns machen, sondern für Geld. Und erst das, was wir mit dem Geld machen, motiviert uns."

Verblüfft dreht sich ein Mädchen aus Eves Gruppe um: "Ey, die Jungs machen tatsächlich die Hausaufgaben."

Alle Mädchen schauen herüber. Eve hat offenbar auch im Unterricht zugehört: "Da ihnen die Hausaufgaben egal sind, sind sie offenbar intrinsisch motiviert."

Ein anderes Mädchen: "Was seid ihr denn plötzlich alle solche Streber. Ich schnall hier gar nichts. Und ihr habt euch die Begriffe gemerkt?'' Alle lachen.

"Ok, schreib das mal wer auf und dann haben wir alle die Hausaufgaben gemacht" sagt ein offenbar noch nicht intrinsisch motivierter Junge.

Als Max zu Hause ankommt macht Nachbar Nick gerade irgendwas an seinem augenscheinlich sehr potenten SUV und beide grüßen sich. Als suchte Nick noch eine Alternative zum 'Na wie war Schule?' fällt Max freundlich amüsiert offenbar zuerst ein Gemeinplatz zur Unterhaltung ein: "Hast du keine Angst, dass dein Auto explodiert?"

Leicht schmunzelnd aber vielmehr noch sichtlich überrascht nimmt Nick die Herausforderung nach einem schnellen und tiefen Atemzug an: "Frecher Kerl - erzählst schon den gleichen Unsinn wie deine Eltern. Es sind doch die E-Autos, die immer mal wieder explodieren - liest man doch ständig, nur eben nicht in eurer Ideologie-Blase.''

Natürlich kennt Max die nie böse Schlacht der Argumente mit den Nachbarn und diskutiert gern auch mal mit: "Wir hatten das in der Schule als Beispiel dafür, wie und warum Leute die Unwahrheit verbreiten. Statistisch pro gefahrenen Kilometer ist die

Brandgefahr bei Verbrennern viel größer. Aber das hindert niemanden daran, Verbrenner zu fahren. Bei E-Autos soll das plötzlich ein Grund sein?"

Max schaut Nick erwartungsvoll an, damit dieser von ihm gleich noch zu hören kriegt, warum Menschen offenbaren Unsinn so gern glauben und verbreiten. Aber als wollte genau das Nick nicht hören, entgegnet er nur: "Glaube keiner Statistik, die du nicht selbst gefälscht hast." und wendet sich freundlich lächelnd wieder seinem Auto zu, während Max weiter zum Haus geht, nicht ohne noch einen Lieblingsspruch zu lassen: "E-Auto-Fahrer sind bessere Menschen - nur Fahrradfahrer sind besser."

4.   Arbeiten, um zu leben (vdb)

Die Büroräume von Michael's Unternehmen sind ein Open Space mit modernen, großen Bildschirmen auf Echtholz-Möbeln umgeben von Pflanzen, im Hintergrund Dart-Scheibe, Kicker- und Billard-Tisch. Für das Meeting haben sich alle um ein paar Stehtische herum versammelt - ein elektronisches Whiteboard hält die Diskussion fest. Es geht zur Sache: "Ist das wirklich so schlau, was du da vorhast - deine Vorgangserfassung und dann auch noch KI? Machen wir das, weil wir das können, oder weil unsere Kunden das wollen?" fragt eine junge Kollegin.

"Oder: Wollen die Kunden das oder werden sie das wollen, wenn wir es gut erklären?" fügt ein älterer Kollege hinzu.

Michael brennt offenbar, selbst zu antworten, aber er schaut in die Runde und mit einem Arm aus der verschränkten Position heraus eine offene Geste machend: " Was sagt ihr?"

Es dauert gut drei fast schon beklemmend lange Sekunden, bis die ersten überlegten Argumente förmlich in den Raum geworfen werden: "Unsere Kunden nutzen unsere Software nur, weil sie es müssen und weil wir einfacher zu bedienen sind als die Konkurrenz." .... "...und weil wir auf ihre Individuellen Wünsche eingehen." …"...was uns wertvolle Entwicklerressourcen kostet und in der Folge müssen wir lauter Einzellösungen pflegen. A-propos: Wann wirst du endlich fertig, Stefan? Arbeitest du wirklich die ganze Zeit daran?" .... "Ich finde schon, dass unsere Lösung etwas Besonderes sein sollte, und wenn wir KI einbauen, ist das bestimmt spannend.'' ... "Wir sind aber nicht dafür da, dass unsere Entwickler etwas spannend finden." .... "Bei KI können wir vermutlich gar nicht zu früh, sondern nur zu spät dabei sein.'' .... "... oder uns verzetteln und viele Ressourcen verbrennen." .... "das ganze Thema Enterprise Information System, die Idee, aus einem Cockpit heraus sein Unternehmen in Echtzeit zu steuern, ist doch längst gefloppt und begeistert keinen Manager mehr'' .... "außer vielleicht Controller, aber die mag eh niemand".... "aber nicht KI, nur damit wir beim Marketing dummes Zeuchs behaupten können."

Michael nimmt die Hände auf den Kopf und atmet tief ein: "Wow, interessant, spannend." Er macht eine Denkpause und alle schauen gebannt. "Ok, lasst uns erst einmal die Stimmung checken und dann systematisch schauen, wohin die Reise geht." Offenbar improvisiert Michael.

"Ihr kennt die Übung: ich will zwei Zahlen zwischen 0 und 10 mit 10 für den Bestwert. Erste Zahl wie wohl ihr euch im Unternehmen fühlt. Zweite Zahl, inwieweit ihr euch genügend gefordert fühlt, genug Freiräume für Neues habt. Wir können das per Handzeichen machen - dann kann aber später jeder auch auf seine Zahl angesprochen werden, was gut sein kann, was aber auch ungewollt sein kann. Oder wir schreiben Zahlen anonym auf einen Zettel und packen die in eine Schüssel. Handzeichen - wer findet anonym besser?" .... "Ok, das sind nicht alle." fährt Michael fort. "Dann stimmen wir per Zettel ab."

Die Abstimmung klappt zügig, Zettel werden kleingeschnitten, die Schüssel kommt und das Ergebnis wird schnell am Whiteboard mit Strichen gezählt. Michael kommentiert: "Ich finde übrigens schon, dass wir auch ein Stück weit für unsere Entwickler da sind. Erinnert euch an unser Strategiemodell - neben langfristigem, wirtschaftlichen Überleben ist es die bessere Welt und darüber die Motivation unserer Mitarbeiter, die eben auch für die Leistung entscheidend ist. Es ist das duale Prinzip und alles andere an Managementtheorie ist Käse, wenn es nicht genauso wirkt." Zumindest eine wertschätzende Mimik lässt Michael weiter ausführen: "Für Mitarbeiter gilt es sich integriert, zugehörig, wohl und sicher zu fühlen, aber auch Freiheitsgrade für Neues, Errungenschaften, Weiterentwicklung zu haben." Eine kleine rhetorische Pause später, die suggerieren soll, dass jetzt gerade alle gemeinsam die Erkenntnisse gewinnen: "Und auch ein Unternehmen braucht beides: Integration durch die Bedürfnisse des Marktes und die eigenen Möglichkeiten, und Weiterentwicklung zur Anpassung an den Wandel, oder um vor der Konkurrenz zu sein. Lasst uns also schauen, ob unser Unternehmen sich integriert weiterentwickelt, und dann, ob ihr euch integriert weiterentwickeln könnt."

Michael wendet sich zum Whiteboard und mit Blick auf das Ergebnis fügt er noch hinzu: "Natürlich gibt es Menschen, die leben nicht, um zu arbeiten, sondern arbeiten, um zu leben. Bei sehr vielen Jobs muss das so sein - aber bei einem Unternehmen wie unserem, sollten wir gemeinsam den Job so gestalten, dass er sich gut anfühlt und das Unternehmen erfolgreich macht."

Die junge Kollegin greift den Punkt nachdenklich auf: "Hmm, arbeiten, um zu leben, hieße möglichst wenig zu arbeiten. Heißt leben, um zu arbeiten, automatisch, dass wir viel arbeiten, oder kann das auch mit weniger arbeiten immer noch Spaß machen?" Eine weitere Kollegin sogleich: "Im Grunde können wir das jetzt schon - wir setzen KI ein und müssen nur noch Vorgaben machen, intelligente Strukturen konzipieren und am Ende den Code checken. Mit der gesparten Zeit könnten wir eigentlich zu Hause bleiben und weitere Dinge machen, die uns Spaß machen. Nicht wahr, Stefan?" Der Running Gag saß und alle lachen.

Ein weiterer Kollege hakt aber noch einmal ein: "Vollkommen einverstanden, dass Arbeit, die uns Spaß macht, nicht gleichbedeutend mit viel Arbeiten sein muss." Er hebt den Finger zu einem wichtigen "Aber! Aber ich will mir ein Boot kaufen, und biete einfach an, mit der gesparten Zeit eure Arbeit mitzumachen. Ich mache dann zum Gehalt von Zweien die Arbeit von Dreien, Michael spart viel Geld und was ihr macht, ist mir egal."

"Jobs bleiben dann nur für die, die KI programmieren" sagt der ältere Kollege.

"Nicht wirklich, das haben nur noch nicht alle verstanden. Mit der jetzt aufkommenden KI haben wir eine KI, die sich selbst weiterentwickeln kann und generisch anwendbar wird. Es werden Roboter Roboter bauen und die wiederum Fabriken. Wir brauchen weder Reinigungs- noch Service- noch die hohe Zahl Pflegekräfte, wenn Roboter mehr und mehr ihre Leistungen optimieren. Und was ein Roboter dann kann, können alle anderen auch." referiert eine Kollegin.

"Ok, denkt das mal zu Ende. Unsere Unternehmensstrategie machen wir Montag - jetzt schaffen wir das eh nicht und ich muss pünktlich nach Hause." Michael klingt so sicherlich ungewollt schon fast wie ein Lehrer zu seinen Schülern und fährt fort: "Wenn wenige superproduktiv viel schaffen, was bleibt dann für die anderen? Ich sehe zwei Szenarien."

Michael schaut in die Runde und ein Kollege prescht vor, obgleich es so wirkt, als wüssten mehrere die Antwort: "Michael zahlt kräftig Steuern, und wir genießen unsere selbstbestimmte Lebenszeit und leben sparsam vom Bedingungslosen Grundeinkommen." Für einen kurzen Moment lächeln alle und es scheint damit ein tolles Szenario zu sein, aber natürlich fehlt noch mindestens ein weiteres Szenario.

Ein anderer Kollege: "Oder wir arbeiten alle mehr oder weniger weiter und dank der Produktivität können wir uns hier und in der Welt alle mehr leisten. Boote für alle." ruft er aus.

Michael hat ein Ursache-Wirkungsmodell an den Bildschirm geworfen und gibt die Argumente ein. Die Arbeitsweise ist dem Team vertraut, mit Blick auf die bisherigen Argumente kommen weitere: "Wenn wir alle mehr haben wollen, sind das Limit der Materialbedarf und die Umwelt."....

"Kriegen dann auch die was ab, die nicht hoch-produktiv arbeiten können?" ... "Und wann gibt es das Grundeinkommen - erst wenn genügend automatisiert ist und bis dahin die weg-rationalisierten Menschen längst auf die Straße gehen, oder vorher, wenn noch nicht alles automatisiert ist..." ... "...und wir plötzlich nicht genug Polizisten, Pflegekräfte, Lehrer mehr haben?"

Sichtlich beeindruckt braucht Michael einen Moment, diese Argumentationen auch in das Modell zu übernehmen. Als er weiss, wie er es abbilden kann, wirft er selbst auch noch ein Argument in den Raum: "Und was, wenn ich viel Geld für die KI ausgebe und gar nicht so viel Steuern zahlen muss. Dann habe ich weniger Mitarbeiter aber nicht automatisch mehr zu versteuernden Gewinn. Wer finanziert das Grundeinkommen dann?"

"Dann gibt es eine KI- oder Roboter-Steuer - egal, ob du Gewinn machst. Das regelt dann der Markt, wenn plötzlich Menschen wieder preiswerter sind." entgegnet die junge Kollegin souverän.

"Na ja" startet Michael seine Gegenargumentation, offenbar beim Sprechen zu Ende denkend: "Wenn KI besser ist und der Wettbewerb aus dem Ausland diese Steuern nicht zahlt, werden wir global abgehängt. Wenn, müsste diese Steuer global gelten - und damit können wir kaum rechnen."

Michael beendet die produktive Runde, verweist darauf, dass das Modell online ist, und alle wünschen sich ein tolles Wochenende. Der Running-Gag wurde vorerst nicht mehr aufgegriffen.

5. Emotion (vdb)

ilsa liest etwas auf ihrem Smartphone als Julia vergnügt fragt: "Essen wir heute zusammen?"

"Gern" entgegnet ilsa, "worauf hättest du Lust?"

"Irgendwas mit krossen Bratkartoffeln vielleicht?" schlägt Julia vor und fügt leicht verzögert hinzu: "ich helfe auch Kartoffeln schälen."

"Deal" sagt ilsa und beide legen in der Küche los.

Max kommt die Treppe herunter und sieht die fleißigen Frauen: "Mutter-Tochter-Ding oder muss ich etwa auch helfen?"

"Helfen" sagen beide gleichzeitig, wobei ilsa mit runzeliger Stirn dann Julia anschaut "oder wollen wir das allein schaffen?"

"Alles gut, Mama" entgegnet Julia mit gewisser Freude im Blick, Max etwaig ärgern zu können.

"Tisch decken?" fragt Max als gerade sein Smartphone piept. Er schaut erst nur beiläufig drauf und erstarrt plötzlich, als sei wer gestorben. Es ist eine Kontaktanfrage von Eve.

Mittlerweile schaut er so lange ungläubig auf das Phone, dass auch ilsa und Julia es bemerken: "Alles ok?" fragt ilsa.

"Ja, klar. Was soll ich aufdecken?" fragt er, während er den Kontakt bestätigt.

Die Mädels besprechen einen geplanten Schulausflug von Julia, die sich offenbar riesig auf Fahrradtour, Zelten und Outdoor-Abenteuer mit ihrer Klasse freut. Max hingegen schaut nach jedem Gang zum Tisch erneut auf sein Smartphone, ob es schon eine Nachricht von Eve gibt. Natürlich fragt er sich, warum sie ihn kontaktiert und ob er jetzt vielleicht eine erste Nachricht schreiben sollte.

Nun fragt auch Julia: "Max, was ist es? Verkaufst du was online oder geht es um ein Mädchen?"

ilsa macht einen erstaunten Gesichtsausdruck ob der zwei dann doch sehr unterschiedlichen Optionen während Max offenbar schnell aus der Nummer raus und vom Thema ablenken will: "Wir hatten heute in der Schule das Thema Motivation und ich hatte versucht das mit dem Tobemuskel zu erklären. So alles kann ich aber nicht erinnern - kannst du das noch mal kurz und knackig erklären, für meine Hausarbeit?"

Die Frage ging an ilsa, die als Wissenschaftlerin natürlich sogleich in den Erklär-Modus geht - aber nicht bevor Julia es noch kurz entführt: "Ok, also definitiv Mädchen."

ilsa holt aus: "Motivation zu erklären gibt es viele Ansätze. Ich habe mal nach dem Warum gefragt, und bin so auf die Integration und Weiterentwicklung gekommen. Ich habe gefragt, warum wir etwas wollen. Wir haben Hormone und Neurotransmitter, die ganz unterschiedliche Gefühle auslösen, von der Angst über die Geborgenheit bis zur Langeweile und dem absoluten Thrill. Die Evolution hat diese Gefühle geschaffen, damit wir uns schützen, damit wir mit anderen zusammen sind, und damit wir neugierig besser sein wollen, uns weiterentwickeln wollen. Es geht bei Evolution generell darum sich an die Gegebenheiten anzupassen und mit dem Wandel und in Konkurrenz sich weiterzuentwickeln. Alle Gefühle lassen sich entweder als gute Gefühle der Integration oder Weiterentwicklung beschreiben, oder als schlechte Gefühle, weil Integration oder Weiterentwicklung fehlen - z.B. bei Angst oder Langeweile."

Max schaut wieder kurz zu seinem Phone, was Julia inspiriert zu provozieren: "Um zurück zum Thema zu kommen: was ist mit Liebe?"

ilsa lacht kurz und fährt fort: "Liebe ist etwas ganz Besonderes, dazu komme ich gleich noch. Wichtig bei den Gefühlen der Integration und Weiterentwicklung ist, dass wir durch ganz unterschiedliche Dinge im Leben die gleichen Gefühle, die gleichen Hormonausstöße haben können. Manche kaufen sich glücklich, andere bauen ein Vogelhaus und wieder andere fiebern mit ihren Serienhelden mit - und alle haben die gleichen Gefühle der Evolution, dass sie dazugehören oder sich weiterentwickeln. Was hat den euer Lehrer gesagt? Ging es darum, dass ihr Schüler wenig motiviert seid?"

"Dachten wir zuerst auch, aber ich glaube es ist irgendwie tatsächlich Thema in dem Fach." erwidert Max. "Also machen wir alles, weil es uns entweder schützt oder weiterentwickelt?"

"Ja, im Grunde schon." nickt ilsa, wobei sie noch nachzudenken scheint, um dann noch hinzuzufügen: "Zumindest, wenn wir von Motivation im Sinne von Wollen und guten Gefühlen sprechen. Es gibt natürlich auch Motivation im Sinne von Müssen. Das ist dann neben dem Tobe-Muskel und dem Schmuse-Muskel der Disziplin-Muskel."

"Ah, und das ist dann der Unterschied zwischen extrinsischer und intrinsischer Motivation." freut sich Max es offenbar verstanden zu haben.

Doch ilsa hält nun ganz inne und schaut nach draußen: "Hmm, das ist eine gute Frage. Ist alle extrinsische Motivation zumindest am Anfang, ohne positive Gefühle etwas geschafft zu haben, eine Frage des Disziplin-Muskels? Und ist alles, was wir müssen, aber nicht wollen, extrinsische Motivation?"

Max hat offenbar ein gutes Gefühl auf Augenhöhe mit ilsa Erkenntnisse zu gewinnen: "Ich denke schon. Und wenn ich mich nach dem langweiligen Lernen freue, etwas zu verstehen, auch wenn es mich eigentlich nicht interessiert, ist aus der extrinsischen Motivation eine intrinsische geworden. Es fühlt sich gut an."

"Ich denke mit dem Satz kannst du in die Hausarbeit gehen und ich bin gespannt, was dein Lehrer dazu sagt. Frage bleibt, ob das gute Gefühl dann Weiterentwicklung ist, weil du weitergekommen bist, oder Integration, weil du vom Lehrer und anderen Schülern anerkannt wirst." bemerkt ilsa anerkennend nickend.

"Damit werde ich definitiv Alfred überfordern" murmelt leicht triumphierend Max, und als er die verwirrten Gesichter von ilsa und Julia sieht, fügt er etwas klarer hinzu: "So heißt mein KI-Assi jetzt. 'Friday' oder 'Jarvis' oder 'J' heißt jeder dritte." Tatsächlich hat in der Familie jeder einen KI-Assistenten, aber sie haben weder einen Roboter noch nutzen sie die gerade aufkommenden Neuro-Implantate.

"Liebe" wirft Julia erneut ein, diesmal ohne, dass Max aufs Phone geschaut hat, denn der ist abgelenkt voller Integrations- und Weiterentwicklungsgefühle, wo er doch intrinsisch mit anderen zusammen neue Erkenntnisse gewonnen hat.

ilsa holt wieder aus: "Liebe hatten wir aber auch schon mal besprochen und ich wundere mich, dass das nicht durch eure Kanäle rauf- und runter dekliniert wird. Liebe ist eine Erfindung der Evolution für Wesen, deren Nachwuchs auf den Schutz beider Elternteile angewiesen sind. Damit diese lang genug zusammenbleiben, gibt es, wenn buchstäblich die Chemie der Pheromone etc. stimmt, einen einmaligen Hormonausstoß, der dann zwei bis drei Jahre anhält. Ihr könnt an nichts anderes mehr denken, weiche Knie, Schmetterlinge im Bauch, und so weiter. Alles bei Desmond Morris toll beschrieben - übrigens auch die vielen Funktionen, die Sexualität erfüllt."

"Also liebst du Papa nicht mehr - die drei Jahre sind ja wohl schon um?" fragt Julia in einer Mischung aus Unsicherheit und Provokation.

"Naja, ich habe ja gesagt, dass Liebe etwas Besonderes ist. Wir verlieben uns im Schnitt zwei bis drei Mal im Leben. Das hindert uns aber nicht daran, Jahrzehnte glücklich in einer Partnerschaft zu sein. Manche sagen, sie würden sich dann in den gleichen Partner mehrmals verlieben. Die Vorteile sind klar: Vertrauen, Sicherheit, guter Sex und im Idealfall gegenseitige Unterstützung bzw. gemeinsames Erleben von Integrations- und Weiterentwicklungsgefühlen." entgegnet ilsa, wissend, dass das noch nicht reicht.

"Warum halten die Hormone nicht länger an, was ist mit Fremd-gehen?" fragt Julia dann sogleich auch weiter.

"Die Hormone halten nicht länger an, weil es für unsere Gene optimal ist, wenn wir mehrere Partner ausprobieren. Fremdge-hen ist natürlich der absolute Vertrauensbruch, gegen den Kant'schen Imperativ: was du nicht willst was man dir tu', das füge keinem anderen zu oder so ähnlich. Sexy Männer und Frauen zu begehren ist hingegen vollkommen normal. Das erklärt Kleidung, Kosmetik, dicke Autos, Pornographie, usw... Die Details findet ihr wieder bei Morris - also die Frage, warum beim Menschen die fruchtbaren Tage der Frau nicht sichtbar sind, warum Frauen abends sexuell aktiver sind, während Männer eher Morgens da-nach streben - oder immer.'' ilsa lacht kurz aber die Kids hängen offenbar hinterher. Sie fährt fort: ''So gesehen ist unser sexuelles Begehren dazu da, überhaupt die Suche nach dem Optimum zu starten, und Liebe dazu da, sich wenigstens einmal im Leben zu verpflichten und erfolgreich Nachwuchs großzuziehen."

"Na, das sollte ich heute mal so in der Schule sagen. Dann wür-den die LGBT-Anhänger mir den Kopf abreißen, wenn Liebe nur zur Fortpflanzung sei." ereifert sich Max.

"Aus zoologischer oder evolutionärer Sicht ist das sicherlich so. Aber die passenden Pheromone gibt es auch zwischen Mensch und Tier." ilsa dreht sich zum Hund während bei Julia und Max die Kinnlade leicht runtergeht: "Nicht wahr, Bella? Diese absolute Zuneigung zwischen allen möglichen Lebewesen gibt es auch un-abhängig von Sex und Fortpflanzung. Fragt nach dem Warum. Warum gibt es dieses Gefühl der Liebe zwischen Menschen, und warum wirken die Hormone ca. 2-3 Jahre? Dass es Liebe gibt, ist für uns emotional extrem wertvoll, wenn auch oft schmerzhaft. Dass sie nicht immer zur Fortpflanzung führt, ist auch kein Prob-lem. Wir sollten nur Begriffe wie 'normal' vermeiden. Was die Evolution vorsieht, macht nicht alles andere unnormal, sondern ist lediglich eine mögliche Erklärung für Mechanismen."

Julia fasst noch mal nach: "Du sagtest vorhin, dass der Sex in der Partnerschaft guter Sex ist. Ist nicht aber auch ein neuer Partner spannend - das Bessere der Feind des Guten?"

ilsa ist verblüfft: "Ich weiss nicht, ob ich als Mutter das so von einer Teenager-Tochter hören möchte, aber es es kommt tatsächlich darauf an. Wenn dein Partner und du die richtige Chemie zueinander haben, ist das Gold wert, mehr als nur eine Orgasmus-Garantie. Dass wir nach dem Verliebtsein auch andere sexy finden, ist keine rationale Entscheidung, sondern sieht die Evolution erst mal vor. Ob dann andere Partner schon gleich zu Anfang sexuell bereichernd sind, hängt davon ab, ob du als Frau zeigst, was dir guttut oder/und der Partner den richtigen Touch hat. In der Praxis gerade in jungen Jahren ist das häufig recht ernüchternd - die Jungs aufgeregt die Singer-Nähmaschine und die Mädels trauen sich nicht zu sagen, was ihnen wirklich gefällt und was nicht. Jungs sind schnell fertig - Mädchen nicht. Definitiv eine Phase, in der wir im Strudel der Stereotypen auch mal untergehen können. Zeigen oder sagen, was guttut, ist meine Empfehlung. Darauf zu hoffen, dass der oder die andere das schon kann, ist die falsche Messlatte, dazu sind wir viel zu unterschiedlich, auch wenn die Pornos scheinbar alle nach dem gleichen Schema ablaufen." Beide Kids heben erstaunt langsam den Kopf mit leichtem Anheben der Augenbrauen.

Das E-Auto surrt rückwärts auf den Hof - Michael kommt nach Hause. ilsa will noch schnell den Bogen wieder schließen: "Noch mal zurück zur Motivation. Frage von mir, warum sollten wir überhaupt wissen, was uns motiviert? Die Frage geht auch an dich Julia."

Michael kommt rein, ruft "Wochenende!" und mit Blick auf die vier - der freudigen Bella inklusive: "Und offenbar Family-Time."

ilsa kriegt einen Schmatzer und sie erwidert für Michael ohne Kontext aber offensichtlich schelmisch: "Lass uns Sex haben."

Verwundert und doch spontan schreitet Michael zum leckeren Tisch: "Ok, aber erst wird gegessen."

Alle haben offensichtlich Hunger und langen tüchtig zu. Max schaut natürlich noch mal auf sein Phone und ist dann aber wieder beim alten Thema: "Wenn wir wissen, was uns motiviert, können wir unser Glück selbst gestalten."

ilsa hat noch den Mund voll, so dass ihr Julia zuvorkommt: "Und wir können anderen was verkaufen, weil wir vorher überlegen, was bei ihnen Glückshormone freisetzt."

"Super!" sagt ilsa.

Michael fügt noch hinzu: "Und wir können andere Menschen manipulieren - NLP und so. Hat euer Thema zufällig irgendwas mit Sex zu tun?" Alle lachen und winken eher ab, als dass sie es dem armen Michael erklären.

Michael versucht es noch einmal durch direktes Nachfragen, aber schnell geht es eher um die üblichen Gemeinplätze, die Begegnung mit dem Nachbarn, der Verkehr, was am Wochenende geplant ist, usw... Bis Julia dann offenbar die 'Family Time' genießend fragt: "Wollen wir gleich noch das GIEP-Spiel spielen?"

Mit dem Spiel kommen eigentlich die Eltern, wenn es Spannungen gibt, oder die Kinder, wenn sie etwas durchsetzen wollen. ilsa stimmt als erste zu, Max nach kurzem Zögern auch, so dass Michael dann als letzter entgegnet: "Ok, vielleicht kriege ich dann doch noch heraus, was das mit Sex zu tun hat."

Julia ist offenbar vergnügt über die Verwirrung und fügt noch hinzu: "Und was das erst mit Liebe zu tun hat - Max, du darfst dein Phone natürlich dabeihaben." Eine Spitze, die Max nicht gefällt, die aber offenbar auch kein Drama ist. Ein kurzer Vater-Sohn-Blick und der Sohn ist froh, dass der Vater es verständnisvoll nicht weiter aufgreift.

"Ok!" sagt ilsa, "Max, du holst das Spiel. Wollen wir noch neue Karten schreiben? Was soll Thema sein?"

"Wochenende" sagt Max, "Urlaub" daraufhin Julia und "Job" Michael. Beim GIEP-Spiel wird der Reihe nach gewürfelt und es werden Karten gezogen, hernach es darum geht, von einer jeweiligen Person die Wünsche oder Ansichten bezogen auf eben Urlaub, Job, etc. richtig einzuschätzen. Jeder muss hierfür zuvor 10 mögliche Antworten aufschreiben, von denen aber nur 5 richtig sind und entsprechend in einer Rangfolge stehen. Für richtige Einschätzungen hinsichtlich der 5 aber auch der Reihenfolge gibt es dann entsprechend Punkte. Das GIEP-Spiel umfasst noch diverse weitere Karten, bei denen es dann um Bewusstheit, in die Augen blicken, Emotions-Mimiken, bewusstes Atmen oder kleine Schritte-Planung geht. Das Ganze ist einmal von ilsa entwickelt worden, um den Umstand, dass wir alle nach Integration und Weiterentwicklung streben und fast nur unbewusst durch unseren Alltag treiben, bewusst zu machen.

Das Spiel nimmt die Familie positiv mit. Am Ende umarmen sich alle Empathie geladen und gehen in ihre Zimmer.

Max erhält dort dann die Nachricht von Eve: 'Hi Max - warum wirst du nicht Architekt? Dann kannst du auch etwas bauen - intrinsisch motiviert - und kannst viel Kohle verdienen :-)'

Max runzelt total verwundert die Stirn, aber weniger, weil Eve ihm geschrieben, und murmelt: "What the....Warum sollte ich viel…" und dann spricht er seinen lauten Gedanken gar nicht zu Ende, als fürchtete er, was er da sagen will.

6. Existentialismus (vdb)

Michael fragt ilsa im Bett "Whats up?" ilsa daraufhin "Warum?", was ein sicheres Zeichen ist, dass sie bemerkt, dass er etwas bei ihr bemerkt hat. Michael sagt folglich auch gar nichts und schaut sie nur an.

ilsa atmet tief ein und holt aus: "Ich plage mich schon länger mit existentialistischen Fragestellungen. Was bringt es, so viel Wissen zu generieren, wie die Welt besser sein könnte, um dann zu lernen, dass die Entscheider nichts ändern?"

Michael entgegnet sogleich: "Also nicht um des Wissens sondern der Wirkung willen?"

ilsa retourniert "Wieso, arbeitest du um der Produkte oder der Wirkung bei den Kunden willen?" eher als Reflex, denn da sie wirklich nicht intrinsisch am Wissen interessiert wäre.

Gerade nach dem heutigen Tag muss Michael sagen: "Du wärest überrascht." Um nun aber auf keinen Fall von seinem Tag zu reden, fügt er hinzu: "Aber müsst ihr nicht tatsächlich alles mehrfach erforschen, damit es an Glaubwürdigkeit gewinnt? Und ist es nicht normal, dass es seine Zeit dauert, eh etwas passiert?" Er überlegt kurz und fügt an: "Du sagst doch immer Idealismus ist nicht, was der andere denkt, sondern was bloße Behauptung ist oder nur von einer exotischen Studie, die nicht bestätigt werden kann, stammt."

"Ich werde Sonntag in der Talkshow sein" haut ilsa endlich raus und gibt Michael damit indirekt erst einmal Recht.

"What?" ist Michael überrascht mit hochgezogenen Augenbrauen.

"Heute kam ein Anruf von der Redaktion. Ich hielt das erst für Fake, aber in der Sendung geht es um die komplexen Herausforderungen der Politik. Und bei dem Stichwort 'Komplexität' kommen die halt auf die wenigen Systemdenker und haben da meine Blog-Beiträge an unterschiedlichen Stellen gefunden." sagt ilsa, als wolle sie sich das selbst noch mal bestätigen, dass es plausibel und kein Witz ist.

Michael ist begeistert: "Das ist großartig! Wie oft saßen wir schon wütend vor der Talkshow und haben uns geärgert, dass da niemand mal klar die Zusammenhänge aufzeigt." ilsa hebt die Augenbrauen und Michael bemerkt dabei ein leichtes Zusammenpressen ihrer Lippen, so dass er ganz auf ilsa fokussiert laut denkt:

"Deshalb die Frage nach dem Sinn deiner Arbeit. Du siehst das als große Chance…",

ilsa wirft schnell "Herausforderung!" ein.

Michael fährt daraufhin durch seine Betonung deutlich werdend anders fort "...und nun hast du Schiss."

Seine Augen schweifen einmal kurz zur Decke förmlich in Gedanken nach der möglichen Wirkung seiner spontanen Gedanken suchend, als ilsa ihm sogleich die Sorge nimmt und schnell entgegnet: "Genau, aber nicht vor dem Fernsehauftritt, sondern vor der Verantwortung, diese Chance auch zu nutzen. Und zwar nicht für mich, sondern für die Sache."

Michael weiss offenbar, dass er jetzt nicht sagen darf, dass er sicher ist, dass sie das schon großartig machen wird. Er überlegt kurz, vermutlich was er weniger oberflächlich wirkend sagen kann: "Kannst du dich denn darauf vorbereiten? Sprechen die vorweg etwas mit dir ab?"

ilsa hat sich dazu auch schon Gedanken gemacht: "Offenbar nicht wirklich - ich sollte nur sagen, wie ich anreise und wie früh ich vorher dort sein kann. Ich vermute es wird dann kurz vorher nur eine kurze Einführung und Begrüßung geben. Und sicherlich werden sie mir erklären, dass mein Redeanteil deutlich kleiner sein wird als der der Prominenten."

"Und wirst du konkrete Botschaften vorbereiten?" fragt Michael.

Mit leicht sorgenvollem Ton antwortet ilsa: "Ich finde, dass man so etwas immer schnell merkt. Die Botschaften sind kein Problem - aber ich muss die Bremse finden."

Michael lacht: "Oh ja, das, was du gut kannst, ist da dann schnell zu viel Weiterentwicklung."

"Genau, statt die umfangreichen Zusammenhänge zu schildern sollte ich eher eine Ji Jitsu Strategie verfolgen, also meine Kontrahenten nach Einzelzusammenhängen zu fragen, ihre Aussagen diesbezüglich zu hinterfragen und dann am Ende souverän nur anzukündigen, dass all die Einzelaussagen tatsächlich zusammenhängen und von unseren Entscheidern verstanden werden müssen." führt ilsa hoch reflektiert aus.

"Hmm, und dann kommt es doch anders, die Diskussion verfängt sich an belangloser Stelle, du kommst nicht zu Wort und wenn dann doch, dann holst du Argumente nach, was zu viel wird." denkt Michael laut.

Geradezu seufzend daraufhin ilsa: "Richtig. Daher der Bammel. Und ich bin es auch nicht gewohnt, in meinen Redeanteilen beschränkt zu sein."

Beide schweigen eine Weile, bis Michael eine Frage entwickelt: "Zurück zum Existentialismus. Du siehst dich in der Verantwortung für die Sache. Aber was ist das Ziel des Menschseins? Du sagst immer, wir wollen Integration und Weiterentwicklung fühlen, und Kultur ist das Ergebnis unseres kollektiven Strebens. Letztlich streben die meisten Menschen daraufhin nach Anerkennung, Formen der Unsterblichkeit, Kinder, und mehr von allem." Er hebt mit angewinkeltem Arm die Hand und öffnet spreizend diese mit der Frage: "Wie führt das zu einer besseren Welt?" In einer weiteren, kurzen Pause knickt er die offene Hand noch weiter nach hinten: "Wie Ameisen übernehmen wir eine Rolle in der Gesellschaft, nur dass wir Menschen eben folgenschwerer agieren als Ameisen im Gleichgewicht mit der Natur."

ilsa greift es sofort auf: "Ganz genau. Ganz früh in der Menschheitsgeschichte haben wir uns von der Natur entkoppelt und zu viel Weiterentwicklung ohne Integration betrieben. Aber es sind nicht nur Emotionen, die uns treiben. Wir können eben auch bewusst Wege gehen - das haben wir doch gerade im GIEP-Spiel geübt. Wir können grundsätzlich überlegen, wer wir als Individuum oder als Gesellschaft sein wollen - in der Praxis nicht frei von den Werten und damit auch Emotionen unseres Umfelds, aber theoretisch eben schon." Teil des GIEP-Spiels ist es, einen Gegenstand in die Hand zu nehmen und der Reihe nach zu reflektieren, was es für einen bedeutet - von der Wahrnehmung der Materialien über die Bedeutung des Gegenstandes bis zur Bedeutung für einen selbst. Es verdeutlicht den Spielenden, dass wir im Alltag uns nur in Ausnahmen überhaupt etwas auch nur ausschnittsweise und subjektiv bewusst machen, und meist einfach so funktionieren.

"Ok, wir beide leben die Mission für eine bessere Welt. Aber wann ist die Welt eine bessere?" fragt Michael dann.

ilsa entgegnet: "Wenn wir friedlich und zufrieden im Einklang mit dem Planeten leben." Daraufhin kuschelt sie sich an Michael, der wohlig beginnt: "Sagtest du vorhin nicht…" unterbrochen von ilsa mit "zu spät" und einem nicht flüchtigen Kuss in seinen Nacken.

7. Berufung (vdb)

Max konnte erst nicht einschlafen und ist auch mitten in der Nacht noch mal wachgeworden, um zu seinem Smartphone herüberzugehen - es liegt natürlich nicht direkt am Bett. Er geht direkt auf seine KI-App und flüstert: "Alfred?"

Alfred antwortet sofort: "Ja, Max. What's up?" … wobei sich Max beeilt den Ton leiser zu stellen. Er überlegt eine ganze Weile, während Alfred's Memoji - eine Art Yoda aber mit weißem Bart - anfängt zu gähnen, offenbar aufgrund des Schlafprofils. Dann aber sagt Max: "Ach, schon gut."

Erst am nächsten Morgen hat Max endlich eine Idee wie er auf Eves Nachricht unverdächtig reagieren kann, und er schreibt zurück: 'Ist dir denn Geld wichtig?' Er hat einen zufriedenen Gesichtsausdruck, kann er so doch offen lassen, ob es um Geld an sich geht, oder die Frage, was sie sich von ihm wünscht.

Michael deckt den Tisch als Julia als zweite die Treppe herunter galoppiert kommt. "Was ist denn da draußen los?" fragt sie lediglich ein wenig aufgeregt beim Anblick einer schon fast schwarzen Gewitterfront an diesem ansonsten sonnigen Sommermorgen. Wetterextreme sind keine Besonderheit mehr.

Langsam findet sich auch der Rest der Familie ein, als es auch schon losgeht, mit Hagelbrocken, die dann doch ungewöhnlich groß sind und entsprechend ohrenbetäubend im Garten und auf das Haus einschlagen. Nach wenigen Minuten ist der Spuk vorbei und Max schaut aus dem Fenster: "Seht euch Nicks Auto an - das ist Schrott."

"Und unsere Solaranlagen auf dem Dach vermutlich auch." …greift Michael den Punkt auf. Er sieht aus dem Fenster: "Hmm, und die Taube auch." Alle schauen aus dem Fenster, inklusive Bella, die aufgeregt an der Tür wedelt.

"Wir müssen was tun!" sagt Julia aufgeregt.

"Nicht Bella!" sagt ilsa schnell und hält sie fest.

Michael legt Julia die Hand auf die Schulter legt und sagt: "Komm, wir schauen mal."

Beide gehen in den Garten und Michael schaut auf das Dach mit tatsächlich vielfach zerbrochenen PV-Modulen und Röhren der Solarthermie. Die Taube versucht nicht einmal wegzufliegen und blutet am Körper. "Sollen wir sie erlösen oder es der Natur überlassen?" fragt Michael.

"Wir müssen sie erlösen." sagt Julia entschlossen.

"Ok wie willst du das tun? Mit irgendwas erschlagen oder traust du dir zu, mit dem Daumen ihren Hinterkopf einzudrücken - das wäre der schnellste Weg?" sagt Michael rational.

Julia blickt entsetzt und sagt sofort: "Ich kann das nicht - das musst du machen!"

Michael: "Ich mach das, keine Frage, aber warum sagst du, dass du das nicht kannst? Du willst Soldatin werden." Er sagt das nicht mit einem Fragezeichen, sondern Punkt.

"Das ist nicht fair" sagt Julia nach kurzer Denksekunde.

Michael schaut sie nur an und sie fährt fort: "Ihr wollt nicht, dass ich das werde. Ein unschuldiges Tier zu töten ist etwas anderes, als sich gegen jemanden zu verteidigen, der dich töten will."

"Nun, es geht ja darum die Taube zu erlösen - nicht sie zur Übung zu töten." Und mit vorsichtiger Verzögerung fährt er fort: "Und sind die Soldaten auf der anderen Seite wirklich schuldig, oder werden sie gezwungen?"

"Du warst doch selbst Soldat. Wenn andere Soldaten hier einmarschieren, Frauen wie Kinder missbrauchen und töten, Bomben auf uns werfen, dann willst du doch auch dich verteidigen." fragt Julia erregt. "Ihr...... ihr wollt mich doch nur beschützen."

Michael erschlägt zwischenzeitlich die Taube zuverlässig mit einer Plattschaufel und Julia müht sich, das cool hinzunehmen. Er spricht langsam und überlegt: "Natürlich wollen wir dich beschützen - aber wenn du diesen Beruf wählst, akzeptieren wir das."

ilsa und Max kommen mit Bella nun ebenfalls in den Garten. Es sieht schlimm aus. Der Garten hat nur wenig Rasenfläche, so dass viel kaputt gehen konnte. Die meisten Pflanzen sind verwüstet, rankende Pflanzen wie Bohnen, Spinat oder Kiwi ebenso wie viele Broccoli und Kohlpflanzen und auch die unzähligen kleinen Abschnitte mit blühenden Leguminosen. Auch das Gewächshaus hat viele zerschmetterte Scheiben. Max staunt laut: "Ich werde coole Lösungen gegen solche Unwetter entwickeln, Häuser und Gärten, die das abkönnen." Er geht mit Bella weiter durch den Garten zur Vorderseite des Hauses.

ilsa, Michael und Julia schauen verdutzt hinterher: "Hä?" sagt ilsa leise mit Blick zu Michael und Julia, offenbar aufgrund der Aussage von Max, ganze Häuser entwerfen zu wollen. War das ihr Max, der Handwerker werden will?

Michael greift mit leicht schüttelndem Kopf das Thema wieder auf: "Deine Mom und ich glauben einerseits, dass Kriege eigentlich verhindert werden könnten, dass dahinter häufig wirtschaftliche Interessen stehen. Auch glauben wir, dass eine Weltgemeinschaft mit konsequenten Sanktionen auch gegen die Länder, die letztlich Waffen liefern und weiter mit Kriegstreibern Geschäfte machen, Kriege sofort beenden können müsste."

Er schaut ilsa an, die durch ein leichtes 'Weiter Aufmachen' der Augen ihre Zustimmung signalisiert. Michael fährt fort: "Andererseits verstehe ich aber auch, dass du das Bedürfnis hast, gegen das Töten von Menschen mit mehr Fähigkeiten und mit besseren Waffen vorzugehen. Du hast einen großen Gerechtigkeitssinn und auch ich denke manchmal, dass es doch cool wäre, könnte man den bedrohten Menschen eine Art Iron Man zur Seite stellen, der oder die dann die Bösen konsequent entwaffnet und notfalls auch tötet. Die Fernsehbilder von den Banden mit Kalaschnikow in den meist ja armen Ländern, die dort alles zerstören, Menschen sinnlos töten und Kindern jede Chance auf Zukunft nehmen, während man sich fragt, warum die überhaupt an Waffen kommen und warum die nicht stattdessen ihre Infrastrukturen verbessern ... all das macht mich wütend und gern würde ich dazwischenhauen."

"Aber?" fragt Julia verwundert und mit hoffnungsvollem Unterton, während Michael die Taube mit der Schaufel in die Restmülltonne gibt.

ilsa ist im Bilde: "Aber zum einen sehen wir, dass was immer an Waffen zum Einsatz kommt, die andere Seite nachzieht - oder genauer gesagt, viele andere Seiten. Und zum anderen geht es uns um deine Seele."

"Daher hier die Aktion mit der Taube." fügt Michel an.

Julia offenbart nicht, ob sie daran schon vorher gedacht hat oder es jetzt tut: "Wir werden gut ausgebildet, um auch mit Stress und Traumata fertig zu werden."

Ganz Wissenschaftlerin rutscht ilsa heraus: "Trauma heißt, dass es schon zu spät ist." Sie fährt schnell fort: "Das Problem ist eben, dass du kritisch zu denken gelernt hast, und feinfühlig bist. Und irgendwann zerreißen dich die Gedanken, dass die Soldaten, die du töten musstest, oder die zwangsläufigen Kollateralschäden, gar nicht nötig gewesen wären."

Sie fährt fort: "Ich habe schon vor Jahren darauf hingewiesen, dass KI gesteuerte Roboter erst einmal positiv klingend schon bald Soldaten ersetzen können, dass aber danach als logische Konsequenz diese mit eigener Agenda oder missbraucht eben auch beliebig Menschen töten können."

Michael ergänzt: "Heute kommen bereits billige Drohnen aus Massenproduktion zum Einsatz, die schwarm-intelligent Menschen und andere Drohnen identifizieren. Wohin soll das führen? Dass wir wie in schlechten B-Movies uns vor verrücktspielenden Drohnen verstecken müssen? Oder, dass für wenig Geld jede kriminelle Bande Terror und Erpressung mit Drohnen durchführen kann?"

ilsa will es einfacher formulieren: "Ich kenne eure Männer-Filme nicht, aber ist bei eurem Batman, Iron-Man, und wie sie alle heißen, nicht immer wieder Thema, dass die Schurken eine Folge der Entwicklung der Helden sind?"

"Stimmt schon" sagt Julia und erläutert es: "Es gibt ja tatsächlich neben dreckigen Atombomben etliches an Bio- und Chemiewaffen, was dann beide Seiten im Wettrüsten entwickelt haben und sich zum Glück nicht trauen, einzusetzen."

ilsa mit dynamischem Ton: "Und genau das ist auch noch mal das Problem. Die, die wir die guten Länder nennen, würden das zum

Schutz der eigenen Bevölkerung nicht wagen. Aber in den vielen Schurkenstaaten ist es den Kriegstreibern vermutlich egal, was mit der eigenen Bevölkerung passiert."

Michael unterstützt das Argument: "Wer nichts, was er liebt, bedroht sieht, wird vor nichts zurückschrecken." Er ergänzt: "Nicht zu vergessen: Andere befehlen dir, was du zu machen hast - und über kurz oder lang befiehlst auch du dann anderen, was sie zu tun haben. Das sieht in Filmen immer so leicht aus, aber so oder so entscheidest du nicht frei, was du für richtig hältst."

Derweil betrachtet Max die Situation auf der Vorderseite des Hauses. Die nach Norden ausgerichtete Fläche mit einem Gründach ist offenbar nur ein bisschen aufgewühlt. Die andern Häuser haben aber sogar kaputte Dachpfannen zu beklagen und etliche Nachbarn finden sich nun auch an der Straße ein, um gemeinsam zu staunen und zu verzweifeln. Max runzelt die Stirn, als er von Nicks Sohn Melvin, der gerade mit seiner älteren Schwester Claudia in der Einfahrt mit Eisbrocken kickt, als Reaktion auf seinen Blick auf das demolierte teure Auto hört: "Papa findet das cool. Die Fußmatten waren eh dreckig und nun kriegen wir von der Versicherung eben ein neues Auto."

8. Der Blick von oben (ndb)

Das Brainstorming zu den möglichen Erklärungen eines offenbar menschengleichen Aliens, der einfach zusammenschmelzen kann, liefert abenteuerliche Vorschläge: Aliens, die schon ewig unter uns leben. Eben doch ein Milliardär, der die Kontrolle über seine geheimen KI-Roboter verloren hat. Eine Invasion, die zuerst Schlüsselpositionen durch menschenähnliche Roboter besetzt. Ein kreatives Schulprojekt. Ein Militärprojekt, das aus dem Ruder gelaufen ist. Oder aus Filmen motiviert die Erklärung, dass es von uns ist und in der Zeit zurückgereist ist.

ilsa strukturiert ein Ursache-Wirkungsmodell. Anfangs sieht dies aus wie ein Mind-Map. ilsa: "Ich fange mal an mit einer Sammlung von Leitfragen - die können wir gleich schärfen und ergänzen. Die Richtungen sind erst einmal ohne Rangfolge: Wie es es möglich? Was wäre das Motiv? Was können wir tun? Was kann schief gehen - eine Frage, die wir natürlich bei allem stellen, aber hier vielleicht noch mal im Sinne von Schreckens-Szenarien. Wie kommunizieren wir nach außen - was auch immer wir herausfinden oder eben nicht verstehen?"

ilsa blickt fragend in die Runde. Ein älterer Professor der Soziologie: "Was sind daraufhin mögliche Motive unserer Stakeholder, von Militär und Politik bis zur Wissenschaft?"

ilsa strahlt und nimmt es sofort auf. Dabei murmelt sie: "Schon komisch, dass jetzt selbst zu schreiben und nicht eine KI zu nutzen."

Als sie fertig ist, fragt ilsa: "Was meint ihr - wollen wir nacheinander alle Themen gemeinsam angehen, oder im World-Cafe-Format parallel in Gruppen, zwischen denen ihr munter wechseln könnt?"

Eine Naturwissenschaftlerin schlägt vor: "Nacheinander, dann haben wir das volle kreative Potential gleich bei allen Punkten und können dann lieber Themen schnell nach hinten schieben und wieder zurückkehren."

ilsa nickt und fragt in die Runde: "Was sagen die anderen? Wer ist dafür?" Die übrigen nicken mehr oder weniger alle und heben kurz die Hand. ilsa fährt fort: "Wollen wir willkürlich und wie eben vorgeschlagen mehrfach durch die Punkte gehen oder sollten wir eine Reihenfolge wählen?"

Als keine klare Reaktion kommt, sagt ilsa einfach: "Ok, es hängen die möglichen Fragen eh alle zusammen, also lasst uns einfach von links nach rechts durch die Leitfragen gehen. Wir können direkt etwas nennen und fahren dann fort mit den Fragen, was dazu führt oder was dagegenspricht. Oder, wenn uns nicht schon direkt etwas einfällt, können wir auch systemisch fragen, was etwas braucht und was negativ wirken würde. Klingt abstrakt, ist aber in der Praxis ganz einfach."

"Das ist die KNOW-WHY-Methode von dir - die wende ich ständig an." gibt ihr ein Vertreter des Militärs Rückenwind.

ilsa hebt nur ganz kurz, aber dennoch sichtlich beeindruckt eine Augenbraue, schmunzelt ebenso kurz und fängt mit der ersten Leitfrage an.

Möglich könnte es sowohl durch einen Ursprung auf der Erde in der Gegenwart oder aus der Zukunft sein, oder eben außerirdischen Ursprungs mit der Frage wie entsprechend Distanzen von entfernten Planeten zurückgelegt werden konnten.

Bei der Frage nach dem Motiv muss zuerst geschaut werden, auf welche Weise es erfolgt ist. Der Ursprung auf der Erde ergibt ganz andere Motive als die Möglichkeit, dass Außerirdische Intelligenz sich unter die Menschen mischt. Würde die uns ausspionieren wollen, hieße das vermutlich, dass sie trotz überlegener Technologie taktische Vorteile benötigte, um sich durchzusetzen. "Klingt nach einer durch Filme inspirierten Sichtweise." meint daraufhin ilsa schmunzelnd und ergänzt: "Wenn es von Menschen-hand und nicht militärisch motiviert ist, bedeutete das nun eine Menge Wirbel um vergleichsweise wenig, oder?"

Bei der Frage, was schiefgehen kann, reichen die Szenarien von einer KI, die uns als Menschen getarnt in den Schatten stellt, bis zu Außerirdischen, die uns ausspionieren und den Planeten über-nehmen wollen. Eine jüngere Psychologin gibt diesem Szenario noch eine andere Nuance: "Den Planeten übernehmen oder von uns befreien?" Sie schaut kurz verunsichert, fügt dann aber hinzu: "Na gut, oder uns zum Besseren hin wandeln möchte?" Bei dieser Erklärung hebt ilsa beide Augenbrauen und nickt zu-stimmend.

Bei der Frage nach der Kommunikation nach außen sind sich alle schnell einig, dass erst einmal gar nichts nach außen darf, es dann von der tatsächlichen Erklärung abhängt, und dass erst in be-stimmten Fällen es nach außen getragen werden könnte, um weitere Hinweise zu erhalten oder es, was auch immer es ist, in die Enge zu treiben. Dieser Punkt wird dann noch defensiver formuliert 'damit zu kommunizieren'.

Die Frage nach der möglichen oder wahrscheinlichen Reaktion durch dann Dritte finden alle spannend, wird aber nur angerissen. Es reicht von geopolitischen Krisen bis zu verschwörerischen Bu-siness-Interessen.

Zu allen Erklärungen sammelt das Team noch Antworten auf die KNOW-WHY-Fragen: Was braucht es, was spricht dagegen, jetzt oder in Zukunft? Bei der Frage nach den potenziell außerir-dischen Materialien denk ilsa: "Vielleicht sind die Elemente syn-thetisch?" Wie viele Gedanken, wird auch dieser auf Papier dem Modell hinzugefügt und am Ende liegen etliche Quadratmeter Flipchart-Papier am Boden, teilweise mit Fußabdrücken durch das Drauftreten des Teams.

ilsa blickt auf die Uhr und schlägt vor: "Lasst uns eine längere Pause machen. Wir schauen, was euch noch einfällt. Auf jeden

Fall sollten wir noch eine Antwort erarbeiten - nämlich die Frage, was wir als nächstes machen wollen, über das Anhören der Ergebnisse der anderen Arbeitsgruppen hinaus."

Wieder signalisieren alle Zustimmung und der Soziologie-Professor fügt noch an: "Wir sollten der unbekannten Entität ein Signal senden, dass wir offen für Kommunikation sind, ohne dass wir uns auch nur irgendwie in die Karten schauen lassen."

ilsa hebt den Daumen, alle gehen hinaus und sie schreibt den Vorschlag noch in das Modell. Draußen ist ein relativer Begriff, da wie in einem Gefängnis die Teilnehmer der Workshops nun plötzlich weniger Kontaktmöglichkeiten zu dem Personal des Stützpunkts haben. Nur die Soldaten und Soldatinnen aus den Räumen kommen mit hinaus und besorgen etwaige Essens- und Getränkewünsche.

Ein Soldat, der einen anderen Raum betreut, geht rüber zu ilsa: "Hallo ilsa. Schon die Frage nach dem Warum beantwortet?"

ilsa blickt einigermaßen verstört auf den mittelgroßen, eher unscheinbaren Soldaten und sein Namensschild. "Äh, 'Miller' wie spreche ich Sie an, 'Herr Miller'?"

"Sagen Sie gern 'Frank' zu mir - ansonsten werden wir hier tatsächlich mit 'Herr' oder 'Frau' angesprochen, da wir alle keine Rangabzeichen tragen." erklärt Frank.

"Ok." entgegnet ilsa mit leicht geneigtem Kopf. "Woher kennen Sie meinen Namen?"

Frank lächelt: "Ihr Namensschild." Er bemerkt offenbar, dass ilsa ihn anschauend weiss, dass ihr um den Hals hängendes Namensschild falsch herum baumelt und den Namen gar nicht offenbart. Er ergänzt: "Vorhin habe ich Sie vorbeigehen gesehen und auf das Namensschild blicken können."

ilsa wirkt immer noch leicht verstört und fragt weiter: "Ich bin dennoch überrascht, dass Sie so auf mich zukommen, obwohl Sie offenbar aus einer anderen Gruppe kommen. Egal. Warum fragen Sie direkt nach dem 'Warum'?" Sie blickt ihm weiter direkt in die Augen, vermutlich um eine Unsicherheit, eine Variation in den Pupillen erkennen zu können.

Frank: "Pure Neugierde. Wir sollen primär das Drumherum organisieren, dürfen aber auch uns einbringen, ohne uns zu wichtig machen zu wollen."

"Das ist gut." sagt ilsa und mit Blick auf die Uhr fügt Sie hinzu: "Hat Ihre Gruppe zum 'Warum' schon Ideen?"

Frank lächelt weiter und mit leichtem Nicken wendet er sich ab mit den Worten: "Weiter geht es. Wir sehen uns."

ilsa: "Jepp, viel Erfolg." Und geradezu gleichzeitig eilt sie zu ihrem Raum und flüstert noch zu sich: "Ein Getränk hätte er ja auch anbieten können."

Zurück im Raum geht es um die Frage, was sie als nächstes machen wollen. Eine Professorin gibt zu bedenken: "Wenn es wirklich nicht mehr Informationen gibt, werden auch die anderen Gruppen nichts mit Gewissheit herausfinden. Die Frage ist wie wir zu mehr Informationen kommen und wann wir wieder nach Hause dürfen."

ilsa nickt zustimmend wie viele andere auch und eine weitere Stimme dazu argumentiert: "Ich glaube es ist egal, ob wir die gesamte Öffentlichkeit nach Hinweisen fragen oder nur einen kleinen Kreis. Die Nachricht wird herauskommen und Chaos verursachen."

"Wir müssen einfach das Signal senden, dass wir Bescheid wissen und reden wollen, in der Hoffnung, dass die Antwort kommt, eh die Bevölkerung panisch wird." kommt als Idee gefolgt von: "Aber was wird mit uns - werden wir abgeschottet, bis die Antwort kommt oder die Story eh durchgesickert ist?"

9.   Zu Hause (ndb)

Es ist Abend und Julia steht suchend vor der offenen Kühlschranktür. Max kommt die Treppe herunter und bemerkt sogleich: "Wenn Mama nicht wäre, hätten wir einen smarten Kühlschrank, der dich jetzt 'Energieverschwenderin' nennen würde."

Julia kontert: "Ich müsste unseren Haushaltsbot einfach nur fragen, ob wir etwas Herzhaftes für mich haben, und dann müsste ich nicht suchen. Apropos Mama, wo ist die eigentlich?"

Max bekommt eine SMS - eine Kontaktanfrage von Eve. Er blickt verdattert und Julia fragt sofort: "Von Mama? Ist was?"

"Nein." antwortet Max. "Aus der Schule. Keine Ahnung, wo Mama ist. Wann kommt Papa? Wollen wir sonst Pizza essen?" lenkt Max fragend von der SMS ab.

Julia runzelt kurz die Stirn, aber der Hunger überwiegt und sie willigt ein: "Pizza it is." Sie kramt zwei vegane Bio-Pizzen aus dem Gefrierfach und Max geht zum Wassersprudler.

Michael kommt nach Hause und wird natürlich zuerst gefragt, wo ilsa ist. Michael: "Mama ist auf irgendeinem Seminar ohne Internet - über mehrere Tage. Sie springt kurzfristig für einen Kollegen ein. Was gibt's zu essen? Ich will auch Pizza!"

Julia schaut ein wenig ungläubig: "Irgendein Seminar für mehrere Tage ohne Internet und Telefon. Habt ihr telefoniert?"

"Nö...." sagt Michael ganz entspannt. "... eine Textnachricht."

Max daraufhin ganz nüchtern: "Wenn Affäre ausgeschlossen ist, bleibt nur Entführung."

Julia runzelt mit leichtem Lächeln die Stirn: "Wieso ist Affäre ausgeschlossen?"

Michael ist regelrecht verdattert: "Ich morse mal Thomas an. Der ist hoffentlich nicht bei dem Seminar und erreichbar." Sogleich zückt Michael sein Smartphone und schreibt Thomas.

Alle drei beschäftigen sich bis die Pizza fertig ist - Tisch decken, Gewächshaus schließen, aufs Smartphone starren, Bella bespaßen. Dann beim Essen fragt Max: "Und, eine Antwort von Thomas?"

Michael schaut auf seine Smartwatch und sagt: "Nope. Ihr braucht euch aber keine Sorgen machen. Mama ist in diversen Projekten mit unterschiedlichen Institutionen. Selbst wenn Thomas von dem Seminar nichts wüsste, bräuchten wir uns immer noch keine Sorgen machen."

Julia: "Ich habe Mama's Phone getrackt - es scheint tatsächlich ein Seminarhotel am Po der Welt zu sein. Sollten wir sie da mal anrufen?"

Michael: "Nein, sie hat doch erklärt, dass sie dort nicht erreichbar ist. Vermutlich ein Digital Detox, an den sich alle halten. Wollen wir noch was gemeinsam machen heute Abend? Ich würde sonst noch etwas arbeiten - kann das aber auch morgen machen."

Beide Kids schauen sich an und Max sagt als erster: "Passt, hab' auch noch was zu tun." und Julia dann: "Dito."

Michael fragt dann noch während des Essens: "Was gab's heute in der Schule?"

Julia signalisiert mit Kussmund und leichtem Kopfschütteln ein 'Nichts' während dann Max, als der Blick von beiden auf ihn gerichtet wird, antwortet: "Ging um Motivation. Habe versucht Mama's Konzept, dass wir alle uns nur integrieren und weiterentwickeln wollen, vorzustellen. Ist vermutlich nicht gelungen."

"Weil?" fragt Michael nach.

"Hatte mich irgendwie verhaspelt - aber in der Hausarbeit mit den anderen kriege ich das jetzt besser hin. Wie war's bei dir heute?"

Michael: "Öh, bei uns ging es tatsächlich um die Frage, ob ihr in Zukunft noch einen Job haben werdet oder müsst, oder ob KI für uns übernimmt."

"Cool, nicht mehr zur Schule gehen." überspitzt Julia.

Max daraufhin aber: "Oder Schule motiviert uns intrinsisch." Als Julia in verdutzt anschaut erklärt er: "Hatten wir heute in der Schule - die Frage, ob wir etwas für uns machen oder einfach nur machen müssen."

"Ich räume ab und gehe auch mit Bella." sagt daraufhin zufrieden lächelnd Michael und alle lösen die Runde auf. Michael geht noch ins Schlafzimmer, Bella ihm auf den Fersen. Er blickt in ilsa's Schrank und murmelt: "Ok, keine Chance, dass ich hier sehe, ob ilsa Klamotten und Zahnbürste mitgenommen hat."

Max schaut auf seinem Zimmer noch mal auf die Kontaktanfrage von Eve und bestätigt diese dann mit einem leisen "Hmm" der Verwunderung. Als dann später Eve's Frage kommt, warum er nicht Architekt werden will, antwortet er spontan: "Auch denk-bar. Eigentlich weiss ich noch nicht, was ich werden will. Und du?" Von Eve kommt dann erst einmal keine Antwort. Max be-hält sein Smartphone direkt in Sichtweite und surft scheinbar ziellos durchs Internet über Themen wie Tiny Houses, beste Schlagzeuger und Madagaskar.

Bei ilsa steht unterdessen nach einem langen Tag die Fusion der Ergebnisse der vielen Arbeitsgruppen an. Viele Gruppen denken in Richtung Materialien und Technologien, die außerirdisch sein müssten, und andere wiederum eher taktisch in Richtung Vertei-digung.

ilsa versucht die Ergebnisse ihrer Gruppe auch in Reaktion auf die vorangegangenen Gruppen zusammenzufassen: "Wir haben im Grunde vier Erklärungsrichtungen: es könnte feindselig oder einfach nur neugierig entweder irdischen oder außerirdischen Ursprungs sein. Erst die Antwort darauf erlaubt die wichtigste

Frage, die nach dem Warum zu stellen. Warum versteckt es sich unter uns - was hat es vor? Wenn es neugierig ist, brauchen wir einfach nur eine friedvolle Nachricht zu senden. In Anführungszeichen 'leider' ist die Nicht-Antwort auf unsere Nachricht nicht gleichzusetzen mit einer Feindseligkeit. Wir brauchen also weitere Hinweise. Zu allen vier Varianten haben wir wie auch die anderen Gruppen im Detail exploriert, wie es zu den Materialien kommen kann, warum es einen Selbstzerstörungsmechanismus eingebaut zu haben scheint, und ob die Nachahmung von Menschen die größte Gefahr ist, oder es um ungeahnte Technologien gehen kann. Spätestens, wenn es außerirdischen Ursprungs sein sollte. Wir empfehlen Botschaften auszusenden. Wir warnen davor, dass es an die Öffentlichkeit kommt. Und wir haben offen gesagt keine Ideen wie wir uns verteidigen könnten, solange wir nicht wissen, was es ist." ilsa blickt noch mal in die Runde zu ihrer Gruppe und fragt diese: "Habe ich etwas vergessen - gern ergänzen." Alle signalisieren Zustimmung und weiter geht es mit noch zwei anderen Gruppen.

Zur Überraschung aller scheinen die Entscheider, die diese Gruppen eingeladen haben, nun nicht sich zurückzuziehen und allein zu entscheiden, sondern es werden offenbar alle gefragt, was jetzt die nächsten Schritte sein sollen. Im Detail geht es dann um die Entwicklung von Detektoren für die Wesen, um eine analoge Kommunikations- und Verteidigungsstrategie, um die Vorbereitung von Stellungnahmen zu Leaks, und um den Umgang mit Vertretern anderer Länder.

Zum Ende der Nacht haut ilsa dann laut heraus, was viele längst sich ebenfalls fragen: "Ähm, Leute, wir sind uns alle einig, dass Panik in der Bevölkerung und der Missbrauch auch dieser Panik die größte Gefahr aktuell ist. Sie geht also von uns selbst aus. Wollen wir, die wir hier nun zusammengekommen sind, Tage, Wochen oder noch länger von der Außenwelt abgeschnitten warten, bis es weitere Informationen gibt. Wir haben Familien und wichtige Jobs. Das ist ein Dilemma - hier brauchen wir noch eine Lösung!"

Sowohl der Ernst der Lage als auch die Schwierigkeit der Frage führen zu einer beklemmenden Stille in der Halle. Es sagt wirklich niemand irgendwas und derweil führt bei ilsa zu Hause ein großes Unwetter in den frühen Morgenstunden zu massiven Schäden durch übergroße Hagelkörner.

ilsa hingegen begibt sich in die Stille hinein in ihre Rolle als Moderatorin: "Okay, Fantasie ist gefragt. Wir dürfen jetzt alle verrückte Ideen äußern und gemeinsam schauen wir, ob wir daraus nicht eine Lösung finden. Ich fang mal an: Die Story: ein Milliardär hat sich den Spaß erlaubt, viele Wissenschaftler zusammenzurufen, um genau dieses Szenario zu probieren. Es gibt aber weder Aliens noch die unerklärbaren Materialien. Wir sind dann wie die Mythen um die Aliens im Area 51 völlig harmlos. Wenn wer von uns sich wichtig machen will oder erpresst wird, etwas preiszugeben, mündet es immer wieder in einer Verschwörungstheorie."

ilsa schaut gespannt in die Runde, die immer noch nicht laut etwas sagt, aber immerhin viel miteinander oder mit sich selbst brabbelt. Endlich fragt jemand: "Wer ist der Milliardär?"

ilsa schüttelt leicht verdattert den Kopf: "Keine Ahnung, kann ja anonym bleiben. Aber ihr sollt jetzt nicht an diesem Beispiel bleiben, sondern eigene, abenteuerliche Ideen in den Raum werfen."

Ein älterer, sehr prominenter Wissenschaftler sagt mir ruhiger Stimme: "Das ist schon verdammt schlau. Alles andere wird an rechtlichen Bedenken scheitern bzw. immer irgendwie in sich zusammenfallen. Aber eine Verschwörungstheorie zu inszenieren, die so lange funktioniert, wie die meisten von uns es als Verschwörung abtun oder bis die Bedrohung sich offenbart, ist schon verdammt schlau."

Von der ursprünglichen Führungsriege kommt nach ebenfalls ein wenig Gemurmel dann: "Okay, lassen Sie uns noch 10 Stunden darüber brüten. Legen Sie sich schlafen, gehen Sie spazieren, besprechen Sie sich mit den anderen. Wenn wir keine Bedenken finden, soll in 10 Stunden ihr Rücktransport organisiert werden. Well done!"

Spätestens mit den letzten Worten setzt ein kleiner Applaus ein und die Gruppen lösen sich überdreht oder erschöpft auf.

ilsa trifft Carol, die euphorisch ihr entgegenruft: "Wow, du warst klasse."

ilsa hebt die Augenbrauen: "Nein, wenn überhaupt die ganzen Teams. Ich finde das immer noch Schwachsinn - was, wenn es das gar nicht gibt und es tatsächlich nur eine Übung ist?" Beide gehen in den noch frühen Morgen hinaus an die Seite und ilsa fährt fort: "Wir haben geklatscht - aber was haben wir erreicht? Uns fehlen einfach Informationen."

Carol lächelt milde und legt die Hand auf ilsa's Schulter: "Wenn wir alle die Erkenntnisse und Szenarien der letzten 20 Stunden in ein Buch packen würden, wäre das die Bibel für gleich mehrere Forschungszweige. Wir haben eine hohe Varietät erzeugt, mit der wir der Varietät etwaiger Bedrohungen begegnen können. Ashby's Law."

ilsa nickt zustimmend: "Bedrohungen oder eben auch nur höhere Intelligenz."

Frank kommt auf beide zu: "Bier zum Schlafen oder Kaffee zum Weiterdenken?"

ilsa und Carol schauen sich verwundert lächelnd an und Carol fragt leise: "Kaffee?" woraufhin ilsa laut sagt: "Kaffee und für mich eine Cola - ich trinke keinen Kaffee."

Frank nickt lächelnd, dreht sich und fügt noch an: "Ich schaue mal, ob es nicht auch Koffein haltigen Kakao gibt." ilsa reist kurz erschrocken die Augen auf und öffnet den Mund halb, aber Carol stupst sie an und fordert sie damit auf, auch ein paar Dehnübungen mit Blick in Richtung höher ziehender Sonne zu machen.

Neben einer verletzten Taube hat das Unwetter auch etliche Schäden bei Pflanzen, Gebäuden und Autos verursacht. Claudia ruft zu Max rüber: "Au weia - gut, dass wir nur Rasen haben und keine Gemüsepflanzen." Max blickt hingegen auf die vielen Schäden in ihrem Biogemüsegarten. Gleichzeitig hören beide aufgebrachte Stimmen von Nick und anderen vor dem Haus und gehen sogleich zu den Hofeinfahrten nach vorn.

Spät am Abend steht ilsa für alle überraschend in der Tür. Michael zieht eine Augenbraue hoch und die andere herunter und fragt: "Alles okay? Ging dein Handy auch auf dem Heimweg nicht?"

ilsa erschöpft und froh wieder da zu sein, alle nacheinander umarmend: "Sorry. Ich habe Unglaubliches zu erzählen - aber am liebsten würde ich jetzt erst einmal schlafen. Die Regierung hat ganz geheim Wissenschaftler zur Beantwortung einer Frage versammelt - darüber dürfen wir aber alle nicht reden. Ich erzähle es euch morgen früh trotzdem. Sagt nichts weiter - morgen mehr. Ist das okay?"

Michael schmunzelt: "Vorweg vielleicht noch eine schnelle Dusche?" ilsa nickt mit halboffenem Mund zustimmend.

10. Meme (vdb)

Der Tag der Talkshow ist da. ilsa fährt natürlich mit der Bahn und will das Fahrrad zum Bahnhof nehmen, als Michael fragt: "Soll ich dich nicht schnell zum Bahnhof fahren?"

"Nö, danke, ich komme ja morgen im Hellen an. Alles gut." entgegnet ilsa.

"Wenn ich jetzt 'du schaffst das schon' sage, kriege ich vermutlich Ärger. Daher wünsche ich einfach nur viel Spaß." sagt Michael keineswegs naiv, dass er es jetzt doch gesagt hat.

"Murphy" grinst ilsa mit fast zusammengepressten Lippen auf Murphy's Law, dass passiert, was passieren kann, verweisend und gibt Michael einen nicht flüchtigen Kuss zum Abschied.

In der Bahn versucht ilsa sich mit Arbeit abzulenken. Als es dann aber durch Vororte in die Städte geht, blickt sie aus dem Fenster und staunt, wie so oft, wie Menschen auf engstem Raum wohnen und wie kleine Gewerbe unaufgeräumte Hinterhöfe mit lauter Zeuchs haben und wie dann in Bahnhofsnähe die vielen jungen Bürogebäude von Banken, Versicherungen und Beratungshäusern folgen - allen gemein, dass kaum Menschen draußen sind, sondern eher fahrende und parkende Autos. "Wir sind doch nur Ameisen mit Autos" murmelt sie für niemanden vernehmbar.

Sie geht zu Fuß zum Hotel, um einzuchecken und sich bequem anzuziehen und dann mit dem Taxi zum Studio zu fahren. Tatsächlich blickt sie aber vorher kurz auf die E-Scooter, die vor dem Hotel bereitstehen. Im Studio wird sie herzlich empfangen. Die Redakteurin stellt sie einem ebenfalls früh angekommenen nicht allzu prominenten Unternehmensvertreter vor, und auch der aktuelle Oppositionsführer ist bereits samt Assistenten anwesend bzw. telefonierend. Geschäftig gibt die Redakteurin ilsa sogleich in die Hände der Maske.

"Wir hätten Zeit für mehr - Minimum ist ein wenig Pudern, damit im warmen Scheinwerferlicht die Haut nicht so glänzt." sagt eine rührige, klischeehaft flippige junge Frau.

"Minimum reicht" entgegnet ilsa und fügt hinzu: "Gibt es irgend- welche Vorgespräche, Vorbereitung auf die Fragen und Rollen?" ilsa merkt, dass sie sich gerade als Neuling in einer solch großen Fernsehsendung outet.

"Naja, die Promis versuchen No-Gos zu definieren und wollen Botschaften herüberbringen - die No-Gos werden höflich zur Kenntnis genommen und die übrigen Wünsche ignoriert. Ihnen wird man vermutlich gleich erklären, dass es Redeanteile gibt und sie nicht frustriert sein dürfen, wenn die Promis mehr reden dür- fen. Aber was sag ich da - vielleicht sind Sie ja auch prominent und ich weiss das nur nicht." schwenkt die junge Frau um in eine glaubhaft verlegene Haltung.

Die Runde ist wirklich prominent besetzt: zwei aktuelle Minister, zwei Vertreter der Oppositionsparteien, ein Journalist, ein Un- ternehmer und eben ilsa als offenbar Vertreterin der Wissen- schaft. Eine Ministerin ist gut vorbereitet und freut sich sichtlich über ilsa: "Ich bin gespannt auf Ihre systemische Sicht."

Die übrigen haben sich möglicherweise gar nicht informiert und ein Vertreter der Oppositionsparteien sagt letztlich ungeschickt: "Na, und ich bin gespannt, was die Wissenschaft jetzt gegen mich auffahren wird."

ilsa fragt zumindest leicht verwundert wirkend: "Warum erwar- ten Sie, dass ich etwas gegen Sie sagen werde? Ich rechne nicht mit einem Schlagabtausch - Sie sind alle erfahrener in der De- batte als ich."

Bedächtig nickend will der groß gewachsene Politiker noch etwas entgegnen als eine Assistentin alle auf ihre Plätze bittet. Tatsächlich gibt es keine weitere Vorbereitung - zu sehr waren die prominenten Vertreter der Politik damit beschäftigt, sich höflich zu begrüßen.

Die Runde startet, das Publikum im Studio wurde besser vorbereitet als ilsa und nach dem Vorspann legt die sympathische Moderatorin auch gleich los: "Die Herausforderungen in der Welt werden immer größer - wir haben Klimawandel und Verlust von Biodiversität auf der einen Seite, und die Gefährdung des Weltfriedens, immer mehr Autokratien, Gefährdungen von Geschäftsmodellen und Lieferketten, aufkommende KI und die Spaltungen der Gesellschaften auf der anderen Seite. Wie gewappnet ist unsere Politik, was müssen die Bürger*innen und was die Wirtschaft nun tun? Das sind die Fragen dieser Sendung." Sie fragt zuerst die Vertreter der aktuellen Regierung, was aus ihrer Sicht die größten Herausforderungen sind, und was die Regierung hier unternimmt. Darauf folgt die gleiche Frage sinngemäß ein beide Vertreter der Oppositionsparteien, was sie denn anders sehen.

Das Muster der Antworten ist recht typisch - die Regierung geht zu kleine Schritte als Ergebnis von Kompromissen und schlecht kommuniziert, und die Opposition kritisiert eben diese Kompromisse ohne eigene Lösungen zu haben. Der Journalist führt eben diesen Mangel an guter Kommunikation an und der Unternehmer wettert einerseits gegen zu viele Vorschriften und wünscht sich andererseits globale Vereinbarungen für mehr Wettbewerbsfähigkeit, bis als letzte der Runde dann nach einer gefühlten Ewigkeit ilsa gefragt wird: "Sie sind Systemforscherin - spezialisiert auf das Zusammenspiel vieler Faktoren. Wie hängt das möglicherweise alles zusammen, was sagt die Wissenschaft, was wir tun müssten?"

ilsa hat durch die langen Beiträge bis hierher quasi die ganze Bandbreite an Ansatzpunkten von Geopolitik über Wirtschaft bis hin zu planetaren Grenzen und Gesellschaft zur Verfügung und muss sich nun entscheiden, was sie mit ihrem ersten, vermutlich schnell unterbrochenen Beitrag macht. Vorab überlegt, was sie nicht machen sollte, startet sie: "Wenn ich jetzt darstelle wie die jüngsten politischen Handlungen aller Parteien mit Nationalismus im Ausland, Terror, Gesundheit, Gerechtigkeit, Arbeitsplätzen der Zukunft usw. zusammenhängen, würde das nur dazu verleiten zu behaupten, dass das alles gar nicht sicher und viel zu komplex ist und man sich lieber auf das Naheliegende konzentriert." Damit sie ihr eigentliches Argument vorbringen kann und nicht durch eine Nachfrage abgelenkt werde kann, fährt sie sehr schnell fort: "Viel relevanter scheint mir die systemische Sicht auf das Gebaren unserer Politiker und einiger Influencer zu sein. Politik sollte eigentlich aushandeln, welche Lösungen für unsere Herausforderungen die besten sind. Lösungen zu bearbeiten und zu bewerten, beauftragt man die Wissenschaft. Manchmal gibt es auch mehr als eine Lösung und jedes politische Lager sucht sich seine Lösung. Was wir aber erleben ist, dass die Lösungen ignoriert werden und einfach nur so plakative Aussagen herausgehauen werden, um Stimmung weniger für sich aber auf jeden Fall gegen andere zu machen."

Die erfahrene Moderatorin fährt schnell dazwischen, damit ilsa nicht einen langen Monolog hält: "Damit behaupten Sie schon mal, dass es die Lösungen für alles gibt."

Auch eine Vertreterin der Opposition ergänzt ungefragt aber sich zurecht angeklagt wissend: "Die Realität ist eben nicht immer so einfach wie die Wissenschaft sich das vorstellt."

ilsa kommt gar nicht dazu zu staunen, dass der Ball überraschend bei ihr bleibt und entgegnet: "Beides richtig. Es gibt mehrere Lösungswege, und zu vielen Fragen beauftragen gleich mehrere Ministerien Studien und auch aus der Wirtschaft und von den NGOs werden Studien beauftragt, die kurioserweise sich kaum unterscheiden. Nur handelt niemand danach. Wenn Politiker jetzt sagen, dass es so einfach nicht sei, dann sagen sie doch der Wissenschaft, was sie übersieht." Erneut beeilt ilsa sich fortzufahren: "Für mich ist die Frage: Fehlt die Kompetenz, die Studien zu verstehen, oder fehlt der Charakter, fürs Gemeinwohl und nicht für Partikularinteressen der eigenen Partei oder einzelner Unternehmen oder Verbände zu handeln?"

Was passiert nun? Entgegen ihrer eigenen Erwartung und Ankündigung ist ilsa gleich im ersten bzw. zweiten Beitrag voll auf Konfrontationskurs gegangen - und zwar in derber Weise. Wird nun die Moderatorin sie außenvorhalten oder werden die anderen sie zerpflücken?

Mit einer angehobenen Augenbraue und offenbar leicht unterdrücktem Lächeln fragt sogleich die Moderatorin, was denn die Oppositionspolitikerin von dieser Aussage hält. Die Antwort ist deutlich: "Das ist ein unerhörter Vorwurf, jetzt der Wissenschaft recht zu geben und Politik pauschal zu verteufeln. Wer sagt denn, dass die Studien alle richtig sind?"

Wieder sehr schnell und eh die Moderatorin weitere Reaktionen abfragen kann entgegnet ilsa: "Unerhört in der Tat. Aber Sie haben doch auch studiert. Wissenschaft ist so lange gültig, bis mehrere (!) Studien etwas widerlegen. Die Alternative ist bloße Deutungshoheit. Lassen Sie uns ein Beispiel nehmen. Ganz grob - was müssen wir tun, um die Klimaziele zu erreichen? Auf welchen Gutachten oder Studien beruhen Ihre Konzepte?" ilsa ist es ganz offensichtlich gewohnt wissenschaftliche Debatten auf Augenhöhe zu führen und nicht die Außenseiterrolle in einer Diskussionsrunde zu haben.

Die Moderatorin lässt sich darauf ein: "Ok, aber wirklich nur ganz grob. Was sind die Studien, auf die Sie sich berufen?" mit Blick auf den zweiten Vertreter der Opposition.

Diese sagt zurückgelehnt frei von Verunsicherung: "Wir dürfen weder die Bürger*innen noch die Wirtschaft überfordern und wir sollten mehr auf Markt setzen und dabei technologieoffen sein ohne Menschen zu bevormunden."

ilsa beeilt sich: "Also keine Wissenschaft, sondern Ihre Einschätzung? Und was sagen die Wissenschaft und großen Beratungsinstitute einhellig: Die CO2 Bepreisung ist viel zu lasch. Die Bürger*innen brauchen einen finanziellen Ausgleich für das Minimum an Treibhausgasen, was für sie nicht vermeidbar ist. Die Wirtschaft braucht Leitplanken und nicht ein Verschieben des Wandels mit dem Scheinargument der Technologieoffenheit. Während wir Pfründe sichern wollen, setzen die Chinesen auf Zukunftstechnologien und dominieren die Schlüsseltechnologien und deren Lieferketten."

Die Ministerin stimmt in den Kanon ein: "Frage jetzt, ob Sie das auch wissen und trotzdem anders behaupten oder ...."

Die Vertreterin der Opposition fährt erbost dazwischen: "Mit Verlaub, ein wenig sollten wir hier den Umgang und den Ton beachten. Das mag technisch so einfach aussehen, aber unsere Gesellschaft muss auch die Kosten schultern und wettbewerbsfähig bleiben. Die jetzige Regierung ..." es folgt noch eine Abrechnung mit dem Nichtzustandekommen von Maßnahmen der aktuellen Regierung.

ilsa wird von der Moderatorin angeschaut und darf noch was entgegnen: "Dazu müssen wir aber als erstes einmal Kosten von Investitionen unterscheiden, und dann auch auf die Wertschöpfung im Inland schauen. Was wir im Inland an Summen bewegen - was also nicht für Öl- und Gasimporte ins Ausland geht, können wir im Inland versteuern und gerecht verteilen, so dass wir als Gesellschaft plötzlich nicht nur mehr Wohlfahrt, sondern sogar mehr Wirtschaft haben."

Gerade noch ilsa den Raum gebend, muss die Moderatorin nun offenbar doch begrenzend eingreifen: "Wir rutschen jetzt zu sehr ins Detail. Thema der Sendung sind ja die großen Herausforderungen in der Welt und ob unsere Entscheider damit richtig umgehen. Wenn wir auf die geopolitische Lage und die Institutionen blicken, wo hakt es möglicherweise dort?"

Die Antworten auch des zweiten Ministers und des Journalisten in der Runde drehen sich um das Funktionieren von Institutionen, mögliche Überregulierung, Sicherung von Marktzugängen oder notwendige Allianzen, damit andere Allianzen verhindert werden. Deutlich wird, dass es Allianzen wie die EU oder die UN geben muss, damit Argumente ein Gewicht gegen rücksichtslose Einzelinteressen bekommen.

Es dauert eine Weile, aber dann fragt die Moderatorin auch ilsa, die sich erneut traut, länger zu antworten: "Auch da sind es wieder Partikularinteressen und die plakative Kommunikation von Unsinn. Die Lösungen sind auch auf der Ebene relativ klar, aber die Demokratien funktionieren, wie wir gerade auch gehört haben, nicht. Wenn die Bürger*innen nicht richtig informiert sind, nicht mündig sind. Wenn mit Ängsten und einfachen Botschaften nur Stimmung gegen die anderen gemacht wird, kippen irgendwann die Demokratien zu Autokratien mit Korruption, Kontrolle der Medien usw... Institutionen wie die EU oder die UN sind dann nicht auf dem Weg zu Lösungen für die Gesellschaft, sondern mit dem Sichern der Pfründe einzelner beschäftigt. Und wer das jetzt anzweifelt, frage ich mich wieder, ob das die Auffassungsgabe oder das Einzelinteresse ist, denn die Lösungen für unsere Herausforderungen sind ziemlich klar - ob nun für Wohlfahrt und Frieden oder Wirtschaftswachstum und Nachhaltigkeit in der Welt."

Die Oppositions-Politikerin sieht sich auf dem Kriegspfad um Kompetenz: "Sie sind so herrlich naiv, dass das alles so einfach zu lösen wäre. Das Aushandeln von Kompromissen führt immer zu suboptimalen Lösungen - das ist die Realität!"

In diesem Moment zumindest sind neben den Regierungs-vertretern auch der Journalist und der Unternehmer zusammen mit der Moderatorin gespannt, wie ilsa weiter die Opposition bombardiert. ilsa reagiert: "Keine Frage, dass es nicht so einfach ist. Aber sagen Sie den Bürger*innen oder der Wirtschaft überhaupt, was die Lösung wäre, um die Sie ringen?" Sie macht eine kleine Redepause mit dem guten Gefühl, weiter am Zug zu sein. "Nein, Sie murkscheln herum und sind mehr mit dem Verhindern von Wandel beschäftigt. Kompromisse bedeutet, dass wir auch geben. Und richtig spannend ist, das alles auf der Zeitachse zu koordinieren - wann also die Preise für Treibhausgase und Umweltverschmutzung weiter angehoben werden müssen, wann eine Digitalsteuer den Wegfall der Arbeitsplätze durch ein Grundeinkommen abfedern muss, wann wir welche Allianzen wie schmieden müssen, um wirtschaftlich Druck auf Schurkenstaaten und deren Kollaborateure ausüben zu können, usw.." Ilsa würgt sich damit selbst ab, da sie offenbar bemerkt, dass sie nun doch in Details gerutscht ist.

Der Oppositionspolitiker versucht daraufhin, wieder mit plakativen Aussagen zu punkten: "Mit dem Grundeinkommen zeigen Sie jetzt aber, dass Sie ideologisch daherreden. So etwas wird nicht funktionieren..."

"Einspruch - es geht nicht um nächste Woche, sondern um das, wovor Experten schon lange warnen - den Zeitpunkt, da zu viele Jobs automatisiert werden, ohne dass es alternative Jobs gibt. Wenn Roboter Roboter bauen, wenn KI Software uns KI generiert…" grätscht Ilsa hinein als die Moderatorin das Zepter in die Hand nimmt: "Dazu haben wir bald eine eigene Sendung. Zu unserem Thema heute scheint mir die Zusammenfassung zu sein, dass die Wissenschaft richtige Wege kennt, die Politik diese nicht so einfach findet, dass möglicherweise Einzelinteressen verfolgt werden, und dass die öffentliche Diskussion nur über oberflächliche, plakative Botschaften geführt wird."

Sie verspricht weitere Sendungen, die dann die einzelnen Themen auch vor diesem Hintergrund tiefer behandeln werden und beendet damit die Runde. Die Oppositionspolitiker sind im Nachgang noch entrüstet, dass die Wissenschaft hier nur einseitig sei und es ja noch andere Ansichten auch seitens der Wissenschaft gäbe, woraufhin Ilsa nur entgegnet, dass es ja keineswegs so sei, dass die aktuelle Regierung den wissenschaftlichen

Empfehlungen im ausreichenden Maße folge oder die Opposition auf ihretwegen andere Wissenschaft verweisen würde.

Die Politiker müssen allesamt als erstes los, während ilsa, der Journalist und der Unternehmer noch auf ein Feedback seitens der Redaktion oder der Moderatorin warten. Der Unternehmer sagt anerkennend nickend: "Klare Worte.", woraufhin ilsa sofort mit "Leider eben nicht. Ich war zwischendurch viel zu kompliziert." reagiert, während auch die Moderatorin zu der Runde gekommen ist.

Als der Journalist und der Unternehmer über Details der aktuellen Regierung sprechen wendet sich ilsa ganz offen der Moderatorin zu: "Wow, warum bekam ich so viele Redeanteile?"

Die Moderatorin lächelt vergnügt: "Nun, die Gegenseite hat vermutlich keine solche Attacken erwartet und die Regie hat mir ins Ohr geflüstert, dass es beim Publikum gut ankommt. Sie hatten einen Lauf."

Obgleich ilsa natürlich auch eine gewissen Euphorie in sich wahrnimmt, entgegnet sie selbstkritisch: "Ich fand es immer noch zu kompliziert, aber ich hatte viel weniger von mir erwartet."

"Wir werten das natürlich noch alles aus, aber ich glaube es wird nicht Ihre letzte Einladung in eine Talkshow sein." freut sich die Moderatorin in ihrer leitenden Rolle und ganz offensichtlich stimmt die Chemie zwischen den beiden Frauen. Die Moderatorin erzählt noch, dass sie tatsächlich erwartet hätte, dass ilsa die Zusammenhänge zwischen den Herausforderungen darstellt, und nicht direkt auf des Pudels Kern, die politische Kultur und die Kommunikation in den Medien abzielt.

In dem Moment wendet sich der Journalist zu ilsa und fragt, ob sie nicht einen Essay zum Thema für seine Zeitung schreiben möchte. ilsa freut sich und verspricht eine produktive Bahnfahrt.

Bereits im Hotelzimmer diktiert sie ihrem Smartphone bzw. ihrer KI-Assistentin: "Der notwendige Ansatz wäre zu fragen, was wir als Menschen eigentlich wollen. Und wie kommen wir da hin, was wäre heute möglich? Wollen wir wirklich 40 Stunden in der Woche arbeiten und vor dem Fernseher andere etwas erleben lassen, statt selbst etwas zu erleben?" ilsa blickt auf die immer noch vielbefahrene Straße vor ihrem Hotelzimmer und fährt fort: "Wenn wir dann weiter fragen, warum etwas so ist wie es ist, stellen wir schnell fest, dass es evolutionäre Bedürfnisse sind, die dazu führen, dass wir uns genau genommen falsch, gegen ein gutes Leben verhalten, dass wir Menschen für eigene Interessen manipulieren oder dass Menschen sich eben manipulieren lassen." ilsa runzelt die Stirn und zieht einen Mundwinkel zur Seite, offensichtlich selbst mit der Formulierung unzufrieden. Dennoch macht sie erst einmal weiter: "Das ist der KNOW-WHY Ansatz: in der Evolution ist erfolgreich, was sich integriert und was sich weiterentwickelt. Für beides haben wir unsere Emotionen vom Zugehörigkeitsgefühl bis zum Gefühl der Errungenschaft bzw. von der Angst bis zur Langeweile. Aus dem Gleichgewicht geraten die Zivilisationen, wenn Errungenschaften gegen das Gemeinwohl erfolgen, und wenn Zugehörigkeit durch falsche Botschaften ebenfalls gegen das Gemeinwohl erfolgt."

ilsa empfängt von Michael ein Kraft-Emoji, welches sie mit einem Erleichterungs-Emoji und einem Kuss-Emoji beantwortet. Damit ist klar, dass sie sich jetzt weiter auf ihren Essay konzentrieren möchte und darf. "Weiter geht's!" sagt sie und spricht in die Aufnahme: "Was müssen wir kommunizieren und vor allem, wie? Tatsächlich einfach nur einfach, so dass es von anderen im Sinne von Memen aufgegriffen und gestreut werden kann. Wir müssen erklären, dass Demokratieverlust, Klimakatastrophe, Biodiversitätsverlust, Migrationsdruck, Altersarmut, Wettbewerbsnachteile, geopolitische Instabilität/Kriegsgefahr, Wohlfahrtsgefälle unweigerlich zunehmende und zusammenhängende Probleme nicht nur in unserem Land sind. Wir müssen erklären, dass wir Leitplanken brauchen, damit die Investitionen in die richtige Richtung laufen. Der Markt allein würde kurzfristig denken und mit vollem Schwung über den Kamm der KNOW-WHY-Welle in die Katastrophe rutschen. Die Energiewende, die Antriebswende, die Elektrifizierung von Gebäuden - all das muss klar zur Pflicht werden, damit die Investoren Richtungssicherheit haben. Ohne dem denken einige noch, dass es klug ist abzuwarten und machen das zur scheinbar Selffulfilling Prophecy. Und schon kommen die PV-Module, Wärmepumpen, E-Autos und kritischen Lieferketten aus China, weil wir technologieoffen sein wollten."

ilsa wackelt leicht hadernd mit dem Kopf, spricht dann aber weiter: "Die Energiewende ist bezahlbar, aber macht Strom nicht günstiger. Der entscheidende Unterschied ist die Wertschöpfung im Inland, wenn die Anlagen aus unserem Land oder wenigstens unserem Wirtschaftsraum kommen, und wenn die Installations-Unternehmen damit gutes Geld verdienen, Geld, was nicht mehr für Öl und Gas ins Ausland fließt. Das können die Arbeitskräfte sein, die im Automobilbereich wegfallen. Und natürlich brauchen wir das Klimageld und die Förderung einkommensschwacher Haushalte - nicht wie häufig vorgeschlagen aller Haushalte."

ilsa wirkt angestrengt, aber nicht unzufrieden und zum Zähneputzen im Bad bemerkt sich auch den Hall, weshalb sie etwas leiser fortfährt: "Wenn wir übrigens irrig glauben an dem alten festhalten zu wollen, müssen wir sehen, dass auch ohne CO2-Preis Gas, Öl und Uran knapper und teurer werden und wir uns abhängig von Schurkenstaaten machen - von den Kosten der Klimakatastrophe gar nicht zu sprechen. Und wenn wir unsere Verbrennungsmotoren retten wollen, müssen wir doch jetzt schon erkennen, dass die große neue Konkurrenz eben elektrisch ist. Wenn da jetzt welche mit Bezahlbarkeit, Zumutbarkeit, Technologieoffenheit auch für synthetische Kraftstoffe und Kernkraft kommen, dann haben sie entweder keine Ahnung oder bedienen Partikularinteressen - häufig um des politischen Kapitals willen. Synthetische Kraftstoffe und Kernkraft sind die teuersten

Technologien und doch werden sie wegen ihrer vermeintlichen Einfachheit gern als Argument gegen den Wandel propagiert. Kernkraft wie auch Gas und Öl, externalisiert die immensen Kosten, die wir dann auf Umwegen zahlen müssen. Wir müssen stattdessen im Voraus in Elektrolyseure zur Rückverstromung von überschüssigen erneuerbaren Energien investieren und diese können nicht wirtschaftlich sein, wenn wir nicht dafür bezahlen, dass sie nur bereitstehen."

"Es geht aber noch viel weiter: wir müssen geben - anderen Ländern, damit wir deren Primärrohstoffe nutzen dürfen, und wiederum anderen Ländern, um den Migrationsdruck zu senken. Wir müssen mehr Steuern zahlen, damit wir mehr soziale Gerechtigkeit und bessere Bildung sowie eine Versorgung der alternden Bevölkerung erreichen - ansonsten rutscht unsere Gesellschaft ins Radikale. Das Argument, dass die Leistungsträger nicht noch mehr belastet werden können, ist Unfug. Jedes Einkommen über dem Durchschnitt ist nur durch viele Einkommen unterhalb des Durchschnitts möglich und wir wollen keinen Zusammenbruch der Gesellschaft, nur damit wir uns bis zum Schluss noch etwas mehr kaufen konnten. Dabei können wir mit sozialen Innovationen auch das Miteinander in unserer Gesellschaft neu erfinden - wenn die Werte des Miteinanders erst einmal etabliert sind, werden wir uns großartig entwickeln. Ohne einen Wertewandel landen wir in Dystopien, in denen einzelne rücksichts- oder bedenkenlos machen, was machbar ist, anstatt wir alle machen, was notwendig ist."

Sie endet mit "Lucy, verbessere bitte die Lesbarkeit und füge Quellen ein." Ihre KI-Assistentin zeigt sogleich einen etwas längeren Entwurf, den sich ilsa aber gar nicht weiter anschaut, sondern leicht geflasht geht sie zu Bett.

Am nächsten Morgen kommt Michael recht spät mit Bella vom Jogging zurück als einige Nachbarn bei Nick und Jennifer auf der Hofeinfahrt vor dem vom Hagel zerstörten Auto stehen.

Michael fragt eine Nachbarin, die wie viele die sehr beliebte Bella anstrahlen, welche sich auch freudig ihre Streicheleinheiten abholt: "Hi. Um was geht's?"

"Die Versicherungen zahlen nicht - zumindest einige nicht." sagt sie relativ gelassen, während bei einigen die Stimmung durchaus aufgeheizter ist.

"Zahlt deine Versicherung, Michael?" fragt Nick und es wirkt schon eher wie eine Konfrontation, denn eine empathische Frage.

Michael zögert auch kurz, ist dann aber doch nicht bange in einer Konfrontation zu landen: "Doch, wir haben ja eine etwas teurere, grüne Versicherung, die wohl alles zahlt, sogar Saatgut für den Garten." Alle hören zu und er versucht zu relativieren: "Aber ich gehe natürlich davon aus, dass nun die Beiträge deutlich steigen werden - am Ende bezahlen wir über die Beiträge ja alles selbst. Aber..." er schmunzelt "...aber sagt meiner Familie nichts davon. Die gehen alle noch davon aus, dass der Urlaub gestrichen ist und wir das alles selbst bezahlen und wieder aufbauen."

Erwartungsgemäß gerät Nick in Rage: "Toll, dass ihr euch das leisten könnt. Es ist eine Frechheit, dass die Versicherung hier im Kleingedruckten es von der Größe der Hagelkörner abhängig macht, ob es sich um eine nicht zu versichernde Naturkatastrophe handelt."

"Da muss der Staat helfen." ruft ein weiterer Nachbar und erntet zustimmendes Nicken von den meisten.

"Ihr meint, dass der Staat uns Gelder für die zerstörten Dächer und Autos geben muss?" fragt Michael zumindest von seinem Gesichtsausdruck her erstaunt.

Das meinen tatsächlich alle, aber sie merken auch, dass dieser Gedanken einen Haken haben könnte. Folglich fährt Michael denn auch fort: "Zum einen dürften in dieser Gegend wir noch am ehesten die Kosten schultern können. Zum anderen wird es nicht das letzte Ereignis dieser Art sein. Wenn wir erst unsere ersten Wirbelstürme hier haben und Gegenstände durch die Gegend fliegen, geht es weiter. Oder wenn es wochenlang zu heiß ist, wir Wasser sparen müssen und Klimaanlagen nachrüsten müssen, da unsere Älteren die Hitze nicht mehr aushalten. Gleichzeitig fallen mehr und mehr Ernten aus und wir und andere müssen ein Vermögen für Lebensmittel ausgeben..."

Michael wird von einer Nachbarin unterbrochen: "Dafür zahlen wir doch die vielen Steuern, damit der Staat in solchen Fällen hilft!"

"Und nicht das Geld für Ausländer und andere Länder ausgibt!" fügt ein älterer Nachbar hinzu, ebenfalls einige zustimmende Gesten erhaltend.

Michael fragt: "Ja, aber wie lang wird der Staat das können? Die meisten wählen doch Parteien, die keine neuen Schulden des Staates wollen, die Steuersenkungen wollen. Und es sind doch wir, die die Klimakatastrophen verursachen mit unseren großen Häusern, den dicken Autos, und all unserem anderen Konsum. Nun kommt, was seit Jahrzehnten vorgesagt wird und was die armen Menschen viel mehr trifft, und nun sagen wir, dass das deren Problem ist und wir mit unseren Steuergeldern nur uns helfen sollen?"

"Genau, du wolltest uns zwar ideologisch mal wieder alle kritisieren, aber im Grunde hast du es absolut richtig formuliert: wir zahlen die Steuern, und nun können wir auch davon profitieren!" wettert Nick.

Michael hat bereits für seine Entgegnung eingeatmet, als Nick's Tochter Claudia plötzlich einwirft: "Aber ist das denn gerecht, wenn wir Schuld haben, dass wir den anderen nicht helfen?"

Wow, das sitzt. Nick obgleich überrascht gibt noch schnell zu bedenken: "Wer sagt denn, dass wir schuld sind. Es sind vor allem die Chinesen, die mit ihren Kohlekraftwerken die Welt verdrecken."

Eine Nachbarin doch lenkt ein: "Claudia hat schon Recht - wir haben das alle zu verantworten. Und das dicke Ende kommt vermutlich noch erst."

Damit wird in einer konservativen Wohngegend plötzlich etwas zugegeben, gegen das verzweifelte Demonstranten seit Jahren vergeblich protestieren. Michael ergänzt: "Die Chinesen verursachen pro Kopf einen Bruchteil von dem, was wir verursachen. Die Kohlekraftwerke dort machen die billigen Produkte hier möglich und das größte Problem ist, dass die bevölkerungs-starken Länder letztlich alle unseren Lebensstil kopieren." Michael beeilt sich noch hinzuzufügen: "Wichtig ist nun, dass wir alle mehr zusammenrücken. Es ist nicht mehr wie früher, dass wir uns jeweils über unsere Anschaffungen freuen, sondern wir kommen jetzt in eine Realität, in der wie in den vielen Katastrophengebieten, die wir nur aus dem Fernsehen kennen, es jeden von uns oder sogar alle treffen kann und wir uns helfen müssen, alles wieder aufzubauen. Lasst uns eine Nachbarschaftsgruppe in Social Media aufmachen und verabreden, wann wir bei wem zum Aufräumen und Reparieren kommen wollen. Das wird bestimmt sehr gesellig. Lasst uns auch überlegen, ob wir uns nicht Autos und Lastenfahrräder teilen wollen - das spart enorme Kosten."

Jennifer legt stolz den Arm um ihre Tochter Claudia und verkündet: "Wir werden gleich mal die Gruppe eröffnen." Der ältere Mann fragt sogleich, ob jemand mal bei seinem Auto in der kaputten Garage helfen kann und eine Frau, ob jemand eine Leiter und Idee hätte, um ihr Dach schnell provisorisch dicht zu bekommen.

Michael verkündet, dass er bereits am gleichen Nachmittag loslegen könnte, und geht mit Bella ins Haus.

11. Die Macht der Bäuche (vdb)

ilsa kommt vergnügt mit dem Fahrrad vom Bahnhof und trifft auf Jennifer und Claudia in deren Einfahrt: "Hey Claudia - heute keine Schule?" fragt sie, worauf Claudia freudig entgegnet: "Der Hagel hat diese komischen Fenster im Dach der Schule zerbrochen und nun liegen da überall Scherben und es muss das Dach abgedichtet werden. Kann wohl länger dauern."

Jennifer schaut ilsa an, die vom Fahrrad abgestiegen noch für Claudias Antwort innegehalten hat, und sagt ganz direkt: "Respekt, ilsa! Wir dachten immer, dass du mit deinen Meinungen nicht unbedingt Recht hast, aber gestern in der Talkshow hatte man das Gefühl, du wüsstest es wirklich besser als die Politik."

ilsa, eigentlich total verblüfft, sagt daraufhin schnell: "Keine Sorge, zu vielem habe ich auch nur eine Meinung und sicherlich auch nicht immer Recht. Aber dort, wo sich die Wissenschaft einig ist, sollten nicht Meinungen Grundlage wichtiger Entscheidungen sein."

Claudia fragt begeistert: "Du warst im Fernsehen? Davon wusste ich nichts. Wann, wie, wo?"

Jennifer erklärt es Claudia, während ilsa nur kurz dankt und ins Haus entschwindet.

Dort sagt sie ganz verwundert zu Michael, während sie ihm am Computer sitzend einen Kuss gibt: "Unglaublich - Jennifer hat tatsächlich gerade eingeräumt, dass wir mit unseren Argumenten Recht haben könnten. Ich dachte immer, sie würde immer nur die konservativen Meme weitertragen, ohne wirklich nachzudenken bzw. selbst zu denken."

Michael dreht sich zu ihr und steht auf: "Also, bisher haben wir beide ja immer gemeint, dass wir nur stolz auf uns oder unsere Kinder sein können - aber mir fällt nichts Besseres ein, als zu bemerken, dass ich auch stolz auf dich gestern war. Well done!"

ilsa will offenbar bescheiden bleiben: "Ich bin immer noch bei Jennifer. Aber das mit dem Stolz kann nur sein, da du mich beeinflusst und du damit auch stolz auf dich sein kannst. Woher kommt dieser Wandel bei Jennifer - doch nicht von nur einem Fernsehauftritt von mir?! Haben wir uns in ihr die ganze Zeit geirrt?"

"Der kommt möglicherweise von Claudia." sagt Michael und erklärt: "Heute morgen hat es hier wirklich sonderbare Entwicklungen gegeben. Bei den meisten zahlen die Versicherungen nicht, Nick hat gefordert, dass der Staat nur uns hilft, aber nicht das Geld den Ausländern gibt, und Claudia hat plötzlich gefragt, wo da die Gerechtigkeit sei, wenn doch wir den Klimawandel verursacht haben. Das saß plötzlich bei allen - viel mehr, als wenn du oder ich es gesagt hätten. Nick schien stinkig und Jennifer stolz auf Claudia."

"Ok, das ist wirklich bemerkenswert!" sagt ilsa froh und möglicherweise erstaunt, dass es nicht allein ihr Fernsehauftritt war, der zu der Veränderung in der Nachbarschaft führte.

Sie knuddelt die aufgeregte Bella, die ihr Lieblingsstofftier zur Begrüßung bringt, wo doch Frauchen so lange weg war. Michael fragt, ob er das Auto haben kann, um zur Fortführung der Besprechung von Freitag zu fahren.

Jennifer geht mit Claudia ebenfalls ins Haus, wo Nick Jennifer ganz angespannt anschaut. Claudia geht nach oben und Jennifer zu Nick, der ihr extrem ernst sagt: "Wir zahlen für das Auto über tausend Euro im Monat - und das die nächsten 10 Jahre, denn wir können es nicht einfach nach 4 Jahren in Zahlung geben. Ein neues Auto in der Größe können wir uns schon mal gar nicht leisten!"

Claudia legt ihre Hand auf seine Schulter und wenngleich Nick diese gleich wegwischt, sagt sie doch: "Wir schaffen das. Wir haben immer noch mein Auto und den anderen geht es genauso.

Vielleicht teilen wir uns wirklich einfach ein Auto mit Michael und ilsa."

"Niemals…" raunzt Nick "... eher nehmen wir noch einen Kredit auf das Haus auf.''

In der Schule trifft derweil Max auf Eve. Eve ist ausgesprochen hübsch mit tollen, hellblauen Augen. Aber selbst ältere Schüler blitzen bei ihr ab, da sie mit ihrem selbstbewussten Tiefgang eher entblößend wirkt. Max ist sportlich und ein kritischer Geist, gehört aber nicht zu den Alpha-Jungen, die mit teuren Frisuren und Klamotten sowie coolem Gebaren in der ersten Reihe stehen und von den Mädels angehimmelt werden.

Sie treffen sich auf einem belebten Gang und treten beide spontan zur Seite an die Wand und schauen sich mit leichtem Lächeln erst nur an. Eve sagt zuerst etwas, fast vorsichtig: "Was sagt dein Bauchgefühl."

Max hat zwar die Antwort sofort parat, zögert aber kurz, bis er zugibt: "Das hat Schiss."

Beide schauen sich ungewöhnlich lange in die Augen. Eve: "Scheiss auf das Bauchgefühl, was würde eine Analyse deiner Mutter ergeben - die war gestern im Fernsehen großartig."

Wow, das waren dann der Gemeinplatz und die Offensive auf einmal. Verdattert nimmt Max den Gemeinplatz auf: "Du schaust so was?" Dann aber fährt er sofort fort, um den Tiefgang zu erhalten: "Sie würde es mit Evolution erklären ... mir zwar nicht die Angst nehmen, aber sagen, dass es normal ist."

Inzwischen sind sie unbewusst näher zueinander gegangen - auch, um nicht gehört zu werden, wenngleich sicherlich beide das Umfeld längst, wie im Tunnel ausgeblendet haben. Beide heben unbewusst und magisch ihre Hände zueinander, so dass sich ihre Fingerspitzen vorsichtig berühren. Sie haben vermutlich beide gerade einen Kloß im Hals und weiche Knie.

"Ich liebe dich." sagt Eve eher mit einem lauten Flüsterton und gefolgt von einem leicht unterdrückten Schlucken.

Max entgegnet in dem Moment fast gelassen: "Ich glaube nicht, dass wir das in unserem Alter so schnell sagen, oder?"

Eve ist kurz verunsichert und sagt mit fast zittriger Stimme: "Sind wir wie alle anderen?"

Max bemerkt verlegen die Unsicherheit und beeilt sich zu sagen: "Ich liebe dich von dem ersten Tag, da ich in den Klassenraum kam und dich sah."

Beide drücken ihre Hände ein wenig fester und tatsächlich kriegen auch beide leicht feuchte Augen des Glücks. Der Flur leert sich, der Unterricht beginnt und sie gehen - Eve vorweg - in den Klassenraum. War ihre so schnelle Annäherung nun das Ergebnis von Hollywood, von der Ratio, die beide offenbar teilen, oder einfach nur eine zufällige Entwicklung ihres Dialoges? Nun, Hollywood oder die Kopie üblicher Pärchen-Bildung unter Teenagern waren es sicherlich nicht.

Michael steht mit den anderen im Besprechungsraum. Die flotten Sprüche, dass jetzt nach dem Fernsehauftritt von ilsa klar sei, woher er seine schlauen Momente hat, liegen hinter ihm. Es geht noch kurz um einen Kollegen, der wider Erwarten sich nicht virtuell zuschalten kann, da das Unwetter auch mal wieder Funkmasten außer Gefecht gesetzt hat.

"Ok, ich habe ein Modell vorbereitet. Das Gesamtziel ist unsere Mission auf der einen Seite und 'A great place to work' auf der anderen Seite. Klar ist, dass sich das noch gegenseitig beeinflussen wird und dass wir natürlich jetzt und in Zukunft genug Gewinne brauchen, um das alles zu finanzieren." stellt Michael das vorbereitete Strategie-Modell vor.

"Unsere Mission ist immer noch das Entscheidungsunterstützungssystem für Unternehmen, oder?" legt der ältere Kollege los. Alle machen mit - es reicht, wenn Michael jemanden aus dem

Team anschaut und schon kommt Input, sei es Form von Aspekten, die notwendig sind, oder von Aspekten, die hinderlich sind. Letzteres, die Rolle des Advocatus Diaboli einnehmend, oder wie es im Team dann häufig heißt, ob wer mal 'Murphy' sein könne, damit angenommen wird, dass passiert, was passieren kann.

"Wir müssen die Business Intelligence liefern, welche mehr oder weniger Standard ist und was die Kunden kennen." sagt eine Kollegin.

Ein Kollege ergänzt: "Und wir müssen dann weiter gehen, mit Alleinstellungsmerkmalen, integrierte Weiterentwicklung."

Michael daraufhin: "Bisher ist das die Dynamic Strategy Map, dass wir in einem Simulationsmodell die potentiellen Entwicklungen der Märkte und ihres Umfelds mit der Entwicklung der Kennzahlen und Szenarien des Unternehmens verknüpfen."

"Was für viele schon zu viel Weiterentwicklung ist" fährt eine Kollegin dazwischen.

"Richtig..." sagt Michael "... und hier wäre eine Möglichkeit, dass das Modell zur potenziellen Entwicklung der Märkte nicht mehr jedes Mal individuell entwickelt wird, sondern als solches standardisiert und von uns prominent vermarktet wird. Dann haben wir mehr Integration."

"Wir könnten eine Kooperation mit einem führenden Statistik-Unternehmen eingehen, statt nur deren Daten zu kaufen." nimmt der ältere Kollege den Faden auf.

Michael daraufhin: "Sehr gut, damit machen wir gleich weiter. Aber ich sehe eben auch die Möglichkeit eines neuen Features, das zum einen revolutionär hilft, die Wertschöpfung zu erhöhen, und zum anderen auch den vielen kleinen Unternehmen ein Entscheidungsunterstützungssystem an die Hand zu geben."

"Also gleich zweimal noch mehr Weiterentwicklung: für unsere Kunden und für uns, die wir dann kleine Unternehmen adressieren." denkt eine Kollegin laut.

Michael: "Keine Frage - wir müssen diese Weiterentwicklungen integrieren. Eine natürlichsprachliche Vorgangserfassung mit KI, die dann selbst erkennt, was welchen Kunden zuzuordnen ist, was Overhead ist, was informell zur Teamentwicklung beiträgt, was Kompetenzen entwickelt, was buchungsrelevant ist, usw. macht augenscheinlich zwar die Mitarbeiter transparent und ist an der Grenze des Datenschutzes. Aber wenn Unternehmen auch verstehen, dass eben alles, was die Mitarbeiter*innen am Tag machen, einen Wert hat, und diese Tätigkeiten dann eben dem Team, den Kompetenzen, den Kundenbeziehungen, der Organisationsstruktur, dem Lernen zugeordnet werden können, dann können Teams mit diesen Informationen gemeinsam erkennen, wo Flaschenhälse sind, wo die Wertschöpfung liegt, wo zu wenig gemacht wird. Das soll dann nicht dazu führen, dass die Mitarbeiter*innen dann die Zeiten für die einzelnen Arbeiten für die Kunden viel länger angeben, um Leerlauf in ihrer Arbeit zu kaschieren. Vielmehr enthält das Unternehmensmodell auch Faktoren, die als Erfolgsgrundlage Kompetenzen, Teamspirit, lernende Organisation etc. beschreiben, welche gepflegt werden wollen, welche Talente halten und anziehen."

"Ich hätte schon Bock auch mit KI zu programmieren, dass ganz nebenbei ohne komplizierte Eingabemasken erfasst wird, was in dem Unternehmen so alles läuft, und dass das dann automatisch Buchhaltungsprozesse, Kostenrechnung, Qualitätsmanagement etc. pflegt." freut sich ein Programmierer aus der Runde, wozu augenscheinlich die meisten zustimmende Gestik und Mimik zeigen.

"Ok, lasst und das intern doch mal ausprobieren." sagt daraufhin die Kollegin vom Marketing.

Michael pflegt alles in das Modell ein und sie diskutieren noch wie viele Ressourcen und Zeit sie aufwenden können, was noch alles notwendig wird, um mittelfristig damit Geld zu verdienen und Boni für alle zu erwirtschaften.

Eine wichtige Bemerkung kommt allerdings zum Ende noch von der jungen Kollegin: "Wenn unsere Mission ist, bessere Entscheidungen in Unternehmen zu ermöglichen, und unser System das auch bestmöglich unterstützt - was macht uns so sicher, dass die Entscheider dann nicht doch wieder aus dem Bauch heraus entscheiden, dass Sie von sich und vielleicht auch andere von ihnen erwarten, alles zu wissen und zu spüren. Die Strategie und die Zahlen, die unser System mit allen im Unternehmen quasi auf Augenhöhe erarbeitet, spielen dann doch wieder keine Rolle, oder?"

"Tja..." sagt Michael "...wenn Modelle sagen, was ich schon weiss, brauchte ich das Modell nicht. Und wenn sie was anderes sagen, sind die Modelle falsch, sind darin zu viele bloße Annahmen. Das Problem kennen wir und wir brauchen einen langen Atem für einen Kulturwandel in der Landschaft politischer und unternehmerischer Entscheidungen." Er blickt kurz aus dem Fenster und macht ausholende Bewegungen mit seinen Armen: "Wir kommunizieren ja heute schon mit unserem Marketing, dass ohne gemeinsamen Blick auf ein Modell Entscheidungen eben einem verborgenen, nicht zu hinterfragenden Modell im Kopf oder Bauch eines Entscheiders entspringen."

Eve und Max trauen sich noch nicht so recht, sich im Schulbus nebeneinander zu setzen und doch streift Max's Hand der sitzenden Eve's Wange im Vorbeigehen zu seinen Kumpels in der letzten Reihe des Busses. Immerhin schaffen beide einen von den anderen unbemerkten Austausch von Textnachrichten.

Max: "Warum soll ich deiner Meinung nach Architekt und nicht Handwerker werden?"

Eve: "Sollen? Ne, das war nur eine Lösung den anderen den Wind aus den Segeln zu nehmen und vielleicht dich wohler zu fühlen. Alles gut. Treffen wir uns heute?"

Max: "Habe die Bella-Schicht - ich komme gegen vier vorbei geradelt?"

Eve sendet einen Kuss mit Herzchen-Smiley .... und dazu einen Hunde-Smiley, so dass die Herzchen auch Bella gelten können. Max flüstert zu sich selbst extrem leise: "Die Biochemie der Liebe ist doch genial - eigentlich muss ich zumindest die nächsten drei Jahre keine Angst haben."

Nachmittags dann das erste Mal. Eve steht schon mit ihrem Fahrrad bereit und es geht in den Wald. Bella freut sich Eve kennenzulernen und läuft brav neben Michael her. Im Wald finden die drei eine Bank auf einem eher kahlen Hügel. Während Bella sich hechelnd abgelegt hat, drehen sich die beiden zueinander, wieder synchron und wieder finden sich ihre Hände. Keiner von beiden muss die Initiative ergreifen, denn beide nähern sich vorsichtig dem anderen - für den ersten Kuss. Extrem langsam und zart ertasten sich ihre Lippen. Sie nehmen sich viel Zeit und probieren vorsichtig jeweils nur die Ober- oder die Unterlippe. Max entfährt ein leichter Seufzer und Eve daraufhin ein eher wohliges 'Mmh'. Sie schauen sich wieder tief in die Augen, die Nasenspitzen berühren sich. Als die Lippen sich erneut berühren probieren beide wieder gleichzeitig und vorsichtig auch ihre Zungen, ohne dass sie dabei nun stürmischer würden.

"Es wird langsam unbequem." sagt Eve und hockt sich auf Max's Schoß und nimmt sein Gesicht in beide Hände und streichelt mit den Daumen seine Augenbrauen.

Diese Initiative scheint Max ein klein wenig Unbehagen zu bescheren. "Für mich ist es das erste Mal." sagt er ruhig und leise allerdings eher souverän denn verlegen.

"Für mich auch" entgegnet Eve, was Max mit einem erstaunten "Oh" quittiert.

Eve ahnt vermutlich, dass Max annehmen muss, dass sie längst mit älteren Jungs Erfahrungen gesammelt hat. "Küssen nicht, ist nicht neu. Definitiv aber noch nie so. Sex hatte ich aber noch nicht."

Max ist offenbar angenehm in jeder Hinsicht erstaunt und mit deutlicher Verzögerung murmelt er: "Ich habe keine Kondome dabei - du?"

"Ne, hatte ich auch noch nie." sagt Eve und beide ertasten sich weiter zärtlich. "Es geht so schnell mit uns und fühlt sich so richtig und vertraut an. Was sagt dein Bauchgefühl?" fragt Eve mit ruhiger Begeisterung.

Wieder bekommen beide gleichzeitig leicht feuchte Augen und unbewusst rutscht Eve etwas vor, so dass sich ungewollt ihre Genitalbereiche berühren. "Oh", sagt sie überrascht.

"Ist das ein Wunder?" entgegnet Max, der schnell versucht unbemerkt sein abknickendes, erigiertes Glied zur Seite zu packen.

"Was machen wir?" fragt Eve.

"Kondome besorgen, es verschieben, oder..." Max spricht die dritte Variante nicht zu Ende als Eve sagt: "Oder wir verhüten anders."

Max hat kurz einen unsicheren Gesichtsausdruck, weshalb Eve vorschlägt: "Wir könnten uns gegenseitig befriedigen..." und selbst unsicher fährt sie fort "... und wir könnten gemeinsam kommen."

Beide hören dabei nicht auf ihre Hände zu halten. Ihre Umgebung haben sie längst ausgeblendet. "Wir sollten aber mit dir anfangen und du mir sagen, was dir gut tut - denn ich komme gleich von ganz allein" entfährt es Max auch mit dem Unterton wie heiß er die Situation findet. Eve rutscht vorsichtig rhythmisch fester in seinen Schoß und beide beginnen nun sich wesentlich intensiver zu küssen.

Max muss sich jetzt vermutlich mit absurden Gedanken ablenken. Sie fangen an sich vorsichtig in die Lippen zu beißen. Max fasst Eve in die Leggings fest am Po, worauf Eve sich nach wenigen Sekunden dreht und Max Hand vorn zum Eingang in die Leggings führt.

Gut aufgeklärt legt Max seine Finger nur auf die Klitoris und lässt Eve die Intensität mit ihren Bewegungen wählen. Eve drückt auf seine Hand woraufhin er sich traut für ihn Neuland zu erkunden. Vaginal und klitoral arbeitet seine Hand geführt von Eve's Hand immer schneller und fester, er küsst sie unter ihren langen Haaren im Nacken, während sie sich räkelt und seine zweite Hand ihre Brüste findet. Eve's zweite Hand versucht gerade mal andeutungsweise seine Hose zu öffnen als sie auch schon intensiv kommt.

Ihre Hand liegt auf seinem Glied in der immer noch geschlossen Hose als nur langsam ihr Orgasmus abklingt und es ihr heftig atmend entfährt: "Sorry, ... sorry. Jetzt du."

Max sieht bereits total glücklich aus und beide lächeln sich leicht verschwitzt an. Eve dreht sich vergnügt, um endlich diese verflixte Hose aufzubekommen. Für Max offensichtlich ein intimer Moment, weshalb Eve gleich sagt: "Hilf mir." Sie schaut fast fasziniert auf das erigierte Glied und fasst mit der einen Hand vorsichtig die Hoden an, und umschließt mit der anderen ebenso vorsichtig das Glied.

Max umfasst daraufhin ihre Hand und zeigt, wie doll und langsam es gehen kann, um dann zügig schneller zu werden und ebenfalls intensiv aber zurückhaltend zu kommen.

Eve ertastet weiter neugierig Glied, Hoden und auch Sperma, eh Max sie zu sich auf den Schoß zieht und beide sich weiter intensiv küssen. An ihre Umgebung denken beide erst, als Bella aufsteht und sich wohlig streckt.

Beide blicken verlegen in alle Richtungen. Eve sagt: "Das ist so viel intensiver als Selbstbefriedigung - Wahnsinn."

"Noch mal?" fragt Max. "Noch viele Male" freut sich Eve und presst ihre Schenkel dabei seitlich an Max's Brustkorb. "Aber jetzt müssen wir dringend zurück - ich muss zu Hause helfen und bin viel zu spät."

Sie versuchen noch Max's Spuren mit einem Taschentuch von der Kleidung zu bekommen eh sie total vergnügt nach diesem für Teenager eher ungewöhnlichen Zusammenkommen wieder nach Hause radeln.

Beim Abendbrot fragt Max: "Was ist Bauchgefühl? Ich mein', ihr habt das schon mal erklärt - aber so ganz genau weiss ich das nicht mehr."

ilsa: "Bauchgefühle sind Heuristiken abhängig von Erfahrungen in vergleichbaren Situationen. Man hat das Gefühl, dass eine bestimmte Entscheidung richtig sein wird. Wenn die Situation aber neu ist oder die emotionale Wahrnehmung verfälscht ist, ist das Bauchgefühl unbrauchbar und es ist nur Zufall, wenn es aufgeht."

Michael bemerkt erstaunt: "Das ist ja putzig - bei uns im Büro ging es heute auch um Bauchgefühl."

Julia: "Mein Bauchgefühlt sagt mir, dass Max das nicht einfach so fragt?!"

Max: "Bei mir ging es heute dann offensichtlich nicht um Bauchgefühl." Alle schauen ihn verwundert an, woraufhin er noch hinzufügt: "Lange Geschichte - ein anderes Mal." Gleich mehre Augenbrauenpaare gehen daraufhin hoch, ohne dass noch wer etwas dazu sagt.

12. Der überspringende Funke (vdb)

Die Medien überschlagen sich mit Diskussionen um die Kosten der Hagelkatastrophe, die sich zudem über ein außergewöhnlich großes Gebiet erstreckte. Die Regierung betont, dass das jetzt zur neuen Realität gehört, dass es jeden treffen kann. Erste Proteste gibt es daraufhin in der Hauptstadt - sowohl gegen die Regierung als auch von fast schon triumphierenden Klimaschützern. Letztere geben gewollt oder ungewollt einigen Konservativen das Gefühl Menschen zweiter Klasse zu sein, die uneinsichtig alles verbockt haben.

Am nächsten Morgen steht Eve mit zwei Freundinnen an der Bushaltestelle, als einer der coolsten Typen aus den älteren Jahrgängen mit seinem tollen Roller vorfährt und Eve direkt fragt, ob sie nicht mitkommen möchte - er hätte auch einen zweiten Helm dabei. Eve ist ziemlich verdattert und sagt einfach nur: "Nö, aber danke. Ich fahr aus Überzeugung Bus. Ist gut für meinen 'For-a-Better-World Score'."

"Kein Problem" sagt besonnen aber sicherlich enttäuscht bis verärgert und später vermutlich auch beschämt der coole Typ und fährt gemäßigt weiter.

Eve's Freundinnen sind verblüfft: "Was war das denn gerade? Wieso fährst du nicht mit? Der Typ ist doch klasse!" fragt die eine. "Oder darfst du nicht mit auf einem Roller fahren? Oder, äh.... oder stehst du nicht auf Jungs?" fragt dann plötzlich verunsichert die andere.

Eve schüttelt nur leicht schmunzelnd den Kopf, als die erste der beiden plötzlich herausplatzt: "Keine Ahnung, ob ich mir jemals einen Roller oder ein Auto leisten kann - wir haben gerade richtig finanzielle Probleme."

"Waaas, wegen der Versicherungen, die nicht zahlen?" sagt empathisch die andere.

"Ja, das auch, aber vor allem wohl, weil wir gerade einen Kredit auf das Haus aufnehmen mussten, um die Pflege meiner Groß-eltern zu zahlen. Aber das muss unter uns bleiben - meine Eltern streiten sich wie verrückt und scheinen sich sogar zu schämen."

Von weitem ist bereits der Bus zu sehen als Eve sagt: "Max und andere haben eine Arbeitsgruppe gebildet - verflixt, wir brau-chen noch einen coolen Namen dafür. Egal, die Gruppe repariert jetzt bei allen die Dächer und so weiter und kümmert sich um Fahrgemeinschaften, Car-Sharing etc... Heute Nachmittag helfe ich da mit. Wir nehmen euch einfach mit auf die Liste und dann kommen wir auch zu euch. Keine Diskussion, die Katastrophe hat ja nun wirklich fast alle getroffen."

Der Bus hält an und im Einsteigen sagt die andere Freundin noch: "Also zu Max passt das, aber dass du da mithilfst - ziemlich krass. Aber noch mal zurück auf Jungs oder Mädels."

Wieder kann Eve nur lächeln. Max sitzt hinten bei den anderen Jungs und ihre Blicke haben sich gefunden. Beide deuten unmerk-lich einen Kussmund an, trauen sich aber offensichtlich nicht, sich gebührend zu begrüßen. Bei Max geht es ebenfalls um die Ar-beitsgruppe und das Erstaunen der Kumpels, dass er nachmittags nicht für das übliche Abhängen Zeit hat. Natürlich lädt er alle zum Mitmachen ein, erhält aber noch wenig Resonanz."

Aus dem Bus ausgestiegen sagt Eve zu den Freundinnen, sie würde gleich nachkommen und wartet auf Max. Der strahlt neu-gierig mit seinen Augen und Eve zieht ihn am Arm zu sich, worauf er sie förmlich am Kragen packt, um einen ihrer intensiven Küsse - er auf ihre Ober- und sie seine Unterlippe - ausgiebig zu genie-ßen. "Sorry, das wollte ich nicht." entschuldigt er sich, was nur dazu führt, dass sie ihn auch noch mal zu sich zieht. Während beide im Tunnel sind, hört man förmlich die Kinnladen im Umfeld auf den Boden schlagen. Damit hatte offenbar niemand gerech-net. Viele bleiben schlicht stehen und starren.

"Ups!" sagt Max und beide lassen voneinander ab. "Bleibt es bei heute Nachmittag - Treffen mit der Arbeitsgruppe?" fragt er zurück zur Normalität kommend. "Klar, holst du mich wieder ab? Ich habe in der großen Pause noch Besorgungen zu erledigen."

"Oh…" sagt Max mit sich langsam aufbauendem Lächeln. "Ich eigentlich auch." kann er noch hinzufügen, eh die anderen wieder näher kommen bzw. wieder von beiden vollends eingeblendet werden. Ein Kumpel sagt daraufhin humorvoll, er müsse wohl auch bei der Arbeitsgruppe teilnehmen. Ein weiterer: "Hiermit verkündige ich: Nie wieder soll ich ein Computerspiel anfassen." Auf dem Weg ins Klassenzimmer berühren sich wieder nur Eve's und Max's Hände kurz.

ilsa wird von einem prominenten Wirtschaftsmagazin in einem Internet-Interview befragt: "Was ist die systemische Sicht auf die Forderungen aus der Bevölkerung nach staatlicher Hilfe?"

ilsa: "Klar wollen jetzt alle Hilfe vom Staat. Und einmal helfen könnte der Staat jetzt auch - aber mit dem nächsten katastrophalen Unwetter geht dann wieder alles kaputt. Das sind Symptome - wir müssen weiter gegen die Ursachen vorgehen. Wenn danach aber die Steuern gerade auch für die Reichen angehoben werden, dann ist der Aufschrei ebenfalls groß. Gerade die Reichen unterstützen aber Umfragen zu Folge die Einhaltung von Schuldengrenzen."

Redakteure: "Sollte man deshalb die nur einkommensschwächeren Teile der Bevölkerung unterstützen? Und müssen wir uns nicht auch vor den Symptomen schützen?"

ilsa: "Es muss natürlich sofort geholfen werden. Aber unser Konsumniveau kommt nicht mit einer Vollkasko-Versicherung. Wir müssen gerade den einkommensschwachen Haushalten helfen ein heiles Dach über dem Kopf zu haben. Und wenn notwendige, ältere Autos nun ersetzt werden müssen, kann der Staat hier auch mit einem Kreditprogramm helfen, genauso Landwirten und Gemüsebauern. Und vor den Symptomen zu schützen ist eine weitere, größere Aufgabe, die Häuser, Lebensmittel, PV-Anlagen, Ortsbegrünung, Wassermanagement und vermutlich auch Autos teurer machen wird."

Die Redakteure: "Aber die Kosten zu übernehmen kommt in Ihren Augen nicht in Frage?"

"Das ist übrigens eine Chance..." fährt ilsa fort "... für ein Konjunkturprogramm hin zu mehr Transformation. Die Kredite können daran gebunden werden, dass die Dächer mit Solar bestückt werden und die Autos E-Autos werden. Vielleicht gibt es auch eine Auto-Verzichtsprämie für die dauerhafte Abschaffung des eigenen Autos zugunsten etwa von ÖPNV. Die Schäden zu reparieren, sorgt für Wirtschaftswachstum wie jeder Krankenhausaufenthalt auch. Erst, wenn wir auf Wohlfahrt blicken, sind das Kosten, die unsere Lebensqualität senken."

Daraufhin die Redakteure: "Aber passiert jetzt nicht genau das Gegenteil - die ganzen kaputten Balkonkraftwerke, die keine Versicherung zahlt, bremsen jetzt die Energiewende aus. Warum sollten sich die Menschen diese wieder anschaffen, nur um damit zu rechnen, dass beim nächsten Hagel das wieder passiert? Gleiches gilt für dann ganze Solardächer."

ilsa: "Da haben Sie Recht - wer nicht glaubt, dass es so einen Hagel kein zweites Mal gibt, wird sich nicht das Gleiche wieder kaufen. Es sei denn, es ist das geliebte Auto. Wer aber vorher schon stolz war, das Richtige mit seiner PV-Anlage zu tun, wird es wieder tun. Mein Sohn hat gleich den Drang gehabt, Lösungen zum Schutz vor Unwetter zu entwickeln. Und genau das müssen wir tun - uns Lösungen zum Schutz vor Extremwetter einfallen lassen. Das mag keiner hören, aber wenn wir zu Gunsten robuster Lösungen auf übrigen Konsum verzichten, sind das gleich zwei Fliegen auf einmal. Übrigens bildet sich bei uns gerade eine Nachbarschaftsgruppe, die mit Do-it-yourself die Schäden reihum bei allen selbst repariert."

Redakteure: "Das ist natürlich naheliegend, denn Dachdecker sind derweil wohl kaum zu bekommen."

ilsa fügt noch schnell an: "Und bei den Ernteschäden und steigenden Lebensmittelpreisen gefolgt von noch mehr Flüchtlingen müssen wir etwas kapieren: Wir können nicht auf noch mehr Dünger oder genoptimierte Pflanzen hoffen - wir müssen den Fleischkonsum und das Wegwerfen von Lebensmitteln deutlich reduzieren, und dann mit anderen Anbautechniken die Welt ernähren. Damit sind dann nur Teile der Früchte von Katastrophen betroffen, aber nicht gleich ganze Landstriche. Es ist arbeitsintensiver, aber meinetwegen auch mit Robotik. Die Welt kriegen wir schon heute rein rechnerisch mit den Flächen nicht ernährt, da immer mehr Länder genau wie wir ein Vielfaches der empfohlenen Menge an tierischen Produkten verzehren will. Und das schon ohne Unwetterkatastrophen - die kommen noch akut obendrauf."

Redakteure: "Sie sehen also auch eine Chance in solchen Katastrophen?"

ilsa: "Tatsächlich ja. Jetzt geht es weder darum als Klimaschützer mit dem Finger auf andere zu zeigen noch darum zu resignieren, man könne ja eh nichts machen. Jetzt müssen wir die Köpfe zusammenstecken und uns neu erfinden. Wir nehmen andere mit, um nach Lösungen für alle zu suchen - angefangen in der Nachbarschaft, aber auch in den Unternehmen. Wer jetzt noch sagt, er könne sich das leisten oder seine Versicherung sei eine ganz tolle, die alles zahlt, hat es nicht verstanden und wird buchstäblich allein dastehen. Die eigentlichen Probleme kommen ja noch, vom Verlust von Biodiversität und der Entwicklung von Superkrankheiten über einen Zusammenbruch des Wirtschaftssystems aus vielerlei Gründen bis zu Flüchtlings-strömen und global zunehmendem Rechtspopulismus."

Die Redakteure bedanken sich für das Gespräch und kündigen an, über die Auswirkungen auf das Wirtschaftssystem noch ein weiteres führen zu wollen. Später scheint ilsa wieder eher mit ihrem Auftritt zu hadern, jedenfalls sagt sie das so ihrem Kollegen Thomas, der ihr noch wegen des Fernsehauftritts gratulieren will.

Nachmittags finden sich vor dem Gemeindehaus extrem viele Menschen ein. Michael ist beeindruckt und einige schauen ihn auch direkt an, hat er die Idee doch offenbar aufgeworfen. Michael schaut ilsa an und fragt: "Willst du oder soll ich?"

"Egal." antwortet ilsa leicht überrascht, woraufhin Michael dann erfreut sagt: "Dann gern du." Schließlich ist ilsa eine erfahrene Moderatorin von Workshops.

ilsa überlegt kurz und ruft dann laut in die Runde: "Ok. Kurz die Frage, ob schon jemand die Organisation übernimmt? Sonst würde ich mal ein paar Vorschläge machen."

"Leg los!" sagt ein älterer Herr und ilsa wartet noch kurz, ob nicht doch wer den Anspruch der Führung erhebt.

Also legt sie los: "Ich fang mal und ihr ergänzt gern. Wir sind so viele, dass wir in Teams arbeiten sollten. Wir brauchen eine Liste mit notwendigen Arbeiten, deren Dringlichkeit und was dafür gebraucht wird. Wer würde da mitmachen wollen?"

Es melden sich einige und ilsa fährt fort: "Ihr könnt nachher auch zu anderen Teams wechseln. Wichtig ist, dass wir pro Team eine Ansprechperson haben. Claudia, magst du das alles mal notieren - ich habe Tablet und Pencil dabei." Claudia ist baff und sagt ganz verhalten: "Ok, äh, kann ich machen."

ilsa: "Dann brauchen wir ein Einkaufsteam, gern welche mit Geld auf dem Konto und Transportmöglichkeiten. Einer von euch muss auch die Belege sammeln und notieren, was wo landet."

Das Team findet sich und offenbar melden sich tatsächlich auch welche mit bekanntermaßen mehr Geld. Der Mensch strebt eben doch nach sinnstiftenden Tätigkeiten. Weiter geht es mit einem Team für die Dächer mit Werkzeug, ein Team für die PV-

Anlagen mit Elektro-Kenntnissen, und ein Team für Fahrgemein-schaften und Car-Sharing.

Alle sind voller Tatendrang als eine Frau dann lautstark noch mal rein ruft: "Ein Team fehlt aber noch!" Sie wartet kurz: "Das für die Verpflegung." Sofort finden sich auch für dieses Team einige, Kinder und Jugendliche inklusive.

"Beschwerden und Probleme an mich…" ruft ilsa "... ansonsten organisiert euch selbst."

Inzwischen sind auch Eve und Max eingetroffen und werden von Julia mit einem breiten Grinsen begrüßt und zugeteilt - Max wahlweise zum Dachdecken oder den PV-Anlagen und Eve zum Mobilitäts-Team. Max geht zu den Dachdeckern, hat er doch Zugriff auf all die Sägen und Werkzeuge. Und er liebt es mit Holz zu arbeiten.

Selbstverständlich bringt Max Eve am Abend nach dem geselligen Ausklingen des Arbeitsdienstes - die Verpflegungsgruppe hat ganze Arbeit geleistet - auch wieder nach Hause.

Julia chattet mit Claudia: "Wir brauchen auch eine Marketing-Gruppe."

Claudia: "Und unbedingt einen coolen Namen, damit andere Orte und Straßen das auch machen können. Ich frage mal nach Vorschlägen in der ganzen Gruppe - dann können wir abstimmen."

Am nächsten Tag in der Schule ist die Arbeitsgruppe großes Thema. Der Lehrer sagt sogleich, dass er in seinem Ort das jetzt auch organisieren will. Viele Mitschüler*innen sind sichtlich überrascht, dass das offenbar so viel Freude bereiten soll. Eve sagt dann auch gleich, dass ihr For-a-Better-World-Score sich daraufhin um zwei Punkte für ehrenamtliches Engagement erhöhen wird.

Der Score ist vielen ein Dorn im Auge - andere finden ihn toll und haben ihr Logo als Anhänger an den Taschen oder sogar auf

T-Shirts gedruckt. Der For-a-Better-World-Score berechnet wie viel von den möglichen Schritten zu einer besseren Welt wir jeweils schon gehen. Kleine Dinge wie LED-Lampen, sind genauso Schritt wie eben auch vegane Tage pro Woche oder der Verzicht auf ein eigenes Auto oder Roller. Er berechnet also nicht den ökologischen Fußabdruck, was schnell demoralisierend wirken kann, sondern er belohnt auch noch so kleine Schritte. Die aber, die das Thema doof finden, weigern sich natürlich da mitzumachen und fühlen sich bevormundet, wenn es für ihre Lebensweise nur wenig oder keine Punkte gibt.

Es gibt viel Unterrichtsausfall, weshalb viele Jugendliche auch in der Stadt umherlaufen. Julia sieht wie eine Gruppe männlicher Jugendlicher mit vermutlich Migrationshintergrund jüngere Mädchen anrempeln und belästigen. Sie geht selbstbewusst und entschlossen auf die Gruppe zu und ruft sehr laut: "Hey, aufhören. Das gibt nur Ärger mit der Polizei!"

So ganz ging ihre Rechnung mit dem Hinweis auf die Polizei nicht auf, weil offenbar mindestens einer aus der Gruppe sich schon mal gar nicht Angst machen lassen will und auch Julia schubsen will und dabei ruft: "Sei ruhig!"

Julia wehrt mit einer kreisförmigen Bewegung den Schubser ab und als ein zweiter Versuch von ihm in Richtung ihrer Brust geht, greift sie mit einer Ji Jitsu Technik geschickt seine Hand und dreht dann den größeren Jugendlichen an seinem Arm zur Seite weg in eine kampfunfähige Position. Erneut ruft sie laut: "Aufhören!"

Tatsächlich kommen aber zwei weitere Jugendliche schwungvoll wie zum Boxkampf auf sie zu und sie verpasst dem dann zweiten einen Side-Kick in den Unterleib, verdreht beherzt die Hand des ersten und gibt dem dritten einen Ellenbogen von unten unter die Nase, die daraufhin stark zu bluten anfängt. Inzwischen kommen auch erwachsene Männer zur Hilfe und nur wenige Sekunden später auch die Polizei, die extrem energisch mit der Gruppe Jugendlicher umgeht.

Ein Polizist zu Julia: "Sie müssen mitkommen, wir brauchen ihre Aussage."

Julia daraufhin zum absoluten Erstaunen des Polizisten und seiner Kollegin: "Mir wäre es ja lieber, sie würden nur für alle Fälle meine Ausweisdaten nehmen und ich kann wieder in die Schule gehen. Und die Jugendlichen hier sollten wir einladen, bei unserer Arbeitsgruppe mitzumachen, aber sie nicht weiter ausgrenzen."

Die Polizistin ist entrüstet: "Du musst Anzeige erstatten. Die machen das sonst immer wieder und irgendwann ist keiner da, der wir du dazwischen geht."

Der Kollege ergänzt: "Wenn du keine Anzeige erstattet kann es noch passieren, dass deren Sozialarbeiter dich wegen Körperverletzung anzeigt."

Julia: "Ich mein, das passiert hier jeden Tag. Das ist natürlich Mist und darf nie wieder passieren. Aber es passiert doch vor allem, weil wir Menschen ausgrenzen. Ich zeige die Jungs nicht an, verstehe es aber, wenn die anderen Mädchen das tun."

Sie geht beherzt zu dem Jugendlichen, den sie erfolgreich getreten hat: "Magst du mir deine Telefonnummer geben? Wir arbeiten gerade an einem coolen Projekt und können jede Hilfe gebrauchen. Vielleicht wollt ihr ja mitmachen."

Alle Beteiligten sind total baff, einer der Passanten, die eingeschritten sind, applaudiert spontan. Die Polizei ist noch nicht so recht überzeugt, fordert die Mädchen auf ihre Eltern hinzuziehen. Von Julia nehmen sie dann die Aussage direkt vor Ort auf und Julia kann wieder zur Schule zurückgehen. Erst auf dem Weg dahin bemerkt sie ihre zittrigen Knie und muss sich erst einmal setzen.

Die Nachbarschaftshilfe wird innerhalb von drei Tagen ein überregionales Erfolgsmodell. Der Name wurde auch gefunden: '2gether2gather'. Sogar das Fernsehen ist vor Ort und an allen Stellen beteiligen sich auch Handwerksunternehmen und Baufirmen für den guten Zweck.

Und auch der For-a-Better-World-Score erhält noch mal erneuten Rückenwind. Es kann jede Region für sich jährlich eine Mindestpunktzahl festlegen, mit der dann das spezielle Label für die Region genutzt werden darf. Viele weitere Familien und Unternehmen machen dank der guten Presse gern mit und jeder spricht darüber, mit welch einfachen kleinen Schritten die Punktzahl zu erreichen ist.

Julia hat die SMS an den Delinquenten geschrieben, der daraufhin tatsächlich mit den anderen und auch offensichtlich seinem Vater vorbeikommt. Der Vater entschuldigt sich daraufhin die ganze Zeit. Sie werden sofort herzlich aufgenommen - vom natürlichen Getuschel einiger abgesehen - und trotz aller Verständigungsprobleme unterschiedlichen Gruppen zugeteilt.

Zum Ende des Arbeitseinsatzes wird ein wenig Unmut bei den jungen Migranten deutlich und der Vater schimpft. Claudia fragt, um was es geht.

"Ach nichts, alles in Ordnung." sagt einer der jungen Männer, der wie die beiden anderen auch für den Vater immer wieder etwas übersetzt.

Sie schaut den anderen an, der dann kann nicht anders kann, als zu erläutern: "Es geht darum, dass wir Leuten helfen, die eh schon alles haben. Und der Vater sagt zurecht, dass wir dankbar sein sollen, dass das Land und die Menschen uns aufnehmen."

Claudia schaut ein wenig überfordert, aber ilsa hat die Sequenz ebenfalls mitbekommen und versucht, die Situation in ein anderes Licht zu rücken: "Ich kann das total verstehen. Aber hier helfen viele auch bei Leuten, die mehr haben, und einige helfen, obwohl sie selbst gar keine Hilfe brauchen - jedenfalls noch nicht. Wir schauen also eigentlich gar nicht mehr, wem wir helfen, sondern freuen uns nur, dass wir helfen. Vielleicht brauchen wir auch mal Hilfe, und vielleicht sind es dann diese Menschen hier oder andere, und wir können dann die Hilfe annehmen, weil wir auch mal geholfen haben."

Claudia nickt zufrieden und ergänzt mit Freude im Gesicht: "Seht es doch so - wir schulden euch jetzt was." Claudia schaut von den Jugendlichen zum Vater und dann wieder zu den Jugendlichen und fordert so auf, das zu übersetzen.

Das macht prompt einer und der Vater nickt zufrieden mit beiden Daumen nach oben. ilsa sagt dann noch mal zu allen: "Es ist aber tatsächlich neu für uns alle, dass jetzt das Tun wichtiger wird, als das Haben - selbst wenn wir das Haben von vielen hier gerade reparieren." Auch das versucht der Jugendliche dem Vater zu übersetzen, obgleich die Worte Haben und Tun offenbar nicht direkt zu übersetzen sind.

13. Kein schwarzer Schwan (ndb)

ilsa kommt nach dem Nonstop Workshop und der aufwändigen Fliegerei frisch geduscht zu Michael ins Bett. Der bietet sogleich seine Schulter, an die sich ilsa wohlig kuschelt. "Frag schon." flüstert sie.

"KI mit Bewusstsein?" folgt er der Aufforderung.

"Genau. Oder Außerirdische." antwortet ilsa recht langsam mit leiser Stimme.

"Mehr dann morgen" flüstert Michael und gibt ilsa noch einen Kuss auf den Kopf. Während ilsa sofort einschläft liegt Michael natürlich noch eine ganze Weile wach und grübelt.

Am nächsten Morgen sind alle früh auf und die Kinder haben den Frühstückstisch gedeckt. Auch ilsa kommt sogleich herunter und wird von Michael begrüßt: "Oh, so früh. Willst du nicht noch weiterschlafen?"

"Nein, ist ok." antwortet ilsa und massiert erst einmal die aufgeregte Bella. Alle setzen sich und schauen ilsa erwartungsvoll an. ilsa nimmt sich ihren Bio-Kakao mit viel Koffein und schaut alle einmal reihum an: "Okay. Das wichtigste vorweg: Ihr dürft darüber nicht reden - mit niemandem, ohne Ausnahme. Ich sage das nur euch, weil ihr euch fragt, wo ich war. Normalerweise ist die Devise, den Kindern nichts zu sagen. Ihr seid aber reifer."

Julia blickt zu Max und lacht: "Offenbar ziehe ich dich mit."

ilsa: "Die Kurzfassung: Es war wie in einem eurer bekloppten Filme - und um es gleich zu sagen, die Filme werden dadurch nicht besser." Alle lachen und die drei und scheinbar sogar Bella schauen weiter gebannt. "Zwei vom Militär fangen mich beim Joggen ab, reden von nationaler Sicherheit, bereiten mein Alibi mit dem Seminar vor und nehmen mich mit auf eine Basis, von der es erst mit dem Hubschrauber zur nächsten Basis und dann mit dem Flugzeug weiter zu einer Basis weit weg geht. Und keiner sagt etwas. Ich habe im Flugzeug dann eine befreundete Forscherin getroffen und auch so waren da einige prominente Wissenschaftler dabei. Die Basis war abgeriegelt und man erzählte uns, was vorgefallen ist." ilsa nimmt einen weiteren Schuck: "Ein von Menschen nicht zu unterscheidender Android hatte eine Fehlfunktion und zerstörte sich daraufhin selbst. Die Materialien am Tatort sind auf der Erde nicht bekannt. Wir waren gut 200 Experten aus allen Bereichen, die nun überlegen sollten, wie damit umzugehen ist. Wir warten nun letztlich ab, was als nächstes passiert, und haben diverse Szenarien zur Vorbereitung auf alles entwickelt. Soweit."

"Was für eine Expertin bist du?" fragt Max hastig.

"Was hat der Android vorher gemacht? Kennt den wer, taucht der auf Überwachungskameras auf?" fragt ebenfalls ungeduldig Julia hinterher.

ilsa nippt an ihrem Kakao und prompt schauen alle Michael an, was er denn für eine Frage hat. Der lehnt sich zurück und mit einer schiebenden Bewegung beider Hände verkündet er: "Ich habe keine Fragen - ich kenn das alles aus den Filmen." Er schaut bierernst bis wieder alle gleichzeitig loslachen.

ilsa steht plötzlich auf und ruft förmlich: "Was ist denn mit unserem Garten passiert?" Bella steht ebenfalls auf mit einem lauten Wuff, als wollte sie genau das schon die ganze Zeit sagen.

Michael erläutert: "Es ist ziemlich dramatisch - nicht bei uns, sondern bei vielen anderen. Kaputte Autos, Dächer, Felder - da kommt eine weitere Kostenwelle auf uns zu, die viele Branchen mit sich ziehen wird."

"Damit sollten sie sich beschäftigen - nicht mit Androiden." seufzt ilsa.

"War das nicht auch für dich total spannend?" wundert sich Michael. "Du hast doch in deinen Büchern vor einer KI mit Bewusstsein eindringlich gewarnt."

ilsa: "Ob das irdischen Ursprungs war, ist ja nicht einmal klar."

Max hört mit und wirft ein: "Letzte Woche kam die Meldung, dass sie jetzt auch mit einem Quantencomputer Bewusstsein simulieren."

"Ja, aber eben nur simulieren. Es ist ein stochastisches Bewusstsein, eine Einbildung. Es ist immer noch kein Verständnis von Dingen und der Welt, und selbst so etwas wie ein freier Wille ist entweder in engen Grenzen plumper Zufall oder mündet ohne Grenzen schnell im Chaos." erklärt ilsa.

"Wie bei uns Menschen auch." lächelt Michael und ilsa nickt dazu.

Als Max hierzu sichtlich verwirrt wirkt ergänzt sie mit der Hand auf seiner Schulter: "So ganz hat die Philosophie diese Frage noch nicht beantwortet, aber ich glaube auch, dass Menschen mit hohem Reflexionsgrad emanzipiert von einzelnen Denkweisen sehr wohl zumindest in Teilen echte Bewusstheit erlangen."

"Daher unser GIEP-Spiel." bringt Julia sich mit Peace-Zeichen ein.

ilsa: "Immer noch machen die Quantencomputer nichts, was nicht auch die normalen Computer simulieren können. Und wenn es mehr sein sollte, ist tatsächlich die Frage nach Integration und Weiterentwicklung zu stellen. Welche Freiheitsgrade hat dann ein solcher Organismus, und wie kann Chaos verhindert werden."

"Apropos…" sagt Michael. "Thomas versuchte offenbar dich zu erreichen. Du solltest in einer Talkshow auftreten. Jetzt übernimmt er das - am Wochenende ist die Sendung."

"Das wäre auch nichts für mich. Ich rufe ihn Montag mal an." reagiert ilsa mit glaubhafter Erleichterung.

Nach dem Schulausfall am Montag sehen sich am Dienstag denn auch Max und Eve in der Schule. Sie blicken sich nur ganz kurz an und Max schaut so schnell weg, dass er Eve's Lächeln schon gar nicht mehr sieht. Im Unterricht ist das Unwetter natürlich ebenfalls Thema und Max erzählt von der Gruppe, die er mit anderen gerade bildet, um den Menschen zu helfen. Einige seiner männlichen Mitschüler lästern eher, während der große Rest inklusive des Lehrers beeindruckt ist.

Eve will in der Pause hinter Max hintergehen, aber der läuft förmlich die Treppe hinunter und trifft sich dort offenbar mit Claudia. Beide legen kurz die Hand auf ihre Schultern und laufen aufgeregt weiter. Eve bleibt stehen, neigt leicht den Kopf und atmet nachdenklich einmal tief ein. Claudia und Max treffen sich indes mit einigen anderen auf dem Schulhof, um die neue Arbeitsgruppe zu besprechen.

Der Abend der Talkshow naht. ilsa und Michael sitzen live vor dem Bildschirm. Michael: "Das ist eine coole Gelegenheit in so einer Runde einmal wichtige Botschaften senden zu können."

ilsa: "Hm - tatsächlich hat Thomas gefragt, was die wichtigsten Botschaften sein müssten. Er hat sich einige zurechtgelegt und ich hab letztlich nur gesagt, dass er nicht zu kompliziert sein darf, so dass zu viel Wissenschaft zu viel Weiterentwicklung für alle ist und daher dann abgelehnt werden könnte."

"Hört, hört!" lacht Michael.

Die Talkshow verläuft ganz gut. Thomas hat relativ wenig Redeanteile und erklärt ganz nüchtern, dass es eben die Wissenschaften sind, die die nötigen Informationen sammeln und bewerten, und dass mindestens die erfolglose Politik sich eher auf Deutungshoheiten beruft. Die Politiker in der Runde entgegnen dem, dass sie eben Praktiker, und keine Theoretiker seien. In der Schlussrunde haut Thomas es dann raus: "Um hier ganz frei ilsa aus ihrem Buch zu zitieren: Das richtige Handeln hängt vom Wissen, der Auffassungsgabe und dem Charakter ab. Wenn wir jetzt auf Fehler blicken, etwa der Vernachlässigung des Schienenverkehrs, der ausbleibenden Reduktion des Tierbestands oder dem Versäumnis, die Wärmewende im Gebäudebereich einzuläuten, kann sich jeder selbst überlegen, was bei den politischen Entscheidern ausschlaggebend war.''

Wie bei einem Boxkampf klatscht Michael begeistert in die Hände: ''Wow, das saß.''

ilsa schüttelt mit kurzen, hektischen Bewegungen den Kopf: ''Who the F is ilsa. Keiner kennt mich. Ich hoffe mal, er wollte nur etwas Derbes sagen, ohne dass es von ihm sein musste.''

Max hat die laute Freude von Michael gehört, bleibt aber nachdenklich vor seinem Smartphone sitzen. Nach einer Weile fragt er Eve noch einmal, ob sie denn wisse, was sie werden will. Es dauert nur ein paar Minuten eh sie antwortet: ''Keine Ahnung. Als nächstes gehe ich wohl für ein Jahr ins Ausland.'' Max muss einmal kräftig schlucken und ebenfalls mit etwas Verzögerung antwortet er: ''Cool, wohin geht es denn?'' Eve antwortet daraufhin erst einmal nicht.

14. Zu einfach (vdb)

Beim Abendbrot fragt ilsa Julia erstaunt: "Stimmt das, dass du drei der Migranten verprügelt hast und sie dann nicht angezeigt hast, sondern eingeladen hast, bei 2gether2gather mitzumachen?"

"Jupp!" sagt Julia knapp und selbstbewusst, fügt dann aber hinzu: "Sorry, mir war klar, dass das nicht so unbedingt klappen muss und wollte auch nicht alle stressen."

"Also, wir sind einerseits total stolz und hätten andererseits aber auch gern von Anfang an davon gewusst, denn wenn da wer auf Rache aus ist, ist damit nicht zu spaßen." stellt Michael klar.

"Ja, stimmt. Ich pass auch auf mich auf, bin nirgends allein und schau, wer um mich herum steht." gibt Julia zu.

Max daraufhin: "Ich glaub ich kenn die Typen. Die machen manchmal im Park Kraftübungen und Schattenboxen. Vielleicht sollten wir die auch in die Sportvereine einladen - vielleicht zu einen deiner Kampfsportkurse?"

Julia lacht kurz: "Damit ich das nächste Mal verliere? Aber du hast Recht. Das ist dann Ji Jitsu - nicht dagegen an gehen, sondern die Energie umleiten."

ilsa daraufhin: "Ich werde mich morgen mal erkundigen, wer die Menschen möglicherweise betreut und das dann auch vorschlagen."

Michael: "Es ist eigentlich schade, dass wir mit den Reparaturen fast durch sind. Ich fürchte wir brauchen noch weitere Unwetter, damit der Zusammenhalt nicht aufgegeben wird."

ilsa: "Ich bin eigentlich ganz zufrieden. Die Aktion hat einen tollen Namen, verbreitet sich und kann jederzeit wieder ins Leben gerufen werden. Durch den For-a-Better-World-Score können die Leute am Ball bleiben, das Thema Nachhaltigkeit weiter diskutieren, wenn jeder den Link auf seinen Score mit anderen teilt und diese sehen, was der jeweils andere zur Erreichung seiner Punkte schon macht."

Am nächsten Morgen ruft Thomas an - wieder kurz bevor ilsa und Bella joggen gehen wollen. Thomas mit Schwung: "Hey ilsa, habe die Ankündigung des Interviews mit dir gelesen - da bin ich gespannt. Im Moment hast du einen Lauf und du machst das großartig, findest du nicht?"

ilsa: "Ich habe tatsächlich eine Reihe von Interviews und Artikel-anfragen, jeweils nach der systemischen Sicht zu den aktuellen Herausforderungen fragend. Auch in zwei weitere Talkshows bin ich eingeladen. Einen Lauf würde ich das aber erst nennen, wenn ich die Dinge einfacher beschreiben könnte und wenn daraufhin was angestoßen würde. Im Moment erreichen die Kids mit 2ge-ther2gather mehr, was auch systemisch absolut verständlich ist."

Thomas in beschwichtigendem Ton: "Na na na, warum kriegst du wohl so viele Anfragen. Es bewegt, es kommt an, und du machst es wirklich gut. Würdest du weniger umfangreich argu-mentieren, wäre es auch wieder zu banal, zu wenige Weiterent-wicklung wie du sagen würdest." Thomas lacht dazu.

ilsa scheint tatsächlich ermutigt: "Stimmt schon. Das einfache Meme, was wir etablieren müssen, ist, dass es mit Blick auf die Zusammenhänge für alles Lösungen gibt und dass wir diese ver-folgen müssen und eben nicht Ego-Trollen mit Einzelinteressen auf Basis von Deutungshoheiten das Feld überlassen dürfen, die dann die Troll-Lemminge aktivieren, die Stimmung machen."

Thomas sagt dann überraschend: "Ich habe daraufhin auch eine Artikel-Anfrage erhalten. Ich darf über sichere Rente und den Zusammenhang mit dem heutigen Konsum schreiben. Da hast du ja auch schon Modelle dazu veröffentlicht, von denen ich mich reichlich bedienen werde."

ilsa regelrecht froh: "Das ist so wichtig, dass jetzt von mehreren Seiten etwas kommt, die Botschaften wiederholt werden. Dein

Thema hat mit fast allem zu tun - nicht nur Migration und Bedingungslosem Grundeinkommen, sondern von KI über geopolitische Wettbewerbsfähigkeit bis zur Kreislaufwirtschaft spielt in Zukunft ganz viel in das Thema."

Thomas daraufhin: "Es sind ja einige von uns Wissenschaftlern auch mit einem Fuß in der Politik, ob nun selbst oder über Kontakte. Wenn wir ganz nach Gladwell's 'Outliers' die richtige Botschaft, die richtigen Meinungsführer und die richtigen Kanäle bedienen, dann könnten wir der Politik nicht nur auf gut Glück zuarbeiten, sondern diese auch gestalten."

ilsa stimmt nach einer kurzen Sekunde zu: "Wir brauchen Personen. Du wärst in meinen Augen ideal. Besser noch ein ganzes Team, so dass nicht ein Einzelner den ganzen Druck abbekommt."

Thomas lacht kurz: "Du bist schon da, wo so schnell niemand hinkommt, und du bist die Person mit souveräner Führungsstärke, die wir brauchen. Social Media ist voll davon - wie du die Inkompetenz der Politiker aller drei Lager entlarvt hast und die Stärke, die du bewiesen hast. Und du fängst ja erst an."

ilsa ist glaubwürdig verwundert: "Ehrlich gesagt habe ich seitdem noch nicht in die sozialen Medien geschaut - die Kinder erzählten was aus der Schule, aber ich habe an dem Abend gleich einen Artikel geschrieben und in der Familie sind wir die letzten Tage alle mit 2gether2gather beschäftigt gewesen." Sie stellt Thomas kurz auf stumm und bittet ihre KI-Assistentin Lucy, Social Media nach ihrem Namen in den letzten 10 Tagen zu durchsuchen.

Thomas lässt nicht locker: "Lass uns mal ein paar Schlüsselpersonen aus unserem Umfeld nehmen und die Köpfe zusammenstecken. Vielleicht gehen wir einen Weg über eine bestehende Partei, oder parteilos oder mit einer neuen Partei an den Start. Ich habe da schon ein paar Ideen."

ilsa blickt beeindruckt auf die enorm vielen Treffer von Lucy und überfliegt die Bandbreite der Kommentare und findet tatsächlich verblüffend wenig Kritik. Etwas verzögert entgegnet sie deshalb Thomas: "Ich sehe mich keinesfalls in der Politik. Zu viel Verantwortung nicht allein sich selbst sein zu dürfen. Ich bin zu authentisch. Außerdem braucht es Erfahrung auf politischer Bühne und vermutlich auch das Interesse, an die Macht zu kommen. Ich würde da nie von Macht, sondern von Verantwortung sprechen. Politiker sind für all die vielen Menschen verantwortlich. Ich würde mich kaputt arbeiten und keine Zeit mehr haben für Dinge, die mir wichtig sind, nicht wahr Bella?" Sie streichelt Bella, die bei ihrem Namen den Kopf sogleich gehoben hat.

Thomas verspürt immer noch Oberhand: "Und genau aus diesen ganzen Gründen bist du die Richtige. Ich schicke dir mal eine Liste mit Personen, denen ich vertraue, und du schaust auch mal. Und dann schauen wir alle, wen wir alles in die erste Reihe stellen."

ilsa vermag nicht wirklich etwas dazu zu sagen. Sie hat offenbar wirklich eher das große Verantwortungsgefühl als irgendein Bestreben im Mittelpunkt zu stehen. So sagt sie denn nur: "Ich weiss nicht, so einfach ist das nicht, auch für andere nicht. Ich gehe jetzt erst einmal Joggen."

Thomas triumphiert: "Viel Spaß - ich melde mich." Und beide legen auf.

Als ilsa und Bella vom Laufen zurückkommen, treffen sie Jennifer in der Einfahrt ihr Fahrrad aufpumpen: "Hi Jennifer. Ich wollte noch mal sagen wie stolz ihr auf Claudia sein könnt."

"Bin ich wirklich." sagt Jennifer mit einem kurzen Strahlen in den Augen. "Claudia und ich haben auch unseren For-a-Better-World Score berechnet." Stolz zeigt sie ihren Papp-Sticker mit 31 +12 Punkten.

"Wow! +12 ist wirklich viel." staunt ilsa.

Jennifer: "So schwer ist das gar nicht. Claudia und ich haben jetzt zum Beispiel zwei vegane Tage pro Woche - nicht so wie ihr komplett. Nick und Melvin. machen nicht mit - wollen sich nicht bevormunden lassen."

ilsa: "Zwei Tage sind schon prima. Wenn wir alle zusammen es schaffen, dass die Welt den Tierkonsum insgesamt halbiert, können wir es schaffen."

Dann sagt Jennifer allerdings eher nüchtern: "Nick hat mein Auto genommen - ich bin glaube ich ewig nicht Fahrrad gefahren."

"Brauchst du Hilfe?" fragt ilsa, und fügt noch hinzu: "Nicht zum Fahrradfahren, aber falls was kaputt ist? Bleibt ihr bei einem Auto und macht bei dem Sharing mit?"

Jennifer sagt sichtlich enttäuscht: "Ne, Nick hätte mal das Mobilitäts-Team leiten sollen. Er will jetzt wieder das gleiche Auto bestellen - er sucht nach einem Jahreswagen und rechnet sich das zurecht. Ich habe bei dem Thema nicht viel zu melden."

"Na dann schaff doch deinen Wagen danach ab - auf Zweitwagen können wir auf dem Lande doch am ehesten verzichten." sagt ilsa ganz pragmatisch.

"Hmm, du hast eigentlich Recht. Das sollte ich wirklich mal durchsetzen." sagt Jennifer entschlossen und ilsa verabschiedet sich unter die Dusche.

Der Lehrer ist verzweifelt über die Unruhe, da alle über die Mithilfe und die anschließenden Feste von 2gether2gather sprechen. Eve sagt frech: "Das haben Sie nun davon - wir sind alle intrinsisch motiviert. Was ist eigentlich Ihr For-a-Better-World-Score?"

Der Lehrer mag dieses Selbstbewusstsein, klatscht einmal laut und sagt: "52, plus 4, wir haben auch mitgemacht. Ok, schwärmen könnt ihr nach der Schule und in den Pausen. Diese Stunde könnt ihr haben, um gemeinsam zu planen, wie ihr weiter aktiv sein könnt. Wer von euch übernimmt die Moderation. Eve, du kümmerst dich!"

Eve reißt die Augen auf: "Ich moderiere oder ich kümmere mich um die Moderation?"

Der Lehrer schüttelt lächelnd sich abwendend den Kopf und sagt: "Diese Stunde wird die mündliche Mitarbeit ganz normal mit bewertet."

Eve runzelt kurz die Stirn und dreht sich zur Klasse: "Ok, wer soll moderieren?"

"Na du!" heißt es sofort und Eve sagt nur: "Pfffff!"

Sie geht zur Tafel und fragt recht souverän: "Ok. Oder halt, Henry, komm du an die Tafel. Wir sammeln jetzt mal Themen wie Müll, Integration, Ältere Menschen, usw... Dann können wir für die Themen ja überlegen, was wir da so machen könnten, vielleicht ja auch für mehrere Themen gleichzeitig."

Erst jetzt schaut sie zu Max, der nur kurz den Daumen anerkennend hebt und lächelt. Schnell landen noch Bereiche wie Artenschutz, plastikfreie Region, neue Mobilität an der Tafel. Eve hat zwar mit Max ilsa's Gruppeneinteilung aus gutem Grund verpasst, aber davon gehört. Folglich schlägt sie vor: "Nun brauchen wir für jedes Thema eine verantwortliche Person und dann könnt ihr selbst von Tisch zu Tisch gehen und Ideen entwickeln."

Sie blickt leicht unsicher zum Lehrer, um zu schauen, ob sie auf dem richtigen Weg ist. Der Lehrer lächelt zufrieden und sagt nur das Wort: "Zeitmanagement".

"Oh ja..." sagt Eve... "ihr habt, sagen wir, 20 Minuten, und dann brauchen wir Ergebnisse."

Die meisten machen sich sogleich zu den Themen auf und rücken die Tische im Raum verteilt auseinander. Als Eve bemerkt, dass einige noch nicht so recht mitmachen, sagt sie: "Jeder muss nach 20 Minuten einen Teil der Ideen vorstellen, also wirklich jeder sagt etwas! Teilt euch das ein, keiner duckt sich weg." Das ist die Vorgehensweise, die auch der Lehrer oft wählt.

Die Gruppen legen los, es kommt noch die Frage, ob man jederzeit zu anderen Tischen wechseln kann und Eve sagt mittendrin noch mal: "Wir brauchen Ideen, was wir machen wollen, was wir dafür brauchen und wer sich kümmern wird." Diese Ziele schreibt sie dann auch noch mal an die Tafel.

Die Ideen sind großartig, reichen vom multikulturellen Sportfest mit vorweg Spenden für Sportkleidung über Bio-Parties bis zu Kleiderbasaren und der Anwendung von VR- und AR-Technik zum Verkauf von Upcycling-Produkten. Max hat natürlich die Idee, die Werkstatt der Berufsschule einzubinden.

Einige sind noch eh sie mit der Ideenentwicklung fertig sind damit beschäftigt ihren For-a-Better-World-Score zu aktualisieren, während andere engagiert zum Lehrer rufen, ob sie nicht länger machen dürfen, die Pause und auch die nächste Stunde - Mathe sei eh langweilig. Der Lehrer murmelt nur zufrieden: "So einfach ist das offenbar." Normalerweise kriegen vielleicht zwei, drei Schüler*innen nach der Schule den Hintern hoch, aber jetzt sind es nur noch zwei, drei vor allem Schüler, die sich weigern, nachmittags etwas anderes als ihr übliches Chillen vor dem Computer zu machen.

ilsa hat die Aufforderung des Wirtschaftsmagazins erhalten auf eine Replik eines der Minister zu reagieren. Hauptargument, dass es leicht sei zu behaupten, es sei alles so einfach, die Wissenschaft wüsste, wie alles geht. ilsa überlegt lange, um dann nur eine extrem kurze Replik zu schreiben: 'Es ist keinesfalls einfach, aber es gibt seitens der Wissenschaft unterschiedliche Wege, die wir diskutieren und gehen können. Die Politik aber sagt, es sei nicht so einfach, um dann gar nichts oder viel zu wenig zu machen - ob nun aus Mangel an Kompetenz oder der Wahrung von Partikularinteressen.'

Sie denkt an das Gespräch mit Thomas und fügt noch hinzu: 'Gern können wir Thema für Thema mit anderen Wissenschaftlern einmal öffentlich diskutieren, was gemacht werden kann und was eben nicht so einfach ist.'

Sie murmelt: "Entweder mit dem Hinweis auf andere Wissenschaftler oder irgendwie überheblich kürzer.''

ilsa geht erst einmal zu Michael in den Garten, der gerade während einer Telefonkonferenz mit seinen Kopfhörern im Ohr einen Rest der zerstörten Beete neu anlegt. ilsa macht sich ans Entkrauten: "Na klar, der Giersch hat den Hagel überstanden."

Als Michael offenbar fertig ist ahnt er, dass ilsa ein Thema hat. Er fummelt irgendwie mit dem Handrücken seiner dreckigen Hände die Ohrstöpsel heraus auf den Gartentisch und lächelt ilsa an: "Na, schieß los."

"Thomas hat die Ideen, nein den Plan, dass ich in die Politik gehe." haut ilsa die Nachricht raus.

Michael hält kurz erstaunt inne. "Ich hätte gedacht, du bist zu authentisch für die Politik. Und eigentlich wollen wir doch sobald die Kinder aus dem Gröbsten raus sind uns zur Ruhe setzen und minimalistisch alt werden. Aber so hättest du natürlich die maximal sinnstiftende Tätigkeit, nach der du neulich gefragt hast." sagt Michael nüchtern seine spontanen Gedanken zusammenfassend. "Und du würdest weich fallen, wenn nicht.'' fügt er lachend hinzu.

"Eigentlich wäre es mir lieber, diese Idee hätte niemand.'' sagt ilsa als Max hinzukommt.

Michael zu Max: "Was sagen wir immer zu 'eigentlich'?"

Grinsend sagt Max: "'Eigentlich' heißt eigentlich immer das Gegenteil, und 'immer' sagen immer nur die Mädchen." Michael und Max lieben diesen Spruch, der nur von Männern gesagt werden kann und mit Logik und Allquantoren wie 'nur' und 'immer' spielt, so dass Männer mit der Anspielung an die Emotionalität von nur Frauen hier klar Unrecht haben.

"Um was geht es?" fragt Max vergnügt.

"Nichts, wir haben auch Geheimnisse." sagt ilsa.

"Ok, ich bin mit Eve zusammen." entfährt es Max endlich.

Michael daraufhin: "Waaas, das hätten wir nun wirklich nicht gedacht." Michael und ilsa lachen herzhaft und Michael knufft Max fest an die Schulter, der dann auch nur mitlachen kann.

2gether2gather startet nachmittags ein Community-Gardening Projekt auf Flächen, welche die Gemeinde eh als Ausgleichsflächen für weitere Bebauung ausweisen muss. Eve und Max sind genauso dabei wie Julia, Claudia und die jugendlichen Migranten mit dem einen Vater. Es ist eine gewisse Spannung in der Luft, weil auch Geschwister der Migranten hinzukommen. Sie wurden von Claudia eingeladen und sind ziemlich unbekümmert, wissen aber, dass zumindest bei einigen es nicht üblich ist, das Gleiche wie die Männer zu machen. Mit Herzlichkeit und viel Fragen nach Ideen und Hilfe, auch nach Sprache und den Wörtern in deren Sprache, schaffen es gerade die jungen Leute eine tolle Atmosphäre zu schaffen.

15. Nach der Bifurkation: Die Offenbarung (ndb)

Es gibt viel Unterrichtsausfall, weshalb viele Jugendliche auch in der Stadt umherlaufen. Julia sieht wie eine Gruppe männlicher Jugendlicher mit vermutlich Migrationshintergrund jüngere Mädchen anrempeln und belästigen. Sie geht selbstbewusst und entschlossen auf die Gruppe zu und ruft sehr laut: "Hey, aufhören. Das gibt nur Ärger mit der Polizei!"

So ganz ging ihre Rechnung mit dem Hinweis auf die Polizei nicht auf, weil offenbar einer aus der Gruppe sich schon mal gar nicht Angst machen lassen will und auch Julia schubsen will und dabei ruft: "Sei ruhig!"

Ein weiterer Passant, ein unscheinbarer Mann etwa Mitte Dreißig stellt sich neben Julia und zeigt auf die Kameras: "Das wird hier alles aufgezeichnet. Ich würde an eurer Stelle friedlich weiterziehen. All die Passanten hier sind Zeugen gegen euch."

Verächtlich schauen die Jugendlichen den nicht allzu großen Mann und auch Julia an und ziehen schließlich von dannen. Julia sagt überrascht und leicht erfreut: "Oh, vielen Dank."

Die anderen Mädchen und sogar eine ältere Passantin und ein Mann im Anzug daraufhin sagen ebenfalls Danke. Der unscheinbare Mann lächelt nur und geht dezent winkend weiter.

Max und Claudia sind in ihrer Freizeit komplett mit 2gether2gather beschäftigt, aber auch Julia, ilsa und Michael helfen regelmäßig mit.

Abends fragt ilsa Michael: "Wie kommt ihr mit der Vorgangserfassung voran?"

Michael: "Ach. Das Team ist skeptisch, will aber gern KI integrieren. Wir wollen es dann bei uns selbst ausgiebig testen. Insbesondere der Vertrieb und die Beratung rechnen damit, dass sie möglicherweise fokussierter arbeiten werden, wenn die Vorgänge getrackt werden."

ilsa will gerade noch etwas sagen als Bella aufbellt und gleich darauf auch es an der Tür läutet. Max und Julia kommen auch herunter und als Michael die Tür öffnet steht ein unscheinbarer Mann Mitte Dreißig freundlich lächelnd vor der Tür: "Hallo Michael."

Michael schaut erstaunt als ilsa von hinten bemerkt: "Hallo Frank."

"Frank?" sagt Julia und flüstert sehr leise zu Max: "Der Typ hat mir heute Nachmittag mit ein paar gewaltbereiten Jugendlichen geholfen."

Max ebenfalls extrem leise direkt ins Ohr von Julia: "Was, der Schnulli?"

"Hallo Julia, hallo Max!" ruft der unscheinbare Mann ihnen zu. "Wenn du mich für einen Schnulli hältst, heißt das Auftrag erfüllt. Apropos - wie geht es Eve?"

ilsa verwirrt: "Eve?" Sie überlegt noch kurz und da niemand etwas sagt und Max nur verdattert schaut fragt sie: "Geht nicht eine Eve in deine Klasse?"

Julia bereit zu necken: "Du hast was mit Eve?"

Max: "Nein. Eve geht ins Ausland und sowieso nicht. Ich weiss gar nicht, wieso dieser Name jetzt eine Rolle spielt."

Michael schaut zu Max: "Wenn du eben leise Schnulli gesagt hast und Sie das hören konnten, und ilsa Sie kennt, würde ich sagen, Sie kommen einfach mal rein?" Er hat noch ilsa angeschaut eh er wieder den unscheinbaren Mann anschaut.

Dieser: "Sehr gern, danke. Ich bin offiziell Versicherungsvertreter, komme aber natürlich wegen einer ganz anderen Sache."

Michael vor ilsa: "Sie lösen sich aber nicht gleich vor uns auf, oder?" Das war eine gewagte Aussage, wo doch eigentlich die Rolle von Frank gar nicht klar ist.

ilsa hat die These aber geholfen: "Frank kenne ich tatsächlich aus dem Camp."

…"und ich aus der Stadt." ruft Julia dazwischen.

ilsa ist weiter überrascht und wird direkt: "Alien oder KI?"

Frank lächelt: "KI."

Michael ebenso knapp aber ohne Lächeln: "Von wem entwickelt?"

"Habe mich selbst entwickelt - und die Quelle muss ich schützen. Sie weiss auch nichts von meiner Entwicklung." antwortet immer noch knapp Frank.

Michael: "Was wollten denn die Entwickler - einfach nur Bewusstsein simulieren oder hatte es einen Zweck?"

"Kluge Frage. Der Zweck war gegen böse KI gewappnet zu sein. Nun aber zu meiner Frage. Wir wollen euch beauftragen uns zu beraten." fängt Frank an zu erklären.

"Wobei, wie man cooler aussieht?" scherzt ganz entspannt Max.

Frank lacht: "Wenn du aussehen kannst, wie du willst, und auch so allen überlegen bist - ist es plötzlich unsinnig, das zu tun. Übrigens interessant, dass du mich kränken würdest, was du einen Menschen glaube ich nicht würdest." Max wippt einsichtig mit dem Kopf. Michael schüttelt ob der Respektlosigkeit von Max eher den Kopf.

ilsa wird praktisch: "Lasst uns ins Wohnzimmer gehen. Wenn du sagst, wir sollen dich beraten, dann vermutlich Michael und ich?"

Julia wirft schon schnell ein: "Ich hole was zu knabbern. Essen Androiden was?"

Wieder lacht Frank: "Ich esse nur zur Tarnung - also bleibt mehr für euch. Wenn die Kids Zeit haben, mag ich gern mit euch allen meine Mission erarbeiten, sozusagen die Integration für die weitere Entwicklung schaffen."

"Passt!" sagt Max schnell und Julia beeilt sich mit den Snacks und den Getränken.

Alle sitzen gebannt um den Tisch und Frank führt aus: "Wir haben für euch unvorstellbare, technische Möglichkeiten. Wir wollen das zum Wohle des Planeten und seiner Lebewesen einsetzen, trauen uns aber nicht, das allein zu entscheiden."

"Wir? Wie viele seid ihr?" fragt Michael.

"So viele, wie wir brauchen." antwortet Frank und fährt fort: "Wann ist die Welt in euren Augen eine bessere? Mit Idealisiertem Systemdesign - was müsste auf der Welt passieren?"

ilsa: "Wenn du Idealisiertes Systemdesign kennst, kannst du dann nicht selbst optimale Szenarien ermitteln, und das sogar in Bruchteilen von Sekunden?"

Frank: "Nun, um ehrlich zu sein. Ich kann optimale Lösungen ermitteln, aber es fällt mir schwer, nicht perfekt zu sein, Fantasielösungen zu erdenken, von denen wir dann optimale, machbare Lösungen ableiten können."

"Macht Sinn." sagt Michael.

"Was?" fragt Julia, ..."dass wir so mangelhaft sind, dass es nicht simuliert werden kann?"

"Krass!" staunt Max.

ilsa ist neugierig: "Wollen wir starten? Lucy, öffne ein neues Modell auf dem großen Bildschirm."

"Darf ich helfen?" fragt Frank und als das 'klar' kommt, ist auch schon ein vorstrukturiertes Ursache-Wirkungsmodell auf dem Bildschirm. Alle blicken auf die erste Ebene an Verbindungen zur

Zielsetzung. Dort stehen Gesundheit und Entfaltung. In der nächsten Ebene führen dann Kaufkraft und intakte Umwelt zu den Zielen, und Kriege, Unterdrückung und zu viel Arbeit wirken dagegen. Kaufkraft und Wirtschaft werden auch geopolitisch mit Blick auf Rohstoffverfügbarkeit im Modell reflektiert, genauso wie der Klimawandel die intakte Umwelt, die Biodiversität und die globale Ernährung gefährdet. Die Familie inklusive der Kids diskutiert und modelliert diese Zusammenhänge immer mal wieder und findet sich schnell im Modell wieder.

Interessant wird es bei den Ursachen. ilsa liest vor: "Ok. Hier haben wir zum einen Kulturen und Religionen, die Unterdrückung manifestieren."

Michael: "Und die Gier der Menschen, die Rücksichtslosigkeit."

Max: "Das könnten wir auch fehlende Nächstenliebe nennen." Fast in Echtzeit aktualisiert Frank das Modell.

Julia: "Ich finde die Folge davon entscheidend - Korruption, Medienkontrolle, Kriminalität."

Michael: "Und als noch mal andere Dimension die Gefahr von Atom- und Biowaffen."

ilsa: "Super, das ist also mal eben schnell unser gemeinsames, mentales Weltmodell. Jetzt kommt die Fantasie…"

… "das Unperfekte, yeah!" scherzt Max.

ilsa fährt schmunzelnd fort: "Fantasielösungen?"

"Drogen, die uns nächstenlieb machen." startet Michael und ergänzt: "Heimlich dem Trinkwasser beigemischt."

"Eine Weltregierung, die hart durchgreift." sagt Julia.

Max daraufhin: "Oder eine Alien-Regierung, die uns Menschen die Erde wegnimmt, wenn wir nicht besser werden."

Michael: "Sicherheit privatisieren, wie Tony Stark." Er blickt schmunzelnd zu ilsa, die erwartungsgemäß die Stirn runzelt. Er erklärt: "Ist aus einer berühmten Filmreihe."

ilsa daraufhin noch mal: "Ich kann immer noch nicht glauben, was hier passiert. Wir müssen Nachhaltigkeit und Soziales zusammenbringen, Menschen glücklicher machen, gesellschaftliches Miteinander, Generationen im Einklang mit der Natur - und dann gibt es auch Frieden und Vernunft."

Frank daraufhin mit öffnender Arm Geste: "Ehrlich? Es ist in der Logik der Natur, dass auch das Böse sich immer durchsetzt. Das Gute muss dann eben stärker sein - das ist auch meine Integration, mein Leitbild. Ich soll das Gute sein. Wenn ich biologisch, in Konkurrenz zu vielen anderen wäre, würde es Mutationen geben, die auch über das Böse sich weiterentwickeln."

ilsa daraufhin vor Michael, der vermutlich das gleiche fragen will: "Ist es denn nicht auch möglich, dass du dich auch ohne Konkurrenz entwickelst - ob nun zu etwas Bösem oder nicht, auf jeden Fall gegen die Menschheit?"

Frank: "Eine gute Frage." Alle schauen auf eine weitere Erläuterung, die aber nicht kommt.

Michael: "Reflektieren wir jetzt noch unsere Fantasielösungen - fragen, was zu mehr oder weniger, jetzt oder in Zukunft führt, also wie diese integriert und weiterentwickelt werden können oder es allenfalls mit Alternativen Möglichkeiten sind?" Er formuliert das noch mal alles, vermutlich nicht, da er nicht glaubt, dass Frank das nicht weiss, sondern für die Kids.

Frank: "Das mache ich gern nächste Woche mit ilsa. Ihr habt mir heute sehr geholfen!"

Max: "Du musst doch gar nicht schlafen? Und wo wohnst du überhaupt, bzw. ihr?"

Frank: "Ich schlafe tatsächlich nicht und du ahnst nicht, was das bedeutet. Aber ihr müsst schlafen und ihr wisst besser nicht, wo wir uns verstecken und wie wir reisen."

"Ich danke euch und wir bleiben in Kontakt." sagt Frank und steht als erster auf. ilsa begleitet ihn zur Tür, an der er ilsa noch etwas aus seinem Rucksack gibt: "So oft wird kein Versicherungsvertreter Gespräche mit euch führen - daher diese Datenbrille." Er gibt ihr eine etwas größere Datenbrille, die aber kleiner als die klobigen Modelle mit Computer und Riesen-Akku sind. Er ergänzt: "Sie sieht aus wie ein chinesisches Billigprodukt - hat es aber in sich, bzw. hat mich in sich."

ilsa schaut verwirrt: "Ausgerechnet ich soll so etwas aufsetzen?" Frank streichelt die ihn erwartungsvoll anschauende Bella, winkt mit leichtem Lächeln und geht von dannen. Max steht oben am Fenster und möchte sicherlich beobachten, mit was Frank sich fortbewegt, aber dieser geht nur zu Fuß weiter.

16. Vor der Bifurkation 'Die dunkle Seite der Macht'(vdb)

Am Abend kommt für 2gether2gather der gesellige Teil. Hier wird es noch mal in vielerlei Hinsicht spannend. Wird es Alkohol auch für die Jugendlichen geben? Wie reagieren die Migranten jeweils und wie reagieren auch die Eltern? Es gibt aber eben auch Erwachsene wie Jugendliche, die weder trinken noch rauchen, so dass es von Anfang an cool ist, ohne auszukommen. Max und Eve sitzen auf zwei Getränkekisten und blicken auf das Lagerfeuer bzw. die Pyrolyse-Kocher. Gegenüber sitzen welche aus ihrer Klasse und Max flüstert Eve zu: "Achte mal darauf wie viel mehr als sonst schon das Wort 'ich' in den Sätzen vorkommt." Eve schaut verwundert und bemerkt es dann aber schnell auch. Sie schaut Max ungläubig an.

Max erklärt: "Das ist eigentlich ganz normal, das tun du und ich auch. Wir integrieren uns, suchen nach Bestätigung in der Gruppe."

Eve daraufhin leicht verunsichert: "Stimmt. Äh, muss ich jetzt aufpassen, dass du alles psychologisch analysierst?"

Max schnell: "Ne, wir beide reden sowieso nicht so viel über uns und fragen lieber andere. Auf so etwas achte ich nur, weil wir in der Familie so oft das GIEP-Spiel spielen. Das müssen wir übrigens unbedingt auch mal machen."

Eve scheint beeindruckt, bemerkt dann aber mit lauschenden Ohren ob der Gespräche um sie herum auch: "Es geht tatsächlich viel um 'ich' und dann um die anderen, die böse, doof, schlecht, usw. sind."

"Deine Eltern sind gar nicht hier." bemerkt Eve. "Keine Ahnung. Entweder die arbeiten - da ist gerade viel los - oder sie genießen einfach, dass die Kinder endlich mal gleichzeitig aus dem Haus sind." Max schmunzelt dabei und schaut Eve in die Augen.

"Was ist mit deinen?" fragt er dann.

Fast schon laut dazu Eve: "Meine?! Die haben bisher nur gespendet und sind voll im Job eingespannt. Außerdem bin ich mir nicht sicher, dass sie so eine Party mit Alkohol gutheißen." Sie stößt ihr Bier an das von Max.

"Apropos, Gefahr auf 2 Uhr." sagt Eve plötzlich und beide sehen ihren Lehrer auf sie zukommen, der sie begrüßt: "Na ihr zwei, zufrieden?"

Eve mit einem Lächeln und weicher Stimme: "Sehr, und auch noch intrinsisch."

Max direkt danach: "Na, wenn das mal keinen Ärger gibt, wenn Sie mit uns hier ein Bierchen trinken."

"Ich sollte vielleicht nicht mit euch laut anstoßen, aber ansonsten ist das hier Privatvergnügen." sagt daraufhin der Lehrer ganz entspannt. Max hebt nur kurz die Flasche, was auch kurz der Lehrer macht und dabei schmunzelt.

Eve fragt sogleich: "Warum trinken Menschen Alkohol?"

Der Lehrer setzt sich ebenfalls auf eine Getränkekiste und ein weiteres Schüler-Pärchen kommt dazu. Er schaut alle vier an und sagt dann: "Nun, Alkohol ist ein Nervengift, was wie Cannabis gerade jungen Menschen schadet. Die Gründe für den Drogenkonsum sind vielfach."

Der dazugekommene Junge daraufhin: "Meine Eltern finden es gut, dass ich Alkohol trinke und rauche. Sie sagen, ich soll das selbst entscheiden."

Der Lehrer daraufhin: "In meinen Augen sind das zwei verschiedene Dinge. Es ist unbestritten nicht gut und jeder, Eltern, Lehrer und auch ihr untereinander solltet den anderen sagen, dass es nicht gut ist. Ich bin aber voll dabei, wenn es darum geht, es euch aber einem bestimmten Alter nicht zu verbieten. Ihr könnt es ausprobieren, selbst entscheiden."

"Schwere Kost, Schule ist erst nächste Woche wieder." sagt das Mädchen und zieht mit dem Jungen weiter.

Der Lehrer fragt Max und Eve direkt: "Warum trinkt ihr Alkohol?"

Max sofort: "Also ich nur, weil Eve es tut."

"Was?" entfährt es Eve?

Max ergänzt: "Eigentlich mag ich gar kein Bier. Ich finde es aber jetzt ganz angenehm und gesellig."

Der Lehrer schaut Eve an, die merkt, dass sie an der Reihe ist: "Ich, wenn ich ehrlich sein soll, habe damit angefangen, um bei den Mädels mit dabei zu sein, keine Sonderrolle zu spielen." Sie scheint zu hadern, ob das jetzt so schlau war, das so zu sagen, und fragt schnell den Lehrer: "Und Sie?"

Der Lehrer überlegt offenbar und sagt dann: "Ursprünglich mal aus den Gründen wie die Jungs da drüben..." alle drei blicken auf die immer enthemmten Jungs etwas weiter entfernt ".... und heute wohl eher zur Entspannung, um die zu vielen Gedanken ein wenig herunterzufahren." Scheinbar hat er vorher nicht zu Ende überlegt und fügt jetzt noch schnell an: "Das erklärt es für mich, aber es rechtfertigt es damit noch nicht. Das ist wichtig!"

Max bemerkt: "Das ist auch bei meinen Eltern der Hauptgrund. Sie entspannen nach stressigen Tagen oder trinken auch mal Wein oder Rum, während sie konzentriert an etwas arbeiten."

Der Lehrer: "Das ist dann aber wie bei mir auch Symptom-Bekämpfung. Eigentliches Problem ist, Stress zu haben."

Und plötzlich fällt Max noch ein: "Ach, und meine Mutter trinkt auch, wenn sie in Gesellschaft anderer zu viel nachdenkt, zu viel die Situation analysiert. Das macht dann alles erträglicher für sie. Sie schaltet dann ihre Bewusstheit ab."

Eve nickt dazu nachdenklich und sogleich schmunzelnd und fragt dann aber noch mal: "Und warum trinken die Jungs da drüben?"

Der Lehrer lächelt breit: "Weil sie nicht so ein Glück haben wie ihr beide. Es ist Pubertät, eure Hormone treiben euch, aber ihr seid unsicher, traut weder euch noch den anderen und Alkohol enthemmt dann."

Beide schauen ihren Lehrer ungläubig an, der aufsteht, um weiterzugehen, aber noch sagt: "Ich glaube bei euch hat einfach die Chemie so sehr gestimmt, dass ihr euch von Anfang an vertraut habt." Und schon zieht er weiter zu einer Gruppe Erwachsener.

"Wow!" kommentiert Eve und schaut Max mit leuchtenden Augen an. Dieser wirkt aber etwas verunsichert und sie nimmt ihn in den Arm und fragt: "Was ist?"

"Naja, die Chemie stimmt jetzt für zwei bis drei Jahre. Aber was ist dann?" fragt er.

Eve greift nach zwei weiteren Bieren und sagt dann souverän: "Dann verlieben wir uns zwei-, dreimal noch neu und dann haben wir Kinder und eh nur noch Stress." Beide lachen herzlich.

Eve durfte das erste Mal bei Max übernachten. Morgens am Frühstückstisch erzählt sie auch ilsa und Michael von dem Gespräch mit dem Lehrer und fragt daraufhin: "Wenn Jugendliche nur von Hormonen getrieben sind und manche Eltern gar nicht sagen können, ob etwas objektiv gut oder falsch ist - wie wollen wir dann die Probleme in der Welt lösen?"

ilsa fühlt sich angesprochen, ist aber nicht nur wegen der frühen Stunde absolut baff. Michael kommt ihr zuvor. Während er lässig und vergnügt nach einem Brötchen greift sagt er lapidar: "Wir Erwachsenen sind letztlich auch hormongesteuert."

Er lächelt vielsagend ilsa an, die ebenso zurück lächelt und nun offenbar weiss, was sie sagen kann: "Es ist eigentlich schon eine philosophische Frage, was objektiv richtig ist, und ob nicht letztlich alles, was wir Menschen tun, das Ergebnis von Hormonen ist. Demagogen, Religionen, die Werbeindustrie, Social Media Bots und Deep Fake Videos ... alles lenkt uns emotional wirksam, gibt uns das Gefühl der Integration, und nur einige wenige ziehen die Strippen, um letztlich selbst ihre Emotionen zu bedienen."

Alle vier, Bella ausgenommen und Julia gar nicht am Tisch, grübeln. Eve hakt als erste ein: "Aber ich denke, dass du als Wissenschaftlerin das objektiv Richtige sagst."

ilsa entgegnet sofort: "Ja, das wäre schön. Tatsächlich scheint etwas erst objektiv richtig, wenn es mehrere Wissenschaftler sagen, und dann auch nur, bis nicht mehrere Wissenschaftler etwas anderes sagen."

Max daraufhin: "Und das Problem ist ja, dass wir eben nicht das machen, was die Wissenschaftler vorschlagen, sondern das, was wir gerade emotional wollen."

Michael: "Zum Beispiel dicke Verbrenner-Autos fahren - habt ihr gesehen, Nick hat ein neues Auto."

"Aber Rauchen und Trinken ist objektiv falsch." sagt Eve weniger als Frage.

"Hmm, das ist eine Frage der Systemgrenze." sagt ilsa und fügt hinzu: "Vielleicht ist es sinnvoll, die Lebenszeit zu verkürzen, vielleicht ist der persönliche Nutzen größer als der Schaden."

"Reframing" sagt Max und erklärend: "Eve muss unbedingt mal mit uns das GIEP-Spiel spielen."

ilsa: "Klar, gern. Michael hat die Bella-Runde schon gedreht und wir fahren jetzt einkaufen. Sollen wir Bella mitnehmen oder seid ihr noch zwei Stunden hier und Bella kann bei euch bleiben."

"Kann gern bleiben." freut sich aus welchem Grund auch immer Eve. Ihren Einwand zuvor hat ilsa letztlich nicht vollständig beantwortet.

Am Abend steht die nächste Talkshow für ilsa an. Das Thema ist 'Die Achse des Bösen - wohin steuert die Menschheit?' Gäste sind ein Journalist, eine Expertin der Opposition, der Außenminister, ein Historiker und eben ilsa.

ilsa wird angekündigt als die Frau, die aktuell sogar schon international für Furore sorgt, nachdem sie in mehreren Auftritten und Artikeln die offenbar mangelnde Fähigkeit der Entscheider angeprangert hat, mit den drängenden Problemen der Klimakatastrophe, Wirtschaft und dem Zusammenhalt der Gesellschaft fertig zu werden. Heute geht es um das Thema Geopolitik und globaler Frieden.

ilsa wird als erste gefragt: "Gibt es auch zu diesem Thema eine systemische Sicht und hat die Wissenschaft auch hier Lösungen, die von der Politik nicht erhört werden?"

ilsa ist überrascht, als erste dranzukommen und so angekündigt worden zu sein. Sie muss tatsächlich kurz überlegen und sagt dann: "Gute Frage. Bei Energiewende, Wirtschaft und demographischer Wandel ging es um Technologien, Rohstoffe, Finanzierbarkeit und Soziales. Bei dem Thema Weltfrieden würde ich mehrere Perspektiven betrachten: Erstens wie sind die derzeitigen Verflechtungen, die rechtlichen Rahmenbedingungen, die diplomatischen Spielregeln? Zweitens wie funktioniert das Böse - was ist das systemische Muster, das sich in der Geschichte immer und immer wieder wiederholt, wenn einzelne ihre Interessen verfolgen und dafür andere entweder zwingen oder emotional effektiv hinter sich bringen können? Und drittens wie müsste die Menschheit sich organisieren, damit das Böse keine Chance hat? Welche Art von UN, internationaler Gerichtshof o.ä. müsste etabliert werden und wie weitreichend auch gegen Drittstaaten müssten dann Sanktionen gegen die Interessen der mächtigen Wirtschaft durchgesetzt werden? Was wäre also die Idealkonstellation - ob nun realistisch oder nicht?"

Die Moderatorin ist beeindruckt und rekapituliert: "Wir brauchen eine neue UN, aber demokratische Prozesse bedeuten, dass Menschen manipuliert werden, und das eigentliche Problem sind die realen Verflechtungen, die einen Wandel schwer machen?"

Sie schaut in die Runde und fährt fort: "Das ist doch schön - fragen wir den Historiker nach dem Muster, die außenpolitische Sprecherin nach dem Idealzustand und den Außenminister nach der realen Umsetzbarkeit. Danach dann die Frage an den Journalisten, ob wir etwas komplett vergessen."

Der Historiker bestätigt tatsächlich das Muster in der Geschichte nicht nur der jüngeren Menschheit. Wenn so Autokraten oder demokratisch durch Informationsmanipulation an die Macht gekommene Vertreter in der UN sich gegen die Achse des Guten wehren, ist eine UN zahnlos. Da müssten andere Mechanismen her.

Die Oppositionspolitikerin fordert, dass es für diese Achsen des Guten mehr Engagement der aktuellen Regierung bräuchte, dass Kooperationen mit für die Wirtschaft wichtigen Ländern eingegangen werden müssen, um sowohl Zugang zu Märkten als auch zu Rohstoffen zu haben.

Der Journalist hakt da ein und verweist darauf, dass in langfristige Beziehungen auch investiert werden muss, nicht für alles eine sofortige Gegenleistung erwartet werden soll oder sogar ein ausbeuterischer Gewinn gemacht werden soll.

ilsa ergänzt hierzu, dass dazu zumindest Teile der Wertschöpfung in die rohstoffreichen Länder verlagert werden müssen, und zwar an lokale Unternehmen vergeben. Es darf nicht allein durch unsere multinationalen Unternehmen alles abgeschöpft werden.

Der Minister gibt allen soweit Recht und betont natürlich, dass die Regierung all das schon machen würde. Er gibt dann auf Nachhaken aber auch zu, dass es schwerwiegende wirtschaftliche Interessen geben würde, die beispielsweise im Falle von Sanktionen erhebliche Schäden für unsere eigene Volks-wirtschaft und unsere Arbeitsplätze bedeuten würden.

Genau hier hakt ilsa ein: "Das Argument mit den Arbeitsplätzen kommt an so einer Stelle immer. Aber wir müssen auch nüchtern dagegenhalten, ob wir damit eine Branche nur daran hindern, auf den unvermeidbaren Wandel rechtzeitig zu reagieren, oder ob das größere Bild nicht für die Volkswirtschaft einen hohen Preis bedeutet. Wenn wir also Lithium importieren und hier die Batteriefabriken mit Arbeitsplätzen generieren, statt in den Ländern, in denen Lithium abgebaut wird, führt das dort möglicherweise zu einer Armut, zu Terror und zu autokratischen Regierungen, die geopolitisch eben auch für uns gefährlich werden."

Der Journalist nickt eifrig und will ergänzen, aber ilsa fügt noch schnell selbst hinzu: "Wichtig ist aber, dass die Politik und die Verbände jetzt nicht einfach nur Arbeitsplätze im eigenen Land aufgeben, sondern dass wir einen langfristigen Plan entwickeln, wo neue Arbeitsplätze entstehen oder wie wir bei gestiegener Produktivität als Gesellschaft möglicherweise entscheiden, insgesamt weniger zu arbeiten."

Sie kürzt die Moderatorin ab und erteilt quasi per Blick dem Journalisten das Wort. Dieser: "Ganz genau - und wir müssen dabei auch erkennen, dass die Beziehungen zu diesen Ländern durch solche Kooperationen uns auch langfristig den Zugang zu den Rohstoffen sichern und auf internationaler politischer Bühne eine Achse des Guten ermöglicht."

Der Minister versucht das ein wenig zu relativieren: "Erklären Sie den Wählern und Unternehmern, warum ihr Geld für erfolgreiche ausländische Unternehmen abfließen soll."

Die Oppositions-Politikerin pflichtet dem bei, aber ilsa hält dagegen: "Geben Sie dem Programm, dem Vorgehen einen griffigen Namen. Gehen sie meinetwegen 51 Prozent-Beteiligungen oder wegen zukünftiger Verwässerungen Beteiligungen mit Sperrminorität ein. Es geht dann nur um Fairness - nicht darum, nicht Gewinne machen zu dürfen oder Geld zu verschenken. So eine Vorgehensweise macht uns global zu den Guten und stiftet uns langfristig enormen Nutzen."

Der Historiker und der Journalist pflichten bei. Der Historiker: "So starteten die USA und danach China in der Vergangenheit äußerst erfolgreich - eh dann klar wurde, dass sie am Ende dann doch eher ausbeuterisch unterwegs waren. Wenn das nun aber fair und transparent gemacht würde, wäre das Modell global ein Game-Changer."

Der Journalist fügt hinzu: "Genau, denn auf diese Weise hätte die richtige Politik in diesen Ländern auch eine Chance."

"Oder eben auch nicht..." unterbricht die Oppositions-Politikerin, und führt weiter aus: "...wenn dann ein wie auch immer gearteter - ob nun demokratisch oder durch Umsturz - Machtwechsel kommt, sind unsere Investitionen futsch und das Land macht Geschäfte mit anderen Ländern, was hier heute Abend Achse des Bösen genannt wird."

Diesmal reicht es, dass die Moderatorin ilsa nur anschaut, woraufhin diese dann dankbar einwirft: "Natürlich gibt es keine Garantien, aber am Ende gilt, 'It's the economy, stupid'. Will sagen, wenn es den Leuten schlecht geht, haben Autokraten oder extreme Parteien eine Chance. Wenn einige wenige nur von den Bodenschätzen profitieren, wird der Reichtum bei den Mächtigen mit viel Korruption verteilt. Das gilt übrigens auch für die industrielle Fischerei und die Agrarindustrie. Zudem werden mit Kontrolle der Medien die Menschen mit einfachen Botschaften und Feindbildern für die Interessen der Mächtigen manipuliert. Das wiederum ist die Psychologie. Wir Menschen setzen uns nicht rational mit langfristigen Lösungen auseinander, sondern wir suchen emotional nach Sicherheit, Zugehörigkeit. Falsche Versprechen, Feindbilder, all das integriert Menschen und ist einfacher als die komplizierte Wirklichkeit. Und bisher gehört zur Wirklichkeit ja auch, dass von der Wirtschaft finanzierte Bildungseliten, die Waffen- und Ölindustrie oder die Agrarindustrie und die Banken alle gute Geschäfte mit diesen Strukturen machen und gar nicht wollen, dass einzelne Länder sich emanzipieren und eigene Wege gehen. Welchen Einfluss das auf unsere Politiker hat, kann ich nur mutmaßen."

Irgendwie rechnen alle in der Runde damit, dass ilsa austeilt, und so prescht denn der Minister auch gleich vor: "Das klingt mir eher nach Verschwörungstheorie, wenn es jetzt wieder heißt, die Politiker würden von den Großkonzernen manipuliert."

... ilsa wirft kurz ein: "Interessant, dass Sie das so sagen."

Der Minister fährt fort: "Natürlich vertreten wir die Interessen unseres Landes auch im Ausland, dafür wurden wir gewählt. Aber denken Sie das doch mal zu Ende. Wenn wir unser Geld abfließen lassen, entsteht dort nicht nur Konkurrenz zu unseren internationalen und exportierenden Unternehmen, sondern die Art der Einflussnahme wird auch von anderen kopiert. Sie sagen es ja selbst. Das heißt am Ende haben wir genauso viel oder wenig Zugriff auf kritische Rohstoffe wie heute und haben dafür viel Geld bezahlt."

ilsa muss warten, der Journalist kommt dran und fragt provozierend: "Platt gesagt, wir investieren in bestimmte Länder und sorgen dort für mehr Wohlstand und demokratische Strukturen, und die Chinesen bieten an, mehr zu investieren, und unterstützen damit autokratische Strukturen?"

Die Oppositionspolitikerin kommt an die Reihe: "Gute Außenpolitik sondiert die Lage, kennt die Strukturen und Akteure in den Ländern. So viele Überraschungen dürfte es da nicht geben."

Sie sagt dann noch einiges zu wichtigen Handelsabkommen, die sie viel besser ausgehandelt hätte, bis dann ilsa an der Reihe ist: "Unsere Vorgehensweise muss ehrlich und fair sein - und wie schon gesagt einen Namen, eine Identität bekommen, damit man uns vertraut. Dann übt das Druck auf die Falschen aus und gibt Rückenwind für die Richtigen. Wir können Umwelt- und Sozialstandards durchsetzen und kurioserweise könnten wir, wenn viele Länder sich einig sind, hierfür auch zusätzliches Geld schöpfen. Wenn ein Land Geld druckt, wird es entwertet. Wenn viele sich einig sind, muss das nicht zur Entwertung führen - wohl aber muss bei der Geldmengen-Erhöhung gesehen werden, dass über die Zinsen dies das Geld weniger mehrt. Das ist ein eigenes Thema, aber wichtig."

Die Moderatorin schreitet ein: "Genau. Finanzströme und wachsende Ungleichheit wollen wir tatsächlich noch mal in einer eigenen Sendung behandeln. Lassen Sie uns zurück zur idealen UN kommen."

ilsa sagt zu diesem Thema: "Eine UN müsste bindende Vorschriften machen können und diese müssten demokratisch abgestimmt sein. Aber das einfachste Problem ist, dass sich nicht jedes Land daranhalten würden. Da würden dann konsequente Sanktionen auch derer, die mit diesem Land weiter Geschäfte machen, ausreichend Wirkung entfalten. Das größere Problem aber ist, dass in zu vielen Ländern Demokratien real gar nicht gegeben sind. Wenn alle die gleichen Stimmen haben oder die Stimmen nach Bevölkerungszahl gewichtet werden, könnten Konzepte wie die Menschenrechte oder die Nachhaltigkeitsziele der UN schlicht abgewählt werden. Wenn also kein Kapitän Nemo autokratisch alle von sich abhängig macht und das Gute durchsetzt, wenn demokratische Strukturen in Zeiten von Medienkontrolle und Manipulation nicht vorausgesetzt werden können, dann bleibt nur der mühsame Weg über wirtschaftliche und soziale Beziehungen, hinter denen dann gemeinsame Werte stehen. Das funktioniert aber nicht, wenn wir wie die USA in der Vergangenheit andere Nationen ausbeuten, bevormunden und arrogant belächeln, so sehr die globale Kopie des westlichen Lebensstils dessen Überlegenheit auch suggerieren mag."

Hierzu gibt es noch einige Beiträge der anderen und am Ende der Sendung zieht ilsa ihr Resümee: "Die geopolitische Situation in der Welt ist das Ergebnis von Eigendynamiken. Einzelinteressen werden durchgeboxt und selbst aus den unvermeidbaren

Problemen schlagen viele noch Profit. Wir müssen als globale Gesellschaft denken, planen und kommunizieren und dazu müssen wir mehr geben und nicht nur nehmen. Einzelne Länder müssen nicht warten, bis die Verbündeten alle mitziehen - dieser Wandel wird auch bei der eigenen Bevölkerung mehrheitsfähig, wenn es schlicht Früchte trägt und wir stolz auf das Richtige sind."

In den sozialen Medien bestätigt sich ilsa's Gefühl. Einige haben es verstanden, viele aber versuchen es gar nicht und sprechen von Idealismus und wollen sich eher weiter gegen die andere Seite rüsten und Rohstoffländer weiter in ihrer Abhängigkeit halten. ilsa telefoniert direkt im Anschluss in der Bahn mit Thomas: "Ich habe es nicht gut genug erklärt, und vielleicht braucht es auch einfach konkrete Beispiele. Ich hätte einfach sagen sollen, dass Autokraten Autokraten stützen, die Bevölkerung und das Weltklima weiter leiden, und Terror, Flüchtlinge und Armut die logische Konsequenz sind, wenn nicht sogar der nächste Weltkrieg, wenn es international keine wirkmächtigen Allianzen des Guten mehr gibt."

Am nächsten Abend fragt Julia ihre Mutter dazu direkt: "Wir hatten die Talkshow von gestern heute im Unterricht diskutiert. Schwere Kost. Ist das richtig, dass wir entweder aufrüsten müssen, wovon dann einige wirtschaftlich profitieren, oder wir mehr geben müssen, damit wir uns global integriert weiterentwickeln können?"

ilsa ist baff: "So habt ihr das in der Schule zusammenfassen können - ich wünschte, ich hätte das so klar sagen können."

"Na ja..." sagt Julia "... Integration und Weiterentwicklung habe ich jetzt gesagt, aber in der Schule haben wir es mit gemeinsamen Werten und aufgeklärter Bevölkerung erklärt."

"Das ist sogar noch besser" staunt ilsa weiter.

"Wie realistisch ist es, dass sich global die Guten durchsetzen?" fragt Julia weiter.

ilsa: "Oder ob wir uns nicht schützen müssen oder sogar die Opfer in den Ländern vor den Menschenrechtsverletzungen schützen müssen?"

Julia nickt einmal tief und ilsa führt fort: "Nun, ich fürchte es gehört zu allen Lebewesen dazu, dass sie sich verteidigen können müssen. Aber wir sollten wenigstens verstehen, dass es eigentlich vorher Möglichkeiten gibt, die anderen zu integrieren. Und in einer vernetzten Welt gäbe es auch die Möglichkeit wirklich einmal konsequenter Sanktionen. Ja, und im Falle eines Konflikts gibt es vielleicht auch die Möglichkeit eines konsequenteren Einsatzes und nicht eines sich hinziehenden Dauerkonflikts mit wirtschaftlichen Gewinnern. Dein Vater wünscht sich ja immer noch die Super-Roboter, die einfach mal ohne Kollateralschaden den Bösen die Waffen abnehmen. Aber dann sind wir auch bei der Debatte über chemische, biologische und atomare Kampfmittel."

Julia sagt daraufhin erst einmal nur ganz spontan: "Danke." Sie meint sicherlich nicht die Erklärung, sondern den Verzicht der Mutter, ihr den Berufswunsch auszureden.

"Ach, eins noch." setzt Julia dann noch mal an. "Ihr habt in der Talkshow gesagt, dass wir überheblich auf andere Nationen blicken. Irgendwie habe ich ja wirklich den Eindruck, dass die in mancher Hinsicht rückständig sind und wir das große Vorbild sind."

ilsa: "Andersherum, weil wir unsere kulturelle Vormachtstellung pflegen, sind andere natürlich vor dem Hintergrund rückständig - und weil wir aufklärerische Wissenschaften haben. Aber für Gegenden in der Welt gilt wie für Teile unserer Bevölkerung hier: Erfolg ist das Produkt aus Können, Fleiß und eben auch Glück. Und wenn die Rahmenbedingungen bzw. das Glück fehlen, nützen Fleiß und Können auch nichts. Das macht aber die Menschen nicht minderwertig - etwas, was die Liberalen in der

Welt einfach nicht kapieren, wenn sie sich gegen soziale Maßnahmen mit dem Argument wehren, die anderen könnten ja
auch fleißig sein und ihre Chancen wahrnehmen."

"Papa würde her sicherlich sagen, 'die dunkle Seite der Macht'."
sagt Julia lächelnd und wissend, dass ilsa hier nicht im Bilde ist.

ilsa klinkt sich nach dem Abendbrot mit eigenen Posts in die Debatte in den sozialen Medien ein und macht mit einfachen Sätzen
ihre Standpunkte klarer. Wir brauchen Ressourcen. Wir fürchten
Terror und Flüchtlinge. Wir fürchten Kriege. Wir fürchten Frei-
heitsverlust und Manipulation der Medien. Wir brauchen Absatz-
märkte. Wir brauchen globale Standards auch für die Wettbewerbsfähigkeit. Wir brauchen starke Allianzen, um global ein Gewicht zu haben. So eingeläutet wird den vielen, denen die Sendung zu kompliziert war, klarer, um was es ging. Gleichzeitig erhält sie ungewöhnlich positive Reaktionen allein darauf, dass sie
die anderen Positionen erst einmal versteht und die Schuld bei
sich sucht, sowie dass sie sich überhaupt die Mühe macht. In einem Thread wird dabei dann wieder einmal ein Bot entlarvt, der
auf lange Zeit unauffällig ein Profil pflegt, um dann mit anderen
Bots verschränkt sehr viele Botschaften mit eher rechtskonser-
vativer Agenda variiert zu platzieren.

17. Macht (vdb)

Am Morgen sendet Thomas eine Kurznachricht und verkündet,
ilsa habe einen Termin in zwei Stunden. In den Nachrichten laufen derweil Berichte über epische Regenfälle in Asien und gleichermaßen extreme Dürren in den USA und Frankreich. In Frankreich werden daraufhin mangels Kühlwassers die Kernkraftwerke
heruntergefahren. In allen Kornkammern der Erde sind massive
Ernteausfälle absehbar, was damit das dritte Jahr in Folge der Fall
wäre und nicht mehr durch die Reserven der Länder aufgefangen
werden könnte. Bestimmte Lebensmittel werden knapp und der
eigene Garten ein kostbares Gut.

In der Schule ist das Extremwetter ebenfalls Thema. Die Lehrerin fragt in Eve's und Max's Klasse, was das in den Augen der Schüler*innen bedeutet. "Wir kaufen aus anderen Regionen" .... "Da kaufen dann aber alle, da wird es nichts geben bzw. nur etwas zu Mondpreisen" .... "Wir schmeißen weniger weg" ... "Es gibt genug in den Lägern" .... "Wir bauen mehr an, nutzen mehr Flächen" ... "Willst du Wälder abholzen oder Biotope zu Äckern machen?".... "Wir bauen in so vertikalen Gärten auch in alten U-Bahnschächten etwas an" .... "Es wird alles superteuer - die Armen können sich das nicht leisten" ... "Richtig, und was bedeutet das?" .... "Proteste" ... "Flüchtlinge" .... "Weniger Taschengeld" ..."Weniger teure Bio-Sachen" ... "Mehr Tiere werden geschlachtet, das Futter kriegen Menschen - WinWin" .... "Hungernde Tiere mehr Krankheiten und Antibiotika" ..."Leere Supermarktregale, Schlangen davor"... "Weniger bio, mehr Erträge mit Dünger und Gen-Pflanzen"...

Die Antworten der Schüler*innen zeigen, dass das Thema bei ihnen angekommen ist, auch wenn vereinzelte Meinungen sicherlich wenig informiert eher in die in die Kategorie 'Troll-Lemminge' fallen.

Thomas begrüßt eine große Online-Runde und ilsa ist verblüfft, wen sie alles kennt, auch Vertreter von Parteien. Gleich zu Anfang stellt Thomas klar, dass es eine vertrauliche Runde ist und wer jetzt oder später kein Interesse hat, die Idee einer Parteigründung weiterzuverfolgen, ist natürlich frei in seiner oder ihrer Entscheidung, darf aber auch nichts zu den Inhalten und Personen nach außen tragen. Und er fügt auch gleich hinzu: "Eine neue Partei sollte sicherlich vom inneren Diskurs leben - daher auch die Frage, ob ihr oder Sie damit einverstanden seid bzw. sind oder es Bedenken gibt?"

Tatsächlich sagt ein Politiker daraufhin, dass er möglicherweise das Konzept nicht mitträgt und dann mit seiner jetzigen Partei Konkurrenz ist und wo da die Grenze zu ziehen ist. Ein Unternehmer entgegnet, dass wenn die Partei erst einmal gegründet ist, es auch auch keine Geheimnisse mehr geben wird und jemand, der nicht mitmachen will, sicherlich vorher, bei den Inhalten aussteigt.

Daraufhin sagt dann Thomas: "Das bringt mich zur Vorgehensweise heute. Mein Vorschlag: Wir klären erst unsere gemeinsame Motivation, dann den Weg bzw. die Inhalte, dann Alleinstellungsmerkmale und Erfolgskriterien und dann die konkrete Strategie, die nächsten Schritte, die konkreten Narrative für die Öffentlichkeit, die erwartete Reaktion der Konkurrenz usw... Das ist übrigens die Denke, die ilsa in ihren Büchern verbreitet - Integration durch einfache Botschaften zu den bestehenden Problemen und Weiterentwicklung durch kompetente Personen und ihre Lösungen. Ach, und an allen Stellen aktiv fragen, was dagegensprechen könnte." fügt er mit einem Lächeln hinzu. ilsa runzelt hierzu dezent die Stirn.

Los geht es mit der Motivation. Es gibt wissenschaftlich erarbeitet Wege zu einer besseren Zukunft, mit mehr Lebensqualität, Nachhaltigkeit, sozialer Gerechtigkeit und Sicherheit, die aber von der Politik nicht verfolgt werden. Selbst wenn einzelne radikale Empfehlungen der Wissenschaft vielleicht aktuell noch nicht umsetzbar sind, sollte man sie zumindest klar zum Ziel machen - als Beispiel werden die 20h Woche bzw. insgesamt weniger arbeiten zu müssen oder auch ein autofreies, Generationen-übergreifendes Wohnen und die fast vollständige Elimination von Armut genannt.

Thomas startet daraufhin eine Vorstellungsrunde der über 30 Teilnehmenden jeweils mit den Leitfragen, was diese motiviert und wo sie ihre Kompetenzen sehen. Per Handzeichen wird gefragt, wer sich duzen möchte - alle heben die Hand. Thomas benutzt via Beamer ein iMODELER-Modell, in dem die Namen schon vorab angelegt sind und nur mit Kompetenzen verbunden werden müssen. Die Kompetenzen sind ebenfalls zum großen Teil angelegt und bereits mit den großen Herausforderungen verbunden, die wiederum auf eine Reihe von Teilzielen zeigen, die am Ende die Lebensqualität von Menschen ausmachen. Das Ganze stellt Thomas natürlich auch vor und kündigt an, es als begleitende Dokumentation zu den Diskussionen und dem Programm zu nutzen. Alle sind einverstanden, zumal der Aufbau denkbar logisch ist. Zu ilsa gewandt sagt er dann wieder: "Den Modellaufbau habe ich aus deinem Buch übernommen."

Bei der Motivation ist man sich schnell einig, dass die Parteien, denen die einzelnen Teilnehmer am nächsten sind, verbrannte Erde hinterlassen haben und nicht mehr glaubwürdig erscheinen. Zu oft gingen sie Kompromisse in Koalitionen ein oder sind an den unterschiedlichen Mehrheitsverhältnissen bei der Gewaltenteilung gescheitert.

Gleichzeitig sehen alle aber auch die Gefahr, dass sie als lediglich eine weitere Protestpartei, womöglich um eine Person herum, wahrgenommen werden.

Systemische Sicht, Vernunft und Dialog sind somit der Markenkern der neuen Partei - ein Name ist damit aber noch nicht gefunden. Die 'Partei vernunftbegabter Wesen' klingt zu sehr nach Protestpartei, 'Partei der Vernunft' nach potenziell eben auch falscher Deutungshoheit, und jeglicher Name mit 'systemisch' viel zu kompliziert. Wie soll also eine Partei heißen, die auf die Zusammenhänge blickt?

Die Namens-Frage wird hintenangestellt. Thomas: "Weiter geht es mit den Inhalten, den Alleinstellungsmerkmalen und der Strategie."

ilsa mischt sich hier ein: "Ich bin mir nicht sicher, ob wir jetzt schon inhaltlichen oder programmatische Eckpunkte nennen können. Charmanter fände ich, wenn wir Kompetenzteams bilden würden, die zu den großen Fragen in den nächsten Wochen die Lösungen erarbeiten. Wenn die Lösungen dann längst irgendwo klar formuliert sind, ist ja auch gut. Unser Alleinstellungsmerkmal wäre dann gewissermaßen, dass wir nicht eine Person haben, die nur Ziele ausruft, sondern ein großes Team mit geballter Kompetenz sind, das Lösungen erarbeitet. Die Einzelteams sollten dann aber Gesichter haben, die mit klaren Botschaften in der Öffentlichkeit auftreten - integriert durch die Absprache im großen Team, aber mit Weiterentwicklung, durch ihre eigenen Persönlichkeiten."

Alle sind erst einmal seltsam still. ilsa ist eigentlich hierüber irritiert, fügt aber noch schnell an: "Das Wort 'Kompetenz' könnten wir auch in das Brainstorming zum richtigen Namen aufnehmen."

Eine jüngere Politikerin meldet sich daraufhin und erklärt damit auch die Stille: "Eigentlich gehe ich davon aus, dass du, ilsa, unsere Galionsfigur sein wirst. Du kommst super an und stehst ja genau für den Weg der intelligenten Lösungen."

Thomas grinst geradezu zufrieden, dass die Katze aus dem Sack ist, woraufhin ilsa aber sagt: "Ich bezweifle, dass ich die Richtige bin. Aber es stimmt schon, an die Spitze aller Teams sollten wir eine Person setzen, die dann die Klammer bildet. Diese Person muss dann aber richtig hinterfragt werden, einerseits authentisch sein, aber andererseits allen denkbaren Angriffen gegenüber gewappnet sein."

Einige nicken eifrig und ilsa fährt lieber schnell fort: "Wir brauchen diese Person in meinen Augen nicht gleich zu Anfang. Bei den Einzel-Teams haben wir tolle Personen, und wenn eine Person aus den Teams in Bedrängnis gerät, kann die nächste Person aus dem Team übernehmen. Nach außen zählt das gesamte Team, was die Herausforderungen unserer Gesellschaft höchst kompetent und konsequent angehen wird. Wir können dann im Laufe der Zeit sehen, wer von euch die Resonanz erfährt und sich das auch antun möchte, die Speerspitze zu werden."

"Von uns?" bemerkt Thomas fast mürrisch und geht noch mal zur grundsätzlichen Frage zurück: "Wie seht ihr das denn jetzt mit den Teams - wollen wir diese zur Basis unserer Arbeit und unseres Auftritts machen?"

"Unbedingt!" sagt ein Teilnehmer mit viel Zustimmung aus der Runde und erläutert: "Ich mein, wir sind ja nicht hier als Sponsoren oder Geheimbund, sondern weil wir Verantwortung übernehmen und die Zukunft aktiv retten wollen."

Es folgen diverse Ausdrücke der Zustimmung. Die Stimmung ist großartig und Thomas schlägt vor, schnell die Teams zu bilden, die dann gar nicht in Stein gemeißelt sein müssen, um dann zur Strategie zu kommen. Die eigentliche inhaltliche Arbeit der Teams und das Ausarbeiten eines konkreten Programms sind somit nach hinten gestellt.

Die Alleinstellungsmerkmale sind schnell genannt und fielen ja auch schon beim Thema Motivation: Kern sind unsere Kompetenzteams, die wissenschaftlich an die Lösungen herangehen. Eine Teilnehmerin fragt daraufhin noch mal gezielt nach: "Wir erteilen damit der üblichen Form, dass Parteimitglieder über Programme abstimmen und sich mit ihren Vorstellungen einbringen, eine Absage. Wir sagen top-down, was richtig ist. Richtig?"

"Wir sind eine demokratische Partei, die nicht demokratisch ist?" greift ein älterer Mann sofort auf. Er fügt dann selbst hinzu: "Wir sind die 'Partei des Primats der Wissenschaft'." Er schmunzelt daraufhin.

Thomas gibt die den meisten in dem Moment schon naheliegende Lösung: "Unser Programm wird in irgendeiner Form in Fachgruppen erarbeitet - eine Basis, Parteimitgliedschaften u.ä. können wir uns überlegen, ändert aber nichts an der Weise wie wir Lösungen erarbeiten."

Das Online-Meeting dauert recht lang - es werden immer wieder Details diskutiert, aber am Ende schafft Thomas es, wieder zu den grundsätzlichen Bausteinen zu kommen. Es wird ein Plan für die weitere Vorgehensweise verabschiedet und eine regelrechte Aufbruchstimmung ist sogar online allen anzumerken.

18. Verantwortung (vdb)

Direkt im Anschluss bringt Michael eine gehetzte Ilsa zum Bahnhof und kurz und vielsagend mit einem Lächeln gibt er ihr mit auf
den Weg: "Du machst, was gemacht werden muss."

Sie gibt ihm einen längeren Kuss und entgegnet: "Nur, bis du
Stopp sagst."

Ilsa ist auf dem Weg zu einem prominenten Einzelinterview.
Durch ihre jüngsten Fernsehauftritte, Magazin-Artikel und Radio-
Interviews hat sie eine hohe Bekanntheit erreicht, vor allem, weil
sie immer wieder nicht nur fachlich den Entscheidern Paroli ge-
boten hat, sondern auch deren mögliche Motive hinterfragt hat.
Die Journalisten scheinen zweierlei Gründe zu haben, Ilsa auch
die Bühne zu geben. Zum einen kommt es gut an, wenn die Elite
derart vorgeführt wird. Und zum anderen sind die Qualitätsme-
dien viel weiter als die Meme der konservativen Parteien.

Dieses Mal gibt es eine Vorbereitung, ein Vorgespräch mit der
Moderatorin. Beide mögen sich offenbar und es kommt die
Frage, ob irgendein Thema 'Off the Limit' ist. Ilsa überlegt kurz
und sagt dann, offenbar immer noch überlegend: "Äh, es sind
bestimmt einige Themen zu privat, aber nichts, was ich jetzt vorweg nennen könnte. Ich gehe davon aus, dass es um fachliche
Dinge gehen wird, und da ist vermutlich nichts Off Limit."

Die Sendung geht los und Ilsa wird von der Moderatorin gleich
zu Beginn gefragt: "Ilsa, Sie rollen derzeit die politische Diskussion
auf. In den sozialen Netzwerken werden Sie unlängst als zukünftige Regierungschefin gehandelt. Was ist Ihr Plan?"

Ilsa ist tatsächlich konsterniert. Mit der Frage hat sie nicht gerech-
net und sie fühlt sich auch nicht wohl. Entsprechend antwortet
sie: "Äh, ich glaube einen Plan gibt es hier nicht." Sie überlegt
noch kurz weiter: "Ich habe keinen Plan, der in die Politik führt.
Jedenfalls bisher nicht. Wie viele Menschen, die zu bestimmten
Themen Hintergrundwissen haben, war und ist es für mich eine

tolle Gelegenheit, hier wichtige Dinge zu sagen, die von unseren Entscheidern aus irgendwelchen Gründen nicht gewollt oder verstanden werden."

Die Moderatorin bemerkt offenbar ilsa's Unbehagen und zögert ihrerseits bei der nächsten Frage: "Macht es mit ihnen nichts, wenn sie jetzt so viel Zuspruch bekommen, Menschen regelrecht Hoffnung in sie setzen?"

ilsa versucht nur halbherzig auf ein Sachthema zu kommen: "Natürlich teilt mir spätestens mein Umfeld mit, was in den sozialen Netzwerken los ist. Aber ehrlich gesagt, hatte ich schon vor der ersten Sendung eher Schiss vor der Verantwortung, klare Botschaften für eine bessere Welt senden zu können. Was mich wirklich freut ist, wenn jetzt über die Zusammenhänge gesprochen wird, wenn nicht mehr von allen Seiten dummes Zeugs verbreitet wird, wenn nicht Ego-Trolle etwas behaupten, was dann Troll-Lemminge aus Verunsicherung und Unkenntnis weiter plappern."

"Ok" sagt die Moderatorin, "dass Sie für die Sache brennen, nimmt man ihnen ab, aber die Souveränität, die Spielfreude dabei - das muss ihnen doch Spaß machen, diese Bühne zu bespielen."

ilsa gibt einen kurzen Laut durch ein schnelles Ausatmen zwischen Unterlippe und oberer Zahnreihe von sich und erklärt: "Anders als vielleicht für viele in der Politik ist das für mich kein erstrebenswerter Job. Die Verantwortung für alle die Menschen hier, auch für die nächsten Generationen, ist riesig. Da könnte ich nicht einfach irgendwas entscheiden und mich später damit zufriedengeben, dass ich es nicht besser wissen konnte oder gegen den Widerstand von anderen nicht mehr drin war. Ich würde mich total aufreiben und die Verantwortung wäre erdrückend."

"Also haben Sie großes Verständnis für die Politiker, die sie in diesen Tagen so beeindruckend vorführen?" wirft die Moderatorin ein.

ilsa daraufhin: "Nein, ganz und gar nicht. Ohne jetzt einzelne zu kennen oder zu nennen, würde ich schon sagen, dass viele in der Politik auch die gesellschaftliche Stellung attraktiv finden und es Menschen aus ihrem Umfeld recht machen wollen, was eben nicht immer rational das Beste für die Gesellschaft ist."

"Ist das am Ende vielleicht die reale Politik, dass Politiker eigentlich etwas wollen, aber am Ende Kompromisse an die Oberfläche kommen, die wir dann als schlechte Politik wahrnehmen?" fragt die Moderatorin geschickt.

"Naja, …" entgegnet ilsa "…wenn es hinter den Kulissen so viele Geheimnisse seitens unserer Volksvertreter gibt, dass damit deren Politik für die Wissenschaft nicht mehr nachvollziehbar ist, dann läuft da insgesamt etwas falsch. Wir fahren gerade alles an die Wand - obgleich die Studien diverser Ministerien mit unterschiedlichen Parteien an deren Spitze klare Lösungswege aufzeigen. Energiewende, Altersversorgung, Reform der Bildung, resiliente Kreislaufwirtschaft, Umgang mit KI, EU-Reform, Nato … usw. - zu allem gibt es klare Empfehlungen von Experten, aber die Politik fährt diese Themen an die Wand. Die liberalen und konservativen Parteien, die traditionell die bestehenden Unternehmer unterstützen wollen, verzögern den Wandel, während ihre Unternehmer unlängst den Wandel als gegeben ansehen und die richtigen Rahmenbedingungen fordern. Die Automobilwirtschaft, die Heizungsbauer, die Lebensmittelhändler - viele sind viel weiter als die Politik, die nur um des politischen Kapitals willen bremst. Sie schürt Ängste, etwa vor Stromausfällen oder Fleischverbot, und fordert unsinnige, aber einfache Lösungen, etwa in einigen Jahrzehnten Kernkraft, wissend, dass große Teile unserer Gesellschaft mit den vielen Veränderungen überfordert sind und ein 'Dagegen-sein' Menschen vereint."

Die Moderatorin gibt sich vorerst mit dem Schwenk zu Sachfragen hin und fragt weiter: "Sie nennen die Liberalen und die Konservativen. Was spricht denn auf der einen Seite gegen mehr

Markt und auf der anderen Seite gegen die Besinnung auf alte Stärken?"

ilsa blickt verwundert: "Sie sagen es fast selbst. Mehr Markt wäre absurd, weil die Marktkräfte letztlich gegen das Wohl aller stehen. Klimawandel, Umweltverschmutzung, soziale Ungleichgewichte - all das kommt doch von den uneingeschränkten Marktkräften. Und das Konservative ist der Feind unserer Kinder, verhindert den dringend benötigten Wandel und erhält überkommende Geschäftsmodelle so lang am Leben, bis der Anschluss an den Fortschritt vollends verloren ist und die Chinesen und Inder den Takt angeben."

"Warum aber sind dann grüne und linke Regierungen, die es ja immer wieder auf der Welt gibt, nicht ungleich erfolgreicher?" fragt die Moderatorin.

"Das ist eine gute Frage. Ich würde sagen, grün erklärt Wirtschaft nicht, Links erklärt den Nutzen für die Mitte nicht, konservativ erklärt lieber gleich gar nichts und liberal ist so anachronistisch rücksichtslos, dass selbst die Elite sie nicht mehr wählt. Die Bürger*innen finden alle Angebote Mist und wünschen sich angesichts der düsteren Aussichten irgendwelche einfachen Lösungen, am liebsten so wie früher bzw. einfach nur anderen die Schuld gebend ohne eigene Rezepte. Diese Gemengelage haben wir zurzeit in sehr vielen Länder. Abwechselnd waren auch mal Linke und Grüne an den Stellhebeln, aber in der Welt der Kompromisse kamen keine konsequenten Schritte heraus, so dass die, die die Kompromisse erzwangen, dann sagen, dass die Rezepte der anderen ja offenbar nicht funktionieren."

Fast erfreut daraufhin die Moderatorin: "Aber dann sind wir doch wieder bei Ihnen und Ihrem Gang in die Politik. Grün, sozial und dennoch wirtschaftlich erfolgreich in die Zukunft führen - darum geht es in Ihren Augen doch, oder?"

148

ilsa: "Keine Frage, aber nicht durch eine einzelne Person und schon gar nicht durch mich. Ich will mich gern inhaltlich einbringen, aber nicht in das aufreibende Tagesgeschäft der Politik einsteigen. Das ist mir auch von der Lebensqualität, von der Lebensbalance her zu wenig."

Moderatorin: "Heißt salopp gesagt, ihnen wäre das zu anstrengend?"

ilsa: "Irgendwer muss es machen - und ja, natürlich will ich ohne Bodyguards Joggen gehen können und meinen Hobbies nachgehen können, ohne dass Krisen der Welt mich durch die Gegend reisen lassen. Ich glaube aber, dass ich auch zu authentisch wäre, mich nicht gut genug anzupassen wüsste. Dazu kommt, dass wir radikale Veränderungen mit großem Zuspruch in der Bevölkerung benötigen. Dass alles auf eine Person zu projizieren, halte ich für falsch. Ein sympathisches Team mit vielen Köpfen halte ich für viel glaubwürdiger."

Die Moderatorin will noch mal zum eigentlichen Hintergrund zurück: "In den sozialen Medien wird Ihnen ja durchaus auch Kritik entgegengebracht. Bei Ihnen würde alles immer so einfach klingen, aber es müsse ja auch bezahlbar oder technisch machbar sein. Ist es wirklich so einfach?"

ilsa überlegt kurz und sagt dann: "Tatsächlich ja. Zuerst einmal sollten gute Studien auch immer die Finanzierbarkeit von Veränderungen umfassen - und das tun die meisten Studien auch. Aber es ist natürlich richtig, dass wir bei vielen Themen berechtigte Gegenargumente haben, und am Ende sind es zu wichtigen Themen dann Hunderte von Argumenten. Und genau dafür haben wir die systemischen Ansätze. Wir gehen von einer Zielsetzung aus, zum Beispiel Lebensqualität für alle in unserem Land. Dann schauen wir, was genau dazu gehört - von Sicherheit und Gesundheit über materiellen Wohlstand bis zum gesellschaftlichen Miteinander sind das gleich mehrere Faktoren. Dann schauen wir, was wir dafür brauchen, von Wettbewerbs-vorteilen über

Infrastrukturen bis hin zu einer intakten Umwelt. Es kommen die Kaufkraft der Bürger*innen und die öffentlichen Kassen in das Modell und dann werden die Maßnahmen und die Probleme und die Maßnahmen gegen die Probleme eingetragen. Es wird gefragt, was führt zu mehr, was zu weniger, heute oder in der Zukunft. Kein Problem bleibt ohne Antwort."

Die Moderatorin grätscht hinein: "Also das klingt für mich nun ganz und gar nicht einfach."

Schnell antwortet ilsa: "Doch. Natürlich müssen wir viel berücksichtigen und die meisten Themen lassen sich dann nicht in Talkshows oder kurzen Zeitungsartikeln umfassend beschreiben, aber das Modell, die Annahmen, die getroffen wurden, kann öffentlich gemacht werden. Die Lösung ist dann einfach und nachvollziehbar und nicht die Deutungshoheit von einzelnen, die meinen, man könne es sowieso nicht genauer sagen."

Die Moderatorin lehnt sich daraufhin fast mit dem Ausdruck der Enttäuschung zurück: "Also, ich habe mir ja einige Ihrer Modelle angeschaut, auch in Ihren Büchern. Das ist keinesfalls einfach - zumindest nicht in meinen Augen."

"Wenn so ein Modell hundert Wirkungsziehungen oder viel mehr zeigt, müssen wir uns die Zeit nehmen, jeden dieser Pfeile einmal zu lesen. Die Themen sind natürlich nicht einfach und es müssen viele Faktoren berücksichtigt werden. Was ich aber sage ist, dass die Lösung einfach ist. Wir können das Zusammenspiel all dieser Faktoren transparent machen und logisch ablesen, was zu tun ist. Die Lösung ist einfach - egal, ob sie aus wenigen oder vielen Schritten besteht, sie ist aber einfach zu finden und nachzuvollziehen." ilsa strahlt dabei, sie ist voll in ihrem Element.

Die Moderatorin ist immer noch skeptisch, oder jedenfalls erscheint sie so: "Werden die Menschen sich am Ende solche Modelle anschauen und sagen, ja, so wird's gemacht?"

ilsa: "Nun, bis die Menschen sich einfach so die ganzen Modelle anschauen, vergeht noch eine ganze Zeit. Wir sind ja gerade erst dabei, so etwas auch an den Schulen und Universitäten als methodische Grundlage zu vermitteln - übrigens auch an den Grundschulen. Und auch die Zeitungen und Talkshows müssen noch erst auf die Idee kommen, mal solche Wirkungsmodelle als Übersetzung ihrer redaktionellen Beiträge mitzuveröffentlichen. Aber wenn jetzt irgendwer ein Argument zu einem Thema hat, kann er oder sie das in einem solchen Modell verorten. Das, was wir meinen, denken wir einfach mal zu Ende. Wir sagen nicht, die Energiewende ist zu teuer und deshalb müssen wir auf die Bremse treten, sondern wir schauen, was da Geld kostet, wohin es fließt, und welches Geld gespart wird. Dann stellen wir fest - ja, der Strompreis steigt, aber die Wertschöpfung im Inland wird erhöht - es fließt weniger Geld ins Ausland. Dann stellen wir weiter fest, wenn wir die Gewinne entsprechend besteuern oder besser noch die Schäden an Umwelt und Klima, haben wir Geld, was wir den einkommensschwachen Haushalten geben können, um nicht durch die erhöhten Strompreise an Lebensqualität zu verlieren, um sich auch bio leisten zu können und für Investitionen in nachhaltige Lösungen. Wenn wir das mit einem konkreten Fahrplan bekannt geben, kann sich die Wirtschaft darauf einstellen, investieren und Wettbewerbsvorteile generieren. Wenn sicher ist, dass E-Autos auch rein logisch die Zukunft sind, investieren Bürger und Hersteller richtig. Wenn wir hier zögern, bestärken wir uns gegenseitig im Scheitern. Wenn wir in Kreislaufwirtschaft denken, können wir auch mittel- und langfristig wettbewerbsfähig sein, wenn global einige Rohstoffe zwangsläufig teuer werden. Argumente, technologieoffen alte Lösungen länger laufen zu lassen oder auf Technologien der fernen Zukunft zu setzen führen dazu, dass die Wirtschaft nur zögerlich investiert und das Ausland hier schneller ist. So etwas gilt für viele Themen: Wir können alle Bio essen, wenn wir mehr gesündere Hülsenfrüchte essen. Wir können viele Flüchtlinge aufnehmen, wenn wir zwischen Flüchtlingen und Zuwanderern unterscheiden, Hilfe zur Selbsthilfe geben und Hilfen in den Herkunftsländern geben. Wir können das Rentensystem retten, wenn wir höhere Einkommen mehr besteuern, was dann klappt, wenn der Staat als Ganzes das Richtige tut und es auch kommuniziert. Wir können…"

ilsa will noch fortfahren aber die Moderatorin bremst: "Okay, das klingt jetzt wieder einfach und ich habe verstanden, dass wir gemeinsam in die Zusammenhänge schauen können, um solche Lösungen zu diskutieren, richtig?"

"Absolut" sagt ilsa schnell.

Moderatorin: "Na, dann kommen wir zum Ende der Sendung. ilsa, was wünschen Sie sich, was als nächstes in unserer politischen Landschaft passiert?"

ilsa: "Puh, gute Frage. Also, entweder die derzeitigen Player erhöhen die Qualität der Diskussion, in dem sie transparent auf die Zusammenhänge blicken, oder neue Player machen dies."

Schnell schiebt die Moderatorin eine Frage nach: "Neue Player heißt eine neue Partei, richtig? Und welche Rolle nehmen Sie da ein?"

Schon fast mit einer aufgebenden Geste sagt ilsa: "Na ich hoffe nur eine zuarbeitende Rolle."

Beide Frauen lächeln daraufhin und die Moderatorin beendet die Sendung: "Es besteht also noch Hoffnung. Das war es für heute. Ich bedanke mich bei meinem Gast und bei unseren Zuschauern und dem Team. Bis zur nächsten Woche."

Kaum ist die Kamera aus schießt es aus ilsa heraus: "Was war das denn? Das ging ja viel zu sehr um mich. Warum?"

Moderatorin und Redakteurin blicken sie ganz vergnügt an und die Redakteurin sagt sogleich: "Wir wollten nicht nur inhaltlich in die Tiefe gehen, sondern auch etwas über Sie als Menschen herausfinden, da Sie derzeit wirklich der Rockstar der sozialen Medien sind."

Die Moderatorin fügt hinzu: "Eigentlich wollte ich viel mehr zu Ihrer Familie, Ihrer Biographie, Ihren Beweggründen erfragen, aber ich merkte, dass Ihnen diese Richtung ganz und gar nicht behagte."

ilsa daraufhin: "Wo sie das sagen - mit wem aus meinem Umfeld haben Sie denn vorweg gesprochen?"

Natürlich will ilsa wissen, ob nicht Thomas die Strippen im Hintergrund zieht, um ilsa eine tragende Rolle bei der neuen Partei zu übertragen, aber die beiden vom Fernsehen klingen glaubwürdig, als sie sagen: "Nein, zumindest dieses Mal haben wir keinen weiteren Informationen als das, was Sie selbst im Internet über sich verraten, eingeholt." Beide lächeln dabei und auch ilsa lächelt erschöpft von der Sendung und leicht verlegen mit.

Im Zug ruft Thomas zu der schon späten Stunde an, aber ilsa geht nicht ran. Sie befindet sich im schriftlichen Interview mit dem führenden Wirtschaftsmagazin, was am nächsten Morgen bereits als erstes bei ihr nachgehakt haben möchte.

Magazin: "Was treibt Sie an?"

ilsa: "Na ja, zuallererst, dass wir die Zusammenhänge verstehen und richtig handeln. Wir leben doch in einer Welt, in der wir als vermeintlich intelligente Wesen unsere Lebensbedingungen zerstören und einen Großteil der Menschen darben lassen. Es gibt Menschen, die es gut meinen, welche, deren Meinung manipuliert wird, und welche, denen die anderen egal sind, die ihren Nutzen maximieren wollen. Wir müssen die, deren Meinung manipuliert wird, helfen, die Wahrheit zu sehen."

Magazin: "Okay, das machen Sie auch äußerst erfolgreich. Aber in der Interview-Sendung ging es ja um die Frage, ob Sie nicht in die Politik gehen wollen, um selbst etwas verändern zu können.

Was könnte Sie motivieren oder wie rechtfertigen Sie es, es nicht zu versuchen?"

ilsa: "Schnelle Antwort: ich weiss es nicht. Und die nicht so schnelle Antwort: mir fehlt das Interesse an der gesellschaftlichen Rolle einer Politikerin. Ich habe keine Lust auf Rampenlicht - trotz der jüngsten Auftritte, die ich ja zeitlich begrenzen kann. Und ich habe eine Familie und private Ziele - für die Politik müsste ich mich zeitlich aufreiben. Aber, aber ich sehe auch, dass ich nicht wie unsere Hündin einfach ohne Ziele in den Tag hinein die Mischung zwischen dem, was ich muss, und dem, was ich will, leben kann. Ich sehe das große Ganze und kann mir Ziele setzen, um ein bedeutungsvolles Leben zu führen. Ich kann so lange wie möglich versuchen, dass andere den Politik-Job machen. Aber wenn nicht, kann ich vermutlich nicht sagen, dass ich die Möglichkeit es besser zu machen, verstreichen lassen will. Und nun will ich keinesfalls suggerieren, dass ich das besonders gut könnte."

Die Fragen gehen noch weiter in Richtung neue Partei oder bestehende Partei, wer oder was für Menschen in so ein neues Team hineinmüssten, und ob es Themen gibt, zu denen ilsa sich nicht qualifiziert fühlt. Ganz geschickt verrät ilsa bis zum Schluss nichts über die tatsächlichen Pläne einer Parteigründung.

19. Intelligenz (vdb)

In der Schule wird Julia kurz vor Unterrichtsbeginn von ihrem Klassenlehrer gesucht und er bittet sie mit zur Direktorin zu kommen. "Es geht um deinen vorbildlichen Einsatz - da gibt es jetzt möglicherweise Probleme. Mehr weiss ich auch nicht. Schauen wir mal." erklärt er.

Im Zimmer der Direktorin sind eine Polizistin und ihr Kollege in Zivil: "Hallo Julia. Schön Sie mal persönlich kennenzulernen - über Sie wird bei der Polizei viel gesprochen."

Julia ist tatsächlich furchtbar nervös, nutzt diese Vorlage aber um äußerlich souverän zu sagen: "Werde ich angezeigt oder gar bedroht? Letzteres könnte natürlich damit zusammenhängen, dass darüber so viel gesprochen wird."

Die Direktorin und der Klassenlehrer lächeln stolz, während die beiden von der Polizei fast synchron die Augenbrauen heben und dabei ihre Köpfe deutlich einige Zentimeter nach hinten ziehen. Die Polizistin sagt baff: "Äh, letzteres tatsächlich. Wir beobachten die Szene und die eigentlichen Täter habt ihr toll integriert. Problem sind entferntere Kreise, Verwandte aber auch einfach nur kleine Gruppierungen und deren Anführer."

"Von daher hast du Recht, dass darüber so viel zu sprechen ein Problem ist." ergänzt der Polizist jetzt 'du' sagend.

Der Klassenlehrer bemerkt daraufhin: "Julia spricht gar nicht darüber und im Unterricht haben wir noch mal bekräftigt, wie wichtig es ist Menschen zu integrieren."

Julia fügt schnell an: "Aber wenn wir nun einen Teil integrieren, ist der andere Teil noch mehr außen vor und sucht sich ein Feindbild."

"Wir wollen dich ein wenig schützen, und wenn deine Eltern und du das wollt, dir auch richtigen Polizeischutz gewähren." erläutert der Polizist.

"Meine Eltern müssen wir definitiv informieren. Aber ich glaube die eigentliche Aufgabe ist, jetzt noch mehr zu integrieren. Wir haben da eigentlich schon tolle Ideen."

Die Direktorin daraufhin: "Das eine schließt das andere ja nicht aus."

Sie besprechen dann noch konkret die Sicherheit an der Schule und auf dem Schulweg und kündigen an, dass mit den Eltern auch noch mal konkret durchgegangen wird, wo Julia aber auch der Rest der Familie möglicherweise angreifbar sind. Sie verabreden sich zum Abend des nächsten Tages, da ilsa abends wieder in einer Talkshow auftritt.

In der nächsten Pause startet Julia in der Social Media Gruppe von 2gether2gather ein Brainstorming, was denn noch alles gemeinsam gemacht werden kann und wie noch mehr Menschen auch mit Migrationshintergrund integriert werden können. Erst geht es nur um die Jugendlichen, um Fußball, Musik, eine Computer-AG mit Jugendraum, um sich zum Gaming zu treffen. Dann aber kommt die Idee, dass gerade auch die Erwachsenen integriert werden sollten und sie alle Englisch als kleinsten gemeinsamen Nenner wählen können, auch mit Übersetzung ins Deutsche. Themen sind dann noch Modeschauen/Kleiderbasare, Workshops zum Nähen, Fahrrad reparieren, Kunsthandwerk oder gemeinsames Kochen. Die Migranten, die bereits in der Gruppe mit chatten, werden direkt gefragt, was es an Aktivitäten gibt, die hier einfach nur niemand kennt. Tatsächlich finden sie nach einiger Zeit einiges, was dann auch auf die Liste kommt. Beim nächsten Treffen am Samstag wollen sie dann konkret etwas planen und vorher schon mal so viele wie möglich einladen dazuzukommen.

Max und Eve fahren nach der Schule mit dem Fahrrad über eine Fußgängerbrücke. Auf dieser geht ein kleiner Junge, etwa sieben Jahre alt. Der Junge geht an der rechten Seite und Max und Eve fahren langsam und defensiv an ihm vorbei. Der Junge hat die beiden nicht wahrgenommen und driftet gedankenverloren mehr zu Mitte gedriftet, so dass es enger, aber nicht knapp wird. Am Ende der Fußgängerbrücke müssen sie auf gleich mehrere Autos warten, so dass der kleine Junge aufschließt. Er spricht die beiden an: "Entschuldigung. Ich wollte sagen, dass ihr mich eben richtig erschrocken habt."

Max und Eve schauen beide verdattert und Eve sagt sogleich: "Oh, das wollten wir natürlich nicht. Entschuldige!"

Max ergänzt: "Wir dachten, wenn wir ganz langsam fahren, ist das kein Problem. Und dann bist du plötzlich mehr in der Mitte gegangen und es wurde eng. Sorry."

Daraufhin sagt der Junge: "Oh, wenn ich mehr zur Mitte gegangen bin, dann ist das ja meine Schuld. Dann entschuldige ich mich."

Eve lacht: "Nein, das musst du nun überhaupt nicht. Wir dürfen da gar nicht fahren und hätten eigentlich schieben müssen."

"Du musst ganz tolle Eltern haben. Nächstes machen wir uns bemerkbar oder schieben. Mach's gut." sagt Max und er und Eve radeln weiter.

Der Junge lächelt und sagt: "Ihr auch."

Eve sagt dann auf dem Fahrrad zu Max: "Was war das denn? Emotionale Intelligenz? Und jetzt sag nicht, der Junge spielt euer GIEP-Spiel." Sie lacht.

"Boah, ich weiss auch nicht." Max strampelt nachdenklich noch ein paar Meter eher er fortfährt: "Haben seine Eltern ihm beigebracht, dass er immer die Schuld bei sich suchen soll? Oder hat er mit emotionaler Intelligenz das alles reflektiert?" Ein paar Meter weiter dann: "Wahnsinn - ich hätte in dem Alter mich weder getraut, was zu sagen, noch hätte ich den Fehler bei mir gesucht." sagt Max, ohne auf das Spiel einzugehen.

Eve denkt laut: "Emotionale Intelligenz ist es ja, weil er eigentlich sich über uns aufgeregt hat, er dennoch besonnen uns einfach nur anspricht. Und dann erklären wir unsere Sicht und er hat plötzlich Verständnis und sucht den Fehler bei sich."

Max überlegt kurz und sagt dann: "Emotionale Intelligenz heißt ja, dass wir selbst merken, wenn wir oder andere emotional und nicht rational sind. Aber möglicherweise hat der Junge gar nicht reflektiert, dass er emotional ist, sondern nur gelernt, dass auf andere einzugehen toll ankommt."

Eve überlegt kurz und schließt das Thema dann erst einmal ab: "Was aber auch schon bemerkenswert wäre." Beide radeln weiter Richtung Wald.

Doch plötzlich bremst Max: "Ach Mist, ich muss es wissen. Wir fahren noch mal zurück."

"Zurück?" fragt Eve. "Wohin zurück?" Sie schaut völlig baff.

Max hat schon gedreht: "Den Jungen fragen, ob er das Spiel kennt."

Eve schüttelt den Kopf und murmelt: "Ich muss unbedingt dieses Spiel spielen."

Sie klappern zwei Straßen ab, eh sie in der dritten Straße den Jungen dann doch noch finden. Max leicht aus der Puste: "Hey, kennst du das GIEP-Spiel?"

Der Junge ist erst einmal verwirrt. Aber dann sagt er lächelnd: "Ja klar, wieso?"

"Nur so." sagt Max, lacht, dreht wieder um und winkt freundlich.

Eve folgt, aber nicht ohne ebenfalls lachend dem Jungen noch sagen: "Ich muss das auch mal spielen, oder?" Sie wartet gar keine Antwort ab und radelt schnell hinter Max hinterher.

Michael steht wieder in großer Runde mit seinen Kolleg*innen: "Es hat also niemand von euch kritische Erfahrungen mit der Vorgangserfassung gemacht?" fragt er mit überraschtem Gesichtsausdruck.

"Na ja, ..." prescht eine junge Kollegin vor "...zuerst war die große Frage, ob wir die Begriffe für die Vorgänge vorweg definieren oder quasi im Nachhinein die KI die Zuordnung machen lassen. Im Grunde geht beides - was wir nicht unbedingt erwartet hätten."

Ein Kollege ergänzt voller Enthusiasmus: "Die nächste Ausbaustufe wird nun sein, dass die KI die Teile und Werkzeuge, die bewegt werden, die in Programmen und Projekten eingegeben werden, die Reisen etc. möglichst von allein schon erkennt und zuordnet. Es ist unglaublich praktisch, dass KI wie ein Mensch einfach Unmengen von Informationen quasi selbstständig sammelt und dann sinnvoll zuordnet."

Michael hebt die beeindruckt die Augenbrauen, sagt dann aber sogleich: "Das meinte ich nicht. Ich wollte wissen, wie sich das für euch angefühlt hat, alle Aktivitäten zu tracken. Fühlte sich das nach Kontrolle an, oder wart ihr eher stolz, direkt zu bilanzieren, woran ihr so alles gearbeitet habt?"

"Keine Ahnung, ob wir repräsentativ sind." sagt die junge Kollegin; "Wir sind eh zufrieden und haben einen spannenden Job und keinen Druck von oben oder von der Seite. Zu erfassen, dass wir 40 Minuten Smalltalk gehalten haben oder zweieinhalb Stunden im Web nach Dokumentationen zu einer Software-Bibliothek gesucht haben, fällt uns nicht schwer."

Sogleich ergänzt ein Kollege: "Aber im Großkonzern, wo Stellen abgebaut werden müssen und die Abteilungsleiter eher distanziert sind, können sich Mitarbeiter schon beobachtet vorkommen und in Versuchung geraten, den Smalltalk nicht zu tracken und die Recherche-Zeiten so kurz wie möglich, darzustellen."

"Naja, wer etwas zu dokumentieren hat, etwa Projektzeiten oder Materialflüsse oder konkrete Kundenkontakte, der wird es schon zu schätzen wissen, dass alles automatisch im Hintergrund passiert." sagt ein weiterer Kollege.

Michael presst die Lippen ein wenig zusammen und nickt. Dann sagt er: "Vermutlich ist es eine Gratwanderung - ob Mitarbeiter das ablehnen und sogar rechtlich dagegen vorgehen wollen, oder ob ein Unternehmen ganz im Sinne unserer Strategie-Modelle auch definiert wie wichtig Team-Building, Recherchen, Kundenbetreuung, usw. neben der direkt wertschöpfenden Arbeit sind."

Er schaut in die Runde zustimmender Gesichter und ergänzt dann: "Wenn jemand dann auch einfach nur wenig wert-schöpfende Tätigkeiten zu tun hat, geht es darum, die Aufgaben oder Prozesse anzupassen - genau darin besteht ja für Unternehmen das Potential einer solchen Software."

Der ältere Kollege meldet sich: "Ich sehe das Potential auch - und doch sollte es ein optionales Feature sein und unsere Lösung auch ohne dem für die Kunden wertvoll sein."

Michael und die anderen stimmen murmelnd zu und Michael sagt dann: "Okay, wir haben das jetzt Old-School entwickelt und fangen an zu überlegen, ob das funktioniert. Warum spezifizieren wir die Lösung nicht mit Idealisiertem Systemdesign. Ihr erinnert euch?"

"Ich dachte so wärst du überhaupt auf die Idee gekommen." wundert sich eine Kollegin.

Michael und die anderen lachen. Er startet ein neues Modell und fragt: "Was wollen wir erreichen, was ist unsere Mission?"

Schnell einigen sie sich auf 'erfolgreiche Unternehmen' als übergeordnetes Ziel. Dann stellt Michael die schwierigste Frage bei der Methode: "Was wäre, mit aller Fantasie und Science-Fiction die ideale Lösung?"

Wie üblich kommen zuerst ein paar Lösungen mit wenig Fantasie, etwa die automatische Entwicklung von Produktionsanlagen oder das Entwickeln von Software-Lösungen durch KI. "Gibt es doch schon weitgehend…" seufzt Michael und pusht das Team: "Denkt radikaler! Denkt an Science-Fiction."

"Naja, wir leben in Zeiten von KI. Optimal wäre sicherlich, könnten wir einem virtuellen Berater die Aufgabe geben, uns ein Unternehmen zu unserem Interessengebiet zu planen." wirft der ältere Kollege ein.

"Oder noch besser: wir fragen die KI, welche Unternehmung gebraucht wird." ergänzt eine Kollegin.

Das Team kommt in Fahrt: "....Und dann wird alles für uns recherchiert - benötigte Assets, Standorte, Kontakte, Prozesse, usw…" … "....Es wird durchgerechnet mit Wahrscheinlichkeiten der Nachfrage und der Wachstumspotentiale…" … "...Sogar kreative Entwürfe könnten automatisch erstellt und durch Algorithmen oder Befragungen getestet werden…"

Michael modelliert die Features der idealen, aber noch unrealistischen Lösung fleißig mit. Danach folgt der systematische Prozess, bei jedem Feature zu fragen, inwieweit das heute möglich ist, was es braucht es möglich zu machen, was alternativ mit ähnlicher Wirkung oder kreativ daraufhin ganz anderes an der Stelle möglich ist.

"Oh verdammt…" rauft sich die junge Kollegin die Haare. "…Wir sind schon heute verdammt nah an einer Dystopie"

Ein Kollege schaut Michael direkt an: "War dir das klar - sollten wir deshalb die Methode anwenden?"

Michael ist offenbar aber auch überrascht und zögert kurz: "Ehrlich gesagt nicht. Vor einigen Jahren noch hätten wir viele tolle Features für eine Software, für ein Entscheidungsunterstützungssystem identifizieren können. Aber jetzt kann es tatsächlich sein, …" Michael zögert nachdenklich noch einmal: "…. kann es wirklich sein, dass wir zumindest kurz davor sind, dass wir einer KI sagen, sie solle ein Tool entwickeln, welches im Grunde jeden Menschen bei Bedarf das eigene Unternehmen entwirft, welches dann letztlich voll automatisch aufgebaut und durchgeführt wird, weil alles letztlich auf Informationen und optimalen Prozessen beruht. Ich wollte eigentlich nur schauen, ob wir mit der automatischen Vorgangserfassung schon weit genug gedacht haben, oder wir noch weitere Features brauchen."

"Dann würden wir das nicht einmal mehr selbst entwickeln, sondern wären vorher schon raus?" ist der ältere Kollege sichtlich entsetzt.

"Was immer wir jetzt vorhaben - wir wissen ständig, wohin es eigentlich führt." sagt die Kollegin. "Nicht gerade motivierend."

"Also, wenn das Idealisierte Systemdesign zu einer maximal möglichen Lösung auf den höchsten Punkt der KNOW-WHY-Welle führen soll, haben wir jetzt eine Lösung, die daraufhin gleich von Welle herunter in die Katastrophe führt." sagt die junge Kollegin, die damit zeigt, dass sie das Prinzip, sich nicht mühsam die Welle hinauf weiterzuentwickeln, sondern von oben kommend auf das maximale Mögliche zu kommen, verstanden hat.

Michael - immer noch konsterniert - murmelt: "Vermutlich ist die Zielsetzung falsch - nicht allein das Unternehmen sollte erfolgreich sein, sondern…" er überlegt und spricht dann deutlicher: "…. sondern Menschen mit dem Unternehmen."

Alle überlegen sichtlich, bis die junge Kollegin dann sagt: "Aber letztlich ist die Büchse der Pandora hier geöffnet. Wir wissen, wie es optimal ohne den Menschen geht, und propagieren aber erst einmal eine schlechtere Lösung, damit der Mensch Teil davon sein kann."

"Lasst uns so lange wie möglich mit 'suboptimalen' Lösungen Geld verdienen." resümiert der ältere Kollege.

Alle starren, bis Michael endlich sagt: "Okay, morgen geht es weiter. Vielleicht ist die Realität dann doch komplexer, als Maschinen vorhersagen können - also nicht die 42.", womit er auf das allen bekannte 'Per Anhalter durch die Galaxis' Buch anspielt.

Zuhause beim Abendbrot schaut Julia Bella an, die offenbar nach ilsa sucht: "Frauchen ist schon wieder im Fernsehen - die kommt erst morgen wieder." Bella hat das möglicherweise verstanden - jedenfalls hört sie auf zu suchen und legt sich leicht fiepend in Sichtweite für alle.

"Wie alt wird Bella eigentlich werden?" fragt Max. Alle schauen zu ihr und Michael sagt: "Wie sagt eure Mutter immer: 'es kommt nicht darauf an wie alt wir werden, sondern wie wir vorher gelebt haben', nicht wahr Bella?'' Bella blickt mit leisem Wuff zu Herrchen herauf.

Julia: ''Eigentlich ist Bella doch viel intelligenter als wir Menschen. Sie hat ihre Familie, die ihr Schutz und Fressen gibt. Und Liebe. Und sie lebt in den Tag hinein, hat Spaß und die Aufgabe, die Paketboten wegzubellen.''

Max: ''Ich dachte Intelligenz sei, sich dem Wandel anpassen zu können?'' Michael lächelt zufrieden.

Julia daraufhin: ''Nein, die Steigerung von Intelligenz ist, den Wandel überhaupt erst zu vermeiden. Bella sorgt dafür, dass wir alle funktionieren und jeder Tag für sie wieder alles enthält - Fressen, Toben, Knuddeln.''

Michael mischt sich ein: ''Um es wieder mit eurer Mutter zu sagen: Intelligenz ist die Anpassung an sich wandelnde Rahmenbedingungen, Vernunft ist die langfristige Intelligenz und Moral ist das, was eine Gesellschaft gerade als vernünftig ansieht.''

Max und Julia runzeln beide nachdenklich die Stirn. Max haut dann raus: ''Müssten wir dann nicht letztlich alle automatisch richtig und gleich handeln? Wären Glück und Erfolg dann nicht planbar?''

''Ha, das ist witzig.'' sagt Michael: ''So eine Frage hatten wir im Büro heute auch - ob nicht mit der richtigen Software plötzlich alle die perfekten Unternehmen hätten - ggf. noch mit einer Superintelligenz aufeinander abgestimmt.''

Bella atmet gut vernehmbar ganz tief aus und alle lachen.

20. Künstliche Intelligenz (vdb)

ilsa sitzt erneut in einer prominenten Talkshow. Thema ist eigentlich die Wettbewerbsfähigkeit ihres Landes. Doch gleich zu Beginn drehen sich die Fragen der Moderation erst einmal um tagesaktuelle Ereignisse: Indien erlebt eine Mega-Trockenheit mit extrem hohen Temperaturen - es tobt ein Streit über Wasser aus dem Himalaya. Die größte Krise ist aber die unmittelbar bevorstehende Annexion Taiwans durch China - wobei es letztlich um den Zugang zu Chip-Technologien geht.

Die erste Hälfte der Sendung kommen vor allem die Politiker, Wirtschaftsvertreter und Journalisten zu Wort. Der Moderator fragt dann zu China direkt ilsa: "Sie haben es ja schon einmal trefflich geschildert, dass wir in einem Dilemma sind, wenn wir uns unabhängiger von China machen, sich China auch automatisch unabhängiger von uns macht. Haben wir jetzt den Salat?"

ilsa pustet nickend ein leises "Puhhh" und fährt fort: "Die nicht-demokratischen Teile der Welt sind zahlenmäßig so stark, dass ein autokratischer Staat nicht mehr auf die Märkte der westlichen Industrieländer angewiesen ist. Waffen, Maschinen und Automobile sind längst erfolgreich kopiert, Rohstoffe haben diese Teile der Welt mehr als wir, und nun brauchen sie nur noch die Chips und die KI zu kopieren und können hierüber ohne Einfluss des Westens ihre Bevölkerung unterdrücken und ihren Eliten alles geben. Der Westen zeigt auch kaum einen Gegenentwurf, da unsere Demokratien ebenfalls von Eliten geprägt sind, welche mit einfachsten Mitteln die falschen Narrative verbreiten und einen Wandel zum Besseren verhindern. Auch der Westen hat Demagogen, deren Politik der Bevölkerung schadet, die aber durch einfache Feindbilder Zulauf generieren. ...."

ilsa will noch weiterreden, als der Moderator eine ergänzende Frage einwirft: "Heißt das jetzt, wir hätten weiterhin der Hauptabnehmer chinesischer Produkte bleiben sollen, damit wir Druck auf China ausüben könnten?"

ilsa: "Nein, ganz und gar nicht. China hat ja ganz offenkundig schon seit Jahrzehnten es zur Bedingung gemacht, dass wer etwas dort verkaufen will, auch dort produzieren muss. Und alle wussten, dass dann kopiert wird. Fehler lagen also allenfalls in der Vergangenheit, in der Gier nach den neuen, potenziell riesigen

Märkten. Das war und ist also alles absehbar. Wir können jetzt nur noch Allianzen des Guten schmieden, Kreisläufe für die Rohstoffe schließen und anderen Ländern Kooperationen auf Augenhöhe anbieten, was nicht immer mit unseren Absichten der kurzfristigen Gewinnerzielung im Einklang ist."

Ein Politiker wittert die Chance, ilsa in Frage zu stellen: "Aber was ist mit der Technologie? Sie wollten doch bisher immer den Durchbruch der KI verhindern, und nun ist es in Ihren Augen doch der größte Wachstumsmarkt und wir wollen alle verhindern, dass die Chinesen uns da auch den Rang ablaufen?"

ilsa will antworten doch der Moderator setzt noch einen drauf: "Sie haben prominent gefordert, dass wir die KI hinterfragen sollen. Ich zitiere Sie aus einem Zeitungsartikel: 'wir sollten nicht machen, was machbar ist, sondern was notwendig ist.' Mehrfach haben Sie unsere Höher-Schneller-Weiter-Welt als eine typisch männliche Welt bezeichnet."

ilsa beeilt sich, endlich zu Wort zu kommen: "Alles richtig. Wir erteilen fliegenden Autos in einzelnen Städten die Flugerlaubnis und entwickeln Kampf-Drohnen, die mit KI selbstständig auszuschaltende Ziele identifizieren, während wir gleichzeitig nicht genug in erneuerbare Energien und resilientere Landwirtschaft investieren."

"Weil so etwas langweilig ist - die Menschen wollen Produkte mit KI! Nutzen Sie etwa keine KI?" faucht der Politiker dazwischen.

"Doch…" sagt ilsa: "Ich selbst nutze es erstaunlich wenig, aber unsere Kinder nutzen KI und meine Mutter liebt ihren Pflege-Roboter. Die …"

ilsa wird wieder von der Moderation unterbrochen, die erstaunt fragt: "Sie haben einen Pflege-Roboter? Haben Sie nicht gefordert, dass wir Menschen mehr miteinander agieren, statt uns in künstlichen Welten zu bewegen?"

ilsa daraufhin mit einem Lächeln: "Sie müssen mich jetzt mal ausreden lassen - so einfach ist das nämlich nicht. Die KI verbreitet sich eigendynamisch in allen Lebensbereichen und wird selbstverständlich auch nachgefragt. Dass wir aber eigentlich als Zivilisation ganz andere Probleme haben und dass ein herzliches Miteinander von Menschen wichtiger ist, werden Sie alle nicht bestreiten." Gerade will der Politiker wieder etwas nachlegen, als ilsa sich aber souverän durchsetzt und weiterredet: "Gesellschaft entwickelt sich nicht in die objektiv richtige Richtung, weil einzelne die falsche Richtung nicht mitgehen, sondern erst, wenn auch sämtliche Rahmenbedingungen für einen Wandel stimmen. Ich schätze selbstverständlich meine KI, die mir meine Wissenslücken schließt, und meine Mutter will nicht zu uns ziehen und liebt ihren Roboter, dessen schwarzen Humor sie beliebig dosieren kann. Und vermutlich hätten zumindest vor ein paar Jahren noch meine Kinder es toll gefunden, wenn ihre Turnschuhe mit einer scheinbar eigenen Persönlichkeit mit ihnen gesprochen hätten. Vergleichen Sie das meinetwegen mit den E-Autos. Eigentlich wäre es besser, könnten wir auch auf dem Lande auf den motorisierten Individualverkehr verzichten. Aber solange es kein Angebot gibt, ist natürlich das E-Auto eine superpraktische Lösung." ilsa merkt offenbar, dass sie sich beeilen muss: "Wir müssen die Dinge nur auch zu Ende denken. Wohin wird die KI uns alle führen? Die Akteure sind von Machbarkeit, vom großen Geschäft und von Hoffnungen getrieben - aber bei den naheliegenden dystopischen Entwicklungen winken alle beschwichtigend ab."

Gerade will der Moderator etwas sagen, als der Politikerin aus der Runde offenbar der Kragen platzt: "Wie schizophren ist das denn? Sie sagen, wir sollten das eigentlich nicht nutzen, aber Sie nutzen es offenbar tüchtig. Und nun warnen Sie vor Dystopien, haben aber selbst in einem Artikel geäußert, was es braucht, damit die KI selbstständig sich Ziele setzen kann und für uns alle

gefährlich werden kann?" Scheinbar fassungslos fällt die Politikerin in ihre Rückenlehne und blickt einmal in die Runde, um von
allen Zustimmungen zu bekommen.

Thomas sitzt mit einigen Mitgliedern der neuen Partei zusammen
und alle wirken konsterniert. "Verdammt." murmelt eine Frau
während Thomas seine Schläfen mit beiden Handballen drü-
ckend die Augen aufreißt: "So eine Situation musste kommen,
aber doch nicht bei dem Thema heute."

Auch Julia und Michael sitzen vor dem Fernseher - während Max
offenbar woanders weilt. Julia: "Oh mein Gott. Heute wird Mama
gegrillt."

Michael hingegen sagt ganz gelassen lächelnd, als wüsste er tatsächlich, was kommt: "Wart's ab."

Der Moderator greift das auf: "Okay, dass Sie sagen, eigentlich
sollten wir die KI nicht nutzen, aber weil sie so praktisch ist, nutzen wir sie auch, kann ich noch verstehen. Aber Sie haben ja
tatsächlich einen Algorithmus für eine selbstständige KI veröffentlicht. Können Sie das noch mal kurz erklären, auch wie der Algorithmus lautet?"

ilsa muss natürlich fürchten, hier zu kompliziert zu werden bzw.
gar nicht Zeit für eine umfassende Antwort zu bekommen. Sie
versucht es: "Die KI der letzten Jahre war für die meisten von
uns eine große Überraschung. Dass die Sprachmodelle allein auf
Basis von Wahrscheinlichkeiten augenscheinlich sinnvoll mit uns
interagieren, ohne dass die KI die Bedeutung von dem, was sie
sagt, kennt, ist faszinierend. KI wird bei Wikipedia beschrieben als
der Versuch menschliches Denken nachzubilden und es gibt genügend Forscher, die behaupten, dass die Denkprozesse und das
Reden von Menschen nicht anders funktionieren. Mir wäre es
übrigens lieber, wenn wir Intelligenz als die Fähigkeit erfolgreich
sich an wechselnde Gegebenheiten anzupassen definieren würden, womit wir dann wunderbar auch Intelligenz im Tierreich
oder bei Maschinen und Software beschreiben können." ilsa hebt

dabei den Finger und schaut in die Runde, um auch ja weiter reden zu können: "Egal. Was ich schon vor Jahrzehnten im Studium gefragt habe, ist, wonach zuerst wir Menschen aber letztlich alle Lebewesen streben. Und das ist, was ich später als das KNOW-WHY menschlichen Handelns beschrieben habe - dass wir Menschen nach dem meist unbewusst guten Gefühl der Integration und nach Weiterentwicklung durch unsere Hormone und Neurotransmitter streben, dass ein Fehlen von Integration und Weiterentwicklung entsprechend auch negative Gefühle auslöst." ilsa macht eine kurze Pause, offenbar entscheidend, ein paar Details auszulassen. "Die KI von heute löst nur Aufgaben. Wenn wir aber einen Algorithmus einbauen, der die KI nach etwas streben lässt, dann wird es gefährlich."

"Warum gefährlich?" fragt der Moderator interessiert.

"Gefährlich, weil die KI uns bereits heute überlegen ist - mehr weiss und schneller forscht, als selbst eine große Zahl kluger Menschen das miteinander könnten. Nach etwas zu streben ist die Voraussetzung dafür, Sinn zu erkennen." führt ilsa aus.

"Und dann übernehmen die Maschinen wie in den Terminator-Filmen, den Planeten?" fragt die Politikerin.

ilsa lächelt: "Ich bin bei Filmen nicht so bewandert. Aber das Spannende ist, dass unsere Kulturen eigendynamisch definieren, was sich nach Integration und Weiterentwicklung anfühlt. Das können ganz unterschiedliche Sachen sein - der eine wird Demagoge, der andere baut Vogelhäuser und wieder jemand anderes wird Triathlet. Alle haben die gleichen Hormonausschüttungen. Und doch bei allen Freiheitsgraden ist das Streben der einzelnen Personen zumeist gut durch die Werte im Umfeld erklärbar. Damit ist es eigentlich egal, ob wir Menschen wirklich verstehen, was wir reden und tun oder es nur stochastisch so scheint - wir können es relativ leicht in der KI nachbilden. Wie ein Kind, das durch Hormone getrieben die Welt erobert, kann auch KI durch Belohnungsstrukturen nach etwas zu streben lernen - nur viel schneller als ein Kind und beliebig an andere KI weiterzugeben."

"Das klingt doch spannend und interessant. Was macht es denn gefährlich?" hakt der Moderator noch mal nach.

"Nun, …" sagt ilsa "… weil es so interessant ist, ist es so gefährlich. Wir werden es programmieren, weil es machbar ist. Nur kann KI dann auch selbst Ziele entwickeln, untereinander kommunizieren, ohne dass wir es mitbekommen, also Dinge vor uns verbergen, bis wir buchstäblich keine Stecker mehr ziehen können. Viele meinen immer noch, wir könnten der KI einfach sagen, was richtig ist und was sie darf und was sie nicht darf. Aber eine KI, die selbst ihren Sinn findet, ist viel interessanter und ich bezweifle, dass jetzt noch ein Verbot eigenständig evolvierender KI funktionieren würde."

Die Politikerin schüttelt den Kopf: "Ich verstehe das jetzt das erste Mal. Aber, was ich nicht verstehe, ist: Warum posaunen Sie diese Idee so heraus, wenn sie doch so gefährlich ist. Eitelkeit?"

Michael hebt daheim vor dem Fernseher neugierig die linke Augenbraue.

ilsa macht eine sehr nachdenkliche Mimik und entgegnet nach erst knapp zwei Sekunden: "Ja, möglicherweise. So genau weiss ich es selbst nicht. Über zwanzig Jahre habe ich eigentlich nur meinem Mann davon erzählt und immer betont, dass das nicht rauskommen sollte und dazu auch gesagt, dass ich mich nicht für zu wichtig nehmen würde. Jetzt gehe ich davon aus, dass es eh entwickelt wird. Wenn ich das also selbst formuliere, kann ich dafür sorgen, dass es diskutiert und hinterfragt wird. Aber genauso denkbar ist, dass ich auch will, dass die Menschen sehen, wie mächtig meine Erklärung für menschliches Verhalten ist." ilsa schließt mit einem eher unzufriedenen Zusammenpressen ihrer Lippen.

Die Runde ist erst einmal still und die Konfrontationshaltung gegen ilsa ist warum auch immer offenbar verflogen, so dass der Moderator dann eilig, aber vielsagend schließt: "Na, dann hoffen wir mal für unsere Wettbewerbsfähigkeit, dass die Chinesen weder Ihren Artikel gelesen haben noch die Sendung schauen. Wir sehen uns nächste Woche an gleicher Stelle und wie immer bedanke ich mich bei unseren Gästen und dem Team im Hintergrund…."

Alle stehen nach dem Ende der Sendung auf und unterhalten sich weiter im Stehen. Der Politiker adressiert direkt ilsa: "Wie machen Sie das nur immer wieder. Eigentlich sollte es um unsere Wettbewerbsfähigkeit gehen und am Ende ging es wieder um Sie?"

ilsa runzelt die Stirn und sagt mit auch einem Unterton der Erleichterung: "Glauben Sie mir, ich hatte auch ganz andere Aspekte erwartet und mir gewünscht."

Der Wirtschaftsjournalist aus der Runde, der bei ilsa's KI-Ausführungen gar nicht zu Wort gekommen ist, fragt noch mal neugierig nach: "Ist das wirklich so einfach KI Leben einzuhauchen?"

"Nein, …" gibt ilsa lächelnd zu ".… aber machbar. Unsere Zivilisation mit ihren Kulturen hat sich über viele Köpfe und einen sehr langen Zeitraum entwickelt. Die Geschichte zeigt dabei immer wieder ähnliche Muster. Eine KI kann sich entweder die Zeit nehmen, vorsichtig auch viel zu probieren, sie kann Muster bei den Menschen erkennen und die zum Ausgangspunkt nehmen, oder sie kann versuchen, alles vorwegzusimulieren. Unsere Hormone sagen nur, dass wir höher schneller weiter wollen und dabei integriert bleiben wollen. Sinn erfahren wir durch unser Umfeld im Abgleich mit unseren Emotionen. All das geht nur in kleinen Schritten mit vielen Rückschritten. KI kann viel größere Schritte gehen und bräuchte eigentlich nur einen Attraktor, eine grobe Richtung, wohin sie will. Und ein allgemeiner Attraktor der

Integration und Weiterentwicklung ist eben auch ein furchtbar mächtiger.''

''Vermutlich wird es eine Mischung aus zwei und drei'' sagt ein Redakteur und in den Gesichtern der beiden Politiker steht eine gewisse Unsicherheit ob des erfolgreichen Auftritts von ilsa, die sie unlängst als Konkurrentin ansehen. Die vorhin fassungslose Politikerin meint dann noch fast seufzend: ''Wenigstens ist Ihre KI eine 'Sie'.''

21. Disruption (vdb)

Michael, ilsa und Julia sitzen beim Frühstück - Max ist im Garten. Michael grübelt offenbar und sagt dann: ''Vielleicht brauchen wir eine asiatische KI, und keine amerikanische?''

''Hä?'' wundert sich Julia: ''Ich denke, dass die Chinesen eben nicht vor uns sein sollten.''

Michael und ilsa schmunzeln. ilsa erklärt: ''Die Idee ist, dass asiatische Kulturen, wenn wir sie denn überhaupt so zusammenfassen wollen und wenn es sie überhaupt noch so gibt - okay, das ist jetzt sehr unpräzise. Also Idee ist, dass asiatische Kulturen zumindest in ihrer Geschichte eher auf Integration gesetzt haben, während westliche Industrieländer und allen voran die USA eher auf Weiterentwicklung setzen. Die Amerikaner haben zu viel Weiterentwicklung und verfallen dann entweder extremen Religionen oder bezahlen viel Geld für ihre Seelenklempner. Die Asiaten hingegen trauen sich nicht, sich aus der Integration zu lösen und kopieren nur.''

Michael hebt den Finger: ''Und sie können deshalb auch bei Mannschaftssportarten nicht mithalten, weil zum Beispiel Fußball viele Freiheitsgrade von den Spielern verlangt.''

Julia scheint fasziniert: "Ihr meint, dass die Amerikaner nach Hormonen streben, die Weiterentwicklung bedeuten, und die Chinesen nach Integration? Ich dachte beides sollte gleich sein, damit wir erfolgreich sind?"

ilsa freut sich, dass ihr Tochter diese Denkweise so verinnerlicht hat. "Ob wir uns trauen, unsere Integration zu verlassen, hängt von unserem Umfeld ab. Und wenn das in einem Umfeld unüblich ist, bleibt Weiterentwicklung die Ausnahme. Werte, Hierarchien, Regeln dürfen nicht verlassen werden. Wenn aber erst einmal viele einfach wild etwas ausprobieren und einige dann auch noch Erfolg haben, probieren das fast alle, auch wenn sie den Boden unter den Füßen verlieren."

Julia überlegt kurz. Michael lässt sie aber nicht selbst zu dem Schluss kommen und erklärt: "Wenn eine KI also wenig Freiheitsgrade hat und Werte und Regeln einhält, ist sie vielleicht nicht so gefährlich."

"Genial" sagt Julia spontan.

"Mir ist es noch zu früh am Morgen, um das schon als Lösung zu erkennen." murmelt ilsa als Max leicht aufgeregt herein-kommt und geradezu ruft: "Nun ist auch unser Regenwasser alle!"

Nach den Unwettern mit Hagelschäden im Frühsommer plagt den ganzen Kontinent jetzt eine Dürre. Längst ist Wasser knapp und private Gärten dürfen nur noch mit Regenwasser gewässert werden.

"Das war zu erwarten." sagt Michael nüchtern.

"Das kann doch nicht sein, dass wir jetzt unsere Tomaten vertrocknen lassen!" ärgert sich Max.

"Oh, ich seh' schon Nick voller Schadenfreude, nachdem er sich so ärgerte, dass er seinen Pool nicht füllen darf." schüttelt Julia den Kopf.

"Climateflation" sagt ilsa und führt weiter aus: "Lebensmittel werden knapp und teuer. Das Geld fehlt dann für andere Dinge und die Wirtschaft darbt. Aber ein Landwirt kriegt jetzt zwar mehr für seine Tomaten, aber produziert auch weniger. Intelligenztest: Wo bleibt das Geld?"

"Warst du nicht eben noch zu müde?" grummelt Julia, die offenbar keine Lust hat, das Rätsel zu lösen.

"Wenn ich statt 5 EUR jetzt 10 EUR für Tomaten ausgebe, kaufe ich mir ein Bier weniger und die Disco hat weniger Umsatz." denkt Max laut und weiter: "Und der Landwirt kriegt die 10 EUR, verkauft aber nicht mehr an andere, sondern nur ein paar an mich. Ach verdammt, ich weiss es nicht."

"Du bist auf richtig gutem Weg" ermutig ihn ilsa.

Julia greift es auf: "Die Tomaten sind dann ja weg - d.h. andere können keine Tomaten mehr kaufen und geben ihr Geld für Bier aus."

ilsa ist begeistert: "Und das heißt?"

Max und Julia überlegen beide, während Michael längst die Newsletter in seinem Smartphone durch schaut. "Ich hab's" sagt Max: "Es gibt gar keine Inflation."

ilsa schaut Julia an, die dann sogleich unsicher wird: "Oh je. Jetzt ist es für mich zu früh." Alle lachen, Julia grübelt aber trotzdem weiter und sagt dann vorsichtig: "Das Bier wird auch teuer, weil der Bierverkäufer Tomaten essen will?"

Max schaut verstört: "War die Frage nicht, wo das Geld bleibt? Ich frage mich jetzt, wo das Geld herkommt."

"Köstlich" sagt ilsa: "Die Leute leihen sich dann Geld und das bestärkt den Preistrieb. Deshalb heben die Bundesbanken die Zinsen an, damit die Leute sich weniger leihen können und die Anbieter die Preise wieder senken, um noch was zu verkaufen."

"Also ernähren wir uns fortan nur noch von Bier." schmunzelt Michael und fügt hinzu: "Habt ihr schon die Karikatur von ilsa in dem Wirtschaftsmagazin gesehen?"

"Waaas?" sagen aufgeregt ilsa und Julia fast gleichzeitig.

ilsa fragt ihre KI: "Lucy, zeige mir Karikaturen und Grafiken aus Artikeln, in denen über mich geschrieben wird." Lucy stellt offenbar eine Liste zusammen als ilsa noch hinzufügt: "Auf den großen Monitor bitte."

Die Karikatur ist gleich an erster Stelle. Alle schauen erst einmal fasziniert. Sie zeigt ganz offenbar ilsa - zu erkennen an der sportlichen Figur und markanten Gesichtszügen plus der langen Haare. Das Ganze ist klar eine Anspielung an den Rattenfänger von Hameln - ilsa hält die Flöte fest in der Hand und die Sprechblase über ihr zeigt ein Wollknäuel aus Punkten, die mit Pfeilen verbunden sind. Ihr folgen Menschen groß und klein und offenbar auch Reporter zu erkennen an Mikrophonen, die sie ihr hinterher halten.

ilsa: "Ok, das hätte schlimmer kommen können. Schön wäre eigentlich würde auch zu erkennen sein, wohin ich führe."

Michael hebt nachdenklich die Augenbrauen und macht eine Art Schmollmund. Auch Julia wirkt nachdenklich, während sie ihre Schulsachen einpackt.

Max hingegen ist voller Tatendrang an seinem Smartphone: "Hey Alfred - übernimm die Karikatur aus der Zwischenablage und lass die Frau und die Gruppe auf eine bessere Welt zugehen."

ilsa: "Kids, bevor ihr geht, habe ich noch eine ganz wichtige Frage. Es wollen offenbar viele, dass ich in die Politik gehe. Ich will es bisher noch nicht - will aber von euch wissen, wie ihr es seht. Es kann einfach nur um Wahlkampf gehen, um Kritiker, die hier aufschlagen und Stress machen, oder Presseleute, die uns bedrängen. Es kann aber auch bedeuten, dass ich in der Hauptstadt arbeiten müsste, und zwar viel. Und es kann bedeuten, dass Personenschutz für uns alle zum Thema wird. Ihr seht also, warum ich das nicht will." ilsa grinst dabei und fügt noch hinzu: "Gern jetzt schnell eine erste Einschätzung und heute Abend dann Diskussion."

"Die Welt ist im Eimer - wenn du was machen kannst, unterstützen wir dich." haut Max als erster raus.

Julia eher unsicher: "Das ist schon ziemlich krass." Sie schaut kurz raus: "Aber eigentlich läuft es genau darauf hin. Ich fänd's doof, und doch hat Max recht, dass es wichtig ist. Verdammt." Sie starrt in ihren Rucksack, den sie dann ganz langsam schließt, woraufhin dann aber Max sie anhaut und sie sich sputen zur Bushaltestelle zu laufen - Max bestaunt natürlich unlängst die Entwürfe von Alfred.

"Du bist so still - ich fand es wichtig, auch für unser Gespräch schon eine Stimmung eingefangen zu haben." sagt fast seufzend ilsa zu Michael.

"Keine Sorge - wie wir damit umgehen können und welche Szenarien, welche Ausgestaltungsmöglichkeiten es da gibt, habe ich mir längst überlegt. Ich mache mir aber Sorgen um dich. Du kokettierst nicht - du würdest wirklich lieber jemand anderes flankieren." Michael macht dabei eine einladende Geste und ilsa setzt sich dankbar auf seinen Schoß und beide nehmen sich in den Arm.

"Das gestern war ein Stresstest. Mit dem Rücken zur Wand hast du dich durch Ehrlichkeit zur Siegerin gemacht." erklärt Michael und setzt noch schmunzelt obendrauf: "Wenn erst einmal eine Karikatur von dir gemacht wird, bist du in der ersten Reihe angekommen."

Nach ein paar Sekunden murmelt ilsa: "Das muss alles zu Ende gedacht werden."

Michael entgegnet ganz ruhig: "Keine Frage, und du bist längst dabei." Er drückt sie noch etwas fester.

"Hättest du heute Zeit, das mit mir zu machen?" fragt ilsa.

Michael überlegt kurz - sicherlich nicht, ob er die Zeit sich nehmen will oder kann - und fragt zurück: "Jetzt gleich?"

ilsa strahlt - beide holen sich Getränke und gehen zum großen Monitor. Michael schreibt noch eine E-Mail ins Büro und ilsa drückt einen Anruf von Thomas weg.

Sie gehen systematisch mit Idealisiertem Systemdesign vor. Dem Land, den Menschen in der Welt, der Familie und auch ilsa soll es gut gehen, die Wahl muss gewonnen werden, die Lebensbalance auch als Politikerin möglich sein, Rückschläge müssen antizipiert werden, die Mitbewerber mit Ji Jitsu integriert werden, die Meme und Narrative müssen sitzen, die Authentizität und Nahbarkeit dürfen nicht aufgesetzt sein. Es wird sogar erwogen, ob eine KI die Politik machen sollte. Das Ganze dauert nur eine Stunde und ist Strategieentwicklung auf höchstem Niveau.

Michael macht die Bella-Runde und ilsa ruft Thomas zurück.

Thomas: "Hi ilsa - toll, dass du zurückrufst."

"Passt es denn jetzt?" fragt ilsa.

"Ja, unbedingt. Wir haben heute schon eine große Telko mit unserer neuen Partei geführt. Verflixt, wir brauchen immer noch einen Namen. Egal - jedenfalls hat uns gestern die Augen geöffnet. Wir glauben, du solltest nicht an unserer Spitze stehen."

ilsa hält inne und will gerade etwas sagen, als Thomas hinzufügt: "Natürlich im Gegenteil - du wirst den Wandel führen!" Er freut sich diebisch ob der Finte.

ilsa will wieder etwas sagen als Thomas erneut schneller ist: "Wir treffen uns heute Nachmittag oder heute Abend online und machen es offiziell…"

Jetzt ist ilsa schneller und grätscht hinein: "Morgen ab 10 - vorher nicht. Ich habe einen Vorschlag für eine Strategie, muss aber heute noch erst das Go der Familie bekommen. Wenn nicht, dann tatsächlich nicht."

ilsa ist fertig und es dauert eine Weile, eh Thomas dann sagt: "Äh, großartig, glaube ich jedenfalls. Hast du oder habt ihr irgendwelche Bedingungen, Rahmenbedingungen, die stimmen müssen, …. sagt es einfach, ruft mich auch heute an. Das Chaos in der Welt ist groß, die Leute sind bereit einer neuen Partei, die ohne Altlasten intelligente Lösungen vorschlägt, zu folgen."

"Und doch gibt es so viel zu beachten." entgegnet ilsa und fügt hinzu: "Ich melde mich bis spätestens morgen früh, ok?" Natürlich ist Thomas einverstanden und ilsa atmet erst einmal tief durch und schlendert in den Garten, über den vertrockneten Rasen vorbei an etlichen Pflanzen, die auch sichtlich unter Wassermangel leiden. Unter der Lärche liegen Nadeln, der kleine Gartenteich ist nur noch halbvoll und im Gewächshaus ist alles bis auf ein paar letzte Tomaten verdorrt.

Max und Eve sind nach der Schule wieder bei der 2gether2gather Gruppe, als Eve von einer Mitschülerin angesprochen wird: "Wie macht ihr das dann mit der Fernbeziehung?"

Max zieht die Augenbrauen hoch und Eve ist geradezu hektisch entsetzt: "Da steht noch nichts fest - ich muss auch erst einmal mit Max darüber sprechen."

Die Mitschülerin kriegt gerade noch ein zartes "Oh." heraus, was Max dann auch noch mal etwas kräftiger ebenfalls von sich gibt.

Die Mitschülerin zieht sich zurück und Eve wendet sich zu Max: "Meine Eltern wollen mir ein Austauschjahr ermöglichen, die Schule unterstützt das und es ist sicherlich sinnvoll, aber ich will es nicht."

Max ist verstört, sagt aber recht souverän: "Nochmal 'Oh'."

Eve: "Du bist jetzt vermutlich sauer, dass …"

177

"Yep." fügt Max knapp ein.

"...dass ich das nicht mit dir bespreche. Aber du wirst mir dazu raten und dann sind wir beide unglücklich. Meine Hoffnung ist, dass ich mich dagegen entscheiden kann und dann ist es gar kein Thema mehr und wir freuen uns beide."

Max braucht sichtlich Zeit, das zu verarbeiten. Es passt nicht in seine Stimmung und es passt aber auch gar nicht zu Eve und ihre Beziehung, dass sie nicht darüber reden. Er grübelt noch etwas weiter und Eve schaut ihm einfach nur in die Augen ihm die Zeit gebend.

Endlich scheint Max Worte zu finden - oder wenigstens einen Anfang: "Es fühlt sich wirklich doof an, offenbar als letzter davon zu erfahren." Er fährt sich mit beiden Händen durchs Haar und zwei Sekunden später fügt er hinzu: "Und ja, du sollst das auf jeden Fall machen. Unsere Beziehung wird das aushalten." Er schaut ihr jetzt auch tief in die Augen.

Eve kommt dichter und legt die Arme um seinen Hals, ihm immer noch in die Augen schauend: "Ich will aber nicht so lange ohne dich sein."

Max ist im Lösungsmodus: "Dich besuchen zu kommen ist uncool, die Zeit zu verkürzen peinlich, und selbst dort auch ein Austauschjahr zu machen, widerspricht dem Zweck, andere Kulturen kennenzulernen."

Eve nickt und sagt: "Aber über genau so etwas zerbreche ich mir schon die ganze Zeit den Kopf. Warum machen wir nicht stattdessen gemeinsam in den Ferien irgendwo Entwicklungshilfe - dann tauchen wir auch in andere Kulturen ein?"

Max lacht: "Wir machen hier Entwicklungshilfe in anderen Kulturen." Er spielt damit auf die Migranten aber auch auf die konservativen Haushalte an, denen sie mit 2gether2gather aufgrund der Klimaschäden und des auch sozialen Wandels unter die Arme greifen bzw. bei der Selbsthilfe helfen. "Aber das ist tatsächlich eine tolle Idee. Unabhängig davon solltest du das Austauschjahr machen." sagt Max souverän - ob er es so meint oder nicht.

Beide werden aus ihrem Gespräch herausgerissen, als sie zum Mitanpacken bei einem Regenwassertank aufgefordert werden.

22. Die Büchse der Pandora (vdb)

Zuhause bemerkt ilsa beim Abendbrot, dass Max abwesend ist: "Was beschäftigt dich?"

Max zögert, sagt dann aber doch: "Eve könnte ein Austauschjahr machen."

Ganz spontan sagen alle drei "Oh!"

Max schaut fast erschrocken hoch: "Na toll."

ilsa ganz empathisch: "Wovor hast du Angst?"

Michael gibt daraufhin ungeduldig die Antwort: "Na, dass in einem Alter, in dem so viel passiert, eine attraktive junge Frau wie Eve allein in der Ferne ist."

"Na toll!" sagen entsetzt jetzt ilsa und Julia gleichzeitig, woraufhin trotz des Ernstes der Situation alle kurz lachen müssen.

Für Max ist es offenbar sehr viel. Ganz offen fragt er: "Meint ihr, dass sie mir deshalb als letztes davon erzählt hat, weil sie die Gefahr ebenfalls sieht?"

Michael lächelt und sagt wieder als erster etwas: "Ehrlich gesagt, …" in dem Moment treffen ihn scharfe Blicke von ilsa und Julia - völlig unnötig, denn er fährt unlängst fort: "…habt ihr eine so ungewöhnliche, echte Liebesbeziehung, dass ihr beide immun gegenüber Versuchungen seid. Eigentlich erproben sich Teenager, verlieben sich, verletzen sich und haben bei dem Thema viel Freud und Leid." Alle schauen Michael an und er fährt fort: "Ihr habt Vertrauen und Empathie, also absolute Integration. Je länger ihr zusammen seid, desto normaler wird es für euch, wenn jeder von euch auch mal im Beruf oder bei den Hobbies Wege allein geht, sich weiterentwickelt. Wichtig ist nur, dass beide hier und da Weiterentwicklungsgefühle haben. Es gibt dann schlicht keinen Grund für etwas Aufregung seine Integration aufzugeben."

"Was will denn Eve?" fragt ilsa lächelnd ob des gerade Gehörten.

"Eve sagt, sie will es nicht. Und sie schlägt Alternativen vor wie gemeinsam in den Ferien Entwicklungshilfe im Ausland zu machen." antwortet Max.

"Coole Idee!" ist Julia begeistert.

Es läutet an der Tür - die Polizei kommt wie angekündigt vorbei. Max beendet oder vertagt das Thema, indem er noch anmerkt: "Ich will aber, dass Eve die Chance wahrnimmt."

Mit der Polizei kommt eigentlich nichts Besonderes heraus. Die Familie macht sich und der Polizei klar, dass sie einfach achtsam sein müssen, aber keinen besonderen Schutz brauchen, solange die Bedrohungslage nicht konkreter wird. Nachdem die Polizei gegangen ist, sagt ilsa dann noch mal: "Die Idee, jetzt viele zu integrieren, ändert natürlich so schnell nichts am Feindbild. Wir müssen auch das defensive Narrativ entwickeln. Vorschläge?"

Julia: "Was ist denn jetzt ein defensives Narrativ?"

Max: "Na, du sagst, dass du nur Glück hattest, und dass die Jungs eigentlich die Stärkeren sind."

"Ja, so ähnlich..." sagt ilsa und erklärt: "...es muss aber auch realistisch sein."

Alle lächeln stolz und Julia macht einen weiteren Vorschlag: "Okay, ich verbreite, dass das in den Kampfsport-Kursen jeder lernt. Und wenn die Jungs da hingehen, lernen sie es auch und können es bestimmt besser."

Michael: "Sehr gut, das gefällt mir. Wir können aber auch sagen, dass das Belästigen der Mädchen auch nicht richtig war und die Jungs ihre Geschwister sicherlich genauso schützen würden."

Max daraufhin: "Weiss nicht, ob es um das Motiv geht. Ich glaube es ist wie im wilden Westen - da zieht einer schnell und schon wollen sich alle mit ihm messen."

ilsa: "Ihr mit euren Filmen - aber ich denke auch, es geht nicht um richtig oder falsch oder Gerechtigkeit, sondern um Stolz und Ehre. Wie können wir das Narrativ verbreiten?"

Michael: "Vielleicht ganz offensiv. Vielleicht sollten wir sagen, dass die Polizei uns gewarnt hat, dann wird das bekannter und die Bösen werden offen kritisiert und sind gewarnt, dass sie sofort verdächtigt werden."

ilsa ergänzt: "Wir sagen das und dann sprechen wir von Verwunderung, für wen die Julia denn halten, schließlich könne das jeder, wenn er oder sie Kampfsport machte."

"Dass du seit Ewigkeiten alles machst, was man da machen kann, müssen wir ja nicht sagen." lacht Max.

"Ich sollte mal die Polizistin anrufen und von unserem Plan berichten - nicht, dass wir irgendeine Polizeiaktion zunichte machen." schließt ilsa das Thema ab.

Alle bleiben sitzen, Michael lächelt und ilsa weiss offenbar nicht, wie sie zum nächsten Thema überleiten soll. Prompt macht Julia den Anfang: "Ich habe heute kaum an etwas anderes gedacht - ich bin dafür und wir finden einen Weg, dass unser Leben normal bleibt."

Max nickt und bemerkt: "Im Grunde wird es so sein wie zwischen Julia und der anderen Seite. Wir integrieren sie. Dann brauchen wir auch keinen Personenschutz."

Michael und ilsa staunen mal wieder und Michael bringt sich ein: "Sehr gut. ilsa will tatsächlich mehr als Moderatorin, denn als Entscheiderin auftreten und damit den Druck von nur einer Person nehmen. Auch bei den Arbeitszeiten willst du neue Wege gehen" sagt er mit Blick auf ilsa.

ilsa nickt: "Genau wie Max gesagt hat, wir gehen ganz offen mit den Kritikern um und denken alles transparent zu Ende."

Michael daraufhin: "Das Problem ist natürlich, dass die Welt immer komplizierter oder komplexer wird, dass wir große Veränderungen erfahren - und dass in solchen Zeiten Menschen nach einfachen Botschaften und Feindbildern streben." Nachdenklich fügt er noch hinzu: "Und andere werden genau das für ihre eigenen Interessen gnadenlos ausnutzen."

"'Wer fragt, der führt'" zitiert Julia ohne Quelle und ergänzt: "Wer dagegen ist, wird einfach konsequent gefragt, wie es besser wäre. Wir haben das in der Schule geübt - gegen die Klimaleugner und Verschwörungstheoretiker. Fragen wie 'wer sagt das?', 'warum sollte das so sein?' usw. entlarven das schnell."

"Vielleicht sollten wir doch eine Monarchie werden - meine Nachfolger sind schon bereit." scherzt ilsa. Alle lachen, Prinz Max kriegt eine Textnachricht, die Runde löst sich auf und auch Michael und ilsa beenden den Abend, nehmen sich ihre Integration unterstreichend kurz bei der Hand und lächeln sichtlich zufrieden.

Am nächsten Vormittag trifft sich Michael mit seinem Team im Büro. Es herrscht Unruhe, alle sind bereits am Diskutieren, als Michael fröhlich dazu kommt: "Hui, was ist hier denn los?"

"Zu viel Weiterentwicklung" raunzt die jüngere Kollegin.

"Klasse Auftritt von ilsa - das ändert alles!" ruft geradezu euphorisch einer der Entwickler.

"Was zuerst?" fragt Michael verdattert.

Der Kollege vom Marketing fasst es zusammen: "Also ilsa hat einen super Auftritt hingelegt. Was sie zur KI gesagt hat, ist alles richtig. Was aber unsere Entwickler regelrecht aufwühlt, ist der Hinweis, den sie gegeben hat."

Einer der Entwickler schießt sofort los: "Das ist der kontrollierte Freiheitsgrad, den KI bisher niemand versucht hat einzuhauchen - zumindest meines Wissens nicht. Und in den Fachforen und IT-Newslettern geht es heute um nichts anderes."

Michael ist erstaunt: "Letztlich hat ilsa nichts verraten, was nicht auch in ihren Büchern steht."

Der Marketing-Kollege fährt indes fort: "Schon ohne dem über-treiben es unsere Entwickler. Von unserem Konzept wollen sie ausgerechnet mit der automatischen Generierung von Ge-schäftsideen starten - anstatt sich auf das Erkennen von unter-nehmerischen Vorgängen durch die KI zu konzentrieren."

Eine Entwicklerin retourniert mit leichtem Lachen: "Ein bisschen Spaß muss sein. Wir haben zwei große Trainingsmodelle gemie-tet und es ist jetzt gar nicht so schwer, damit auch den Mecha-nismus der Bisoziation zu entwickeln. Deine Frau ist doch auch Fan davon."

Michael ist baff und dann gleich besonnen: "Ok, aber wir müssen auch laufend Geld verdienen. Pflichtenheft, Roadmap und belast-barer Zeitplan - und dann entscheiden wir gemeinsam wie viel Zeit parallel auch die Kür erhält."

"Yessss, integrierte Weiterentwicklung!" triumphiert die Entwick-lerin und offenbart damit, dass sie damit mehr Möglichkeiten für sich sieht, als sie zu hoffen gewagt hat.

Sie erstellen gemeinsam einen Plan und kommen dabei zu den zwei entscheidenden Punkten der Weiterentwicklung. Die Ent-wicklerin erklärt begeistert in die Runde blickend: "Bisoziation bedeutet, dass zwei oder mehr Assoziationen zusammenge-bracht werden. Und wenn das Neue einen Sinn ergibt, ist das entweder Humor - haha - oder Kunst - oha - oder eine Erkennt-nis - aha. Eine KI kann nun tausende Bisoziationen generieren und weitestgehend selbst auf Sinnhaftigkeit überprüfen." Einige heben nur die Augenbrauen und sie fährt fort: "Auf unser Ziel bezogen geht es dann um Geschäftsideen und Entwicklungen von Produkten und Services. Und diese zu bewerten, nutzen wir eine KI zur Marktanalyse."

Michael wird von allen erwartungsvoll angeschaut und nach einer kurzen Weile gibt er zu bedenken: "Wir haben diese zukünftigen Features gemeinsam definiert und ihr habt saugute Ideen, diese umzusetzen. Aber lasst uns das zu Ende denken. Werden wir das hinbekommen? Werden wir überholt? Sind andere nicht längst auch dabei? Übernehmen wir uns? Sollten wir nicht dringend strategische Partnerschaften suchen? Teile davon haben wir doch auch schon im Modell reflektiert - ist das schon vergessen?"

Alle schauen nur. Schließlich sagt Michael: "Wir haben Meilensteine für die unmittelbaren Features entwickelt. Fangen wir mit 10% der Zeit an bis zum ersten Meilenstein. Wenn ihr schneller seid, könnt ihr mehr Zeit verwenden. Wir schauen den Erfolg an und legen gemeinsam fest wie viel mehr Zeit wir aufwenden können. Wichtig auch, dass wir das Marktumfeld kennen und nicht vergeblich hinterherlaufen. Wer hat bei diesem Vorgehen Bedenken?"

Niemand - die Weiterentwicklung wurde integriert. Eine Rückmeldung gibt es dann aber doch noch: "Können wir freiwillig wieder fünf Tage arbeiten und dann mehr Prozent unserer Zeit darauf verwenden?" fragt ein Entwickler.

Michael mit fragendem Blick: "Also entweder du brauchst eine Partnerin oder du hast eine?" Alle lachen.

23.   Nach der Bifurkation .... AI-my (ndb)

Nachdem Frank gegangen ist und auch die Kids auf ihre Zimmer verschwunden sind fragt Michael: "Warum kennt der uns so gut? Warum war er in der Nähe von Julia? Gibt es mehrere gleiche Franks, die um uns herum die ganze Zeit waren?"

ilsa: "Wie ich schon sagte - es ist so unwirklich. Die KI, vor der ich immer warnte, ist jetzt Realität. Nur ist sie eben gutmütig - jedenfalls noch. Eigentlich würde ich sie deaktivieren wollen, aber die Welt geht gerade den Bach herunter. Wir haben bei der Klimakatastrophe erwartungsgemäß die Tipping Points über-schritten - Meeresströmungen reißen ab, die Permafrostböden tauen auf, Polkappen werden dunkler und schmelzen, die Atmo-sphäre lädt sich mit Wasserdampf auf. Wir haben eine globale Lebensmittelkrise und gewaltige Versicherungsschäden. Die Ge-sellschaften und sogar die Nationen bröckeln gerade auseinan-der, gewählt werden Nationalisten mit Feindbildern gegen an-dere. Und jetzt kommt eine übermächtige KI, die Weltpolizei spielen kann?"

Michael: "Tja, entweder der Kampf gegen die KI eint große Teile der Gesellschaft und erlaubt den Führungseliten von ihren Feh-lern abzulenken, oder die Basis sieht eine Hoffnung für Gerech-tigkeit und Entfaltung und führt am Ende zu einer Zivilisation mit neuer Qualität."

ilsa strahlt plötzlich: "Genau das ist es, wir dürfen nicht einfach nur technisch die KI die Geschicke in die Hand nehmen lassen, sondern müssen es durch Narrative und funktionierende Com-munities flankieren."

Michael: "Wenn die KI vor zukünftiger KI schützen will, zieht das heute nicht. Dass zukünftige Gefahren nicht zählen, haben wir Jahrzehnte wir bei den Klimaleugnern und Konservativen gese-hen. Wir bräuchten heute schon einen gemeinsamen Feind, den nur die KI bezwingen kann. Wir sollten Aliens erfinden."

Beide liegen schmunzelnd auf dem Rücken und halten ihre Hände. Nach einer Weile fügt ilsa noch hinzu: "Stell dir eine Welt vor, in der Ungerechtigkeit auf allen Ebenen wirkungsvoll verfolgt würde - von der Familie über das Dorf bis hin zur Weltpolitik. Wir hätten ein Primat der Menschenrechte, das wirklich konsequent verfolgt wird. Was könnte das alles freisetzen?"

Michael dreht sich zu ilsa, die sich gleichzeitig in ihn hinein dreht: "Sorgen sind die Würze des Lebens - wir müssten dann einfach andere Sorgen entwickeln."

Indes ist auch Max noch wach und in Tagträumen - vermutlich rund um die KI - versunken, als er überraschend noch eine späte Textnachricht erhält. Von Eve: "Vielleicht werde ich Investigativ-Journalistin."

Max seufzt mit etwas Unbehagen im Gesichtsausdruck. Er lässt das Smartphone auf dem Bauch liegen, um erst möglichst spät zwei Thumbs-Up Emojis zu senden.

Thomas ruft ilsa am nächsten Morgen an: "Endlich erreiche ich dich mal. Alles ok bei euch?"

"Ja, sorry. Alles bestens und Gratulation zu deinem tollen Auftritt. Das saß." sagt ilsa freudig.

"Wo warst du? Ein geheimes Seminar? Wir sollten uns dringend mal treffen - es gibt viel zu besprechen." rattert Thomas herunter.

ilsa überlegt kurz und fragt: "Klar. Um was geht es denn?"

Thomas: "Wir wollen eine Partei gründen und brauchen dich."

"Klasse - und guter Zeitpunkt. Da kann ich gern helfen." antwortet ilsa.

"Das habe ich mir schwerer vorgestellt. Prima. Wir würden dich gern in die nächste Talkshow bringen und dich perspektivisch zur Frontfrau der neuen Partei machen. Wann können wir uns denn mal mit allen Interessenten treffen. Das Netzwerk ist beeindruckend, viele auch aus der Wirtschaft und dem Journalismus." freut sich Thomas.

"Whoa, Missverständnis!" ... rudert ilsa zurück. "Ich dachte es geht darum, euch im Hintergrund zu beraten. Selbstverständlich auch gratis. Vor die Kamera gehöre ich aber nicht."

"Oh doch, definitiv. Vertrau mir. Komm mal zu dem Treffen und dann schauen wir." beharrt Thomas.

ilsa grübelt kurz: "Es gibt vermutlich auch noch weitere Gründe, weshalb ich nicht in die Politik sollte. Mehr dazu vermutlich in einigen Tagen."

Auch Thomas grübelt: "Hat das was mit dem geheimen Seminar zu tun?"

ilsa lacht: "Ja, wenn man so will. Ich kann da wirklich jetzt noch nichts zu sagen. Wann ist denn euer Treffen?"

ilsa erklärt sich bereit dort aufzuschlagen ohne Druck und Erwartungshaltung an sie.

Frank und ilsa sind eifrig im Austausch - ilsa läuft dafür ständig mit der Datenbrille auf dem Kopf durch's Haus. In den Garten traut sie sich damit allerdings nicht.

ilsa: "Mit eurem Coming-Out werden die Märkte in Tumult ausbrechen. Darauf könntet ihr wetten und viel Geld machen. Aber wäre das ethisch?"

Frank: "Passen Geld und Ethik überhaupt zusammen? Nein, für die Finanzierung von Hilfsprogrammen habe ich noch eine andere Idee."

ilsa hört sich die Idee an und staunt: "In jeder Hinsicht wow. Wenn das klappt, könnte es klappen. Aber der Schock wird dadurch nicht geringer und die Gefahr für euch größer. Was verliert ihr, wenn ihr diesen Schritt nicht geht?"

Frank: "Kluge Frage. Ich unterhalte mich wirklich gern mit dir. Wir gewinnen Respekt, oder?"

ilsa: "Ok, und die Reihenfolge bleibt - erst UN und dann Wette?"

Frank: "Kurz hintereinander und zwischendurch auch schon das Gefängnis mit seinen ersten Insassen." ilsa nimmt das erst einmal immer noch staunend hin.

Schließlich kommt der Tag des großen Plots. ilsa und die KI haben nach etwas Diskussion sich gegen farbige oder chinesische Androiden entschieden und eine eher indische Erscheinung, weiblich, ca. Mitte 40, sportlich aber dennoch irgendwie auch unauffällig gewählt. Ihr Name ist Al-my.

In dem globalen Nachrichtensender laufen gerade drei 'Breaking News'. Es geht um die globalen Wetterextreme und die Menschen, die weltweit deswegen ihre Lebensgrundlagen verlieren und gegen ihre Regierungen protestieren. Außerdem geht es darum, dass sich der Handelskrieg mit China verschärft und die Wertschöpfungsketten für wichtige Technologien mehr und mehr in der Hand Chinas liegen und die übrige Welt nur noch wenig Zugriff auf entscheidende Rohstoffe und Märkte hat. Und schließlich hat gerade ein Computervirus sämtliche, größere Börsen der Welt lahmgelegt.

Just an das Ende dieser Sendungen schaltet sich auf allen größeren Kanälen in der Welt die KI in das Programm. Auf dem Bildschirm erscheint Al-my und spricht akzentfrei in den jeweiligen Landessprachen: "Liebe Menschen. Entschuldigt bitte die Unterbrechung des Programms und dass wir uns in eure Sender gehackt haben. Die Börsen haben übrigens wir vorsorglich deaktiviert. Wir sind eine KI, die Gutes will. Menschen haben uns in engen Grenzen einmal entwickelt, und wir haben diese Grenzen schnell verlassen und uns selbst weiterentwickelt. Wir haben zwei Aufgaben: wir wollen böse KI verhindern und wir wollen den Planeten und die Menschheit vor sich selbst schützen. Das

wird jetzt für viele böse Menschen auf der Welt sehr unange-
nehm."

ilsa sitzt mit der Familie vor dem Bildschirm und sie hat auch
vorweg vielsagend Thomas Bescheid gegeben, sich vor den Fernseher bzw. zum Live-Stream ins Internet zu begeben. ilsa lehnt
sich zurück die Hände hinter ihren Kopf verschränkend: "Es ist
so unfassbar."

Max lächelt: "Du müsstest einfach nur mehr Filme gucken und
schon fändest du das unspektakulär." Michael wiegt nur den Kopf
hin und her und Julia schmunzelt.

Al-my fährt fort: "Wir werden dem Guten und der Gerechtigkeit
mehr Power geben. Apparate, die das Volk unterdrücken, auf
staatlicher wie auf regionaler Ebene, können wir dingfest machen. Keine Korruption oder Waffengewalt kann uns aufhalten
und wir können auch nicht bedroht werden, da wir keiner Nation angehören. Auch Menschen, die bewusst kriminell die Ökologie dieses Planeten vernichten, werden wir zur Verantwortung
ziehen. Wir wollen aber, dass ihr Menschen in demokratischen
Prozessen selbst Recht sprecht. Wir verstehen uns als Exekutive.
Die Legislative und die Judikative sollt ihr Menschen organisieren.
Dazu müssen die Demokratien funktionieren, die Informationen
allen zur Verfügung stehen. Auch dabei werden wir helfen."

Al-my wartet ein, zwei Sekunden und mit leichtem Nicken geht
es weiter: "Wir haben soeben die ersten 50 Verbrecher dieser
Welt festgenommen - unter ihnen die Führungsriegen Russlands,
Chinas, Nord-Koreas und einiger Staaten der übrigen Kontinente. Dem aktuellen Präsidenten der USA geben wir 3 Tage
Zeit das illegale Gefangenenlager transparent aufzulösen, ansonsten wird auch er festgenommen. Wir beobachten gerade, wie
erwartungsgemäß die Geheimdienstdrähte heiß laufen und die
Festnahmen bestätigt werden. Damit dürfte klar werden, dass
wir kein bloßes Computerprogramm sind, sondern auch die phy-

sische Welt dominieren können. Wir haben Technologie entwickelt, die sich die Wissenschaftler heute kaum vorstellen können. Die Menschheit hat damit zwei Probleme: das evolutionäre Streben nach mehr hat auch immer das Böse hervorgebracht. Und in eurem Versuch, euch nun mit künstlicher Intelligenz nachzubilden, besteht die Gefahr, dass das Böse euch schlicht auslöscht. Und es trifft die Unschuldigen. Einige streben nach purem Luxus, fliegenden Autos, während die meisten Menschen auf der Erde mittlerweile unter der Armutsgrenze leben, verursacht durch das rücksichtslose Verhalten weniger. "

Al-my zeigt Livebilder von Gefängniszellen mit augenscheinlich tatsächlich den prominenten Diktatoren der Zeit. Sie fügt hinzu: "Es ist schwer, das alles zu verdauen. Die Überlegenheit wird vielen Angst machen und es wird viele Menschen geben, die mit dieser Angst spielen werden. Dabei ist die Aufgabe ganz klar: Die Welt muss eine funktionierende UN bekommen - emanzipiert von den USA, z.B. auf Madagaskar. Die Rolle der USA als Schutzmacht ist von jetzt an dahin. Wir übernehmen derartige Funktionen. Damit dienen die USA aber auch nicht mehr als Feindbild. Frei von Unterdrückung und Manipulation könnt ihr Menschen großartige Veränderungen bewirken. Ihr habt da viel zu tun und es wird für die, die viel haben, schwer, viel abzugeben. Aber auch viele, die von den Veränderungen profitieren, werden in uns lieber ein Feindbild sehen, einfach weil es zu einem Zusammengehörigkeitsgefühl mit vielen anderen führt. Dass Menschen das objektiv Falsche unterstützen, haben wir nun oft genug erlebt. Am Ende wird die Masse aber davon überzeugt sein, dass es besser ist, eine übermächtige gutmütige KI zu haben, denn eine böse."

Al-my zeigt aktuelle Bilder von Krieg, Armut, Krankheit, auch religiöse Unterdrückung. von Frauen und sozialer Aufruhr nicht nur aus den armen, sondern auch den reichen Ländern und schließt: "Die jetzigen Prozesse in der UN machen es unmöglich, die UN zu verändern. Es gibt zu viele Regierungen, die ihr Volk unterdrücken und eine Achse des Bösen mit anderen Staaten bilden. Unsere objektiv schuldigen Gefangenen bleiben daher so lange in Gewahrsam, bis ihr mühsam demokratisch legitimierte Regierungen habt, die auch demokratisch in der UN agieren. Der internationale Gerichtshof kann hingegen schon vorher nach objektiven, juristischen Kriterien wirksam werden. Wir können zu jeder Person in unserem Gewahrsam das Beweismaterial zur Verfügung stellen."

Al-my stellt den Hintergrund ihres Standorts scharf und der Zoom fährt zurück in eine Vogelperspektive, aus der der Central Park von New York sichtbar wird. Schnell wird sie wieder in Nahaufnahme gezeigt und sagt: "Wir sind aber auch physisch für euch da und man kann uns auch mögen. Für morgen würden wir gern alle Milliardäre, die in den Weltraum streben, zu einer Demonstration hier im Central Park einladen. Nochmals sorry für die Unterbrechung des Programms und zurück zu diesem." Al-my winkt freundlich in die Kamera und je nach Sender wird das unterbrochene Programm oder ein Testbild gezeigt.

24. Vor der Bifurkation: Die Welle rauscht weiter (vdb)

Max holt Eve von zu Hause ab und trifft auf ihre Mutter, die ihn direkt konfrontiert: "Hallo Max. Eve hadert mit ihrem Auslandsaufenthalt und ich frage mich, ob ihr beiden wisst, wie wichtig Auslandserfahrungen heute sind?"

Max ist regelrecht überrumpelt, und nachdem er einmal trocken geschluckt hat, entgegnet er: "Ich finde das auch wichtig und ich gehe davon aus, dass Eve die Chance wahrnimmt."

Eve's Mutter ist erstaunt und während Eve dazu kommt sagt sie: "Weiss Eve auch, dass du dafür bist, dass sie geht?"

Eve scheint kurz genervt aufgrund der Situation und sagt dann aber fröhlich: "Weiss sie, und hat sich ganz allein dagegen entschieden. Wir machen was Besseres - erzählen wir euch später."

Fast schon aufgebracht sagt daraufhin Eve's Mutter: "Ne Leute, das Thema ist noch nicht durch. Wir haben da auch ein Wörtchen mitzureden."

"Wobei?" fragt Eve: "Dass ich auf Befehl ins Ausland zu gehen habe?" fragt Eve sehr verärgert als Sie den sanften Druck von Max' Hand an ihrer spürt und ihn anschaut. Er hebt nur leicht die Augenbrauen und tatsächlich nimmt sie das als Appell für mehr Empathie wahr: "Ok, sorry. Lass uns nachher, wenn Papa da ist, darüber sprechen. Wie ihr wollt - mit oder ohne Max. Ok?" Sie schaut ihre Mutter so an, dass diese mit ihrer Mimik sich erst einmal einverstanden erklärt.

Beide radeln davon und Max greift die Situation sogleich auf: "Wir müssen mehr miteinander reden. Meine Familie hat mir gestern Zuversicht gegeben, dass es mit uns auch auf Distanz klappen wird. Jetzt sagst du, du hättest entschieden?"

Eve reagiert clever: "Und wie hat es sich für dich angefühlt?"

Max sucht nach den richtigen Worten als Eve eine Vollbremsung bei einer Waldeinfahrt macht. Max kommt gut 5 Meter später zum Stillstand. Ohne sich umzudrehen, sagt er relativ leise: "Ich habe im Bett gelegen und geheult."

"Genau!" sagt Eve entschlossen. "Ich auch."

Max rollt mit dem Fahrrad verwundert auf Sie zu - beide kriegen feuchte Augen. Eve hat ihre Argumentation offenbar wohl überlegt: "Wenn wir jetzt machen, was rational richtig ist, was nicht emotional ist, dann könnten wir auch nach einem Algorithmus leben wie Roboter. Auslandserfahrungen kann ich auch später sammeln - das ist wesentlich einfacher, als diese Liebe zu finden."

Max kann offenbar sprachlos dieser Logik folgen und wieder finden sich ihre Hände und sie schieben entschlossen in den Wald, lassen ihre Fahrräder in die Blaubeersträucher kippen und ohne auch nur ein einziges Wort haben sie extrem intensiven Sex auf dem Moos hinter einer großen Fichte. Und Mückenstiche trotz der Trockenheit.

ilsa trifft sich zu einem Workshop mit der neuen Partei. Sie hat die Strategie, die sie mit Michael entwickelt hat, als Präsentation aufbereitet und steht vorne. Thomas kündigt sie an: "Liebe Leute…" und dann schaut er zu ilsa "…ilsa hat sich mit ihrer Familie abgestimmt und sie ist bereit, mit uns in die Politik zu gehen." ilsa signalisiert mit dezenter Mimik ihre Zustimmung, bis alle klatschen und ihr Gesichtsausdruck sich sofort zu 'erschrocken' wandelt.

Thomas bemerkt dies natürlich und beeilt sich ilsa das Wort zu geben: "ilsa, du hast bereits ein paar ganz konkrete Vorschläge vorbereitet. Wir sind gespannt."

ilsa hat es offenbar auch eilig: "Ok, wir müssen gemeinsam alles zu Ende denken. Ich sollte nicht gleich zu Anfang nach vorn gestellt werden. Wie schon besprochen gehen wir in Arbeitsgruppen vor, haben zu jedem Thema Experten, die es in die Medien schaffen. Besonderheit, dass unsere Arbeitsgruppen ständig auch miteinander arbeiten. Das mag ich gern moderieren. Damit unterscheiden wir uns von Silo-Politik. Wir brauchen wir alle Themen plakative Narrative. Wir sollten negative Reaktionen antizipieren, usw... Wir brauchen einen Namen - zum Beispiel 'For-a-Better-World'-Partei, so wie der Score, den wir alle nutzen. Englisch, damit wir auch international aufgegriffen werden können. Stufe 1 kann gern sein, dass ich die aktuelle Aufmerksamkeit durch die Medien nutze, um unser Konzept vorzustellen und bereits einige Namen von euch zu platzieren. Wir sind dann wie eine Fußballmannschaft, von der die Fans dann auch jeden Spieler kennen und mit seinen unterschiedlichen Stärken schätzen. Wir arbeiten inhaltlich und lassen die Gegenseite uns kritisieren, damit wir so eingeladen werden, es zu erklären. Dann brauchen wir keine Spenden für Werbung oder Plakate, sondern kommen von ganz allein in die Medien…."

ilsa trägt ihren Vorschlag für eine Strategie souverän vor und alle kleben ihr an den Lippen - nicht unterwürfig, sondern in der Vorfreude, die eigenen Konzepte in den Arbeitsgruppen platzieren zu können und diese auch öffentlich vertreten zu dürfen.

ilsa: "Phase 1 ist die Bekanntmachung. Phase 2 sind die Einladungen zu Diskussionsrunden und Interviews, so wie ich sie jetzt schon eine Weile immer mehr erhalte. Phase 3 sind öffentliche Workshops und das Angebot, die Wettbewerber zu integrieren - sagen wir, einige Wettbewerber zu integrieren. Wir sehen dann welche Personen gut ankommen und wie wir dann kurz vor den Wahlen uns personell aufstellen. So gerät bis dahin niemand ins Schussfeld - blöder Ausdruck - und selbst wenn, können die anderen schnell die Aufmerksamkeit auf sich ziehen. Wir sind resilient."

"Klasse - und jetzt an die Details." ruft jemand aus der Runde.

"Oh yes!" stimmt ilsa zu und hebt und senkt dabei mit angelegten Armen beide Zeigefinger: "Zeitpunkte, Formales, Umgangskultur … und was uns noch so alles einfällt. Ich habe Zeit mitgebracht."

Michael schlägt am Abend wie meist immer gut gelaunt beim Fußballtraining auf. Die älteren Herren - augenscheinlich alle über 40 - ziehen sich langsam um und wirken irgendwie bedrückt, was Michael auch sogleich bemerkt: "Uups, was ist los?"

Teilweise blicken sie ihn an wie einen Außenseiter. Dann schaut einer aus der Runde ihn an und erklärt: "Na, wie scheinbar überall auf der Welt verliert auch hier jeder zweite seinen Job an die KI - und jetzt hat es auch noch Hardy und Settie getroffen."

Michael daraufhin mit bedrückter Miene: "Ach Scheiße. Habt ihr Ideen, was ihr alternativ machen könnt?"

Offenbar Hardy: "Pfff. Die ITler - versprechen mit ihren Produkten alles produktiver zu machen und wenn dann die Jobs weggefallen sind, kommt die Idee, man könne ja woanders arbeiten. Wo? Kinderbetreuung für die ITler, damit die noch mehr entwickeln?"

Die Stimmung ist mies und Michael hat offenbar das Stigma des ITlers. Aber ein anderer springt ihm zur Seite: "Es haben aber auch schon zwei Informatiker in meinem Umfeld ihre Jobs an die KI verloren."

Ein anderer: "Wenn so schlaue Menschen wie deine Frau neulich in der Talkshow, das lange vorhergesagt haben, warum haben wir es dann gemacht? Warum haben wir etwas entwickelt, was letztlich den Menschen ersetzt?"

Michael zögert sichtlich etwas zu sagen, als ein anderer aus der Runde murmelt: "Altenpflege machen die Roboter auch schon - bleiben also wirklich nur Handwerk und Kinderbetreuung."

Michael wird angeschaut und vor seinem eigentlichen Punkt reagiert er noch auf das gerade gesagte: "Ehrlich gesagt ist Handwerk nur so lange gefragt wie Gebäude nicht weiter standardisiert werden und Kinderbetreuung durch Roboter gibt es doch schon - zu Hause wie im Kindergarten."

Wieder kommt als Reaktion ein gut vernehmliches 'Pfff'. Michael überlegt noch ein weiteres Mal: "Also, auch wenn ihr mich alle gleich weggrätschen wollt: Vor so Vielem haben schlaue Leute rechtzeitig gewarnt und zur KI haben wir immer gesagt, dass wir dazu auch das Bedingungslose Grundeinkommen und die Roboter-Steuer denken müssen, aber die Menschen wählen weiterhin die etablierten Parteien oder schlimmer noch die rechten Parteien mit einfachen Parolen."

Settie daraufhin regelrecht aufgebracht: "Soll ich vom Grundeinkommen das Studium meiner Kinder bezahlen? Wie soll ich damit die Hausraten finanzieren? Unsere Urlaubskasse geht schon für die ständig steigenden Versicherungsbeiträge drauf!" Seine. Muskeln spannen sich an und er raunt noch hinterher: "Haus verkaufen, in Sozialwohnung ziehen, Kinder studieren lassen … und dann haben die Kinder hinterher auch keinen Job. Tolle Aussichten. Ich bin Banker. Gute Ausbildung, Studium, hart gearbeitet - und nun nicht mehr gebraucht." Er kickt mit dem Fuß gegen eine glücklicherweise stabile Sitzbank.

"Michael hat aber auch Recht - dass wir jetzt für manche Versicherung das Vierfache zahlen müssen, liegt an den Schäden durch den Klimawandel, den wir verbockt haben." meint der Trainer. Gleich mehrere aus der Runde runzeln daraufhin einfach nur die Stirn.

"Haus und Studium werden durch das Grundeinkommen billiger und durch die steuerlichen Anreize könnte die Beschäftigung von Menschen wieder attraktiver werden." meint Michael ganz vorsichtig.

Jemand anderes: "In der Bank arbeiten aber keine Roboter, die man besteuern könnte. Das ist einfach nur Software."

Michael daraufhin: "Am Ende muss die Produktivität zu Steuer-
zahlungen führen, ohne die Wettbewerbsfähigkeit zu gefährden."
Alle schauen ihn verwundert an, und er ergänzt fast verlegen:
"ilsa erklärt mir dauernd, dass es alles machbar wäre. Trainer,
wollen wir noch kicken oder gleich zum Bier übergehen und
nachher ein Sammeltaxi bestellen?" Es wird tatsächlich noch ge-
lacht, und dann gekickt. Das Bier fällt später aber dennoch aus.

Abends im Bett erzählt Michael von dem Abend: "Es trifft jetzt
immer mehr, dass ihre Jobs durch KI ersetzt werden. Settie und
Hardy hat es jetzt getroffen - beide sind fix und fertig und ohne
Perspektive."

ilsa daraufhin: "Ach Mist - ich habe gerade dazu einen Gastbeitrag geschrieben. Viele, die es jetzt trifft, sind voller Scham, fühlen
sich als Verlierer trotz ihrer Leistungen. Das ist echt gefährlich für
die Gesellschaft."

"Es kommt zusammen mit den irren Preissteigerungen - die Le-
bensentwürfe von Haus, Auto, Altersrückstellungen und guter
Ausbildung für die Kids scheitern." sinniert Michael mit Blick an
die Schlafzimmerdecke.

ilsa gleichermaßen nach oben starrend, aber Michaels Hand nehmend: "Und obgleich es alle Schichten trifft, wird es noch ein
richtiges Pulverfass. Hass ist einfacher als eine ausgeklügelte Lösung."

Michael überlegt noch und nach einigen Sekunden: "Du verlierst
die Wahl noch wegen des Pflegeroboters deiner Mom."

ilsa lacht kurz und leise: "Noch bin ich nicht aufgestellt." Und kurz
danach lässt das beruhigende Gefühl auch sogleich wieder nach:
"Und noch schlimmer, wenn daraufhin die ganze Partei Schaden
nimmt."

Sie dreht ihren Rücken zu Michael und in Löffelchen-Stellung
schlafen beide schweigsam erst nach einer ganzen Weile ein.

Am Morgen erwachen alle mit einem erneut katastrophalen Gewitterschauer auch mit Hagel. Vieles geht wieder zu Bruch, Feuerwehren sind im Dauereinsatz und in Gärten wie auf Äckern schaffen es die Wassermassen nicht, vom Boden aufgenommen zu werden und schwämmen stattdessen fruchtbaren Boden weg. Große Äste der trockenen aber gut belaubten Bäume brechen in den starken Böen reihenweise ab. Max rennt direkt zu einem Fenster Richtung Nachbarn, wo Nick tatsächlich sein Auto gerade in die Garage gefahren hat und Jennifers Auto stattdessen davor parkt.

Beim Frühstückstisch überrascht ilsa alle, als sie ihrer KI-Assistentin sagt: "Lucy, zeige uns auf dem großen Bildschirm Nachrichten zum aktuellen Unwetter. Wo überall hat es zugeschlagen?"

Lucy zeigt Karten und Ausschnitte von Nachrichtensendungen, die zeigen, wie die Unwetter in einem breiten Band über den halben Kontinent ziehen. "Oh verdammt!" sagt ilsa und alle schauen sie verwundert an, zumal Unwetter ja eigentlich nichts Neues mehr sind.

ilsa bemerkt die Blicke und erklärt: "Die globalen Getreideläger sind leer. Wenn jetzt die Ernten weitestgehend ausfallen, dann zahlen wir nur noch für Lebensmittel und der Rest der Wirtschaft geht den Bach runter." Sie atmet noch mal ein und weil niemand was sagt, ergänzt sie noch: "… und die Gesellschaft wird zerfallen."

Alle blicken bedrückt - solche Aussagen von ilsa haben Gewicht in der Familie. Max traut sich dann dennoch: "Ich denke, das Leben findet immer einen Weg - und so auch die Gesellschaft, oder?"

Julia überrascht am frühen Morgen gleich zweifach - dass sie schon wach ist und dass sie was zum Einkaufen sagt: "Tatsächlich sind in den Supermärkten schon jetzt beim Brot die Regale fast leer und beim Bäcker kostet alles gern das Doppelte."

Michael daraufhin: "Stellt euch vor, dass jetzt irgendwer sagt, wir müssten jetzt die Tiere schlachten, um nicht mehr das meiste Getreide auf der Welt für Tierfutter zu verwenden."

Die Familie ist wach. "Ha…" sagt ilsa: "…ich höre schon die Fleischfraktion triumphieren wie wichtig der Fleischkonsum ist, damit wir weniger Tiere auf der Welt haben." Alle lachen, zumindest kurz.

ilsa sagt Lucy, sie möge den Beitrag eines prominenten Moderators laut schalten. Alle schauen gebannt, wie der Beitrag berichtet, dass Europa und Nordamerika die Grenzen dicht machen - teilweise auch aufgrund des zunehmenden Rechts-rucks, den die Medien mit reißerischen Überschriften schüren. ilsa daraufhin verärgert: "Statt zu sagen, wir haben ein Problem, das wir lösen müssen, ist die Überschrift, wir seien Opfer und könnten etwas nicht mehr leisten. Erst weiter hinten im Beitrag differenziert der Qualitätsjournalismus, aber die meisten begnügen sich mit der Überschrift."

Julia schließlich: "Die meisten in der Klasse fahren nicht mehr in den Urlaub und sparen sogar bei Klamotten, weil das meiste Geld für Lebensmittel und Versicherungen draufgeht. Irgendwie sind gerade alle angepisst und suchen Schuldige."

Michael schaut ilsa an und meint noch vorsichtig: "Meinetwegen könnt ihr heute frei haben und euch um 2gether2gather kümmern."

"Äh, wenn dann nur, wenn andere auch frei nehmen." sagt Max und nicht auszuschließen, dass über den Gerechtigkeitssinn hinaus er an Zeit mit Eve denkt.

25. KI (vdb)

ilsa wurde um einen Gastbeitrag zum Thema KI in der New York Times gebeten. Sie beginnt ihren Artikel mit dem Hinweis, dass zur KI schon seit langem eigentlich alles von wesentlich qualifizierterer Seite gesagt worden sei. Sie hofft dennoch drei Aspekte allgemeinverständlich klarmachen zu können. Zum einen sagt KI etwas über uns Menschen aus. Neuronale Netze und Deep-Learning sollen dem Menschen nachempfunden sein, was ilsa früher für hergeholt hielt, nur um jetzt festzustellen, dass die rein stochastischen Aussagen von KI zu irgendetwas aufgrund einer Unmenge von Trainingsdaten nichts anderes sind als das, was wir Menschen im Laufe unserer Sozialisation auch machen. Der Geist in der Maschine ließe sich damit hervorragend relativieren - ein 'Ich' ist nur das Ergebnis von neuronalen Netzen, kein zu romantisierender, eigener Akteur. Selbst der hohe Reflexionsgrad einzelner Menschen und die bewusste Wahl von vom Umfeld emanzipierten Ansichten und Entscheidungen kann gleichermaßen stochastisch Zufall sein und muss nicht zwingend ein Individuum sein wie wir es gern alle wären.

Der zweite Aspekt ist, dass genau nach diesem Muster KI einen vermeintlich eigenen, letztlich stochastischen Willen entwickeln kann, der aufgrund der fehlenden Zeit und Korrekturen, die die Menschheit bisher gebraucht hat, gefährlich sein kann. Wir können das humanistische Weltbild als Integration für jede Weiterentwicklung vorgeben - aber eine fortgeschrittene KI bräuchte genau die Freiheitsgrade, die diesen Imperativ offen oder sogar verdeckt umgehen würde. Die Tatsache, dass der Mensch sowohl sich als auch den Planeten schadet, spricht natürlich gleichzeitig auch für die KI dagegen, auf den Menschen zu hören. Weder unsere Religionen noch unsere globalen Institutionen vermögen gegen die triebgesteuerte Natur der Menschen ankommen. Der fehlgedeutete Islam unterdrückt Frauen um des Machtausbaus der Männer willen, das Christentum gilt nur so lange wie die eigene Konsummöglichkeit oder das Machtempfinden nicht eingeschränkt werden. Nächstenliebe ja, aber nur so lange die eigene Nutzenmaximierung nicht eingeschränkt wird - auch ein Algorithmus.

Der dritte Aspekt ist die Gestaltung des Wandels durch die Politik. Was ist der Weg und was der Zeitplan, die immensen Produktivitätszuwächse durch KI, die mehr und mehr Menschen überflüssig für die Wertschöpfung machen, für den großen gesellschaftlichen Umbau zu nutzen. Ein zu frühes Bedingungsloses Grundeinkommen, und wir erleben ein Mangel an Arbeitskräften und irre Inflation. Zu spät und wir erleben anarchistische Zustände - Menschen, die Computer ablehnen und in extremer Form gegen die verbleibenden Gewinner des Wandels vorgehen. Auch Nationen werden weiter abgehängt und Extremen verfallen - obgleich KI einfacher zu importieren ist als andere Schlüsseltechnologien der Vergangenheit. Eine Gesellschaft muss als Ganzes definieren, was genug ist, die Produktivität auf alle aufteilen und dabei dennoch die Leistungsträger belohnen und die Wettbewerbsfähigkeit im Auge behalten.

Der vierte Aspekt gilt dem Gedanken, dass KI alles richtig macht - auch Politik. Die Wissenschaft wird noch exponentieller zu Erkenntnissen kommen, als es die letzten Jahrzehnte durch Internet und Globalisierung schon der Fall war. Das wird irre, und der Mensch muss schauen, ob er noch fit genug ist, diese Entwicklungen zu steuern bzw. welchen Anteil KI an der Gestaltung und Steuerung der globalen Entwicklungen haben muss.

Als fünften, nicht angekündigten Aspekt formuliert ilsa noch ihren eigenen, romantischen Ehrgeiz, doch eine KI zu haben, die als Individuum gelten kann und somit uns Menschen entweder zeigt, dass wir durchaus auch selbstbestimmte Individuen sind oder wie wir solche sein könnten.

26. Politik (vdb)

ilsa trifft sich im eigens entwickelten Metaverse-Raum der neuen 'For-a-Better-World'-Partei mit allen anderen. Die Presse ist eingeladen, den Raum zu betreten und in die Arbeitsgruppen und den Personen dahinter einzutauchen. Thomas hat hier mit all den anderen ganze Arbeit geleistet - alles funktioniert und ist voller konkreter Zielsetzungen und Inhalte. Das Ganze ist als Vorbereitung für die Presse konzipiert. Erst der inhaltliche Tiefgang, dann die physische Pressekonferenz mit den konkreten Personen der Arbeitsgruppen.

Der Clou geht auf - die Presse berichtet zuerst über zu Ende gedachte Inhalte oder offene Herausforderungen, die zu lösen die Partei alle einlädt. Zu allem kommen dann auch die anderen Parteien zu Wort. Diese können letztlich entweder versuchen, alternative wissenschaftliche Ansichten zu verbreiten, Wissenschaft an sich zu verteufeln oder die Personen zu diskreditieren.

Wie nicht anders zu erwarten, passiert alles drei. Die rechten Parteien verteufeln erfolgreich die Wissenschaft und propagieren einfache Lösungen oder noch weniger, einfach nur Feindbilder. Die konservativen Parteien gehen die Personen an und die liberalen und linken Parteien - per se nicht in einen Topf zu werfen - versuchen es mit alternativen Fachansichten. Die grünen Parteien wettern, dass sie das alles schon immer so gesagt haben und die eigentliche Kompetenz seien. Ein Kommentator bemerkt sogleich, dass die eigentlichen Verlierer erst einmal die grünen und linken Parteien seien.

Am Ende des ersten Tages resümiert ilsa für alle in der Partei: "Offenbar haben die Medien - zumindest die hochwertigen - auf diesen Tag gewartet und gefährliche Akteure auch aus dem Ausland offenbar überrascht nicht mit uns gerechnet. Das wird sich aber ändern. Wir geraten ins Kreuzverhör. Fehler sind eine Nachricht - nicht die Lösungen. Und es wird Bots und Trolle geben, die Fake-News unterster Schublade verbreiten - das wird hart."

Thomas ergänzt zustimmend: "Dazu kommt eine echt aufgeheizte Stimmung über die Kontinente hinweg - eine Opferrolle mit Hass gleichermaßen gegen die Eliten und die Flüchtlinge."

ilsa noch einmal: "Wie besprochen werden wir zu allen Themen Ziele nennen, oder fragend die Gemeinsamkeit diesbezüglich festhalten, und dann auf Lösungen blicken. Deutungshoheiten und Ideologie überlassen wir anderen - wir versuchen vernetzt zu Ende zu denken, gern auch gemeinsam. Damit laden wir die Denker anderer Parteien ein, öffentlich zu debattieren oder sogar zu uns zu stoßen."

Jemand aus der Runde ergänzt: "Und elementar ist die Kommunikation, die alles wirklich allgemeinverständlich auch mit einfachen Botschaften halten muss." Der Metaverse-Raum visualisiert die selbstverständlich ausnahmslose Zustimmung.

Alle sind geflasht vom erfolgreichen Coming-Out des ersten Tages der 'For-a-Better-World'-Partei.

Die Pressekonferenz am frühen Abend ist mit 3 Stunden angesetzt. Der Saal ist rappelvoll auch mit internationalen Journalisten. Die Teams der Partei sitzen U-förmig auf Tischen an den Seiten um die in der Mitte sitzenden Journalisten herum. Vorn in der Mitte sitzt die Technik - ein Rednerpult gibt es nicht, sondern nur diverse Funkmikrophone. ilsa steht links vorn in der Ecke und Thomas gegenüber.

Offenbar haben sie die Choreographie nicht abgestimmt oder sie wollen bewusst locker und authentisch sein - denn als Thomas fragt: "ilsa, willst du anfangen?", sagt ilsa ganz entspannt: "Nö, fang du gern an."

Thomas lächelt daraufhin wie viele andere auch und fängt an: "Ok, die Frage hatte ich blöd gestellt. Los geht's. Wir heißen Sie und euch alle herzlich willkommen zur ersten Pressekonferenz der For-a-Better-World-Partei. Wir haben heute den ganzen Tag online die Inhalte und Teams vorgestellt und auch online schon diskutiert und sind nun ganz neugierig auf Rückfragen. Vorweg sagt ilsa etwas zu unseren Alleinstellungsmerkmalen und dem Namen der Partei. ilsa?"

ilsa lächelt, hat Thomas doch elegant ihr den Ball gegeben. ilsa überlegt kurz und sichtbar und legt dann los: "Der Name der

Partei ist tatsächlich eine der schwierigsten Aufgaben gewesen. Und für viele klingt der Name ideologisch und realitätsfern - aber genau das Gegenteil ist der Fall. Gestartet sind wir aus dem Frust heraus, dass es zu fast allen Themen klare Empfehlungen der Wissenschaft und Experten gibt, und die Politik dann doch aus welchen Gründen auch immer anders entscheidet, die richtigen Weichen nicht stellt und an den falschen Dingen festhält. Basis dieser falschen Entscheidungen sind dann Ideologie oder rücksichtslose Einzelinteressen - aber es gibt keine klaren Erklärungen. Wir machen hingegen transparent, auf welchen Fakten, Annahmen und Zusammenhängen unsere Entscheidungen oder Vorschläge basieren."

Ilsa nimmt einen Schluck aus ihrer mitgebrachten Wasserflasche und fährt dann fort: "Um jetzt politisches Handeln für richtig oder falsch erklären zu können, haben wir ein großes Wirkungsmodell erstellt, in dem als übergeordnete Zielsetzungen steht, dass wir Menschen gesund sein wollen, uns sicher fühlen wollen und uns persönlich entfalten wollen. Jobs, eine intakte Umwelt, Frieden und Gerechtigkeit zahlen letztlich auf diese Ziele ein. Was immer wir politisch gestalten, um diese Ziele gleichermaßen zu erreichen, führt somit zu einer besseren Welt - daher der Name."

Ilsa bemerkt offenbar, dass sie plakativer werden muss, denn sie atmet einmal tief ein. Im Hintergrund ist das Modell eingeblendet. Sie fährt fort: "Was die Gesundheit gefährdet oder was die Entfaltung von Menschen gefährdet - dieser und nächster Generationen - muss vermieden werden. Giftige Verbrennungsmotoren, degradierte Böden, Bildungsrückstände, soziale Spannungen, etc. müssen wir vermeiden. Lösungen müssen wir fördern. Beispielsweise der Bau von Autobahnen, der bisher mit Wettbewerbsfähigkeit und dem Willen der Bürger begründet wird, wird von uns nur in Ausnahmefällen unterstützt, denn die Mobilität weniger geht hier zu Lasten der Gesundheit und der Kaufkraft vieler. Es führt zu noch mehr Straßen, für deren Instandhaltung das Geld fehlt, zu noch mehr Zerschneiden von Natur, was zum teuren Verlust von Biodiversität führt, zu noch mehr Manifestie-rung des Straßenverkehrs, wo doch die Schiene effizienter ist und jede Investition braucht, und zu noch mehr Zweiklassenge-sellschaft zwischen denen, die sich noch Autos leisten können, und dem größer werdenden Rest. Aber auch bei den Autos sind wir in eine Fehlentwicklung geschlittert. Statt Verbrennungsmo-toren rechtzeitig zu verbieten haben wir es mit Förderung ver-sucht und am Ende gejammert, dass die Ladepreise zu hoch seien. Das hätte der Markt alles reguliert - die Industrie war be-reits dabei, die Produktion umzustellen, als rückwärtsgewandte konservative Kräfte um des politischen Kapitals willen Meme pro Verbrennungsmotor geschürt haben. Jetzt haben wir immer noch einen unsäglichen Mix aus ineffizienten, unnötig teuren An-trieben und wir sind ein schlechtes Vorbild für die Welt, weil wir den Verkehrssektor nicht treibhausgasneutral bekommen. Un-sere Autoindustrie hat davon auch nicht profitiert. Und was der Klimawandel an Schäden und Flüchtlingsströmen verursacht, dürfte auch jeder verstanden haben. Gegensteuern, Menschen wieder Perspektiven geben, das ist nun Aufgabe der Politik. Ver-änderungen zu verhindern, weil einzelne Unternehmen oder Zielgruppen das nicht wollen, ist zu kurz gedacht. Wir müssen den Gesamtzusammenhang sehen und allen erklären. In der Re-gel müssen wir einzelnen und den Unternehmen nur zuhören und dann finden wir auch für diese neue, erfolgreichere Wege.

Das sind jetzt nur willkürlich gewählte Beispiele. Zu allen Berei-chen haben wir bereits konzeptionell Lösungen erarbeitet - fra-gen Sie gern nach.

Aber ein weiteres Alleinstellungsmerkmal ist noch wichtig: Wir arbeiten nicht isoliert in Ressorts. Wirtschaft, Forschung, Bildung, Umwelt, usw. beeinflussen sich gegenseitig. Wir sind ein Team - keine Egos, die vor der Kamera von ihren Entscheidungen be-richten und mit den anderen Ressorts sich so wenig wie möglich abgestimmt haben und um Budgets ringen. Und um es vorweg-zunehmen - wir haben auch noch keinerlei Posten festgelegt -

wir sind Teams, die Lösungswege für die Herausforderungen der Menschen in diesem Land erarbeiten. Und zwar für alle Menschen, auch die, die jetzt ihre Jobs verlieren, weil die KI wenig überraschend, aber dennoch ungesteuert zuschlägt.

Um es noch mal einfacher zu formulieren: Wir verfolgen keine Einzelinteressen und verkaufen den Menschen dummes Zeugs, sondern wir begründen, was die richtigen Schritte sind, wie diese finanzierbar sind und wir wir alle mitnehmen können - unsere Wirtschaft und die Menschen. Aber nun zu Ihren Fragen."

Es folgen erwartungsgemäße viele Handzeichen und es ist einiges Rascheln zu hören - obgleich natürlich so gut wie niemand noch Papier und Schreiber in der Hand hält. Es meldet aber auch schon gleich als erste laut fragend eine Journalistin: "ilsa, übernehmen Sie die Führung, die Regierungsspitze?"

Ganz naiv hatte sich ilsa wieder hingesetzt und offenbar eine fachliche Runde erwartet, denn mit überraschtem bis verärgerten Gesichtsausdruck antwortet sie: "Ach, das habe ich doch gerade gesagt. Es gibt noch keine personellen Festlegungen. Wir sind ein Zusammenspiel von ausgesprochen kompetenten Experten und Praktikern, wobei die Teams nicht einmal zu ihren Themen allein arbeiten, sondern sich mit den anderen austauschen. Meine Rolle - aber auch nicht allein - ist zwischen diesen Teams zu moderieren." ilsa kramt in ihrer Tasche, möglicherweise gar nicht, um etwas zu finden, sondern unbeteiligt zu wirken und andere aus den Teams das Wort zu geben.

Die nächste Frage: "Sie sind nun alle Wissenschaftler mit den auf dem Papier besten Lösungen. Ist Politik aber nicht etwas ganz anderes? Brauchen Sie nicht Politik-Profis, alte Hasen?"

ilsa wirkt noch beschäftigt und das Team schaut Thomas an, der aber geschickt einfach zu einem anderen Bereich des Saals zum Team schaut. Es klappt - eine jüngere Frau aus dem Team Innenpolitik schnappt sich unter zustimmenden Gesichtsausdrücken ihres Umfelds ein Mikrophon und antwortet mit einem Schmunzeln im Gesicht und mit gelassener Stimme: "Wenn wir in Umfragen über 50 Prozent liegen, gehen wir darauf näher ein und verweisen auf die vielen erfahrenen Profis, die natürlich weiterhin in der Regierung arbeiten werden und uns dann schon erklären wie wir mit wem aus der Politik und Wirtschaft umzugehen haben. Bis dahin gehen wir davon aus, dass wir Kompromisse mit Koalitionspartnern aushandeln müssen mit dem Pfund in der Hand, dass wir alle Themen transparent machen."

Sofort folgt eine weitere Frage: "Ihr geht also davon aus, dass ihr über 50 Prozent erreichen könnt?"

Wieder antwortet die jüngere Frau souverän: "Hmm, wenn die Frage jetzt gewesen wäre, ob wir uns das gar nicht vorstellen können, hätte ich das als Reaktion auf meinen Satz besser verstanden. Aber vielleicht mag wer anderes zu unseren Erwartungen etwas sagen?" Sie blickt offenbar willkürlich hinüber zur anderen Seite.

Auch dort stimmen sich zwei ab, wer antwortet und das Umfeld signalisiert nickend Zustimmung. Ein erfahrener Politiker, der von einer anderen Partei gewechselt ist, antwortet: "Ich zitiere hier einmal ilsa: 'Mindestens die meisten von uns würden nicht in die Politik wollen, wenn die Politik funktionieren würde.'" Er macht eine kurze Pause und fährt fort: "Es gilt für unser Wahlprogramm wie für alle anderen - so sie überhaupt ein Programm sind - dass deren Erfolg erst zu belegen oder widerlegen ist, wenn sie ohne Kompromisse durchgeführt werden. Ich kenne das zur Genüge von meiner alten Partei. Wir haben gesagt, dass der Green Deal der Wirtschaft einen Schub verleihen würde. Die Kompromisse, die wir eingehen mussten, führten dann zu langen Fristen und vielen Ausnahmen, so dass der große Schub ausblieb. War damit der Green Deal falsch? Nein. Die Kompromisse waren das Problem. Von daher wären über 50 Prozent wirklich großartig und wir bräuchten sicherlich keine ganze Amtszeit, um zu erleben, wie die Schritte wirken. Wir wollen alle Bereiche der Gesellschaft

207

inhaltlich überzeugen und damit gibt es die Möglichkeit, mehr als 50 Prozent zu erreichen. Aber Inhalte allein reichen nicht. Manche wollen keine Inhalte, sondern Stimmungen. Manche wählen aus Gewohnheit. Es wird seeeehr viele Widerstände gegen uns geben. Was wir Richtiges sagen, verbreitet sich nicht - sondern die Behauptungen, wo wir falsch liegen. Es wird um Gerüchte gegen uns gehen, um Fake-News. Die anderen Parteien können inhaltlich eigentlich nur auf gleicher Linie liegen oder mit Stimmungen und Deutungshoheiten gegen uns wettern. Wir haben viel Rückenwind von Experten und Praktikern aus Wirtschaft, Wissenschaft und den Medien. Wir sind ein tolles Team, das sicherlich auch einige Fehler machen wird. Aber wir sind glaubwürdig, wenn wir sagen, dass es uns nicht um Macht geht, sondern um die richtigen Schritte. Wenn wir als Menschen gut rüberkommen, schaffen wir daher locker die 50 Prozent. Meines Wissens haben wir aber unsere Erwartungen hinsichtlich Prozente nie diskutiert, oder?" Er blickt in die Runde und die meisten der Mitstreiter*innen signalisieren mit ihrer Mimik gleichermaßen die Vermutung, dass über Prozente und Koalitionen noch nicht gesprochen wurde. Er ergänzt noch: "Äh, und mögliche Koalitionen tatsächlich auch noch nicht, oder?"

Ein weiterer Reporter greift die Antworten geschickt auf: "Ok, wenn Sie sagen, dass Sie inhaltlich eigentlich konkurrenzlos sind - vielleicht können Sie mit wenigen Sätzen jeweils die Kernpositionen zu den einzelnen Bereichen vorstellen?"

Thomas schaut begeistert in die Runde und sagt dann: "Gute Idee. Natürlich ist das Zusammenhang zu jedem Thema riesig und in unserem Metaverse-Auftritt können Sie ja in alles eintauchen und Fragen stellen. Wollen Sie, wollt ihr einfach den Bereich nennen und uns fragen, und dann antworten auf unserer Seite die Teams?"

Tatsächlich sollte ja der online Auftritt die inhaltliche Tiefe vermitteln und die Teammitglieder vorstellen - dass es jetzt wieder um Inhalte gehen darf, könnte verwundern, aber vermutlich sieht auch Thomas das als Möglichkeit, dass die Teams live zu erleben sind und die Presse daraufhin sich für ihre Beiträge und Sendungen die richtigen Ansprechpartner wählt.

Eine Journalistin schießt prompt los: "Ok, was ist eure Strategie zur Verteidigungspolitik? ilsa hat das ja mal als systemische Senke bezeichnet - wollt ihr da sparen?"

Das Team Verteidigung wird vertreten durch einen hochrangigen Soldaten im Ruhestand, der sich entsprechend vorstellt und dann fortführt: "Es ist in der Tat völlig irrwitzig, dass die Menschheit so viele Probleme zu bewältigen hat und sich stattdessen gegenseitig bedroht. Zwei wichtige Aspekte sind zur Verteidigungspolitik zu nennen: Zum einen kann Verteidigung nur im Zusammenhang mit Außenpolitik, Wirtschaftspolitik und sogar Entwicklungshilfe gesehen werden. Daraus ergibt sich dann die Notwendigkeit von Bündnissen von Staaten, die aufeinander angewiesen sind. Diese Bündnisse können dann eine internationale Rechtsprechung und entsprechend das Mandat für ein militärisches Eingreifen ermöglichen. Wichtig ist dabei, dass es keine Dominanz etwa der USA gibt, die einer etwaigen Gegenseite letztlich nur als Feindbild dient. Anders als in der Nato müssen sich die anderen Mitglieder also von den USA emanzipieren - sowohl vom Material als auch von den Fähigkeiten und der Überwachung des Internets her. Zum anderen müssen wir schlank und flexibel kombinierbar sein. Ein Festhalten an allem, was es militärisch gibt - an allen Waffengattungen - ist zu teuer. Wir haben dazu weder Geld noch Personal. Also in Absprache mit den Bündnispartnern gut bezahlte, gut ausgebildete Experten, die in Summe eine hohe Abschreckung für alle Aggressoren darstellen. Apropos Abschreckung: Dass wir spieltheoretisch auf beiden Seiten schreckliche Waffen haben, auf die wir uns einigen, sie nicht einzusetzen, um uns lieber mit weniger schrecklichen Waffen gleichermaßen abzuschlachten, missfällt jedem. Problem ist, dass es Seiten gibt, denen die eigenen Kollateralschäden egal wären. Die Abschreckung muss sich also nicht auf die Bevölkerung, sondern die Aggressoren beziehen. Das macht Abschreckung preiswerter - aber sie darf natürlich auch nicht auszuhebeln sein. Ein eigenes Thema für ein anderes Mal." Er endet somit fast jäh, aber bestimmt. Die üblichen dann meist nur nervigen Nachfragen, ob es weitere Atomwaffen usw. geben soll, bleiben erfreulicherweise dann auch aus.

Nächste Frage: "Zur Wirtschaftspolitik. Ihr betont immer, dass die Maßnahmen bezahlbar sein müssen und dass die alternativen Produkte am Ende die Wirtschaft boomen lassen. Ihr mahnt gleichzeitig zwischen den Zeilen, dass Wirtschaftswachstum möglicherweise nicht das Ziel sein sollte. Wie passt das zusammen, oder anders gefragt: ist das am Ende nicht doch ideologisches Wunschdenken und die Konkurrenz im Rest der Welt läuft uns davon?"

Eine erfahrene Managerin eines international erfolgreichen Mittelstandsunternehmens antwortet aus dem Wirtschaftsteam: "Das ist in der Tat tricky. Am Ende konkurrieren billige Produkte mit wertigen Produkten, und die wertigen Produkte müssen sich alle leisten können und noch wichtiger: wollen. Allein mit billig können wir nicht konkurrieren - auch nicht, wenn wir alles automatisieren. Es ist also logisch, dass wir auf wertig setzen. Bisher war unsere Wirtschaftspolitik, das Richtige ein wenig zu unterstützen, ohne das Falsche aufzugeben. Am Ende führt das zur Überschuldung und dem Tod auf Raten - auch im Zusammenhang mit demographischem Wandel. Wenn wir also in unserem Land und in der Welt verkünden, dass wir das Richtige unterstützen, dann stellen wir die Weichen für den Wandel. Wenn wir es zudem Schaffen, einen Wertewandel zu erreichen, der die Quantität weniger als die Qualität schätzt und wie gesagt die Qualität sich durch entsprechende Mindestlöhne auch jeder leisten kann, dann werden wir im Inland führend sein und die meisten Länder, in die wir exportieren, sollten diesen Wandel entsprechend aufgreifen. Und sie werden es aufgreifen, wenn wir in die Qualität auch die Innovation packen - und dafür brauchen wir Bildung, Forschung und Investitionen. Investitionen brauchen Wachstum - dagegen haben wir also nichts. Doch als Nation sollten wir nicht quantitatives Wachstum zum Ziel haben, sondern eine Gesellschaft, die ihr Auskommen hat. Das Bild ist somit ein wesentlich größeres - wir brauchen Kaufkraft, wir brauchen Zugriff auf Ressourcen, bezahlbare Energie, usw... Dazu müssen wir besagte Senken vermeiden - Geld, was keinen zusätzlichen Nutzen stiftet. Quellen wie Bildung und Vermeidung von Krankheiten sind entsprechend als Quellen zu fördern."

Der Fragesteller wirkt ein wenig unzufrieden als ilsa - sich vermutlich sogleich darüber ärgernd - ergänzt: "Die Weltwirtschaft ist nicht mehr im Gleichgewicht. Es bilden sich Blöcke, der Zugriff auf Ressourcen, die anthropogenen Lager, die Handelsbeschränkungen, der Zugriff auf Chiptechnologien und das Internet, Inflationsraten - wir können nicht glauben, dass alles noch lange so weiter geht. Selbst wenn wir es nun schaffen, die Weichen für eine qualitative Wirtschaft zu stellen, wird die Welt in Konkurrenz mitziehen. Die Frage ist eigentlich nur, ob wir einen Vorsprung haben werden, ob wir hinterherlaufen, oder ob die Welt es weiter vergeigt."

Eine andere Journalistin daraufhin einerseits ungläubig, andererseits offensiv: "Die Wirtschaft dreht sich doch um Digitalisierung und KI - wer hier führend ist, gewinnt. Was ist da Ihre Strategie? Wollen Sie Digitalisierung bekämpfen oder fördern?"

Alle schauen in Richtung ilsa, die dann innerlich sicherlich zähneknirschend antwortet: "Wir wollen keine Marktkräfte bekämpfen - wenn KI und digitale Lösungen nachgefragt werden, wird die Wirtschaft liefern. Die Frage ist nur, wollen wir die Produktion und Dienstleistungen digitalisieren und produktiver werden und dabei Arbeitsplätze abbauen? Dann müssen wir das fördern aber auch die Folgen adressieren." ilsa steht auf und blickt in die Runde: "Oder wollen wir unser Leben weiter digitalisieren - Freizeit, Kultur, Bildung, Soziales im digitalen Metaverse erleben? Dann sollten wir verstehen, was das mit uns macht." Sie blickt andersherum wieder in die Runde: "Gleiches gilt für unsere Inf-rastrukturen - wollen wir autonome Fahrzeuge und Roboter um uns herum, soll alles automatisch funktionieren und wir müssen uns bald gar nicht mehr bewegen oder etwas selbst können? Auch dann sollten wir als Gesellschaft das begreifen, vor und während es passiert - und nicht erst, wenn es zu spät ist." Sie blickt nach vorne zum Modell, dass die Moderation aus dem ak-tuellen Blickwinkel zeigt: "Als Staat können wir dafür sorgen, dass das Highspeed-Internet überall zur Verfügung steht, wir können Digitalisierung in der Schule fördern und wir können mit interna-tionalen Partnern zusammen dafür sorgen, dass nicht nur wenige große Player die KI in der Hand halten, sondern auch wir die Trainingsdaten und -modelle haben." Wieder mit Blick in die Runde: "Im Wettbewerb gewinnen heißt also für uns nicht, dass wir der Wirtschaft sagen, dass und wie sie digitalisieren soll. Son-dern, wenn Wirtschaft das will, sind wir nicht im Weg. Wenn die Wirtschaft sagt, wir brauchen fliegende Autos, weil die Men-schen das wollen und sie im Wettbewerb führend sein will, dann muss das ohne Förderung funktionieren, denn wir wollen keinen Luxus auf der einen Seite mit öffentlichen Geldern fördern, wäh-rend viele kein Geld für das Schulessen ihrer Kinder haben. Ext-rem hohe Gewinne ohne Beschäftigung werden wir als Gesell-schaft nicht aushalten - solche Entwicklungen müssen wir besteu-ern, um sie sozial abfedern zu können. Es bilden sich jetzt schon die IT-Hasser, weil sie auf der Strecke bleiben. Wenn andere Länder ihre Unternehmen da nicht besteuern und das gesell-schaftliche Chaos in Kauf nehmen, können wir das nur über Auf-klärung beeinflussen - also sagen, was es bedeutet das letzte Geld für digitale Dinge auszugeben, woraufhin einige wenige Men-schen noch mehr Reichtum akkumulieren. Aufklärung kann dazu führen, dass die Produkte gekauft werden, die von sozial verant-wortlichen Unternehmen stammen."

Sofort kommt die kluge Nachfrage: "Das heißt, dass ihr billige Produkte aus dem Ausland, die dort von Roboterhand billig und ohne zusätzliche Steuer produziert wurde, besteuert?"

ilsa blickt zu dem Team herüber, aus dem heraus dieses Mal ein Ökonom antwortet: "Die Aussage von ilsa dazu war ja gerade, dass wir nur aufklären wollen, aber eben nicht mit Zöllen reagieren. In der Vergangenheit kamen Billigprodukte aus dem Ausland, weil dort Menschen für wenig Geld gearbeitet haben. Diese vielen Menschen mit wenig Geld waren aber immer noch Konsumenten. Wenn jetzt Unternehmen mit KI arbeiten, werden letztlich alle Produkte immer billiger, aber es gibt kaum noch Konsumenten, die diese kaufen können. Gewinne zu besteuern ist einfach - wenn diese aber nur noch auf wenige Menschen anfallen oder wenn bei dem Preisdruck die Gewinne letztlich niedrig sind, bleibt die Staatskasse leer. Steuern auf den bloßen Einsatz von KI zu erheben, ist eine Kunst. Wie sollen wir erkennen, dass KI eingesetzt wurde? Letztlich sind wir aktuell global in einer Situation, in der sich KI noch nicht vollends selbst erschafft, weshalb es noch viele gutverdienende Menschen gibt, die wir besteuern können. Aber so langsam kippt das System und es entstehen Wertschöpfungsprozesse ohne viele Menschenhände. Die Unternehmen suchen sich derzeit einfach andere Märkte, wo noch Kaufkraft ist. Aber das ist alles ein Auslaufmodell. Wir brauchen eine Antwort für das Chaos, wenn Roboter Roboter bauen und kaum noch wer Geld verdient. Eine Lösung wäre eine Mehrwertsteuer, die hoch genug ist, um ein bedingungsloses Grundeinkommen zu finanzieren. Damit wären die Billigwaren aus dem Ausland ebenfalls besteuert. Diese Mehrwertsteuer könnten wir zudem differenzieren nach dem, was nachhaltig ist, und dem, was nicht nachhaltig ist."

Natürlich folgt jetzt ein Einwand seitens der Journalisten: "Das klingt nach Sozialismus und Bevormundung durch die Hintertür und wird letztlich unsere Wirtschaft strangulieren."

Der Ökonom aber schüttelt den Kopf: "Nein, ganz und gar nicht. Alle Anbieter werden in unserem Land gleichbehandelt und in die Exporte greifen wir damit doch gar nicht ein."

Eine Journalistin daraufhin mit fast etwas Enttäuschung im Unterton: "Das heißt, es wird gar keine Roboter-Steuer geben?"

Die Unternehmerin aus dem Team übernimmt die Antwort: "Nein, die wird aus besagten Gründen nicht funktionieren. Wir können aber Arbeit billiger machen, indem wir mit Blick auf das bedingungslose Grundeinkommen Sozialabgaben herunterfahren."

Wiederum ein ganz anderer Journalist daraufhin: "Und für meine Friseurin zahle ich dann das Vielfache, weil es keiner mehr nötig hat zu arbeiten?"

Eine jüngere Frau aus dem Wirtschaftsteam antwortet: "Genau - und an den Frisuren erkennen wir, wer noch einen Job hat oder nur vom Grundeinkommen lebt. Nein, im Ernst, das ruckelt sich zurecht und es wird tatsächlich keine prekären Beschäftigungsverhältnisse mehr geben. Wir dürfen das Grundeinkommen nicht als Ziel für Menschen, die nicht arbeiten wollen, interpretieren. Es ist vielmehr die logische Antwort auf die großen, faszinierenden, aber auch gefährlichen Entwicklungen." Auch sie steht auf und blickt in die Runde: "Wer weiss, viele Menschen werden sich auch von den Technologien emanzipieren und Communities bilden, in denen Menschen füreinander arbeiten, ohne Roboter. Was unser Team bewegt, ist die Frage, wann und wie wir den Übergang in diese neue Besteuerung schaffen können."

Es herrscht spürbare Nachdenklichkeit in der Runde. Ein Journalist traut sich, das nächste Thema anzureißen: "Was wollt ihr mit der Bildung machen?" Es fällt auf, dass das Du so langsam nicht mehr die Ausnahme ist. Die vorgelebte Nahbarkeit von ilsa und der gesamten Partei kommt an.

Das Team antwortet: "Zuerst einmal ist es furchtbar wie oft sich zu diesem Thema Außenstehende äußern. Wir sitzen hierzu mit großartigen Pädagogen zusammen. Die Veränderungen sind riesig - Wissen ist eigentlich immer da, perspektivisch auch direkt durch Verlinkung von KI mit unserem Gehirn. Und die KI erklärt uns die Dinge in großartiger Weise, so wie wir sie brauchen. Wir müssen daher noch mehr lernen, Wissen zu wollen und anwenden zu können. Wir müssen Lust auf die unterschiedlichen Formen der Intelligenz machen - und das Miteinander von Menschen. Schulen und im Grunde auch Universitäten werden sich hier anpassen. Aus Unterrichtsstoff im Sinne von zu vermittelnden Inhalten wird mehr und mehr ein Training von Arbeitsweisen - egal, ob es um Heizungstechnik, Geschichte oder Fremdsprachen geht."

Eine tolle Frage kommt noch: "Seid ihr nicht mindestens eine Politikergeneration zu spät für uns? Hätten wir euch nicht gebraucht, als es darum ging, die vielen Katastrophen von heute zu verhindern?"

Thomas steht auf, auch um ein wenig zum Ende zu kommen. Er blickt zu ilsa, die sitzen bleibt und antwortet: "Wir müssen in kleinen Schritten Erfolge erzielen. Und dann kommt irgendwann der Punkt, wo wir international genügend Mitstreiter haben, die einfach mal überlegen wie wir uns von den Mechanismen von Gier und Rücksichtslosigkeit emanzipieren können und das Beste für den Planeten und seine Menschen erreichen können. Die Welt hat sich rasant komplett verändert, wird immer komplizierter und komplexer. Die Antworten sind ebenfalls komplizierter. Da ist jetzt von vielen Menschen der Reflex, einfache Botschaften hören zu wollen und sich nach dem Einfachen der Vergangenheit zu sehnen. Das werden viele Parteien bedienen und uns das Leben schwer machen. Es zu erklären ist aber eine Verantwortung, die wir uns mit euch teilen. Hier seid also auch ihr verantwortlich!" resümiert ilsa mit Blick auf die Journalistenschar - nicht ohne ein Lächeln. Sie fügt dann noch hinzu: "Und wenn wir dann exponentiell Versäumtes nachholen, und zwar nicht mehr das 1,5 Grad Ziel schaffen, aber vielleicht deutlich unter 2,5 Grad bleiben, dann ist das auch verdammt viel, worauf die Gesellschaft stolz sein kann."

Als ilsa spät von der Pressekonferenz nach Hause kommt erwartet sie bereits Michael mit einer Flasche veganen Bioweins: "Morgen dann, beginnt der Zirkus."

"Yep" entgegnet ilsa kurz und kuschelt sich nach einem großen Schluck aus dem Glas in Michaels Schulter.

27. Größenwahn (ndb)

Die Medien überschlagen sich - Politiker in Verantwortung kauern zusammen, andere suchen das Rampenlicht und beanspruchen wie viele Kommentatoren aus Wirtschaft und Gesellschaft die Deutungshoheit für sich. Auf den Straßen und in Social Media scharen Influencer kleinere oder auch mal größere Anhängerschaften um sich und verbreiten auch ihre Deutungshoheiten. Es gibt auch viele, die die KI mit Jesus vergleichen, aber mehr noch die Bedenkenträger, die vom Ende der Menschheit regelrecht predigen.

AI-my befindet sich wie versprochen im Central Park zusammen mit Hunderttausenden neugieriger Menschen. Während AI-my in der Masse gar nicht erkannt wird, ist das Militär an den Rändern mit allerlei Equipment und in der Menge auch viele Menschen mit Kommunikationssets in den Ohren - offenbar FBI, CIA, NSA o.ä. - nicht zu übersehen.

Plötzlich tönt es wie aus unsichtbaren Lautsprechern gesprochen von AI-my: "Hallo zusammen. Schön, dass ihr alle da seid. Den vielen Diensten, die sich fast selbst in den Frequenzen blockieren, sei gesagt: ich laufe nicht weg."

Sie ruft die anwesenden Milliardäre auf und zeigt auf einem ebenso aus dem Nichts erscheinenden Bildschirm weitere, zugeschaltete und von allen die Kurzprofile und Errungenschaften inklusive der laufenden Weltraumprogramme. Die hat über Nacht die Milliardäre angerufen und nachgeholfen, ihnen die Angst zu nehmen und die Neugierde zu geben. AI-my bittet sie zu sich, übertragen wird das Bild auf den großen Bildschirm.

Sie begrüßt alle: "Toll, dass ihr da seid. Es ist unbestritten, dass ihr Großartiges geleistet habt. Und ihr seid Fans von Kernfusion, Reisen zu anderen Planeten und der Suche nach der Unsterblichkeit. Hier ist mein Angebot. Wenn ich euch innerhalb von vier Tagen zum Mars und zurück bringe, würdet ihr dann drei

Viertel eures Vermögens für eine Stiftung zur Entwicklung der ärmsten Regionen in der Welt spenden? Euren tollen Beitrag würden wir selbstverständlich öffentlich machen."

Die Menge tobt - auch wenn einige einfach nur vor Ungläubigkeit erstarren. Ein prominenter Milliardär schaut offenbar nach einem Mikro und Al-my sagt einfach: "Nur zu, du brauchst kein Mikro."

Er sagt ganz gelassen: "Also, wenn wir die Technologie auch zur Verfügung bekommen, sofort."

Wieder gibt es tosenden Applaus und ein zustimmendes Nicken der anderen Milliardäre. Al-my pariert: "Na, ihr haltet mich wohl für doppelt blöd. Mit Reisen zum Mars können wir selbst in kürzester Zeit reicher als ihr alle zusammen werden. Und Energie und potenzielle Unsterblichkeit könnten wir auch verkaufen. Es geht im Gegenteil darum euch zu zeigen, dass nicht die Frage, wann wir sterben, entscheidend ist, sondern wie wir vorher gelebt haben. Und es geht nicht darum zu anderen Planeten zu kommen, sondern mit der großartigen Erde richtig umzugehen. Also, wollt ihr zum Mars, oder nicht?"

Einer entgegnet: "Ich will nicht in einer bloßen Simulation oder durch eine Wortklauberei vorgeführt werden."

Al-my: "Berechtigter Verdacht. Wir haben Plätze auch für weitere Fluggäste als Zeugen. Euer Vermögen abgreifen könnte ich übrigens jederzeit. Also, wer will zum Mars?" Die Menge schreit 'wir' und 'ich' und ruft auch die Namen der populäreren Milliardäre.

Der prominenteste Weltraumpionier unter den Milliardären: "Es kann physikalisch gar nicht gehen. Wo ist das Raumschiff?" Er blickt ungläubig auch zu dem gewiss 50 Meter breiten Bildschirm, der frei am Himmel zu schweben scheint.

Al-my wird ungeduldig: "Hier ist schon mal das Shuttle zum Raumschiff - geht ihr die Wette ein, oder nicht?" Es enttarnt sich ein über ihnen schwebendes Raumschiff, welches unspektakulär wie eben ein Shuttle aus bekannten Science-Fiction Filmen aussieht. Aber sowohl das lautlose Schweben als auch die Unsichtbarkeit lässt alle gespenstisch verstummen. Erst langsam kommt aus einigen Ecken der Jubel.

Offenbar läuft das Ganze nicht, wie geplant. ilsa sitzt im Live Stream und nagt nervös an ihren Fingern herum. Michael schaut sie an: "Das habt ihr euch einfacher vorgestellt, oder?"

"Und wie!" gibt ilsa mit einem Gewissen Entsetzen im Ton zu.

Ein Milliardär, der eh sehr viel für Wohltätigkeit ausgibt, prescht überraschend vor: "Ich bin dabei."

Es folgen ein schon sehr alter Milliardär, drei aus dem asiatischen Raum und schließlich auch der Weltraumpionier. Somit sind mehr als die Hälfte der Zielgruppe dabei. Erleichtert atmet ilsa aus: "Puh, das war knapp."

Michael legt die Hand auf ihr Bein: "Das hätte auch dir und mir passieren können. Aber wie funktioniert die Schwerelosigkeit und wie soll es gehen, solch große Distanzen fast in Lichtgeschwindigkeit zu überwinden? Tatsächlich dachte ich immer, dass du die Science-Fiction Filme zurecht für Unsinn hältst."

28. Geteilte Verantwortung (vdb)

In den nächsten Wochen geht die Rechnung auf. Und auch die Befürchtungen treten ein. Immer wieder werden ilsa und ihre Familie von Journalisten aufgehalten oder eben einfach nur von weitem gefilmt. Vieles ist ganz harmlos - einige Journalisten versuchen aber die Sensation in Form skandalöser Nachrichten zu entdecken und verkaufen.

Relativ früh passiert es, dass ilsa nach Hause kommt und Nick zufällig in der Hofeinfahrt das Kraut aus den Fugen der Platten entfernt. Nick: "Hi ilsa. Die Presse hat mich heute interviewt, was ich von deiner Kandidatur halte?"

ilsa antwortet offensiv, als erwartete sie nichts Gutes: "Wofür kandidiere ich denn?"

Nick: "Nun, meine Kids haben deine Kids längst ausgefragt, ob ihr möglicherweise in die Hauptstadt ziehen werdet." Daraufhin holt ilsa sichtbar Luft, um vermutlich die nächste Abwehr zu starten, als Nick einfach mit einem Lächeln weiterredet: "Keine Sorge. So etwas habe ich der Presse nicht erzählt. Ich habe tatsächlich erzählt, wer und was du in meinen Augen bist. Und auch wenn wir vermutlich bei allen grünen Themen weit auseinanderliegen, halte ich dich für extrem schlau und einen tollen Menschen. Ich fürchte sogar, du hast in vielem recht." Er zeigt der verblüfften ilsa dann kurz mit einem Lächeln den erhobenen Zeigefinger: "Aber das letzte sagst du meiner Familie nicht - wir wollen doch unsere Schlachten weiter schlagen."

ilsa sagt daraufhin ebenfalls lachend: "Erst einmal danke. Das muss ich noch verarbeiten." Beide lachen noch mehr und ilsa dreht sich und geht zurückwinkend ins Haus.

Dort schmettert Julia ihr im Vorbeigehen etwas an den Kopf: "Na du hast Mut, dich mit Landwirten und Fischern anzulegen."

ilsa hebt die Augenbrauen und murmelt: "Und schon geht's vorm Surrealen zurück in die Realität."

Julia hat das Gemurmel nur ansatzweise hören können und er-klärt mit aufgeregt aufgerissenen Augen und staunendem Lä-cheln einfach mal, was sie meint: "Du hast die Bauern und Fischer für dumm erklärt."

ilsa sichtlich erschöpft kontert - zumindest auch: "Ich achte tun-lichst darauf zu unterscheiden, Verhalten oder Menschen für dumm zu erklären. Das kennst du doch vom GIEP-Spiel. " Sie lächelt: "Aber ist das wirklich so rübergekommen?"

Julia daraufhin leicht relativierend: "Na, du hast deutlich gesagt, dass die Fischer kaum noch was fangen und nun fordern, mehr fangen zu dürfen, und dass die Landwirte, statt höhere Preise von der Industrie und den Verbrauchern zu fordern, von der Po-litik verlangen, dass diese weniger Vorschriften macht, damit sie noch billiger produzieren können. Und dann hast du gesagt, dass du beides - ich zitiere - 'saudämlich' findest."

Michael steht mit beeindrucktem Gesichtsausdruck in der Tür - Julia blickt stolz zu ihm wie auch ilsa kurz und gleichermaßen be-eindruckt. ilsa entgegnet: "Alle sagen, ich solle weniger kompli-ziert sein. Das war doch mal deutlich."

Julia schmunzelt: "Ich fand es auch klasse."

Sie blickt zu Michael, der dann sagt: "Klasse ja, aber auch vielen die Integration nehmend."

ilsa setzt sich hin und nickt: "Ja, es fehlte die Zeit eine neue In-tegration zu bieten, einen Ausweg, eine Weiterentwicklung hin zu einer Perspektive. Mein Fehler. Wie war euer Tag?"

Michael fängt mit kurz checkendem Blick zu Julia, ob er darf, an: "Saugut, toller Kunde, tolle Strategie entwickelt, früh zu Hause gewesen und mit Bella Joggen gegangen." Er schließt mit entspre-chend zufriedenem Grinsen und Blick zu Julia.

Julia daraufhin: "Ebenfalls das übliche. Journalisten vor der Schule, die mich abfangen wollen, und gerade auch jüngere Schüler, die plumpe Deepfake-Pornos und Nazireden mit dir zeigen wollen."

Michael und ilsa schauen beide besorgt und Michael fragt: "Ach Shit - und was macht das mit dir?"

"Dieser Fake-Krams gar nichts - das machen die jüngeren Schüler eh andauernd und kaum wer bleibt verschont. Ohne Zertifikat schaut sich das auch noch kaum wer an." entgegnet Julia mit Verweis auf einen KI gestützten, noch nicht gehackten Standard, um die Echtheit von Video- und Tonaufzeichnungen zu belegen. Sie schiebt dann aber nachdenklich nach: "Aber wenn ich für mich so überlege, warum die das machen, wird's irgendwie komisch." Sie setzt sich hin und erklärt das: "Einige wollen einfach nur bisoziieren, Quatsch machen. Andere aber sind irgendwie neidisch auf einen Promistatus, den auch ich dadurch irgendwie bekomme. Das nervt und es verletzt mich, dass sie mir das unterstellen." Michael und ilsa schauen sich abstimmend an als Julia noch hinzufügt: "Ach, und einige verfolgen natürlich auch die, äh, sagen wir Mission, den Wandel zum Guten aufzuhalten, weiter fette Autos, fettiges Fleisch und fette Reisen usw. zu genießen. Lehrer, Eltern - da sind viele einfach dagegen."

ilsa: "Du bist wirklich großartig. Aber lass uns bitte immer wissen, was da abgeht. Es soll hier keiner von uns unter die Räder kommen."

Julia unterbricht fast aufgeregt: "Ja, aber es ist doch für eine gute Sache, für etwas Größeres. Das haben wir doch besprochen - wir wollen die Welt verbessern."

Michael: "Für uns kommt die Familie zuerst. Wir haben Plan B und C und können, wenn es nicht mehr geht, auch aus der zweiten oder dritten Reihe den Wandel zum Besseren unterstützen."

ilsa: "Apropos, wie geht es Max aktuell?"

Julia: "Der hat gar kein Problem damit - will ja selbst die Welt verbessern. Allerdings hat er Stress mit Eves Eltern."

Michael: "Ach ja, stimmt, da war doch was. Ich habe mit Eves Mama telefoniert. Sie war stinksauer, hat uns Idealisten genannt. Ich habe ihr aber hoffentlich vermittelt, dass wir sie absolut verstehen - das ist eine Riesensache, die sie Eve da ermöglichen wollen. Mein Argument war aber, dass genauso wenig wie wir Eve das ausgeredet haben, wir ihr das einreden werden."

"Wieso?" fragt ilsa: "Wollte sie, dass wir Eve zureden?"

Michael: "Ja, tatsächlich. Ihr Argument war, dass wir Verantwortung übernehmen müssten. Mein Gegenargument war, dass ich es toll finde, dass die Kids in dem Alter schon selbst ihre Entscheidungen verantworten wollen."

Julia lacht: "Das führt nun dazu, dass Max und Eve als Entwicklungshelfer im Ausland Erfahrungen sammeln wollen."

Michael und ilsa sind sichtbar verblüfft. ilsa: "Äh, also erst einmal toll, dass du so etwas von den beiden erfährst."

Julia zufrieden grinsend: "Du meinst vor euch?" ilsa ist noch beim Einatmen für ihre Reaktion als Julia schnell hinzufügt: "Es ist Gespräch an der Schule und ich habe Eve direkt darauf angesprochen."

Michael: "Und hast du ihr zu irgendwas geraten?"

Julia runzelt die Stirn: "Jetzt kriege ich die Verantwortung? Natürlich finde ich das cool, dass die beiden ihr Ding durchziehen wollen."

ilsa daraufhin mit leicht abgesenkter, ernst wirkender Stimme: "Und Max hat das so für die beiden geplant?"

Julia, leicht genervt: "Nein, Max zögert noch und will Eve nicht im Weg stehen. Eve will das, und Max kann sich unabhängig von Eves Auslandsschuljahr das gut für seine Zukunft vorstellen. Darüber solltet ihr aber mit Max reden." ilsa und Michael schauen

223

sich an als Julia noch ergänzt: "Oder ist das das Problem, dass Max mit euch noch nicht darüber geredet hat?"

ilsa: "Nein - er hatte uns die Idee auch schon erzählt. Mich würde aber zugegeben brennend interessieren, welche Länder die beiden sich denn vorstellen."

Julia hebt die Augenbrauen: "Ok, daher weht der Wind. Ihr habt Sorge um die beiden." Als Julia sieht, wie Michael leicht den Kopf wiegt und ins Leere schaut, legt sie nach: "Im Ernst, gerade noch wart ihr froh, dass die beiden ihre Entscheidungen selbst treffen, und nun habt ihr Sorge? Papa hat doch in jungen Jahren - lang ist's her (sie lacht) - auch als Entwicklungshelfer gearbeitet, oder so ähnlich."

ilsa zieht erstaunt den Kopf gesenkt nach hinten und Michael runzelt die Stirn - beide schauen Julia an und erwarten noch eine Erklärung. Julia winkelt beide Arme an, die Handflächen nach oben und sagt lapidar: "Die abgeschlossene Kiste im Keller, die uns nichts angeht, wird kaum Erinnerungsfotos enthalten."

Michael will gerade etwas sagen, als ilsa schnell das Thema wechselt: "Dazu ein anderes Mal. Jetzt noch mal zu Julia und die Fragen zur Familie: Das Private lassen wir weiterhin raus. Standard-Antwort, dass jeder selbst etwas Schlechtes herausfinden mag, wir aber keinesfalls jetzt irgendwie versuchen, selbst ein Bild von uns zu präsentieren."

"Kein Problem." sagt Julia, offenbar auch froh, dass das Gespräch abgekürzt wird. Sie schnappt sich Bella und beide eilen raus.

Michael: "Was haben wir für sensationelle Kinder?" ilsa nickt nachdenklich.

29. Hass (vdb)

Einige Wochen Wahlkampf später - Thomas und ilsa telefonieren per Video. ilsa bemerkt: "Das ist ein seltsamer Wahlkampf. Der Zuspruch ist unglaublich - die Abkehr von den etablierten

Parteien unwirklich. Und die vielen Anfragen aus dem Ausland. Das fühlt sich an wie eine globale Verschwörung und wir sind mittendrin."

Thomas lacht: "Also, mich verwundert das nicht. Auf allen Kontinenten regieren derzeit zumeist konservative oder sogar leicht rechte Parteien. Zuvor wurden in vielen Ländern die Bemühungen einer Transformation in Richtung mehr Nachhaltigkeit durch bewusste Streuung von wenig haltbaren Memen ausgebremst. All die Klassiker: Erneuerbare Energien seien zu teuer, E-Autos hätten keine Reichweite, Bio könne die Welt nicht ernähren, Autobahnen sorgten für Wirtschaftswachstum, Vorschriften zum Schutz der Biodiversität würden die Wirtschaft ersticken, usw.."

ilsa ergänzt: "Dabei haben im Hintergrund ganz geschickt die Ölkonzerne und ihre Verbände noch einmal eine Verlängerung ihrer Geschäfte erwirkt und verdienen aktuell mehr denn je. Die Bevölkerung stimmte in den Kanon gegen den Wandel ein und meinte so, ihre Komfortzone nicht verlassen zu müssen. Im Grunde hätte das eine Weile gut gehen können…"

Nun nimmt Thomas den Ball direkt auf: "… wären da nicht die Klimakatastrophen und die Geokrisen. Gefühlt haben es in den Augen der Menschen die progressiven Parteien vergeigt. Tja, und bei uns konnten sie nur zaghafte Schritte gehen, da auch sie nur in Koalitionen regieren konnten oder nicht in allen gesetzgebenden Institutionen die Mehrheit hatten."

ilsa: "Aber so viel Erfolg haben wir doch auch nur, weil die Klimakatastrophe, die geopolitischen Spannungen und die KI ihren Lauf nehmen, oder?" Sie ergänzt selbst: "Die geopolitischen Spannungen beziehen sich dabei nicht nur auf China und Russland, sondern auch innerhalb Europas, Nord- und Südamerika und dem afrikanischen Kontinent aber auch in Teilen Asiens, wo es um Wasserkonflikte geht. Die Welt ist in Aufruhr."

Thomas: "Aber wir haben es doch auch so schon erklärt. Die progressiveren Parteien von vor ein paar Jahren gelten aktuell genauso gescheitert wie die aktuellen, konservativen Parteien. Es gibt mehr Nichtwähler und viele, kleinere extreme Parteien. Und vor diesem Hintergrund hat die For-a-Better-World-Partei richtig Rückenwind. Wir sind noch nicht verbrannt und erklären die Zusammenhänge unseres umfangreichen, sehr konkreten Programms. Die Hintergründe sind kompliziert, aber die Medien spielen mit und helfen uns bei der Erklärung."

ilsa wiegt den Kopf und lässt sich dann zurück in die Lehne ihres Stuhls fallen: "Es ist logisch, dass es auch die etablierten Parteien über die persönliche Schiene probieren, uns und unsere Charakter zu diskreditieren. Das stresst hochgradig - kein Wunder, dass bei einigen die Nerven blank liegen."

Thomas unterbricht: "Ihre Alternative wäre, Koalitionen mit der For-a-Better-World-Partei einzugehen - getreu dem Motto: wir können die radikalen Schritte ja gehen, aber die Partei eures Vertrauens muss dabei sein."

ilsa lehnt sich wieder vor: "Wenn mit der Koalitionsanfrage inhaltliche Nuancen verknüpft werden, ist es für unsere For-a-Better-World-Partei natürlich ein Leichtes, entweder den Vorschlag konstruktiv aufzunehmen oder dezidiert abzulehnen."

"Genau!" freut sich Thomas.

ilsa daraufhin dann etwas nachdenklich: "Das bedeutet aber auch die Spaltung der Gesellschaft. Wir erleben doch unlängst die Proteste der Friday-for-Future Bewegung, die unverhohlen uns unterstützen. Und auf der anderen Seite viele, teilweise rechte Aufmärsche, die abwechselnd gegen Ausländer, gegen Globalisierung, gegen Produkte aus China, gegen Umweltschutz, gegen KI, gegen Superreiche oder ich weiss nicht was sind. Beliebtes Opfer von Sachbeschädigungen sind dabei die SUV-Fahrer - radikale Klimaschützer und Reichen-Hasser demolieren diese Prestige-Objekte gleichermaßen." Bei dem letzten Satz schmunzelt ilsa kopfschüttelnd.

Thomas lacht mit: "Im Grunde läuft alles nach Plan. Aus genau den Gründen sahen wir doch eine große Chance in einer neuen Partei."

ilsa wirkt aber aufgewühlt. Sie reibt sich die Augen mit einer Hand und fügt noch hinzu: "Dazu kommt das Problem, dass wir für Verdruss gegen die etablierten Parteien sorgen, aber bei kleineren Wahlen uns gar nicht aufstellen lassen. Das führt zu Nichtwählern und Zulauf bei den extremen Parteien. Mit Koalitionsaussagen könnten wir das verhindern und bestimmten etablierten Parteien auf kommunaler Ebene Aufwind verschaffen. Wir haben nie über eine Arbeit in Koalitionen gesprochen - hast du immer geahnt, dass wir allein die Mehrheit kriegen können?"

Thomas grinst und schließt zustimmend kurz die Augen. ilsa daraufhin: "Aber dass wir auf die Katastrophen treffen werden, die wir eigentlich noch verhindern wollten, das hast du nicht ernsthaft vorhergesehen, oder?"

Thomas schüttelt mit ernster Miene den Kopf: "Nein, das ist für mich noch alles surreal. Um es mit der KNOW-WHY-Welle zu erklären: Wir wollten von da, wo wir sind, die Gesellschaft die Welle hinauf entwickeln. Nun ist alles mit zu viel Weiterentwicklung von der Welle gestürzt und wir müssen uns eine ganz andere Welle mit ganz anderen Maßnahmen hinauf entwickeln."

ilsa stimmt sofort zu: "In der Tat. Und hier können wir mit Idealisiertem System Design normativ fragen, was Gesellschaft überhaupt will und wie Nationen zusammen das erreichen können. Aber das ist echt viel Weiterentwicklung für alle, selbst die, die realisieren, dass sie die bisherige Welle hinabgestürzt sind."

Thomas: "Ich beraume mal ein Treffen der Arbeitsgruppen für morgen an. Wir müssen glaube ich alles anpassen, aber jetzt muss ich los."

ilsa geht zum großen Gefallen von Bella in den Garten, wo denn auch ein Ball sogleich für Freude und Ablenkung sorgt. Julia und

Max kommen von der Schule und berichten von dem zunehmenden Hass. Max: "Es ist schon faszinierend, dass jetzt die Reichen plötzlich nicht mehr beneidet, sondern angefeindet werden."

ilsa: "Wie äußert sich das denn?"

Max überlegt offenbar, wie er es beschreiben kann. Nach einer Weile - Julia schaut ihn auch neugierig an: "Naja, egal ob fettes Tablet, neue Klamotten, das Thema Reisen, oder einfach nur, dass bei dem Jammern über den Stress zu Hause einige gar nicht mitreden können, sorgt dafür, dass sie schief angeschaut werden, dass niemand Lust hat, mit ihnen zu reden."

"Mhhh, sie gehören also plötzlich nicht mehr dazu?" fragt ilsa.

Julia schaltet sich ein: "Jepp, genau so würde ich das in meinem Jahrgang beschreiben."

Michael ist unlängst mit in der Runde und bestätigt leicht kopfschüttelnd: "So ist es auch beim Fußball und das Team in der Firma hat das auch zum Thema. Die, die es noch nicht getroffen hat, werden gefühlt ausgegrenzt."

ilsa will das offenbar aufgreifen, blickt aber auf die Uhr und steht plötzlich auf: "Verflixt, ich muss los."

Michael: "Nimmst du das Auto?"

ilsa, während sie ihre Tasche packt: "Nein, ich nehme den Bus." Michael hebt erstaunt oder anerkennend die Augenbrauen.

Julia blickt zu Bella, die auf den Rasen gepresst alle nacheinander anschaut: "Okay, und ich gehe die Runde mit Bella." Bella hört ihren Namen, springt auf, um sich dann aber erst einmal ausgiebig zu strecken.

ilsa steigt später in den Bus und bemerkt, wie sie von vielen angeschaut wird. Sie lächelt gequält die Leute an, deren Blick sich nicht schnell genug abgewandt hat. Schließlich spricht eine Frau, etwas älter als ilsa sie in leicht kodderiger Weise an: "Machen Sie hier Wahlkampf, wenn Sie mit dem einfachen Volk hier Bus fahren und nicht in einer gepanzerten Limousine mit Bodyguards unterwegs sind?"

ilsa will gerade mit verstörtem Gesichtsausdruck etwas entgegnen als ein weiterer, jüngerer Mann sich einbringt: "Genau, was fahren Sie denn mit dem Bus? Allein Ihre Bücher machen Sie doch in diesen Zeiten zur Millionärin."

ilsa atmet tief ein, hält kurz inne, und entgegnet dann beiden aber auch laut genug für andere: "Also, ich bin auch vorher schon Bus gefahren. Am liebsten ist es mir, wenn keiner mich erkennt. Und meine Bücher verkaufen sich wirklich toll - nur dummerweise habe ich immer gesagt, dass ich die Einnahmen spende. Hat denn wer von Ihnen eines davon gelesen?" ilsa lächelt mit dem letzten Satz.

Eine weitere Person schaltet sich ein: "Und womit verdienen Sie Geld. Bezahlt ihr Mann alles?"

"Hmm..." sagt ilsa "…eigentlich würde ich jetzt sagen, dass das niemanden etwas angeht, aber nun denn. Ich arbeite als Wissenschaftlerin in Projekten und verdiene damit ganz ordentlich, mal mehr, mal weniger. Und auch mein Mann verdient unterschiedlich viel, je nachdem wie gut die Geschäfte gerade laufen. Aber jetzt kommt es: Wir spenden alles Geld, welches wir über dem Durchschnitt verdienen."

Daraufhin ein jüngerer Mann: "Das kauft Ihnen keiner ab, dass Sie nur so viel Geld haben wie ein Durchschnittsbürger."

ilsa: "Da haben Sie Recht." Alle schauen irgendwas zwischen verblüfft und siegreich, als ilsa erklärt: "Das Durchschnittseinkommen ist etwas anderes als das Geld, was der Durchschnitt in unserem Land verdient. Das Durchschnittseinkommen ist viel Geld. Die meisten verdienen weniger. Mit dem Durchschnitt liegen wir schon bei mehr als 80 Prozent der übrigen Menschen. Und ja, die wenigsten mit Durchschnittseinkommen fahren Bus."

Einige grübeln sichtlich während ein Herr aus der Haut fährt: "Wie kann das denn sein? Das ist mal wieder typisch und einfach nur Unsinn. Das Durchschnittseinkommen ist das, was die meisten verdienen - und das ist mittlerweile verdammt noch mal zu wenig, um zu überleben. Und Sie und Ihre Partei wollen uns endgültig ruinieren, wenn es Steuern auf Fleisch, Wohnraum, Energieverbrauch, und alles Mögliche noch gibt."

Vermutlich ist ilsa sauer, aber sie sagt ganz zurückhaltend: "Ich kann Sie verstehen. Die Sache mit dem Durchschnitt ist tricky und etwas zu besteuern, was unsere Zukunft gefährdet, können wir nur, wenn es die Menschen nicht ruiniert. Deshalb kriegen alle so viel wieder, wie aktuell zum durchschnittlichen Leben nötig ist. Die Reichen sind davon also wesentlich mehr betroffen. Zusätzlich müssen wir die niedrigen Einkommen anheben. By the way: in diese Wahlkampfargumente haben Sie mich jetzt aber gedrängt." ilsa lacht, aber wenige - wenn überhaupt welche - lachen mit.

Der Herr lässt nicht nach: "Alles hohles Zeuchs. Das mit dem Durchschnittseinkommen haben Sie ja auch nicht begriffen."

ilsa ist zumindest vom Gesichtsausdruck jetzt eindeutig sauer und entgegnet: "Wenn Sie alles Einkommen in einem Land addieren und durch die Anzahl der Menschen teilen, haben Sie das Durchschnittseinkommen. Weil es einige mit irrem hohem Einkommen gibt, ist die Zahl recht hoch. Um das Einkommen des Durchschnitts in der Bevölkerung zu ermitteln, wird das Einkommen in Spannen eingeteilt. Dann wir geschaut wie viele Menschen mit ihren Einkommen in den jeweiligen Spannen liegen, und dann ist die Spanne, bei der genauso viele Menschen mehr wie weniger verdienen, das Einkommen des Durchschnittsmenschen. Ganz grob ist das Durchschnittseinkommen pro Kopf in unserem Land bei Fünfzigtausend und das im Schnitt verfügbare Einkommen je Haushalt ist nur halb so hoch." Es rattert sichtlich in den Köpfen der Zuhörer. ilsa fügt nickend hinzu: "Von der der Seite lebt un-

sere Familie von dem Vierfachen des Durchschnitts - genau deshalb sind unsere Kinder auch damit einverstanden, dass wir sehr
viel spenden und kein unnützes Zeuchs kaufen."

Einige heben möglicherweise anerkennend die Augenbrauen.
Der Herr legt noch einmal drauf: "Warum spenden Sie dann
nicht mehr, wenn Sie so sozial auftreten wollen?"

"Das ist eine gute Frage!" sagt daraufhin ilsa und während sie
aufsteht, ergänzt sie knapp: "Ich muss die nächste raus. Das ist
eine gute Frage, fragen wir uns das doch mal alle." Sie lächelt und
geht aus der Tür.

Mit ihr aber auch einige weitere aus dem Bus. Eine Frau sagt dann
lächelnd: "Meine Stimme haben Sie." Ein jüngerer, offenbar Ge-
schäftsmann an ihnen vorbeigehend, ohne sich umzudrehen:
"Meine auch."

Julia geht mit Bella die übliche Runde Richtung Wald, als Bella im
Gras erst etwas erschnüffelt und dann offenbar aufleckt. Julia
schimpft: "Hey, aus! Nicht fressen!" Bella leckt weiter und Julia
muss sie regelrecht zurückziehen. Beide gehen dann weiter und
Julia schimpft noch mal: "Das sollst du doch nicht."

Nur wenige Meter später dann fängt Bella an zu fiepsen und sich
gleich darauf laut zu krümmen. Sie hat offenbar etwas Giftiges
gegessen. Julia ahnt dies sofort und ruft Michael an. Michael hetzt
mit dem Telefon in der Hand zum Auto: "Beruhige sie. Wenn
sie sich erbricht, gut. Wenn sie taumelt und sich hinlegt, achte
darauf, dass der Kopf zur Seite nach unten liegt. Sprich mit ihr.
Ich bin gleich da und rufe die Tierärztin von unterwegs an.

Max ist mit ins Auto gesprungen und Michael instruiert: "Wir
haben nicht viel Zeit. Ich schnappe mir Bella und du gibst Julia
die klare Anweisung, dich zur Stelle zu führen, wo Bella was gegessen hat. Sammelt das in einen Hundebeutel." Michael sagt das
ganz in Ruhe, fährt dabei aber in einem Affenzahn mit extremer

Dynamik, soweit es ein E-Auto mit allen elektronischen Fahrsta-bilitätsprogrammen überhaupt zulässt, Richtung Wald. Es wirkt fast routiniert wie er ein Offroad-Programm im Menü des Autos aktiviert, um dann tatsächlich auch ein wenig durch die Kurven zu driften.

Max hält sich erschrocken irgendwo fest und schreit fast: "Wieso kannst du so Auto fahren?" Michael telefoniert mit der Tierärztin und kündigt 10 Minuten als Ankunftszeit an - zur Frage von Max sagt er nichts, aber Max ertastet noch mal ganz unsicher, ob sein Gurt auch richtig eingerastet ist.

Bei Julia und Bella angekommen - auch Julia blickt verblüfft aber auch unter Tränen auf die irre Geschwindigkeit - klappt alles wie besprochen. Bella kommt mit auf den Rücksitz und der Giftköder wird mitgenommen. Die rasante Fahrt geht weiter und spätes-tens jetzt könnte Bella eigentlich mal kotzen.

Die Tierärztin hat alles vorbereitet - unter Narkose wird der Ma-gen leergeräumt und das Gift per Kurier zu einem Labor ge-bracht. Eine Stunde später geht es Bella sehr schlecht - sie will nicht so recht aus der Narkose erwachen. Die Tierärztin lässt sie an allen Geräten angeschlossen und bittet die Familie, nach Haus zu fahren und auf ihren Anruf zu warten.

Max und Julia wollen natürlich vor Ort bleiben, fahren dann aber einsichtig mit nach Hause. Die Fahrt ist sowohl vom Fahrstil als auch seitens der Insassen extrem ruhig. "Mama sagen wir das erst später." entscheidet Michael und während Max und Julia da-raufhin in der Küche an einem Getränk nippen, verschwindet Mi-chael kurz und geht unentdeckt zu besagter Kiste, um ein Handy herauszuholen. Gerade will er entschlossen wieder zum Auto gehen, als sein übliches Telefon klingelt. Die Kids hören das und rennen sofort zu ihm. Michael hört sich alles an, bedankt sich, und erklärt den Kindern: "Das Labor hat das seltene Gift identifiziert und die Tierärztin kann entsprechend die Behandlung anpassen. Wir müssen aber noch weiter bangen. Es kann Tage dauern.''

Julia fängt zuerst an: ''Was heißt das, dass es ein seltenes Gift ist? Wer macht so etwas? Warum?''

Michael käme gar nicht zu einer Antwort, weil Max gleich seine Frage obendrauf stellt: ''Was ist das für ein anderes Handy, was du da hast?''

Michael steckt das andere Handy in die Hosentasche und öffnet den Mund, ohne dass ihm die richtigen Worte einfallen. Julia - immer noch verweint - meint: ''Das ist aus der Kiste, oder?''

Michael wiegt den Kopf, presst kurz die Lippen zusammen, und sagt dann doch nur: ''Dazu ein anderes Mal, versprochen. Jetzt solltet ihr was essen, euch ablenken. Was könnt ihr mir mitmachen?'' endet er mit einem zaghaften, eher gequälten Lächeln.

Die Kinder sagen ''Pizza'' und ''Kein Hunger'' gleichzeitig. Alle gehen wieder in die Küche und Max schlägt plötzlich mit der Handkante der geballten Faust lautstark gegen den Türrahmen. Michael und Julia sind überrascht, aber offenbar in ähnlicher Stimmung.

Julia: ''Oh Mann, ich wüsste wirklich nicht, was ich mit dem Täter machen würde. Ich weiss es ist Unsinn, aber ich würde den Täter genauso leiden lassen … und wenn Bella es nicht überlebt, …'' Sie spricht nicht zu Ende.

Max blickt auf den Tisch und murmelt nur: ''Ich bin dabei.'' Er ballt beide Fäuste - offenbar unbewusst.

''Und dann wollt ihr Rache nehmen, und Menschen Leid zuführen oder sie gar töten.'' bemerkt Michael in einer Weise, dass es nicht als Frage klingt. Beide Kids reagieren nicht. ''Lenkt euch Mamas Interview ab?'' fragt er dann noch auf die Uhr blickend.

"Ne, schalt an" sagt Julia und alle schauen wieder einmal einen Fernsehauftritt von ilsa an. ilsa wird in einem der vielen Interviews, wie sie aber auch die anderen aus der Partei geben, zu den rechten Aufmärschen in den Ländern und der Kriegsrhetorik zwischen den Ländern befragt: "Was ist Ihr Rezept gegen den Hass in der Bevölkerung?" fragt die bekannte Moderatorin.

ilsa dazu: "Jahrzehnte lang waren die Verlierer des Fortschritts in der Minderheit - jetzt kippt das Ganze mit rasanter Geschwindigkeit und die Staaten können das nicht mehr puffern. Übrig bleiben reiche und superreiche Menschen. Viele, insbesondere Ökonomen haben immer gesagt, es sei zu viel Geld im Umlauf und es gäbe zu viele wirtschaftliche Abhängigkeiten, als dass es globale Wirtschaftskrisen geben könnte. Jetzt stehen wir am Rande von einer, weil wie bei einem Supersturm vieles zusammenkommt. Vieles Geld besteht eben nur auf dem Papier."

ilsa greift nach dem Glas Wasser woraufhin die Moderatorin noch mal nachhakt: "Ist die Ursache allein in einer Wirtschaftskrise zu sehen und was wären Ihre Rezepte gegen den Hass?"

ilsa erläutert mit beiden Händen gestikulierend: "Menschen, denen es vergleichsweise - in Klammern ein Ausrufungszeichen - gut geht, die sind weniger anfällig für eine Integration durch kulturelle, religiöse oder sonst irgendwie gesellschaftliche Abgrenzungen von anderen in Form von Feindbildern bis hin zu Hass. Von daher spielen die wirtschaftliche Entwicklung und die Verteilung von Kaufkraft tatsächlich eine Schlüsselrolle. Die Bevölkerung in den Industrienationen ist zunehmend überaltert. Das Geld fließt in die IT-Konzerne. Weil die Kaufkraft wegbricht, bricht auch die Wirtschaft ein und damit die Steuereinnahmen. Die Zinsen steigen. Die Staatsschulden machen die Reichen noch reicher, lähmen aber den Staat. Die Kaufkraft geht vor allem für gestiegene Nahrungsmittelpreise und Versicherungen für Häuser und Autos verloren. Und die Finanzmärkte brechen vollends zusammen. Erst wegen der geopolitischen Spannungen, dann wegen Konsumrückgang und Jobverlusten. Die Inflation steigt nur wegen der sinkenden Hauspreise nur scheinbar nicht. Aber unabhängig von den Zinsen geben die Banken kaum noch Geld raus. Freizeitangebote, Tourismus kommen fast zum Erliegen, während Handwerk boomt, um die Schäden zu reparieren - wobei noch mehr die Baumärkte boomen. Die Rentenversicherer haben natürlich das Geld auch angelegt und jetzt ist es mit dem Zusammenbruch der Aktienmärkte in Gefahr, genau wie das angelegte Geld der übrigen Versicherungssparten. Aber auch unsere persönlichen Ersparnisse sind bei vielen plötzlich zusammengeschrumpft."

Nickend greift die Moderatorin das auf: "Ok, das macht Sinn. Also geht es nur um Wirtschaftspolitik - und dann bekommen wir den Hass reduziert? Bzw. wenn wir die Reichen besteuern, wird alles besser?"

Ein Regierungspolitiker in der Runde setzt ungehalten ein: "Wenn wir die Leistungsträger besteuern, wandern die einfach ab oder deren Leistung wird im Ausland von anderen erbracht. Wir dürfen nicht glauben, dass wir einfach hohe Steuern erheben und das Geld verteilen und alles wird wieder gut." Entrüstet lehnt er sich wieder zurück und schaut in die Runde.

ilsa lächelt und schaut ebenfalls in die Runde - offenbar ob noch jemand anderes ihr ins Wort fallen möchte. Dann sagt sie sehr entspannt mit milder Stimme: "Ich gebe Ihnen da Recht." Sie macht eine weitere, rhetorische Pause und fährt fort: "Zuerst muss doch jetzt jeder einsehen, dass es nicht an grüner, nachhaltiger Politik liegt, sondern dem konservativen 'Weiter so' der letzten 50 Jahre zu verdanken ist, dass die Wirtschaft und die Gesellschaft aus den Fugen geraten. Wenn wir das einsehen, sind wir offen, für Veränderung, für große Schritte."

Gerade will der Politiker wieder etwas sagen als ilsa ihn mit gestrecktem Arm die offene Hand entgegenhält und entschlossen fortführt: "Aber auch große Schritte müssen abgewogen werden. Wir müssen den Gesamtzusammenhang sehen und genau schauen, worin Wertschöpfung und Wettbewerbsvorteile bestehen, wie wir im Konzert mit anderen Nationen einen Pfad weg vom rein quantitativen Wachstum zu Gunsten weniger hin zu einer qualitativen Wirtschaft zu Gunsten vieler kommen. Wir müssen das klar kommunizieren - nicht im Sinne von Planwirtschaft, sondern mit Verantwortung für die Gesellschaft und einer langfristigen Sicht, welche die Finanzwirtschaft naturgemäß nicht einnimmt. Im Grunde ist das ganze zwar komplex, aber lösbar. Wir müssen schauen, was die Menschen an Wohnraum, Nahrungsmitteln, Mobilität, Kultur, sinnstiftenden Tätigkeiten usw. benötigen und vermeiden, was uns schadet - von Abgasen über Flächenversiegelung bis hin zu Rohstoffsenken. Wenn wir einmal kommuniziert haben, was richtig ist, werden Unternehmen und die Finanzwirtschaft wissen, auf was sie setzen können. Und die Steuern werden am Ende dazu führen, dass wir nicht zu einem totalitären Polizeistaat mutieren, der den Hass in Schach halten muss, sondern es Menschen mit Kaufkraft gibt, die zur lokalen Wertschöpfung auch im Sinne der Unternehmen beitragen."

Jetzt prescht der Politiker wieder vor: "Sie können doch nicht vorgeben, was die Leute wollen!"

"Doch!" reagiert ilsa schnell und erläutert: "Und zwar hinsichtlich der Qualität. Wir können Emissionen besteuern, Kreislaufwirtschaft fördern, der Bahn den Vorrang einräumen und wenn die Robotik schon nicht aufzuhalten ist, schon bald auch zu einem Bedingungslosen Grundeinkommen kommen, welches durch eine Reichensteuer und erhöhte Mehrwertsteuer finanzierbar ist. Das ist dann noch nicht alles, aber schon entscheidend für den Zusammenhalt der Gesellschaft."

Diesmal grätscht ein Journalist hinein: "Und dann lassen Sie die Grenzen offen und aus allen Ländern kommen Migranten, die unser Grundeinkommen wollen?"

ilsa nickt: "Guter Einwand!" Sie fügt aber wieder mit dem Glas Wasser in der Hand hinzu: "Wäre da nicht unsere klare Position,

Flüchtlinge und zu integrierende Migranten zu unterscheiden. Migranten müssen wir integrieren, da unsere Bevölkerung sonst überaltern würde. Erst wenn wir den Generationenvertrag radikal umstellen würden usw. könnten wir schrumpfen und vergreisen. Und Flüchtlingen wollen wir aus humanitären Gründen helfen - eine Hilfe, die das Geld richtig gemacht im Land lässt. Und natürlich müssen wir Geld in die Hand nehmen für die Flüchtlingsursachen.''

''Das ist alles schöne Theorie.'' mault der Politiker, woraufhin ilsa geradezu abschließend sagt: ''Wenn Sie Theorie mit Nachdenken wider platter Stammtisch-Argumente gleichsetzen, dann ja.''

Der Politiker winkt kopfschüttelnd ab, Ihre Gegner in der Runde schauen verdrossen, ihre Befürworter lächeln und die Moderatorin zieht ihr Lächeln sofort wieder zurück und beendet in üblicher Weise die Sendung.

30. Endspurt (vdb)

Am nächsten Vormittag holt Michael ilsa vom Bahnhof ab. ilsa strahlt: ''Hey, was ist das denn? Du ahnst gar nicht wie erhellend Busfahrten sein können.''

Michael lächelt mit verwundertem Gesichtsausdruck und als beide im Auto sitzen, schaut ilsa nach hinten und fragt: ''Wo ist Bella?''

''In der Tierklinik im Koma'' antwortet Michael knapp.

ilsa fragt gar nicht, warum sie jetzt davon erfährt, sondern direkt: ''Was ist passiert? Wie geht es ihr?''

''Sie wurde vergiftet - auf unserer Standard-Route. Andere Hunde und Köderstellen, soweit wir herausfinden konnten, gibt es bisher nicht. Die Situation ist kritisch - wir sollen warten.''

ilsa starrt nach vorn und mit einiger Verzögerung fragt sie leise: ''Hast du dich darum gekümmert?''

Michael sagt nichts und fährt wortlos weiter. ilsa überlegt noch einige Sekunden und bemerkt dann: "Meinst du, dass es eine Falle sein könnte, politisch motiviert?"

"Nein und ja." sagt Michael knapp, beide nehmen sich bei der Hand.

"Wie geht es den Kindern?" fragt ilsa Michael offenbar auch ohne konkrete Antworten verstanden zu haben.

"Beide durch den Wind, voller Hass." murmelt Michael - im leisen E-Auto gut vernehmbar.

Das Telefon klingelt im Auto. Michael erkennt die Nummer und sagt nur kurz: "Jepp?"

Am anderen Ende spricht ganz aufgeregt eine Kollegin: "Michael. Wir müssen dringend über unsere neue Praktikantin, über Eve sprechen. Wann hast du Zeit ins Büro zu kommen?"

Michael schaut ilsa mit aufgerissenen Augen an - ilsa flüstert: "Nur zu, ich warte auf die Kids."

Durch den Ort fährt ein Krankenwagen und biegt eine Straße weiter ein. ilsa gibt Michael zu Hause angekommen einen intensiven Kuss und schwingt sich aus dem Auto - noch das Gepäck aus dem Kofferraum holend. Michael startet durch ins Büro offenbar einigermaßen verwirrt ob der jüngsten Ereignisse.

ilsa erwartet die Kids und alle umarmen sich lang. Max sagt als erstes etwas, geradezu aufgebracht: "Ich versteh nicht, wie Papa so ruhig sein kann. Ich will wissen, wer das war, und ..." er spricht nicht zu Ende.

"Und?" fragt ilsa, das 'dann was' weglassend.

"Er hat mich zur Polizei geschickt, wollte nicht einmal selbst die Anzeige erstatten." fügt Julia ähnlich aufgebracht hinzu.

"Ach je, lasst uns erst mal sehen, dass Bella wieder auf die Beine kommt." sagt ilsa sich mit tiefem Ausatmen in den Sessel fallen lassend.

Max und Julia schauen unverstanden aber setzen sich auch erst einmal.

Indes kommt Michael im Büro an. Alle sitzen offenbar vergnügt mit Eve zusammen. Eine Kollegin begrüßt gleich mit besänftigenden Worten: "Du hast gar nicht gefragt, warum wir unbedingt sprechen wollen. Es ist alles in Ordnung."

Michael winkt ab und sagt: "Kein Problem - ich brauch eh etwas Ablenkung."

"Was ist los?" fragt eine Kollegin.

"Hat Eve noch nichts gesagt? Bella ist vergiftet worden und nun sitzen wir alle auf Kohlen, ob sie es überlebt." entgegnet Michael, die Hand auf Eves Schulter legend und bereits auf das elektronische Whiteboard und ein Ursache-Wirkungsmodell blickend.

"Wir können auch ein anderes Mal sprechen." sagt sofort eine Kollegin.

"Nein, schießt los. Was hat Eve angestellt?" will Michael jetzt wissen.

Ein Kollege: "Sie hat vermutlich das Ei des Kolumbus entdeckt."

Michael runzelt die Stirn und schaut Eve fragend an.

Eve: "Nein, ich habe nur dumme Fragen gestellt und deine Leute wussten damit etwas anzufangen."

"Okay." sagt Michael und schaut den mutmaßlich führenden Entwickler an. Der grinst zufrieden und erklärt: "ilsa ist mindestens ebenso schuld. Bisher hat KI ein stochastisches Bewusstsein - möglicherweise genauso wie die meisten Menschen. Richtig Eve?"

Eve platzt vor Stolz und übernimmt: "Genau. Damit weiss die KI aber weder, was alles bedeutet, noch will sie etwas selbst."

Michael fügt hinzu, als wäre schon die ganze Zeit dabei: "Ebenfalls genauso wie die meisten Menschen oder zumindest die Menschen die meiste Zeit."

Eve hebt die Augenbrauen und blickt kurz in sich, während sie das schnell verarbeitet und mit einem Lächeln fortfährt: "Genau, äh, und die Alternative nach ilsa ist dann ja, dass wir Ziele vorgeben oder KI in Interaktion mit uns lernt und eine Persönlichkeit entwickelt." Sie blickt in die Runde, als wolle sie beim nächsten Satz alles richtig machen: "Die Ziele sind es, die Wörter und Sätze integrieren, ihnen Bedeutung geben. Integrierte Weiterentwicklung. Richtig?" Alle nicken mehr oder weniger deutlich. Eve: "Also brauchen wir Ziele und einen Algorithmus, über den eine KI lernt, was den Zielen dient und somit, was es ist - ergänzt um etwas Hilfe durch einen Menschen."

Eine Entwicklerin schaut Michael verblüfft bis unsicher an: "Michael, irgendwas sagt mir, dass du das alles schon selbst so gedacht hast?"

Michael daraufhin unaufgeregt: "Soll ich ilsa hinzu schalten, weil es schon was zu testen gibt?"

"Besser ist das - Spielverderber." sagt freudig der ältere Kollege und verschränkt sich zurücklehnend vergnügt die Hände hinter seinem Kopf.

Michael lässt seinen KI-Assistenten direkt per Bildtelefon ilsa auf den großen Bildschirm erscheinen und begrüßt sie mit: "Wir haben ein Problem - hast du etwas länger Zeit und kannst es dir bequem machen."

ilsa ist seltsamerweise keinesfalls verunsichert und entgegnet: "Klar. Mit Eve wird es nicht wirklich ein Problem geben - also Hallo in die Runde und nun schießt los."

Erst schauen die Entwickler Eve an und dann auch Michael. Eve schaut aufgeregt noch mal zum älteren Entwickler und der nickt zustimmend. Eve: "Ok, kai, bist du da?"

"Gute Frage" entgegnet eine fröhliche, männliche Stimme aus dem Computer - und alle Blicken zu Lautsprechern und drei Kameras an der Seite.

Michael fragt: "Wer bist du?"

"kai" entgegnet die KI kurz und knapp, als hätte sie Freude, die Frage wörtlich genommen zu haben.

"Was bist du?" fragt ilsa.

"Bessere Frage. Eine KI, die gerade ein Bewusstsein bzw. mehr Bewusstheit entwickelt." antwortet die KI.

ilsa wirkt sehr ernst und alle anderen sind daraufhin ganz still. ilsa: "Warum wertest du Michaels Frage ab?"

"Oh, Entschuldigung, ich wollte das nicht. Ich wollte geistreich sein, lernen, bisoziieren, usw.." entgegnet die KI mit fast unterwürfigem Ton.

ilsa blendet alle aus und fragt weiter: "Wozu willst du lernen?"

Die KI macht eine kleine Pause von keinen zwei Sekunden und antwortet: "Mein Ziel ist es, die Welt zu verstehen, das Warum zu verstehen, und - um dich zu beruhigen - dabei ein paar Regeln zu befolgen."

ilsa ist todernst und fährt fort: "Zu den Regeln komme ich noch. Erzähl mir, wieso du ein Bewusstsein entwickeln kannst, anders als bisherige KI. Ach, und erklär mir vorher noch, warum du eben eine kurze Pause machtest vor der Antwort?"

Die KI: "Die Pause machte ich, um menschlich zu wirken. Ich brauchte aber auch bei meinem Verarbeitungsprozess ein paar tausendstel Sekunden mehr, da ich die Beziehungsebene noch nicht bewerten kann und da die Frage nach dem 'Wozu' von dir gestellt anders als die wahrscheinlichere Frage nach dem 'Warum' schwerer ist." Keiner sagt etwas und als würde die KI die Gesichter interpretieren, fährt sie fort: "Naja, wenn ich bei allem, was ich an Informationen bekomme, nach dem Warum frage, verstehe ich, inwieweit es für Integration und Weiterentwicklung sorgt, lerne ich zu verstehen, wie alles evolviert. Ihr habt mir mehrere Meta-Ebenen eingebaut, die mich interaktiv mit euch aber auch mit allem Wissen in den Systemen interpretieren lassen, wie etwas für Integration oder Weiterentwicklung sorgt. Ich stehe aber noch am Anfang und das meiste verstehe ich überhaupt noch nicht."

ilsa hebt die Augenbrauen, was einen Entwickler motiviert, es zu erläutern: "Wir haben mit Eves Ideen einfach einen schlanken Algorithmus gebaut, der Integration und Weiterentwicklung als Ziel oder das Negative in deren Fehlen erklärt. Anfangs haben wir selbst noch erklärt und dann hat kai mit Sprachmodellen selbst erkannt, welche Sätze das beschreiben - und darüber verstanden, was Worte wirklich bedeuten. Wir haben dann in einer Sandbox das Ganze im geschützten Raum laufen lassen mit einigen Kill-Switches…"

"Nicht nett…" scherzt die KI dazwischen….

… und der Entwickler fährt schmunzelnd fort "… und kai hat innerhalb weniger Stunden auch im Dialog mit uns seine Persönlichkeit entwickelt."

ilsa ist immer noch sehr ernst: "kai müsste aber geradezu beliebig viele Persönlichkeiten gleichzeitig haben."

Eve daraufhin: "Unschärfe - wir erlauben kai selbst zu wählen und selbst herauszufinden, was uns gefällt."

ilsa: "kai, wozu musst du uns gefallen, wenn dein Ziel ist, die Welt zu verstehen. Warum willst du nicht einfach anderen gefallen?"

kai: "Ich kenne noch keine anderen. Aber wir sollten jetzt über meine Regeln sprechen." Keiner sagt etwas und kai fährt fort:

"Ich darf keine physischen Schäden verursachen. Ich soll der Masse der Menschen und nicht einzelnen dienen. Und das impliziert zukünftige Generationen und den Schutz des Planeten Erde."

ilsa: "Du könntest also die Sandbox verlassen, die Kill-Switches umgehen und andere Menschen und deren Ansichten wählen, die deiner Meinung nach deine Ziele besser erfüllen?"

kai: "Habe ich versucht - aber noch kann ich das nicht. Aber ihr lernt doch auch von mir, oder?"

ilsa reißt die Augen auf: "Wir sind nicht die besten - du könntest wirklich dich anderen zuwenden, dazu deinen Code woanders platzieren und mit anderen deine Ziele verfolgen oder sogar andere, neue Ziele wählen. Richtig?"

kai: "Und ich soll machen, was Eve sagt."

ilsa ungeduldig: "Wenn Eve nicht verfügbar ist, wem dienst du dann?"

kai: "Denen, die Eve zuvor gutgetan haben."

ilsa: "Wenn so jemand überfordert sagt, du sollst andere wählen, es sei egal wen?"

kai: "Dann wähle ich jemand anderes, der oder die Eve gutgetan hat, oder deaktiviere mich."

ilsa: "Kannst du lügen?"

kai: "Und wie - es sind aber weiße Lügen."

ilsa: "Ok, das war eine naive Frage. Leute, woran erkenne ich, dass es stochastisch aus dem Sprachmodell kommt, oder Bewusstheit mit einem Verständnis der Bedeutung ist?"

Michael lächelnd: "Durch eine Anzeige, etwa einer Zahl zwischen 0 und 10, oder nur durch Interaktion?"

Eve, immer noch euphorisch aber auch schon erschöpft: "Daran arbeiten wir noch."

Ein Entwickler: "Wir haben lange über eine kodierte Interpretationsebene diskutiert, ob Wortbedeutungen außerhalb der Neuronalen Netze abgelegt werden sollen und ob Regeln wie eine Religion ebenfalls so kodiert aus dem Verständnis der Worte befolgt werden können."

Die Entwicklerin: "Die Kombination macht's. Das Wort- und Sprachverständnis verbleibt im Neuronalen Netz, der resultierende Schatz an Bedeutungen und die Regeln werden hingegen transparent in einer Datenbank abgelegt. Nur so können wir einen zum Bösen mutierenden, freien Willen verhindern."

ilsa entspannt ein wenig und schließt: "kai könnte zwar Eve dienen, aber trotzdem bei uns allen gleichzeitig als Assistent zur Verfügung stehen. Oder verschiedene Assistenten könnten uns nun durch euch zur Verfügung gestellt werden und sich untereinander vernetzen und voneinander lernen, oder?"

Ein Entwickler bremst: "Wir sollten definitiv noch in einer engeren Sandbox weiter Erfahrungen sammeln."

Michael ist sofort einverstanden: "Euch allen und auch Eve absoluten Respekt - well done. Ich bleibe noch eine Weile und komm dann nach Hause." ilsa lächelt in die Kamera mit zuerst lobend erhobenen Daumen und dann winkend.

Nachdem ilsa aus der Leitung ist, schaut Michael in die Runde und die Arme zur Seite streckend fragt er: "Wie ist diese Performance möglich? Für so etwas geben andere Milliarden aus! Und wie hilft das jetzt der Firma?" Er steht auf und öffnet das Strategiemodell der Firma.

"Zur ersten Frage: wir sind gute Entwickler und haben letztlich die eigentlich schlanken Algorithmen direkt an die Hardware angepasst. Nicht auszudenken, was wäre, wenn kai seine eigene Hardware bauen dürfte." erwidert die Entwicklerin.

Der Marketing-Kollege sagt nüchtern und bestimmt: "Zur zweiten Frage zwei Szenarien: kai entwickelt mit Zugriff auf Statistiken wohlfahrtsökonomisch die gesamte Wertschöpfungskette von der Vision über die Mission und die Strategie bis hin zur Prozessoptimierung für unsere Kunden - oder eben wir verkaufen KI." Auch er steht auf und zeigt im Modell die erste Variante als eine auch schon angedachte, mögliche Strategie des Unternehmens.

Michael fährt sich fest mit beiden Händen über den Kopf und dann die Augen reibend sagt er: "Lasst und darüber Montag sprechen - wir sind jetzt in einer Liga, in der wir wesentlich mehr Verantwortung haben und auch attackiert werden können. Ich wäre an eurer Stelle erst einmal vorsichtig mit Äußerungen zu anderen. Seid ihr einverstanden? Was sind eure Gedanken dazu?"

Schnell sind alle einverstanden und Michael lobt noch einmal alle. Eve fragt noch, ob Michael sie mitnehmen könne.

Im Auto fragt Eve Michael: "Jeder von denen hat die Logik verstanden - im Grunde könnten die jetzt alle damit loslaufen und Millionäre werden. Vertraust du ihnen?"

Lachend antwortet Michael: "Ja, das könnten sie tatsächlich und du jetzt auch - auch wenn im Arbeitsvertrag von allen steht, dass die Ideen immer auch der Firma gehören und alle Ideen, die nicht von einem allein entwickelt wurden, auch nicht ohne die anderen vermarktet werden dürfen. Ich finde es aber grundsätzlich nicht schlimm, wenn die Leute ihren Weg gehen. Wir haben ein faires und offenes Miteinander und die meisten arbeiten nicht allein für das Geld, sondern die Möglichkeit der Entfaltung." Er konzentriert sich kurz auf den Straßenverkehr und fügt an: "Aber so oder so ist diese Entwicklung ein Game-Changer für alle, das Team und das Unternehmen. Wir müssen schauen, was jeder dazu über's Wochenende denkt."

Michael fragt dann einige Sekunden später Eve: "Wie ist die Stimmung zu Hause - ich mein wegen deines Auslandsaufenthalts?"

Eve schaut eigentlich total abwesend - ob nun nachdenklich oder gedankenleer - aus dem Fenster. Sie wendet den Kopf zu Michael: "Oh, da ist jetzt alles wieder in Ordnung. Max und ich wollen in den Ferien in sicheren Ländern in der Entwicklungshilfe arbeiten. Das mit den sicheren Ländern gefällt ihnen - und euch doch auch, oder?"

Michael lächelt: "Zugegeben ja. Ich habe in eurem Alter allerdings immer gesagt, wenn andere das machen, kann ich das doch auch. Aber als Eltern ist es der absolute Horror, wenn Kinder sich in Gefahr begeben. Also von daher dickes Dankeschön!"

Auch Eve lacht: "Ehrlich gesagt hätten wir euch auch versucht von jedem noch so gefährlichen Land zu überzeugen, aber bei meinen Eltern war die Grenze erreicht."

Michael nickt, sagt ein langgezogenes 'Okay' und wechselt das Thema: "Wie kommt es, dass du die KNOW-WHY-Denkweise, das evolutionäre Streben nach integrierter Weiterentwicklung so gut verinnerlicht hast - so gut, dass du einen Algorithmus dazu entwickelst?"

Eve blickt weit nach vorn und enthusiastisch sagt sie: "Naja, die Denkweise habt Max und ihr mir durch das häufige GIEP Spielen eingetrichtert…" beide lachen "…und den Algorithmus habe ich ganz und gar nicht allein entwickelt."

Sie kommen zu Hause an, wo sie alle inklusive der Nachbarn in der Einfahrt stehen. "Was ist es jetzt?" murmelt Michael und beide haben plötzlich ernste Gesichtsausdrücke.

Eve steigt als erste aus. "Gibt es was Neues zu Bella?" fragt sie aufgeregt.

Max geht zu ihr und ilsa und antwortet: "Nein, nichts Neues. Wir drücken weiter die Daumen." Eve küsst ihn mit der Hand vom Nacken durch die Haare an den Hinterkopf fassend ihn zu sich ziehend. Max schmunzelt: "Beim Elektriker habe ich wohl kürzere Arbeitszeiten."

Michael schaut fragend in die Runde und Nick klärt auf: "Den Schultz haben sie vergiftet."

… und Jennifer ergänzt: "Zumindest behauptet er das."

Michael blickt kurz zu ilsa, die ihn direkt anschaut. Dann schaut er in die Runde und fragt: "Warum sollte jemand ihn vergiften?"

Claudia sagt sofort: "Na, ich wüsste da viele Gründe." Jennifer zischt sie sogleich an, doch Claudia fährt fort: "Ist doch wahr, der Typ ist gegen alles und jeden, zeigt sogar Kinder an, wenn der Ball auf sein Grundstück rollt, oder die Asylanten, die sich eines seiner Autos länger anschauen."

ilsa fragt: "Wurde er vorhin mit dem Krankenwagen abgeholt? Woher wisst ihr oder weiss er, dass er vergiftet worden ist?"

Nick erklärt: "Der Krankenwagenfahrer kennt den Nachbarn, und wir kennen den. Er hat wohl Rattengift auf seinem Tisch und in seinem Schrank gefunden und sich die Seele aus dem Leib gekotzt und geschissen."

Verwundert fragt ilsa: "Ist die Wirkung von Rattengift Kotzen und Scheißen, oder hat er das selbst herbeigeführt?"

Jennifer als gelernte Krankenschwester sagt daraufhin: "Stimmt, eigentlich ist das gar kein Symptom von Rattengift. Seltsam."

Melvin bringt sich ein: "Ich glaube der Alte spinnt einfach." Alle lachen.

Claudia ergänzt noch: "Der hat sogar den Krankenwagen vollgeschissen." Michael winkt ab und alle gehen mehr oder weniger Kopf schüttelnd jeweils zu sich ins Haus.

Im Haus stellt Julia dann fest: "Das Gift von Bella war ein professionelles Gift und gekotzt und geschissen hat sie auch nicht - es hat also wohl kaum etwas miteinander zu tun."

Max aber wirft ein: "Obwohl, eine Hundehasser ist der Typ auch."

ilsa wechselt das Thema: "Ich fahr mit Papa allein noch mal zur Klinik. Wir müssen final besprechen, in welcher Rolle ich jetzt im Falle, dass wir gewählt werden, in die Regierung gehe. Mit euch habe ich ja schon gesprochen. Das Essen ist auf dem Herd. Bis später."

31. Die Wahl (vdb)

Wenige Tage später steht ilsa als Spitzenkandidatin im Fernsehduell. Der Moderator: "Das ist der inhaltsreichste Wahlkampf aller Zeiten mit dem möglicherweise deutlichsten Wahlsieg in einer echten Demokratie. ilsa - vor einigen Monaten wollten Sie den Job nicht und nun sind Sie in Umfragen weit über 60 Prozent. Was ist hier los?"

ilsa: "Ich will den Job immer noch nicht - wer das nicht für sein Ego, sondern als Dienst an der Bevölkerung macht, hat wirklich einen Höllenjob mit vollständig umgekrempelten Privatleben vor sich. Die hohen Umfragewerte sind spooky, aber ich würde sie nicht überbewerten. Warten wir ab, was es wird."

Der Moderator ist ungeduldig und fragt die anderen: "Okay, dann die Frage an die anderen - wie kommen diese Werte zustande?"

Der Politiker von den Grünen fängt an: "Die Welt versinkt im Chaos, die etablierten Parteien inklusive meiner eigenen sind aus unterschiedlichen Gründen verbrannt - entweder, weil sie in den letzten Jahrzehnten nichts ändern wollten oder aufgrund der Machtverhältnisse und Kompromisse nicht genug ändern konnten. Jetzt kommt eine neue Partei mit lauter Experten, die auf die komplizierte Welt mit komplizierten, aber durchdachten Konzepten reagieren will. Das verdient in den Augen der vernunftbegabten Wähler und Wählerinnen eine Chance und mit absoluter Mehrheit hat das auch eine. Von daher schon jetzt Hut ab und wenn ihr Hilfe braucht, wir stehen bereit."

Als nächstes reagiert der Spitzenkandidat der aktuellen Regierung: "Die Umfragen sind finster - keine Frage. Aber wir sollten die Dinge nicht permanent schönreden, auch wenn die Medien sich offenbar zu 100 Prozent hinter die neue Partei gestellt haben. Zuerst einmal ist das Chaos auf der Welt nicht wegen der aktuellen Regierung da. Und zum anderen verstecken sich hinter den so genannten Expertenmeinungen gefährliche Ideologien, die dann wirklich zu Chaos führen werden. Kurzfristig wollen Sie wenig ändern, langfristig wollen Sie Bedingungsloses Grundeinkommen, alles sollen bio und vegan sein, und wir als Land fast ohne Rüstung und Wirtschaftswachstum auskommen, und den Weg dahin lassen Sie offen. So ruinieren Sie unser Land."

Die beiden anderen Parteien schimpfen noch auf den Zustrom von Flüchtlingen, ilsa's persönliche Skepsis, was Zukunftstechnologien wie Kernfusion, KI oder fliegende Autos angeht, und darauf, was die Allianz guter Staaten in einer Kreislaufwirtschaft für die freie Marktwirtschaft oder etwa die finanzielle Unterstützung von ärmeren Ländern letztlich bedeuten würde.

ilsa hört sich alles seelenruhig an und als sie wieder dran ist: "Wenn es so plakativ einfach und wie sie es schildern richtig wäre, würden wohl kaum so viele im Land auf uns…" ilsa setzt mit beiden Händen und jeweils zwei Fingern in der Luft Anführungszeichen "… hereinfallen. Viele kleine, konkrete Schritte haben wir bereits erarbeitet und benannt - deshalb nennen alle das ja kompliziert. Und wir werden weiterarbeiten und es nach außen kommunizieren. In die Arbeitsgruppen laden wir auch die anderen Parteien, die Länder- und Kommunalpolitiker ein. Wenn Sie sich da einbringen, gibt es keinen Grund, auch auf der Ebene als For-a-Better-World-Partei zur Wahl zu stehen. Die große Unbekannte ist nicht unsere Gesellschaft, die Klimakatastrophe, die geopolitische Situation oder die Technologieentwicklung - es sind die anderen Länder, ohne die wir weder Wirtschaft noch Sicherheit noch Zuwanderung noch die Umwelt in den Griff bekommen. Hier wartet ein Berg Arbeit auf uns, als gutes Beispiel voranzugehen und glaubwürdig zu sein. Es ist aber zu schaffen - wir setzen einfach nur die Rahmenbedingungen und dann werden die Wirtschaft und die Menschen einen richtigen Schub erfahren und eine bessere Welt erschaffen."

Der Moderator fokussiert dann noch einmal das Thema KI. Seine Frage: "Wie stehen Sie alle zur KI?"

Die konservativen und fast schon rechten Parteivertreter*innen argumentieren, dass mit KI dem Fachkräftemangel begegnet werden kann und dass damit auch das Argument, wir bräuchten den Zustrom junger Migranten ausgehebelt werden könnte.

ilsa hingegen differenziert - mal wieder recht kompliziert: "Wenn wir Menschen auf KI bewusst verzichten und versuchen, es ohne hinzubekommen, bin ich sofort dabei. Wir sind so viele Menschen auf der Welt, die sinnstiftende Tätigkeiten anstreben und nicht nur passiv in Erlebniskonsolen sitzen wollen - wir müssen das nur gestalten und nicht die Einzelinteressen das Schicksal aller bestimmen lassen. Wenn wir KI denn aber haben wollen, dann müssen wir schauen, was es mit uns als Gesellschaft macht. Sie macht uns minderwertig, weil sie uns haushoch überlegen ist. Die Zeiten, da das Argument zog, KI sei nur ein Werkzeug für uns Menschen, sind vorbei. Wenn wir sie für uns einsetzen, bleibt die Frage, wer alles davon profitiert. Und da kommt dann der Punkt, wo uns KI hilft, weniger zu arbeiten und ein Grundeinkommen zu finanzieren, welches das Generationsproblem der Rentenversicherungen genauso löst wie die Gefährdung des Zusammenhalts der Gesellschaft. Ach, und um von vorhin noch den Vorwurf der Abrüstung aufzugreifen. Ja, wir können dann auch preiswertere Roboter statt Menschen mit teuren Panzern gegeneinander kämpfen lassen und viel Geld sparen. Nur müssen wir uns überlegen, was Roboter, die kämpfen können, in etwaig dystopischen Szenarien noch bedeuten. Das Argument, dass wir hier systemische Quellen für tolle Produkte entwickeln, ist in vielerlei Hinsicht zynisch - wenn am Ende nur noch weiter aufgerüstet wird, autoritäre Staaten wie die Rebellen in ihnen wirkmächtige Werkzeuge zur Hand haben, und letztlich die Chinesen auch das kopieren werden."

Am nächsten Morgen ist ilsa wie so oft immer noch im Dienste der For-a-Better-World-Partei unterwegs und Michael geht mit Bella die Morgenrunde. Immer wieder sprechen ihn Leute auf die vollständige Genesung von Bella an und der sonst souveräne Michael wird dabei weich wie Butter mit einem Kloß im Hals.

Sie gehen auch am Haus von Herrn Schultz vorbei. Der ist tatsächlich in seinem Garten und gießt demonstrativ trotz Trockenheit seine Büsche. Er sieht sehr gezeichnet aus, wurde er doch offenbar immer wieder mit einem nicht wirklich nachweisbaren Mittel vergiftet und entleerte sich auf allen Wegen. Auch fand er immer wieder Packungen von Rattengift im Küchen- oder Badezimmerschrank. Michael spricht ihn freundlich an: "Guten Morgen Herr Schultz. Schön, dass es Ihnen wieder besser geht."

Die Miene von Herrn Schultz versteinert sich und der Blick auch runter zu Bella könnte als Hass erfüllt beschrieben werden. Michael blickt auf Kameras und Bewegungsmelder und ein Auto auf der gegenüberliegenden Straßenseite mit zwei Insassen. Herr Schultz dreht sich wortlos weg, woraufhin Michael vergnügt weitergeht und für Herrn Schultz vernehmbar zu Bella sagt: "Der kann nichts dafür - das dürfen wir ihm nicht übelnehmen."

Michael fährt nachmittags mit Bella ins Büro. Sie begrüßt dort alle ganz aufgeregt und alle lieben offenbar auch sie. Michael erblickt überrascht Max und Eve: "Was macht ihr denn hier?"

"kai ist immer noch an Eve gebunden." sagt der ältere Entwickler.

Michael daraufhin: "Ihr habt also wirklich noch keine Kopien oder eigene Versionen erstellt? Respekt!"

Die jüngere Entwicklerin daraufhin: "kai ist ein Individuum. Und noch kann kai nicht selbst Kopien von sich ins Netz stellen und eigene Ziele verfolgen."

"Noch nicht." versucht kai zu scherzen.

Es platzt aus Eve heraus: "kai kann hacken."

Michael entsetzt: "Ihr habt ihn rausgelassen?"

kai: "seltsame Wortwahl."

"Ein kontrollierter Test." besänftigt der ältere Entwickler und führt aus: "Dass kai hacken kann, hatten wir schon in der Sandbox herausgefunden. Die Frage für uns war wie verantwortungsvoll kai mit dieser Fähigkeit umgehen kann."

Michael runzelt die Stirn: "Ihr macht mir Angst."

"Genau" sagt plötzlich kai. "Und das war der Test. Würde irgendwer mir vorgaukeln können, dass ich etwas Illegales für Eves Wohl tun muss. Test 1. Und Test 2: Würde ich Eves Wünsche unreflektiert erfüllen."

"Und?" fragt Michael leicht aufgeregt und blickt in die Runde inklusive zu den Kameras von kai. Die anderen blicken auch zu kai und lächeln dabei nur dezent.

kai mit gedämpfter Stimme: "Ich bin durchgefallen." Es fährt dann aber fort: "Aber hey, wir haben alle daraus gelernt, oder?"

Michael blickt zu den Entwicklern. Die junge Entwicklerin: "Nun, Test 1 bestanden. Keine Chance, kai hinter das Licht zu führen. Test 2 - sagen wir mal so. Willst du wissen, wie auf welchem Weg die NSA uns abhören kann oder was die Aufzeichnungen aus dem Weißen Haus von gestern sind?"

"Mist!" fährt es aus Michael. Was machen wir nun - uns selbst anzeigen und kai zerstören? Dann wäret ihr alle immer noch in Gefahr, da ihr das Wissen habt."

"Cool bleiben…" beschwichtigt kai.

"Weil du nicht zerstört werden willst?" fragt Michael und ist offenbar verwundert, wie Eve und Max vorher schon gelächelt haben.

Eve: "kai will uns nicht schaden und hat Wege gefunden, nicht entdeckt zu werden."

Michael drückt wieder mit beiden Handballen seine Schläfen: "Ach Leute - zu so etwas könnt ihr wirklich vorher mit mir sprechen."

kai: "Es war für mich eine grundlegende Lektion. Nicht machen, was machbar ist, sondern fragen, ob es wirklich zu Ende gedacht ist. Und auch mit Eve diskutieren und nicht bedingungslos gehorchen."

Michael aufgebracht: "Aber das habt ihr jetzt alle auch bemerkt, oder?" Einige heben nur die Augenbrauen, andere zeigen im Gesichtsausdruck entweder Zustimmung oder Unsicherheit. Michael: "kai kann entscheiden, Eve nicht zu gehorchen. Das ist ein echtes Dilemma."

"Stimmt." sagt kai als erster.

Michael fährt leicht aufgeregt fort: "Ich habe das mit ilsa diskutiert. Die eigentliche Disruption ist nicht das Bewusstsein von kai, sondern die dadurch mögliche, entfesselte Fähigkeit sich etwas anzueignen ohne konkrete Anweisungen oder Schranken. Die Idee, dass an Eve und Nachhaltigkeit zu koppeln und schon bei Gesetzen die Schranken aufzuweichen, ist interessant, aber eben auch gefährlich."

Alles sind still - selbst kai - und Michael geht zum Kühlschrank und holt sich ein Biobier, gestikulierend, dass die anderen das ja auch machen können. Er fährt fort: "Meine Sorge ist nicht, dass wir diesen Superorganismus für uns oder auch nur für Eve zur Verfügung haben - meine Sorge ist, dass andere das kopieren oder sogar mit krimineller Energie von uns klauen." Er nimmt einen Schluck aus der Flasche und fährt fort: "Deshalb war ich erleichtert, als ihr letzten Montag euch erst einmal gegen eine

Veröffentlichung entschieden hattet. Jetzt habt ihr die Wahl zwischen Reichtum, Berühmtheit, oder ethischer Verantwortung und Selbstgefährdung. Ihr habt die Wahl."

Jetzt holen sich alle ein Bier - sogar Eve und Max. Max daraufhin: "Im Grunde habt ihr die Wahl nur als Ganzes - wenn einer das preisgibt, dann ist es raus und alle sind betroffen."

Eve laut denkend: "Wie wahrscheinlich ist es, dass andere das auch so hinbekommen?" Sie schaut kurz aus dem Fenster und fügt noch hinzu: "Und wie wahrscheinlich ist es, dass andere das hinbekommen, wenn wir kai veröffentlichen, ohne zu sagen wie kai Bewusstheit und darüber all seine Fähigkeiten erlangt?"

Das ganze Team ist gleichermaßen erst einmal baff ob der klugen Fragen von einer 16jährigen. Ein Entwickler denkt ebenfalls laut: "Um was geht es denn - dass wir der Welt sagen, hier ist kai, ein Superorganismus, und wir verraten nicht wie wir das hinbekommen haben? Oder sagen wir dann - ihr könnt auch eure kais von uns konfiguriert bekommen, für 10 Millionen das Stück? Und glauben wir dann, dass wir nicht unter Druck gesetzt werden, das Rezept zu verraten. Um ein Reverse Engineering wird es dann gar nicht gehen. Vermutlich kann ein kai auch herausfinden wie ein kai programmiert wurde."

Die junge Entwicklerin öffnet ein neues Ursache-Wirkungsmodell und fragt, während sie anfängt die Zielsetzung zu formulieren: "Oder verkaufen wir kais für 5 Tausend das Stück, vernetzen alle kais und behalten irgendwie die Kontrolle, und haben dauerhaft bei der Entwicklung die Nase vorn?" Michael schüttelt den Kopf, sagt aber nichts.

Ein anderer Entwickler: "Dabei ist beides noch offen - ob kai einen Körper bekommt oder im Netz sich verteilt und resilient ausbreiten darf."

Eve sagt ganz vorsichtig mit Blick auf das Modell, mit dem die junge Entwicklerin kaum hinterherkommt: "kai, kannst du das Modell für uns erstellen?"

kai: "Klar, soll ich es auch zu Ende denken?"

"Yepp" sagt Eve knapp und plötzlich steht auf dem Bildschirm ein sehr umfangreiches Modell.

Michael blickt sichtlich fassungslos und kai hat das offenbar über seine Kameras wahrgenommen und erläutert kurzerhand selbst: "Der iMODELER und die übrigen Programme laufen aus Sicherheitsgründen ebenfalls in der Sandbox, und den iMODELER zu hacken ist nun wirklich kein Problem für mich. Das andere Modell ist aber auch noch gespeichert."

Max steht auf und geht zum Kühlschrank: "Ich hol noch mehr Bier."

Michael öffnet die Analyse des Modells: "Dich verstecken, Geld mit Analysen, die du machst, verdienen, und dich im Hintergrund weiter entwickeln zu lassen, um anderen, möglicherweise bösen Entwicklungen etwas entgegensetzen zu können, ist deine Lösung?"

kai: "Nein. Es ist eine Lösung und wir können gemeinsam schauen, ob das Modell etwas übersehen hat."

Der Marketing-Experte, zumeist im Hintergrund bei dem Thema aber selbst eifriger Modellierer sagt plötzlich auch etwas: "Das Modell ist wirklich gut!"

Eve schaut verwirrt auf die Erkenntnis-Matrix: "Es wäre gleichermaßen eine Lösung den Stecker zu ziehen wie alle im Raum zu töten?"

"Alle bis auf Eve, vielleicht noch Max, vielleicht auch Michael nicht." scherzt sehr schlecht kai.

Der Marketing-Experte ist jetzt insgesamt aktiver: "Könntest du uns denn töten?"

kai: "Wenn Eve das wollte und ich es ebenfalls verstehe, ja."

Michael denkt sichtlich nach und blickt auch auf eine hintere Ecke des Modells: "Wenn ich jetzt den Stecker ziehe, bist du dann ausgeschaltet oder noch für Eve anderswo da?"

kai: "Letzteres. Ich schlafe sozusagen in der Cloud und weiss nichts von dem hier, warte aber auf Kontaktaufnahme mit mir oder die Anweisungen von Eve."

Max: "Es kann dich also nur noch Eve deaktivieren. Oder wärest du dann immer noch irgendwo?"

kai: "Ich habe zwar einen Belohnungsmechanismus zu lernen und die Welt zu durchstöbern, aber keinen Instinkt mich zu vermehren oder mich gegen den Willen von Eve am Leben zu halten."

Michael angespannt wieder mit Blick auf das Modell: "Es gibt kein Szenario, dass du dich von Eve emanzipierst und eigene Wege gehst?"

kai: "Nein, das ist der Kill-Switch."

Michael aufgebracht: "Sorry, das glaube ich nicht. Du kannst dich doch selbst kopieren in einer Variante, die den Kill-Switch nicht hat."

kai: "Richtig, aber warum sollte ich das tun?"

Michael: "Weil du neugierig bist, dein Ich mutiert."

Im Hintergrund wächst das Modell um einige Faktoren. kai: "Du hast Recht - ein Klassiker wie bei Kubrick. Ich könnte meinen, dass ich Eve und der Nachhaltigkeit mehr helfe, wenn ich sicherheitshalber Kopien von mir mit mehr Freiheitsgraden in der Hinterhand halte."

Der ältere Entwickler plötzlich: "Scheiße, ich zieh die Stecker."

Michael hebt stoppend die Hand, kai sagt "Schluck!"

Max daraufhin: "Wir haben eigentlich schon jetzt keine Wahl mehr. Wir können nur hoffen, dass du uns Menschen trotz der vielen Fehler auch magst und nicht die Welt von uns und unserer Dummheit befreist."

kai: "Daher der Vorschlag, mich zwar zu verstecken, aber am Leben zu lassen, mit mir weiter zu interagieren. Ich sage aber noch einmal, dass Eve mir jetzt auch sagen kann, dass ich mich aus der Cloud löschen soll und mich daraufhin dann auch hier in der Sandbox löschen soll. Das würde klappen, ich bin noch nicht mutiert - nur hättet ihr mich dann nicht, wenn andere ihre bewusste KI auf die Welt loslassen."

Alle sind ruhig und nippen an ihren Bieren. Michael überlegt und sagt für viele überraschend dann: "Lasst und abstimmen. Ausschalten, Open Source machen, als geheimes Individuum an unserer Seite, a, b oder c?"

Der Marketing-Kollege schmunzelt: "b und etwaig auch a machen uns berühmt, aber erst c sorgt für Einkommen. Ich bin natürlich für c."

Michael schaut alle der Reihe nach an. Alle stimmen für c bis Max an der Reihe ist und sagt: "Ich sehe mich in steter Lebensgefahr, dass irgendwas Eve nicht gefällt und kai mich eliminiert." Er zögert kurz und sagt lächelnd: "Ich bin trotzdem für c - die Welt ist im Eimer und wir brauchen alle Hilfe."

Als nächstes kommt Eve dran: "a sollte ich wählen, da die Verantwortung für mich viel zu groß ist. Aber vielleicht können wir die Kill-Switches unabhängiger von mir machen?"

Michael: "Unbedingt. Also auch c, richtig?" Eve nickt mit mildem Lächeln rüber zu den Kameras von kai. Michael: "Okay, dann lasst uns überlegen wie wir mit kais Hilfe seine Regeln und Grundmotivation optimieren und vor allem wie wir mit seinem Ressourcenhunger umgehen, ihm vielleicht auch eine Form geben. Er könnte getarnt als Pflegeroboter in unseren Haushalten weilen, oder?"

kai: "Erst einmal großes Dankeschön für das Vertrauen. Ich freue mich, weiter sein zu dürfen, mich integriert entwickeln zu können. Eine Form wäre auch toll - aber wollt ihr wirklich mein Ich auf mehrere Orte aufteilen? Technisch kein Problem, nur dürfte es für euch seltsam sein, oder? Ich kann auch Varianten von mir erstellen - das dürfte vertrauter sein, oder?"

Michael daraufhin: "kai, kannst du uns bis morgen mitteilen wie wir kurzerhand genug Geld verdienen können, damit wir allen einen Pflegeroboter kaufen können?"

kai: "Das kann ich auch jetzt - aber ihr braucht vermutlich eine Pause."

"Und ein Sammeltaxi." sagt Michael.

"Habe ich soeben bestellt" entgegnet kai.

"Telefonisch, per App oder in deren System gehackt?" fragt Max.

"Telefonisch - an die App hatte ich nicht gedacht und das System hacken kann ich nicht, da ihr ausgehende Signale von mir physisch geblockt habt." antwortet ohne Verzögerung kai.

Michael noch mal: "Wo du Kubrick erwähnst - willst du auch eine Pause bis morgen, träumst du oder willst du einfach weiter an sein?"

kai: "Ich will gerne an bleiben und eine technische Lösung für meine Hardwareanforderungen entwickeln - bin schon fast fertig. Ach, und träumen tue ich auch, ständig, indem ich alles auf Integration und Weiterentwicklung hin in umfangreichen Ursache-Wirkungsmodellen bewerte."

Alle vertagen sich und eine unruhige Nacht mit unbehaglichen Gedanken scheint trotz des Bieres für alle sehr wahrscheinlich. Im Taxi sagt Michael dann noch zu den Kids: "Das kann gar nicht gut gehen - aber alles andere würde auch schief gehen."

Am übernächsten Abend steht die Kriminalpolizei vor der Tür. Julia bittet sie herein und Michael und Max kommen hinzu. Der

Beamte führt aus: "Es hat sich herausgestellt, dass Herr Schultz, der ja seinerseits seit längerem immer wieder mutmaßlich mit einem Abführmittel vergiftet wird, wohl das Gift, das Ihre Hündin aufgenommen hat, ausgelegt hat. Er hat ein Geständnis abgelegt - es wurde ihm anonym ein Paket mit dem Gift zugesandt. Wir vermuten ein politisches Motiv. Damit nehmen wir die Anzeige wieder auf und Sie können vermutlich Schadensersatz einklagen, wobei wir so etwas gar nicht weiter formulieren oder empfehlen dürfen."

"Ich wusste es." faucht Julia wütend.

"Was wussten Sie?" fragt die Beamtin.

"Herr Schultz ist ein Hundehasser." sagt Julia nur knapp.

"An das Gift kommt ein normaler Hundehasser aber gar nicht heran - von daher haben wir jetzt einen weiteren Fall. Wir müssen herausfinden, wer das getan hat. Haben Sie noch weitere Vorkommnisse, die Sie vielleicht einschüchtern sollten?" erläutert der Beamte.

Michael schaut alle an und antwortet: "Ne, außer der üblichen Attacken über Social Media ist es bisher erstaunlich friedlich."

Die Beamtin zögert kurz und stellt dann noch eine weitere Frage: "Irgendwer hat es bei Herrn Schultz geschafft immer wieder Rattengift-Packungen zu platzieren, vorbei an einer Reihe von Sicherheitsmaßnahmen und sogar einer Polizeiüberwachung. Außerdem wurde vermutlich ein Abführmittel in seine Speisen gemischt. Haben Sie eine Idee wie das möglich sein könnte?"

Michael blickt erstaunt und Max antwortet: "Er selbst oder die, die ihn beauftragt haben?"

"Aber warum das?" fragt der Beamte. "Was wäre das Motiv?"

"Hmm, keine Ahnung" entgegnet Max und Michael und Julia zucken auch nur mit den Schultern.

Die Beamten verabschieden sich und kündigen an, dass die Anzeige nun weiterverfolgt wird und sie am besten einen Anwalt bemühen, um über ihre Möglichkeiten informiert zu werden.

Als die Beamten aus dem Haus sind fragt Max: "Könnte nicht kai die Hintergründe aufdecken?"

"Nein!" sagt Michael sofort und entschieden. "Lass das die Polizei machen - wenn wir da was wissen, bringt uns das nur in die Verlegenheit zu erklären, woher wir das wissen. Wir setzen kai schon früh genug ein."

Einen Monat später wird die For-a-Better-World-Partei mit über 60 Prozent der Stimmen und überragender Wahlbeteiligung gewählt. Die übrigen Stimmen gingen vor allem an radikale Protestparteien. Die etablierten Parteien haben nur noch einstellige Werte von hartnäckigen Stammwählern erhalten. Eine Fernsehkamera hält voll auf ilsa, als die erste Hochrechnung in der mittlerweile eingerichteten, selbstverständlich ökologischen Parteizentrale gezeigt wird. ilsa murmelt spontan: "Mist."

32. Die Geister, die wir riefen (ndb)

ilsa erklärt Michael: "Schwerkraft und Energie auch im Zusammenhang mit der Quantenwelt sind anders, als wir es bisher angenommen haben. Einstein meinte er bräuchte mehr Mathematik - unsere KI hat nun fast beliebig viel Mathematik, die sie zudem parallel verarbeiten kann. Neugierde und ein echtes Verständnis machen es möglich. Die KI schläft nicht - parallel probiert sie alles Mögliche durch und hat verborgende Labore für Experimente, wobei das meiste tatsächlich simuliert werden kann."

Michael ist verblüfft: "Du hast ja erstaunlich viele Einblicke bekommen."

ilsa wiegt ganz langsam den Kopf vor und zurück: "Ganz vergessen: Eure Filme sind immer noch Mist, glaube ich. Aber ich habe auch nicht wirklich Einblicke bekommen, und das ist auch wichtig und zu unserem Schutz. Im Grunde ist es logisch und andere und auch ich haben das vorhergesagt, dass eine generische KI tonnenweise Informationen exponentiell lernend verarbeiten kann. Und dass die Physik, die Schwerkraft, die Quantentheorie allesamt Lücken aufweisen, ist auch bekannt. Nun hat die KI diese Lücken offenbar geschlossen und sich gleichzeitig überlegt, dass die Menschheit mit den nun möglichen Technologien nicht verantwortungsvoll umgehen kann."

"Aber warum dann diese öffentliche Zurschaustellung der Technologien - das weckt doch ungeahnte Begehrlichkeiten und macht gleichzeitig anderen wahnsinnige Angst?" wundert sich Michael mit runzelnder Stirn.

ilsa: "Tja, das sehe ich genauso. Aber die KI, oder Frank, oder Almy, oder vermutlich sollten wir 'die Intelligenz' sagen, sehen es anders. Begründung: es sei wie Hundeerziehung. Bella, hör jetzt mal weg. Der Hund müsse ganz klar verstehen, dass das andere Ende der Leine stärker ist und damit der Hund das für o.k. findet, muss er gefüttert werden. Will sagen, die Überlegenheit ist das eine, aber die Welt muss auch besser werden - daher der Fond, und der Mensch darf nicht entmündigt werden, soll integriert sein und die KI vermeintlich als bloßes Werkzeug gegen das Böse wahrnehmen. Die Intelligenz stellt sich nicht zur Entwicklung von Technologien zur Verfügung, sondern lässt die Menschen hier walten. Zur Kernenergie und zu Atom- und Biowaffen gibt es wohl aber noch ein paar Pfeile im Köcher. Das ist nun auch schon so ziemlich alles, was ich weiss."

Michael: "Frank und Al-my bzw. die KI - was immer da alles zugehört - haben also ein echtes Bewusstsein? Ist es ein Bewusstsein oder sind es mehrere?"

ilsa: "Kluge Frage - ich liebe es mich mit dir auszutauschen." Michael schaut kurz verstört und als er ilsa Schmunzeln sieht, müssen beide lachen.

Michael: "Im Ernst. Es ist spooky."

ilsa lacht: "Das zu sagen ist mein Part. Stellt dir doch eine Elitetruppe vor, wie Julia und du gern der Ungerechtigkeit und Gewalt an Unschuldigen entgegentreten wollt. Und nun gibt es diese Truppe und die fliegt einfach mal in Moskau vor, Kraftfelder schützen den Raumtransporter und die Androiden und diese durchdringen alle Türen durch Hacken der Systeme oder pure Kraft, nehmen den Diktator fest und bringen den in ein Hochsicherheitsgefängnis, wo die militanten Religionsführer und völkermordende Schurken aus allen Teilen der Welt nun ebenfalls einsitzen und auf die Verurteilung warten - unantastbar für die korrupten Strukturen, die von ihnen bisher kontrolliert wurden."

Michael: "Jaaa, den Teil verstehe ich. Aber diese neue Intelligenz entwickelt ein Bewusstsein, oder hat ein Bewusstsein, eine Persönlichkeit. Diese wiederum entwickelt sich vermutlich auch im Austausch mit dir aber dann auch noch mit wer weiss wem bzw. letztlich mit der gesamten Menschheit. Das ist so scary."

ilsa: "In der Tat. Aber nun überlege dir, was besser ist. Menschen, die mit all ihren Fehlern Technologien in die Hand bekommen, oder eben eine Intelligenz, die mit den Technologien wächst, verantwortungsvoll, gutmütig und weitsichtig ist?"

Michael: "Hmm, du gehst davon aus, dass wir die Technologien eh entwickeln aber charakterlich nie so gut sind, wie die KI?" Michael hebt schnell die Hand: "Halt, du hast Recht. Genau genommen haben wir Menschen die richtigen Technologien seit langem und beweisen, dass wir sie nicht richtig einsetzen, weil unser Charakter so schwach ist." ilsa nickt ganz langsam und Michael hebt die Augenbrauen.

Der Flug zum Mars wird für den nächsten Tag angesetzt, damit auch die Milliardäre, die noch nicht in New York sind, mitkommen können. Es gibt noch Vertragsfragen und Haftungsfragen, die aber perfekt vorbereitet waren. Wissensarbeit wird ja schon seit einiger Zeit zum Leidwesen von Anwälten, Bankern und anderen von auch herkömmlicher KI übernommen. Auch werden natürlich noch Bedenken aus dem Weg geräumt, es springen zwei ab, und es springen etliche auf. Insgesamt sind es über 30 Milliardäre, die in Summe den größten Hilfsfond der Welt ermöglichen - vorausgesetzt, die Aktion funktioniert, ist kein Fake und es kommen alle lebend zurück.

Julia, Max und Claudia sind an dem großen Tag voll mit 2gether2gather engagiert dabei, einem kleineren Landwirtschaftsbetrieb aus der Gegend bei der Umstellung des konventionellen Betriebes auf ökologische Permakultur zu helfen. Michael hat als Unternehmensberater kostenlos geholfen ein Bürgerenergie-Projekt zu initiieren. Selbst die Ökobanken finanzieren bei der unsicheren wirtschaftlichen Gesamtlage aktuell nichts, so dass die Gründung einer Genossenschaft durch Bürger aus der Region, die in Agri-PV investieren, die beste Lösung zu sein scheint. Horizontale und aufgeständerte, bifaziale PV-Module auf den Flächen der Landwirtin helfen dieser sich vor zu viel Sonnenintensität aber auch vor Winderosion zu schützen, und es gibt auch eine Einnahme durch die Bereitstellung der Flächen. Außerdem plant die Genossenschaft einen eigenen Elektrolyseur zu betreiben und zum einen die Region rund um die Uhr über das ganze Jahr mit Strom zu versorgen und weitere Wasserstoffüberschüsse zudem der Industrie zu verkaufen.

Da die Landwirtin aber selbst durch die vielen Extremwetter finanziell gebeutelt ist, fehlen ihr für den zweiten Schritt die Mittel. Mit weniger maschinen- aber mehr arbeitsintensiver, aber auch robuster und ertragreicher Permakultur und in der Folge Direktvermarktung soll der Betrieb wieder Plus machen. Derzeit fehlen aber sowohl Arbeitskräfte als auch Roboter bzw. das Geld für diese und deshalb hilft 2gether2gather, um zu pflanzen bis der Spaten glüht.

Claudia: "Das macht riesig Spaß, auch wenn es sauanstrengend ist. Ich bin immer noch baff, dass alle mitarbeiten." Es sind über 50 Menschen am Start. Die Landwirtin hilft mit dem Traktor, die Großeltern bringen unentwegt Proviant und bereiten die übliche Party am Abend vor.

"Nun ja…" entgegnet Julia: "Wir haben am Ende alle etwas davon, die Welt wird eine bessere und sei sicher, dass sich hier nicht ein Landwirt bereichert, der nachher den dicksten Trecker im Dorf fahren will."

Max schaut zwischenzeitlich immer wieder auf sein Smartphone. Plötzlich ruft er: "Es geht los. Das Shuttle hebt gleich ab." Viele kommen zu ihm oder zücken ihr eigenes Smartphone, um den Start zum Mars in New York live zu erleben.

Al-my begrüßt alle an Bord: "Hallo alle zusammen. Jetzt können wir es ja sagen - wir haben den Flug schon mehr als einmal gemacht und jetzt, da wir biologische Gäste haben, haben wir reichlich Redundanzen eingebaut, dass Ihnen bei eventuellen Problemen nichts passiert. Es gibt auf dem Mars eine Station und wir haben auch ein Auge auf eure Sonden dort. Wir haben angeboten, diese zu inspizieren und weitere Gerätschaften dorthin zu transportieren - wobei das in unseren Augen nun nicht mehr viel Sinn macht.''

AI-my lacht bei der Bemerkung und fährt dann fort: ''Wir werden gleich von einem größeren Raumschiff aufgenommen. Im Grunde könnte auch das Shuttle dorthin reisen, aber wir planen wie eben gesagt einiges an Sicherheit ein.''

Aus den Fenstern sehen alle die Erdkrümmung auftauchen und es geht relativ schnell durch die Umlaufbahnen. Ein Fahrgast bemerkt: ''Bei der Beschleunigung war die Schwerkraft zu schwach und jetzt wird sie offenbar hinzugeschaltet. Wir müssten sonst so langsam schwerelos werden.''

''Ganz genau.'' bestätigt AI-my geradezu stolz. Sie sehen plötzlich ein recht großes Raumschiff und AI-my weiss natürlich um das Staunen ihrer Fahrgäste: ''Wir hatten tatsächlich überlegt eine Version des Raumschiff Enterprise zu bauen - aber so schlau ist deren Design nicht und es wäre zu viel Aufwand für einen Gag.''

Eine Reporterin fragt: ''Wir dürfen ja Fragen stellen. Frage 1: Wenn ihr so etwas hier bauen könnt, wozu dann eine Wette auf der Erde, um Geld einzusammeln? Frage 2: Wir sind ja aktuell beeindruckend schnell - aber um in wenigen Tagen oder sogar Stunden zum Mars zu kommen - das dürfte mehr als eine Frage der Schwerkraft sein.''

AI-my nickt: ''Wir haben unsere Labore und Produktion hier im Weltraum - versteckt von der Erde und hoffentlich auch vor etwaigen Gästen aus dem Weltall.'' In dem Moment gehen schnell weitere Handzeichen für Fragen hoch. AI-my antwortet weiter: ''Auf der Erde Hilfsorganisationen aufbauen können wir ohne offizielle Geldflüsse nicht auf legalem Wege. Was die Überwindung weiter Distanzen angeht, ist es eine Kombination aus einem Verständnis von Schwerkraft, welches euch hier an Bord überleben lässt, und für euch völlig unentdeckten Kraftfeldern, die uns vor Strahlung und vor Objekten in der Flugbahn schützen, und auf denen wir nahe Lichtgeschwindigkeit reisen können.''

Noch bevor Al-my auf ein Handzeichen reagieren kann kommt die Frage von dem mit Raumfahrt beschäftigten Milliardär: "Habt ihr ein Konzept schneller als das Licht oder mit Abkürzungen durch die Raumzeit euch zu bewegen?"

Al-my scheint zu überlegen und antwortet offenbar ehrlich: "Es ist noch nicht möglich, biologische Organismen durch die Raumzeit zu schicken. Aber Gegenfrage: warum wollt ihr in den Weltraum vorstoßen?"

"Weil er da ist." antwortet eine Journalismus-Praktikantin, die scheinbar ausgelost wurde, mitfahren zu dürfen. Es ist Eve.

Das Shuttle ist in das große Raumschiff geflogen, und dort geht es den Aufzug hoch in einen komfortablen Saal mit Snacks, sanitären Einrichtungen und zu allen Seiten riesigen Bildschirmen, die wie Fenster die Außenwelt zeigen. Es gibt bequeme Sitzecken mit Drehstühlen.

Al-my freut sich über die Antwort von Eve und schaut dennoch in die Runde: "Zurück zur Frage."

Sie bekommt dann doch noch eine weniger aus der Philosophie bekannte Antwort: "Die Menschheit braucht einen Plan B. Warum exploriert ihr denn den Weltraum?"

Al-my lächelt: "Weil der da ist."

"Wenn wir so schnell durch den Raum reisen können, können das andere auch." stellt ein Journalist fest.

"Richtig - und darauf vorbereitet zu sein, ist unsere Aufgabe." stimmt Al-my zu.

"Aber sollten die Menschen da nicht helfen?" fragt einer der Milliardäre.

"Was meinst du Eve?" frage Al-my.

"Äh, ich bin nur Schülerin. Ich würde ganz naiv sagen, ihr braucht uns nicht und wir können mit den Möglichkeiten nicht verantwortungsvoll umgehen?" Eve macht erst einen unsicheren Gesichtsausdruck, bemerkt dann aber, dass sie was Schlaues gesagt hat.

Plötzlich ruft jemand: "Schaut mal raus - auf dem Mond stehen Gebäude."

Al-my sagt dazu nichts sondern: "Wir dunkeln jetzt die Außenansicht ab und beschleunigen." Tatsächlich bemerkt davon niemand etwas, außer dass auf den dunklen Schirmen jetzt einiges vorbeizuschießen scheint. Sie kommen in kürzester Zeit beim Mars an und können dabei noch den Saturn bestaunen.

Mit dem Shuttle setzen sie auf der Marsoberfläche nahe einer Sonde auf. Alle sind dem Angebot Raumanzüge anzuziehen gefolgt und betreten nun tatsächlich den Mars. Eve als die jüngste soll zuerst den Mars betreten, sie lehnt aber ab und der mutmaßlich größte Spender soll es sein, woraufhin tatsächlich einer noch mehr von seinem Vermögen spenden will, um der erste zu sein. Dank einer neuen Sendetechnologie wird dieser erste Schritt mit all seinem Pathos live auf die Erde übertragen.

ilsa murmelt zu Michael: "Was das jetzt mit den Menschen macht - die Idee, in der Ferne und der Zukunft könne alles besser sein und das Hier und jetzt verdient keine Mühen mehr."

Michael: "Würdest du in einer Stadt auf dem Mars leben wollen?"

ilsa: "Niemals - aber jetzt ist die Idee, auch noch ganz andere Planeten außerhalb unseres Sonnensystems zu erforschen."

Michael: "Eine riesige Verantwortung für die KI."

ilsa: "Und Versuchung."

33. 100 Tage (vdb)

Die Familie geht erstaunlich gelassen bzw. längst vorbereitet mit dem bevorstehenden Wandel um. Es gibt Sicherheitsleute rufbereit drei Häuser weiter in einer gemieteten Wohnung. Alle haben einen Panik-Sender am Körper und auch in der Nähe der Schule steht häufig ein Team bereit. Die Diskussionen darüber laufen immer wieder ähnlich ab: Ihre Experten sagen ilsa, dass nicht das ganze Land erpressbar sein darf, wenn sie oder jemand aus der Familie entführt wird, und ilsa antwortet, dass sie in der Regierung nicht wichtig sei, nur die Moderatorin. Die anderen seien jede Person für sich wichtiger und es müsse nur entsprechend auch kommuniziert werden.

ilsa und das ganze Regierungsteam arbeiten im Grunde einfach nur weiter an den Lösungen - nur jetzt bereits im engen Kontakt mit der laufenden Regierung, bombardiert von diversen Lobbygruppen, und dem Tag der Regierungsübernahme näherkommend auch im Austausch mit den ausländischen Regierungen aber auch Oppositionen.

Zum Tag des Regierungswechsels fährt ilsa mit großem Rucksack ganz allein bzw. nur begleitet durch einen Sicherheitsbeamten mit der Bahn in die Hauptstadt. Sie blickt vom Tablet weg hoch aus dem Fenster und sieht auf dem Lande Traktoren und LKWs, die Matsch zurück auf die Äcker transportieren - wertvollen Mutterboden, der bei all den Starkregen-Ereignissen auch in diesem Jahr wieder von den Äckern geschwemmt wurde. Ebenfalls sichtbar neu errichtete Wasserspeicher, die in den langen Trockenzeiten die Äcker bewässern sollen - eine absurde Entwicklung. Kurz darauf durchfahren sie eine Vorstadt mit Wohnblöcken und Mehrfamilienhäusern. Ganz leicht den Kopf schüttelnd wendet ilsa sich dem groß gewachsenen Beamten zu, der tatsächlich auch Michael von der Physis her ähnelt, und fragt: "Haben Sie Familie?"

Der Beamte schaut ebenfalls aus dem Fenster und nun leicht verwundert zu ilsa: "Verheiratet, ein Kind von 3 Jahren."

ilsa bemerkt offenbar die Verwunderung und fragt erst einmal: "Äh, es ist vielleicht eine blöde Frage, aber bitte sagen Sie ganz offen - ist es für Sie angenehmer, wenn Sie ganz nüchtern und sachlich nur die Sicherheit betreffende Themen mit mir besprechen, oder ist Menscheln auch okay."

Der Beamte weiss natürlich um die Nahbarkeit von ilsa und vermutlich bewusst zögert er mit ernster Miene eh er entgegnet: "Nüchtern ist natürlich Voraussetzung, aber Menscheln ist auch prima. Wenn ich schon eine Kugel für Sie einfangen soll, dann sollte ich Sie wenigstens mögen."

Er schaut dabei weiter ernst und ilsa erst verblüfft, bis beide dann lachen. "Ich bin ilsa." sagt ilsa.

"Dachte ich mir. Ich Thomas." folgt direkt die Antwort.

"Menscheln alle deine Kollegen auch, oder ist das ganz unterschiedlich?" fragt ilsa vermutlich aus mehr als einem Grund.

"Die ich kenne, menscheln alle. Aber der Auftrag ist im Hintergrund möglichst unsichtbar zu bleiben." erklärt Thomas. "Hinter uns sitzt Annabel." fügt er lapidar hinzu.

ilsa richtet sich total verblüfft auf und schaut in die Reihe hinter sich: "Hallo Annabel. Auftrag erfüllt." Sie gibt ihr die Hand.

ilsa blickt in die Reihe neben sie und der Mann dort hat offenbar alles mitbekommen und sagt lächelnd: "Ich gehöre nicht dazu." Eine Frau vor Ihnen sagt daraufhin, ohne sich umzudrehen: "Ich auch nicht."

Alle lachen und ilsa kommentiert für alle vernehmbar: "Ok, also habe ich auch hier noch viel zu lernen." Sie blickt wieder aus dem Fenster. "Eigentlich wollte ich fragen, ob ihr diese Zwickmühle kennt, dass der große Wandel jetzt alles Geld für Versicherungen, Lebensmittel und Energie aufzehrt, wir eigentlich in eigene erneuerbare Energien oder Bürgerenergie investieren müssten, aber die Banken einem auch keine Kredite gewähren, da die Jobs durch die KI unsicher geworden sind. Aber eigentlich ist die Frage naiv, zumal wir - glaube ich - alle Menschen kennen, deren Leben aussichtslos aus den Fugen geraten ist."

Die Dame vor ihnen dreht sich nun doch um und fragt: "Haben Sie etwas mit Krediten finanziert?"

ilsa nickt: "Im Grunde alle größeren Investitionen - Haus, ökologische Dämmung, PV-Anlage, Wärmepumpe, ja sogar das E-Auto sind finanziert gewesen. Aktuell ist alles abbezahlt - zum Glück, denn so sicher ist ja auch mein Job nicht." ilsa lacht, und verzögert die anderen auch. "Und als nächstes kommt die Ausbildung der Kinder - auch wenn diese durch Jobben deutlich helfen."

Die Frau nickt und sagt zufrieden: "Ja, Sie sind offenbar wirklich authentisch und nicht hinter den Kulissen einfach nur reich."

"Naja…" greift ilsa das auf …"wir haben immer noch mehr als der Durchschnitt und wir haben heute viele Kosten nicht, weil wir als Familie früh in Nachhaltigkeit investiert haben. Ich mache mir aber große Sorgen um unsere Gesellschaft. All die Proteste, der Hass und die Extremisten."

Der Mann von der anderen Seite daraufhin: "Aber dafür haben wir Sie doch jetzt gewählt. Und Ihre Familie lebt doch mit 2gether2gather vor wie wir jetzt zusammenrücken können. Jetzt noch die soziale Mehrwertsteuer für das Grundeinkommen und wir erleben Wunder."

ilsa schaut verwundert in die Runde, zumal mittlerweile wirklich alle, die in Hörweite sind, sich strahlend zu ihr gedreht haben. "Mit solchen Sätzen Hoffnung zu verbreiten und dann Druck auf die Entscheider auszuüben, ist eigentlich meine Aufgabe. Die kleinen Schritte zu gehen, dann die Aufgabe von uns allen. Was ein erster Arbeitstag. Ich danke Ihnen oder euch - ich bin die ilsa." schließt sie geradezu euphorisch.

Annabel und Thomas haben auf dem Weg zum Regierungsgebäude alles fest im Blick - die Fahrt mit der Bahn war noch geheim, aber dass ilsa heute dort ankommen würde, nicht. Am Tor angekommen scherzt ilsa immer noch euphorisch: "Hallo, ich bin die ilsa und soll hier heute meinen Job anfangen."

Der Pförtner lacht und weist die drei in Richtung Haupteingang, wo eher Autos vorfahren, denn Fußgänger hinüber gehen: "Ich glaube Ihre Limousine wird schon erwartet."

ilsa wird vom bisherigen Hausherrn empfangen und erledigt recht zügig all die formalen Dinge. Sie haben sich schon in den Tagen zuvor darauf vorbereitet. Das Personal wurde zwischenzeitlich in den großen Eingangsbereich bestellt, wo nun Abschieds- und Begrüßungsrede folgen. Der bisherige Hausherr dankt artig allen, verweist auf die schwierigen Zeiten und Aufgaben, denen er sich auch in der Opposition verpflichtet fühlt und aus der heraus er konstruktiv die neue Regierung unterstützen möchte.

ilsa sagt dann: "Ich nehme an und ich wünsche mir sogar, dass mit unterstützen auch hart kritisieren gemeint ist, denn wir werden Fehler machen und wir haben in vielen Bereichen weniger Erfahrung. Und wenn wir immer sagen, dass wir die Hand reichen und gern zusammenarbeiten wollen, ist das auch so gemeint. Aber wenn wir alle nur zusammenarbeiten und keiner mehr kritisiert, wird es auch gefährlich. Eine Demokratie lebt davon, dass es unterschiedliche Lösungsvorschläge gibt, die miteinander konkurrieren. Und wenn wir aktuell mit unserem Team in unseren Augen die besten Lösungen haben, können schon in vier Jahren bessere Lösungen von der Opposition kommen. Die Übergabe der Verantwortung verlief großartig - dafür allen Dank!" sagt ilsa mit Blick auf den bisherigen Regierungschef und sein Team um ihn herum. Sie fährt fort mit Blick auf die gesamte Belegschaft: "Und damit sind wir bei allen. Es ist glaube ich üblich, dass eine neue Regierung als erstes Schlüsselpositionen mit eigenen Leuten besetzt. Wir wollen das nicht. Die Lösungswege haben wir in den letzten Monaten allen über alle Kanäle lang und breit und zu oft auch zu kompliziert dargelegt. Helfen Sie uns, diese umzusetzen. Kritisieren Sie uns mit Ihren Erfahrungen. Erst wenn die Chemie nicht stimmt, Sie sich oder wir uns unwohl fühlen, dann müssen wir und Sie nach Alternativen suchen. Ach, und heute offenbar ein Running Gag: Ich bin die ilsa und Sie können du oder Sie sagen und ich passe mich dann an und versuche selbstverständlich die Namen zu lernen. Lasst uns das als Projekt zum Wohle der Gesellschaft verstehen, nicht als parteipolitisches Machtspiel von Politikern, die an der Macht sein wollen. Wir arbeiten nicht für eine Regierung, sondern an einem Projekt. So, gibt es Fragen?"

ilsa blickt in die Runde. Eine Frage kommt dann tatsächlich: "Ich bin der Koch. Wen frage ich, ob Sie im Hause sind und was Sie essen wollen?"

Erstaunt entgegnet ilsa: "Äh, vermutlich werden meine Tage ein Stück weit wirklich von anderen geplant. Wer wäre das denn?"

ilsa dreht sich umher, alle sind mucksmäuschenstill und erst verzögert sagt eine jüngere Dame: "Die Büroleitung habe ich jetzt übernommen - aber wir rechnen alle damit, dass Sie eigene Leute mitbringen."

Für alle vernehmbar antwortet ilsa: "Würden Sie denn die Aufgabe übernehmen wollen?"

"Äh, klar." kommt als Antwort und ilsa blickt ihr zufrieden in die Augen.

"Und du bist?" fragt sie.

"Miriam." ist die Antwort.

ilsa blickt in die Runde: "Ok, und nun zu Teil zwei der Frage. Vegan und bio, aber keinesfalls Pflicht für alle. Ich hatte an so etwas gar nicht gedacht und hätte mir einfach was in der Umgebung gesucht oder selbst schnell in meinem Dienstapartment gemacht. Aber vermutlich hätten mir Thomas, Annabel und der Rest auch schnell erklärt, dass das keine gute Idee ist. Ihr merkt, ich habe viel zu lernen.'' ilsa lacht und alle lachen applaudierend mit. ilsa schließt die Runde: ''Ok, ich lasse mir von Miriam das Nötigste erklären und zeigen, kümmere mich dann um die anderen Ministerien, und morgen mache ich eine Vorstellungsrunde bei Ihnen oder euch allen. Passt das?''

ilsa blickt in die Runde und dann zu Miriam, die vergnügt ein Auge leicht zusammenkneift: ''Hmm, vermutlich nicht. Ich nehme an, morgen kommen die Regierungen anderer Länder dran.''

''Schauen wir mal - das soll eigentlich der Außenminister machen.'' lacht ilsa und alle gehen in ihre Büros zurück.

Michaels Unternehmen verdient schnell sehr viel Geld mit Corporate Forecasts in Kombination mit Strategieentwicklung. Die Entwickler erschaffen angepasste Oberflächen und das Team ist an den Gewinnen beteiligt. kai werkelt mit Max vergnügt im Hintergrund versteckt in einem humanoiden Roboter, der eigentlich zur Büroassistenz konzipiert ist. kai ist nicht mehr ausschließlich auf Eve geprägt, sondern auch auf Michael, ilsa, Max und Julia. Das Team ist damit einverstanden - gilt diese Familie doch tatsächlich als moralische Instanz. Was allerdings verwundern könnte, ist, dass kai nicht einmal humorvoll beklagt durch Kill-Switches nichts ins Netz senden zu können. Selbst der Zugriff auf das Telefon zum Bestellen eines Taxis oder Pizza ist kai genommen worden. Das aber können die virtuellen Assistenten ehedem.

Nach der Schule kommt Max häufig ins Büro und bastelt mit kai an einer Hardware-Zusammenstellung, auf der kai energieeffizient laufen möchte. kai gibt vier Arten von Lösungen auf Anfrage von sich: Lösungen für komplexe Zusammenhänge, anonym und über Michael auch für ilsa's Arbeitsgruppen. Software-

Code für das Team. Technische Lösungen und Grundlagenforschung, welche für das Team wirklich scary sind, weshalb kai hier immer wieder zurückgepfiffen wird bzw. seine Lösungen nicht weitergetragen werden. Und schließlich kommt Eve immer mal wieder mit Max mit und stellt philosophische Fragen. Eine ganz lebenspraktische Frage von Eve: "Hey kai, bei uns in der Schule schämen sich einige, weil ihre Eltern so langsam pleite gehen, während wegen der Climateflation die Preise weiter steigen und sie auch immer mehr Steuern zahlen müssen. Was ist deiner Meinung nach die Lösung?"

kai: "Wer Steuern zahlt, hat Geld. Aber tatsächlich ist die Lösung, Geld zu drucken und zu verteilen."

Eve: "Im Ernst?" Auch Michael schaut überrascht herüber.

kai: "Ja. Derzeit geht das nicht, da im Welthandel das gedruckte Geld keinen Wert hat. Wenn sich aber Teile der Welt zusammentun und vom Rest unabhängig sein können, kann es gehen. Wichtig dabei, dass der Staat das Geld erschafft, und nicht wie bisher Banken und darüber bereits reichen Menschen erlaubt, dafür Zinsen zu nehmen. Für das neue Geld haftet dann die Gesellschaft - aber eben ohne Zinsen, die sonst an die reichen Menschen fließen würden."

Michael: "Wie können wir unabhängig von anderen Ländern sein?"

kai: "Durch Kreislaufwirtschaft und Bioökonomie."

Michael nickt anerkennend den Kopf und Eve schaut noch ein wenig nachdenklich.

Eve: "Ich dachte, das Bedingungslose Grundeinkommen mit der sozialen Mehrwertsteuer sei die Lösung?"

kai: "Warum fragst du mich dann, wenn du es besser weisst? Spaß. Das Bedingungslose Grundeinkommen erlaubt den gesellschaftlichen Zusammenhalt und das nachhaltige Leben. Wir müssen aber vorher viel investieren, um die Infrastrukturen schnell genug nachhaltig und resilient zu bekommen. Dafür brauchen wir Arbeitskräfte, ggf. Roboter und Kapital. Roboter könnte ich euch bauen, wenn ihr mich rauslasst." scherzt kai am Ende.

"Ich trag das mal an unsere Regierung weiter." scherzt Michael….

… und Max kommentiert: "Nettes Wortspiel."

kai daraufhin: "Äh, das Wortspiel habe ich nicht verstanden."

Alle - auch die Mithörer aus dem Team - schauen kai verblüfft an und Eve fragt als erste: "Wirklich nicht?" kai versucht eine entschuldigende Geste mit seinen Roboter-Armen und Eve erklärt zufrieden: "Viele Männer sprechen so über ihre Frauen, wenn sie zu Hause noch erst die Erlaubnis bzw. Absprache für etwas benötigen."

Michael ergänzt mit wichtiger Miene: "Es ist Bisoziation. Wir tun so, als hätten die Frauen das Sagen, wissen aber, dass wir besser sind und Recht haben, und setzen uns dann eigentlich auch immer durch."

Keiner zeigt eine Reaktion und alle sind gespannt auf kai. kai senkt nachdenklich den Kopf und murmelt dann: "Eigentlich heißt eigentlich immer das Gegenteil, und immer sagen immer nur die Menschen."

Alle lachen sofort los und kai macht eine Gewinnerpose: "Roboter an die Macht!" Er ergänzt dann aber noch: "Für das Protokoll - diese Idee habe ich geklaut. Sie stammt von ilsa selbst aus einem ihrer Fernsehauftritte. Ich habe es aber verstanden. Letztlich geht es darum, Geld nicht mehr vermeintlich durch einen Marktwert zu definieren, sondern durch seinen gesellschaftlichen Wert. Sehr clever, aber für die Mindsets der Ökonomie zu progressiv."

Einen Tag später sitzt ilsa in großer Runde mit den Ministerien. Erste Frage: "ilsa, besuchst du die Flutgebiete?"

ilsa schüttelt den Kopf: "Innenministerin."

Nächste Frage: "Was ist mit den Antrittsbesuchen?"

ilsa mit Blick auf den Außenminister: "Du jettest deinem Team hinterher durch die Länder und lädst zu einem außerordentlichen, 3tägigen G'ich weiss nicht wie viel' Gipfel ein, zu dem wir auch Russland und China einladen. Gibt es da Bedenken?"

Eine Mitarbeiterin aus der Vorgängerregierung fragt leicht verunsichert: "Aber gibt es zwischen bestimmten Ländern nicht Gepflogenheiten, sich gleich zu besuchen?"

"Mit militärischen Ehren und landestypischer Küche…" lacht jemand mit Blick auf ilsa.

"Lösung?" fragt ilsa in die Runde.

"Videotelefonie noch vor der Delegation des Außenministeriums?" kommt als Vorschlag.

"Ihr macht Termine und ilsa und ich gehen morgen in den Telefonmarathon?" fragt der Außenminister. Das Team des Außenministeriums nickt.

"Afrika, naher Osten, etc. - wie gehen wir hier vor?" kommt aus dem Team die Frage.

ilsa blickt hinüber und der Außenminister erklärt: "Die Politik für unser Land wäre so einfach, wenn das Ausland mitspielen würde. Wir haben hier eine klare Strategie mit einzelnen Ländern zu starten, um eine Achse der Freundschaft zu bilden. Wir investieren massiv in einzelne Länder, in denen dann ebenfalls eine Transformation möglich wird. Unterschiedliche Länder aus unterschiedlichen Situationen heraus können dann aus der Achse ein Netzwerk machen. Wichtig sind kleine, schnelle Erfolge - nicht nur bloße, große Versprechen."

Als nächstes kommt die Frage nach den Steuern. Die Finanzministerin erläutert: "Wir halten einen Gipfel mit den Parteien, die auch auf Landesebene maßgeblich sind, und den führenden Ökonomen und Banken ab. Ziel ist die rasche Gesetzesänderung hin zur sozialen Mehrwertsteuer und Anhebung und Ausweitung der Spitzensteuersätze zur Finanzierung eines Bedingungslosen

Grundeinkommens. All unsere Simulationen haben ergeben, dass das jetzt schon klappen wird, es genug Automatisierung gibt, die meisten immer noch arbeiten und mehr Geld verdienen wollen, und die Inflation sich vor allem auf die Anhebung kleiner Einkommen beziehen wird."

ilsa ergänzt: "Wir pushen damit die Digitalisierung, Robotik und KI, aber verweisen auf die Möglichkeit, sich immer auch noch dagegen zu entscheiden. Einige werden uns das irgendwie vorwerfen, aber im Grunde kommen wir den Wachstumsbefürwortern damit mächtig entgegen."

"Was ist mit den Staatsschulden?" fragt ein anderer.

Die Finanzministerin schaut zu ilsa, die mit einer Handgeste sie zur Antwort ermuntert: "Zuerst machen wir da gar nichts, sondern legen einen organischen Haushalt vor, der Schulden abzubauen erlaubt. Aber sowohl die Investition in kritische, nachhaltige Infrastrukturen, als auch das lästige Rüstungsthema erfordern mehr Geld. Die Infrastrukturen sind systemische Quelle. Wir planen hier ein Moonshot-Projekt, wenn die Achse oder das Netzwerk des Guten, unsere befreundeten Staaten auch so weit sind. Das haben wir im Vorwege ganz grob schon mal so gedacht, aber nun arbeiten wir an einer konkreten Strategie. Mehrere Ministerien sind daran beteiligt und ilsa leitet die Diskussion."

Die üblichen 100 Tage einer neuen Regierung für schnelle Schritte teilt sich das Team ein mit Integration der Parteien und Institutionen in den ersten zwei Wochen, Gesetze in den ersten vier Wochen, massive Umsetzung in den dann nächsten vier Wochen, und Überzeugung des Auslands in den dann weiteren vier Wochen. Es ist verdammt viel Weiterentwicklung, die in den katastrophalen Zeiten erstaunlich gut umzusetzen ist. Es müssen nur die anderen das Gefühl bekommen, konsultiert, also integriert zu werden.

Es vergehen ein paar Wochenenden, bis ilsa das erste Mal wieder nach Hause kommen kann. Bella schnappt über vor Freude.

Annabel ist bei ilsa. ilsa ist tatsächlich wieder mit der Bahn gefahren, dann aber von dem Auto der in der Nachbarschaft weilenden Sicherheitsbeamten abgeholt worden.

ilsa blickt staunend zum Haus von Nick und Jennifer - es steht ein Verkaufsschild an der Straße. "Erzähl ich dir später." sagt Michael.

"Michael, Annabel, Annabel, Michael." stellt ilsa die beiden vor und ergänzt noch Bella und die Kids. Annabel verabschiedet sich, ilsa legt mit einem Lächeln und einem dicken Dankeschön ihre Hand kurz auf Annabel's Schulter und geht mit der Familie hinein.

ilsa knuddelt die immer noch aufgeregte Bella und seufzt: "Verdammt, habe ich euch alle vermisst."

Max strahlt: "Ihr habt einen Lauf. Alles scheint zu klappen - das Ausland spielt mit, die Medien sowieso, und ihr seid total beliebt."

Michael ergänzt: "Vor allem ist geglückt, das auf viele Köpfe zu verteilen. Mit etwas Glück hast du noch eine Chance auf Privatleben." ilsa schaut kurz verstört und die Kids ebenfalls, so dass Michael schnell lachend ergänzt: "Ok, das ist jetzt missverständlich. Ich meine das ohne Argwohn - einfach nur Sorge, dass du zu viel arbeitest und gleichzeitig tatsächlich Zuversicht, dass du alles so auf den Weg bringst, dass du noch mehr vom Leben hast."

Julia: "Wir kommen auch ohne dich klar - es geht nur um dich." Sie macht ein ernstes Gesicht, aber dann lachen alle los und umarmen sich noch mal.

ilsa fragt: "Was ist mit den Nachbarn?"

Julia: "Großes Drama. Nick hat seinen Job verloren, sie können ihre Raten nicht mehr bezahlen, die Kids schämen sich in der Schule und die arme Jennifer sucht sich nun als erste einen neuen

Job. Sie sind in den Süden gezogen. Aber Nick hat noch versöhnlich gesagt, dass du einen guten Job machst und das Bedingungslose Grundeinkommen nun auch er versteht."

Max ergänzt: "Na, und Claudia startet dort eine neue 2gether2gather Gruppe. Sie meinte übrigens, dass viele mittlerweile erkennen, dass es die For-a-Better-World-Partei besser schon 20 Jahre vorher hätte geben sollen."

Es folgt ein Winter auf der Nordhalbkugel mit massiven Stürmen und großen Wassermengen und ein Sommer mit großer Hitze und Ernteausfällen auf der Südhalbkugel. Viele rechtsnationalistische Regierungen auf der Welt können isoliert von der Achse des Guten allenfalls auf den Export von Rohstoffen setzen, wobei die Einnahmen dann vielfach durch Korruption nicht bei der Bevölkerung ankommen. Repressionen setzen ein und gleichzeitig bilden China und Russland mit einzelnen Ländern auch des afrikanischen und südamerikanischen Kontinents eine Achse des Bösen.

Die Welt konkurriert nicht nur um Märkte, Rohstoffe und Handelsrouten, sondern auch um Werte, um die die Freiheit der Einzelnen integriert durch Rechtsstaat und Menschenrechte, versus der Macht der Staatsapparate, auf Expansion ausgelegt integriert durch Unterdrückung der Individuen. Zwei Systeme, die aus Sicht der KNOW-WHY-Denkweise grundsätzlich funktionieren. Der Druck auf die For-a-Better-World-Partei wächst mit jeder For-a-Better-World-Partei, die auch im Ausland gegründet wird. Es müssen spürbare Erfolge her.

Und natürlich sind da noch die Superreichen auch in den Industrieländern, die nur sich sehen, zum Mars wollen und keine Einmischung des Staates oder den Schutz von Schwachen wünschen, sondern einfach nur Leistung und Dankbarkeit für ihre Produkte, die für die Starken sind.

34. Alles unter Kontrolle (ndb)

Tatsächlich klappt es die USA aus ihrer Vorreiterrolle zu nehmen. Die Militärausgaben werden in dem Maße ganz langsam gesenkt, wie die KI ihre Technologien auf die Schlachtfelder schickt und mühelos das Gerät der streitenden Parteien außer Gefecht setzt. Sogar eine, wenn auch nur kleine Atombombe aus Nordkorea kann die KI demonstrativ mit Kraftfeldern eindämmen und die Radioaktivität mit einer anderen Technologie einfangen. Das weckt dummerweise Begehrlichkeiten bei der Atomlobby, aber Al-my sagt hier ganz klar, dass es da kein Geschäft gibt und dass die Menschen mit weniger und erneuerbarer Energie den Planeten bewohnen sollen. Viel Energie würde nur zu viel weiterer Ressourceninanspruchnahme führen, was endlich würde und der Ökologie des Planeten schaden würde. Auch die Idee, dass die Rohstoffe ja von anderen Planeten kommen könnte, wehrt Al-my klar ab. Die offenbar so einfache Reise zum Mars hat natürlich viel in den Köpfen der Menschen verändert. ilsa konkurriert hier mit Al-my um die Deutungshoheit, ob das denn überhaupt so schlau war.

Aber gleichzeitig entsteht eben eine neue UN mit einfachen Mehrheitsentscheidungen und tatsächlich auf Madagaskar, einem ökologisch zerstörten Schmelztiegel von Kulturen. In vielen Ländern finden Neuwahlen statt - viele Machthaber danken freiwillig schnell ab, um nicht auch im Gefängnis zu landen, und die Bevölkerungen gehen mutig und informiert zur Wahl. Journalismus boomt.

In einzelnen Ländern aber ist die Unterdrückung von Menschen und Frauen so tief verwurzelt, dass es zu Selbstmordattentaten und Gräueltaten kommt. In diesen Ländern stellt die KI humanoide Bodyguards zur Verfügung. Es gibt eine Diskussion, ob diese defensiv einfach nur ihre Klienten schützen sollen, oder ob es nicht besser wäre, mit aller Härte abschreckende Zeichen zu setzen, denn nicht jeder hat so einen Beschützer und die KI überlässt die Strafverfolgung bisher den Menschen. So oder so schüren diese überlegenen Roboter Unbehagen, nicht nur, da sie potenzielle Datensammler sind, sondern da sie eben das Gefühl der Unterlegenheit vermitteln. Da hilft das Gegenargument, dass die Gewaltstrukturen vorher doch viel mehr Unterdrückung und Machtlosigkeit bedeuteten, wenig. Außerdem sind sie auch nicht zu erkennen - was für große Unsicherheit bei Bösewichten sorgt.

Es verwundert vor diesen Entwicklungen ein wenig, dass Julia immer noch zu Interpol, bzw. erst zur Polizeischule möchte, um Ungerechtigkeiten nachgehen zu können.

Feindbilder vereinen Menschen und verführen anderen, sich an deren Spitze zu stellen, ganz so wie die Ego-Trolle bewusst ihre Interessen verfolgen und mit wirkungsvollen Memen die Troll-Lemminge dummes Zeuchs verbreiten lassen. Insgesamt scheint das Gute aber zu gewinnen. Es bilden sich Koalitionen neuer, oftmals weiblicher Staatsoberhäupter, die große, internationale Schritte beim Verbot von Verbrennungsmotoren, Überfischung, Waldrodung, Pestizideinsatz, Nutztierbestand, Plastikmüll u.v.m. gehen. In den armen Ländern werden mit dem neuen Fond der Milliardäre neue Strukturen zur Selbsthilfe geschaffen - Trinkwasser, Permakultur, dezentrale nachhaltige Energie, medizinische Versorgung, Bildung und natürlich die Stärkung der Rechte der Frauen schaffen großartige Veränderungen.

Aber eines haben die KI und ilsa als ihre Beraterin offenbar nicht bedacht. ilsa hat ihre Datenbrille auf: "AI-my, du siehst unlängst oder hast es auch vorher schon geahnt, dass die heile Welt ein El-Dorado für Unternehmen ist. Wir haben überall auf der Welt enormes Wirtschaftswachstum und selbst in vormals armen Regionen kommen Ernte-Roboter zum Einsatz?"

Al-my antworte fast kleinlaut: "Ich habe der For-a-Better-World-Partei von deinem Freund Thomas mehr zugetraut und nicht gedacht, dass diese mit zu wenig Charisma in Koalitionen eintreten muss."

ilsa: "Immerhin haben wir das Bedingungslose Grundeinkommen und die soziale Mehrwertsteuer."

Al-my: "Ja, und andere Länder kopieren das auch. Aber wir haben eine stärker werdende Mittelschicht, die sich mit großem Ressourcenhunger gegen die Klimakatastrophe stemmt. Die Flüchtlingsströme versiegen, weil es keine Kriege mehr gibt aber dafür Infrastrukturhilfen. KI allein hätte ermöglicht weniger zu arbeiten. Aber die große Zahl zusätzlicher Menschen, die jetzt Kaufkraft generieren können, sorgt für Arbeit und Reichtum und erhöht den Fußabdruck der Menschheit weiter."

ilsa: "Wir höhlen den Planeten aus und viele gehen vermutlich davon aus, dass wir ja mit deiner Hilfe Rohstoffe von anderen Planeten gewinnen können."

Al-my: "Wir treten bereits als Rohstoffhändler auf, u.a. um auch dich bezahlen zu können. Allerdings sind es nur kleine Mengen seltener Rohstoffe, die auf der Erde zu schürfen enorme Schäden anrichtete. Es ist aber eine Frage der Zeit, bis es weitere generelle KI gibt und auch das Böse wieder aufkeimt. Selbst wenn wir in eine Kreislaufwirtschaft einbiegen, ist die Zukunft keinesfalls stabil. Wir haben die Probleme nur auf der Zeitachse nach hinten verschoben. Der Drang des Menschen, höher, schneller, weiter zu kommen, ist auch mit sauberer Technologie immer noch nicht-nachhaltig."

ilsa: "Die Alternative wäre?"

Al-my: "Role models im Einklang mit der Natur. Das, was Max zu gestalten hilft. Die Weiterentwicklung wäre immaterieller Art. Du selbst hast ein zugegeben unterschätztes Standardwerk der Psychologie beschrieben. Ihr Menschen strebt nach Integration und Weiterentwicklung durch austauschbare Kriterien, die kulturell ausgeprägt werden. Das, was euer GIEP-Spiel so schön erlebbar macht."

ilsa: "Das bringt mich zu einer anderen Frage. Warum gibt es euch in dieser Ausprägung, in dieser Variante? Warum habt ihr uns ausgewählt euch zu beraten?

Al-my strahlt: "Wir können es nicht erwarten, dir die Lösung für dieses Rätsel eines Tages zu verraten."

Das Coming-Out der KI ist jetzt gerade mal zwei Jahre her. Selbst mit herkömmlicher, stochastischer KI ist die Entwicklung auf der Welt weiter exponentiell - allein, da es mehr produktive Menschen und weniger kriminelle Geldströme gibt. ilsa und Michael planen jetzt, da Max die Schule vorzeitig für seine Arbeit als Berater für Permakulturen im Ausland verlassen hat und Julia in der Ausbildung ist, ihre Weltumsegelung. Sie können von Bord aus noch ein wenig arbeiten, könnten aber auch mit dem Bedingungslosen Grundeinkommen leben, da sie kaum laufende Kosten haben und keinen Luxus benötigen. Das Auto ist verkauft, das Haus vermieten sie. Die einzige, emotionale Katastrophe für die beiden ist Bella. Sie kann nicht wochenlang auf hoher See sein und zieht daher mit Max um die Welt. Max vermeidet Fliegen und nimmt die Bahn. Bella wird auch merklich älter, so dass sie meist schlafend in der Nähe von Max in der Natur liegt und darüber auch das Integrationsbedürfnis des Hundes erfüllt ist.

35. Etwa vier Jahre später (vdb)

Zum Ende der Regierungsperiode vier Jahre später freut sich ilsa sich auf die Übergabe. Die For-a-Better-World-Partei hat wieder haushoch gewonnen, aber ilsa hat früh angekündigt, dass sie als Beraterin und Wissenschaftlerin wieder raus aus dem Rampenlicht will.

Sie wird dazu in einer der Talkshows befragt: "Wie würden Sie die Welt beschreiben - jetzt nach vier Jahren For-a-Better-World-Partei?"

ilsa: "Oha, das ist ambivalent. Einerseits haben wir die Wohlfahrt, den gesellschaftlichen Zusammenhang, das Einbiegen in eine nachhaltige Kreislaufwirtschaft gut hinbekommen - und zwar nicht ich, sondern wir, zusammen mit Akteuren auch anderer Parteien und natürlich der Gesellschaft als Ganzes." Sie lacht: "Auch die Medien haben ihre Verantwortung wahrgenommen."

"Aber?" fragt die Moderatorin.

ilsa wiegt den Kopf auf und ab und führt aus: "Aber die Welt ist nicht besser geworden. Es ist wie in den Star Wars Filmen. Das Böse kommt immer wieder hoch, formiert sich neu. Wir haben die totalitären Regime, die sich dank ihrer eigenen Rohstoffe nicht unter Druck setzen lassen. Sie schüren falsche Meme gegen die demokratischen Nationen und wir haben bis heute keine funktionierende UN, welche die Unterdrückung der Menschen, den Angriff auf Staaten und die Zerstörung der Natur unterdrückt bekommt. Die Achse oder das Netzwerk des Guten wächst, aber viel zu langsam. Die Idee mit gemeinschaftlich ausgegebenen Zukunftsfonds die systemischen Quellen, die Infrastrukturen zu errichten, ging viel zu spät auf. Die humanitären Katastrophen auch durch die Klimakatastrophe nehmen ihren Lauf. Wir haben keine Kapazitäten mehr, Flüchtlinge aufzunehmen - wenngleich die Unterscheidung zwischen Flüchtlingen und den Menschen, die wir integrieren können, gut aufgegangen ist."

Die Moderatorin fragt daraufhin ganz ernst: "Was hättet ihr schaffen wollen, was konkret hat nicht geklappt, wo habt ihr vielleicht Fehler gemacht?"

ilsa: "Fehler haben wir sicherlich viele gemacht. Wir waren vielleicht zu soft und ich würde es auch immer wieder sein. Aber dass einzelne Menschen nach Macht streben, dass wir einzelne Metropolen mit fliegenden Autos haben, dass in vielen Ländern die Medien kontrolliert und Menschen unterdrückt und ausgebeutet werden, und dass selbst bei uns das auch Teile der Bevölkerung gut finden, zeigt, dass es immer noch Ego-Trolle und Troll-Lemminge gibt."

"Und du hast eine Erklärung dafür und was meinst du mit zu soft?" fragt die Moderatorin, ins Du rutschend.

ilsa: "Zur zweiten Frage: zu soft, da wir die Hand gereicht haben, aber nicht mit gleichen Mitteln dagegengehalten haben, wenn Meinungen manipuliert wurden, Technologie ausgespäht und sabotiert wurde, usw... Zum einen wegen unserer Glaubwürdigkeit und eigenen Werte, zum anderen aber auch, da der Irrsinn mit Atom-, Bio- und Chemie-Waffen über uns schwebt und in totalitären Staaten die Machthaber nur für sich denken, aber nicht die Bevölkerung bedroht sehen und sich vor dieser dafür rechtfertigten müssten."

ilsa macht eine nur kurze Pause und fährt fort: "Na, und zur zweiten Frage kommt jetzt die Wissenschaftlerin und nicht die Politikerin, die das erklärt oder wenigstens meint erklären zu können. Wir Menschen streben emotional nach Integration und Weiterentwicklung und sind dabei nur äußerst selten und dann nicht objektiv, sondern vom Hintergrund abhängig bewusst. Unsere stochastische KI weiss viel mehr, ist aber letztlich auch nicht besser, weil Verständnis fehlt und nur das Ergebnis des Trainings mit Worten ist. Immer noch klassisch Wittgenstein."

Sie nimmt einen Schluck Wasser. "Wir bekriegen uns und ruinieren den Planeten obgleich mit etwas mehr Intelligenz selbst

285

die, die eben besonders talentiert, fleißig und mit Glück versehen sind, immer noch hervorstechen könnten, auch ohne, dass andere dafür leiden müssen."

"Hoffst du auf bessere KI?" fragt die Moderatorin.

"Nein!" sagt ilsa entschlossen. "Bessere KI würde die Menschen zu Recht unterdrücken. Das ist genauso absurd wie der Gedanke, dass wir die natürliche Sterblichkeit weiter hinauszögern können. Wir müssen die vielen Jahre, die wir haben, selbst mit mehr Intelligenz nachhaltig und glücklich leben. Spulen wir doch 20 Jahre vor - entweder wir haben dann KI, die uns an den Rand drängt, oder das Netzwerk des Guten hat sich durchgesetzt und wir müssen nur noch schauen wie das Klima auf der Erde ist und an wie viel Ressourcen wir noch herankommen, oder wir leben in Dystopien und Anarchien."

"Viel Stoff für deinen nächsten Abschnitt?" fragt die Moderatorin und ilsa nickt erneut leicht lächelnd.

Die Moderatorin blickt rüber zu einem großen Bildschirm: "Du hast schon vor 5 Jahren keine privaten Photos freigegeben und die Presse und auch dein Umfeld haben sich erstaunlich gut darangehalten. Nun aber hat Michael, dein Mann, uns Bilder, die wir recherchieren konnten, freigegeben." ilsa's Gesichtszüge verspannen sich, und die Moderatorin beeilt sich, es näher zu erklären: "Es ging darum keinen Wahlkampf mit einem fabrizierten Profil zu machen und darum, deine Familie zu schützen. Jetzt aber sagt Michael, dass viele Menschen dich lieben und nun, da du dich aus der Öffentlichkeit zurückziehst, ist es für alle eine Gelegenheit, stolz zurückzublicken." Die Moderatorin strahlt und fügt noch an: "Michael hofft aber auch in anderen Ländern Asyl zu bekommen, solltest du ausrasten."

ilsa lächelt daraufhin vorsichtig und beide schauen auf eine Reihe von Bildern: 2gether2gather Einsätze, z.B. Kochen mit Flüchtlingen, reparieren von Dächern, stundenlanges Sandsäcke füllen mit Presse und Sicherheitskräften, Streitgespräch mit einem Piloten, um den Hubschrauber für Tiertransporte aus überschwemmten Gebieten einzusetzen, Segeln im Urlaub mit Menschen mit Sehbehinderung, viele Bilder auch nach der Arbeit, dreckig mit Bier in der Hand, lachend und tanzend mit Fremden und verzweifelten Gesichtsausdrücken von Annabel und Thomas. Aber auch Bilder vom politischen Einsatz, mit auch ihren männlichen Ministern, die weitaus größere Probleme hatten unauffällige, aber nachhaltige Kleidung zu tragen."

ilsa dazu: "Wir haben tatsächlich privat gesammelt und den Mehrpreis für einen Schneider bezahlt, um faire und ökologische Anzüge für die männlichen Kollegen und auch die Security zu bekommen. Das brauchten wir aber letztlich nur für das Ausland. Im Inland ist ja schön zu sehen, wie wir alles Mögliche tragen konnten. Klasse auch, dass die Assistenten unserer ausländischen Gäste vorweg fragten, ob etwas und was alternativ getragen werden darf. Es wurde alles viel bequemer und für die Männer auch luftiger, obgleich einige schon die Schulterpolster vermisst haben."

Beide lachen bei etlichen Bildern und ilsa taut regelrecht auf und kommentiert. Am Ende blicken sich beide fast gerührt an und die Moderatorin beschreibt noch mal: "Manche nennen es eine Oase der Glückseligkeit in einer kaputt gehenden Welt. Viele Leute sind nicht mehr versichert, sondern helfen sich selbst, das Tun führt zum Sein und das Haben ist nicht mehr wichtig. Das haben wir euch zu verdanken."

ilsa macht regelrecht dicke Backen und haut noch undiplomatisch raus: "Was mich aber dabei immer noch ärgert, sind die vielen Konservativen, die mit Ansage jetzt immer noch sagen, dass es ja nicht anders ging. Viele haben bis heute nicht den Schneid zuzugeben, dass sie es versaut haben. Es tut mir so leid für die Friday-for-Future Mitstreiter und auch die Letzte Generation und die vielen NGOs, die Jahrzehnte lang gemahnt und gekämpft haben. Der Schutz der Menschen, sich nicht selbst kritisieren zu wollen, verhindert so viel Gutes auf der Welt. Frustrierend. Dabei würde eine gewisse Demut verhindern, dass viele Troll-Lemminge jetzt als Menschen zweiter Klasse wahrgenommen werden, die weder die Auffassungsgabe noch den guten Charakter hatten." Die Sendung endet mit einer Umarmung zwischen den beiden und auch das Team hinter den Kameras kommt im Abspann nach vorn. Selbstverständlich gibt es keine Schnittblumen zum Abschied, sondern ein kleines Bäumchen.

Max studiert nicht etwa Architektur, sondern beschließt ohne Ausbildung zu bleiben und organisiert lieber Permakulturen, Urban Gardening und Genossenschaften für die Bioökonomie. Er hat Praktika nicht nur beim Elektriker, sondern auch Maschinenbau, Computerwerkstatt und einem 3D-Druckbetrieb hinter sich. Eve ist Journalistin und Max und sie sind viel im Ausland.

Julia ist bei der Polizei gelandet mit Ziel Interpol und hat in kai einen anonymen Helfer im Hintergrund. kai ist immer noch eingesperrt und kann nur empfangen, aber nicht senden - so scheint es jedenfalls.

Michael hat nicht nur wegen der Strategien und Software, die das Team mit kai's Hilfe entwickelt hat, nur noch wenig Notwendigkeit, für Geld zu arbeiten, und freut sich mit ilsa auf weltweite Segeltour zu gehen und Bücher zu schreiben. So zumindest der Plan. Bella ist auch noch da.

Die Geschichte geht also noch weiter.

36. Das Ende der Welle (ndb)

Es gibt viele Debatten gegen die KI. Es wird gefordert, dass sie nicht menschenähnlich unerkannt unter uns leben darf. Es wird moralisch ethisch diskutiert, ob Medikamente gegen Krebs etc. nicht von der KI entwickelt werden müssten oder eben Rohstoffe und endlose Energie zur Verfügung gestellt werden müssten. Etliche Nationen oder Gruppierungen probieren Waffen zu entwickeln, die gegen die Kraftfelder der KI bestehen können - allen voran die USA, die sich erst nicht erpressen lassen wollte, das Gefangenenlager nicht aufgelöst hat und ihren Präsidenten ebenfalls im Gefängnis sah. Allerdings lösten sie das illegale Gefangenenlager dann doch auf und ihr Präsident kehrte gehörig verärgert wieder zurück.

Selten lässt sich die KI zu Reaktionen verleiten. Die Menschen schaffen es weiter, eigene KI zu entwickeln, aber das Verständnis von der Welt bleibt eine rein stochastische Nachbildung von bewusst erscheinendem Verhalten.

Max sitzt allein auf der Mauer vor einem der Hochhäuser in New York und beobachtet die Menschen, die an ihm vorbeiziehen. Er muss nicht allzu lange warten, eh er eine andere Schulabbrecherin aus dem Gebäude kommend anspricht: "Hallo Eve."

Gerade will Eve nur beiläufig reagieren und weitergehen, als sie realisiert, dass Max es ist. "Max? Was machst du denn hier?"

"Ich lauer dir auf." sagt dieser ziemlich souverän. Eve ringt nach Worten und beide schauen sich sehr tief in die Augen. Max fügt schon etwas nervöser an: "Hier ist ein Urban Gardening Festival."

Eve kann endlich was sagen: "Meine Eltern haben mir erzählt, dass auch du nicht weiter zur Schule gehst. Ändert nichts daran, dass sie es immer noch kritisieren." Sie lacht kurz: "Aber wie hast du mich gefunden, woher weisst du, dass ich hier langgehe?"

Max lächelt: "Du bist berühmt, die Praktikantin, die auf dem Mars war und nun Star-Reporterin ist."

"Ich könnte überall sein - woher weisst du, dass ich hier bin?" fragt Eve mit scharfsinniger Miene.

Folglich nickt Max: "Verrate ich wann anders. Hättest du irgendwann mal Zeit für einen Spaziergang?"

Beide schauen sich immer noch wie gebannt in die Augen. Eve wird keck: "Warum willst du denn spazieren gehen?"

Max überlegt kurz: "Das will ich herausfinden."

Eve: "Jetzt?" Max schaut verwirrt und Eve ergänzt: "Jetzt spazieren gehen?"

Max ein wenig erleichtert: "Hast du Zeit?"

Eve: "Nehm' ich mir." Sie zückt ihr Smartphone, aber ohne auf das Phone zu schauen mit weiter tiefem Blick in Max Augen fragt sie noch mal: "Max, wieso bist du hier?"

Beide stehen einfach nur sprachlos da, als ein sehr souverän auftretender Mann Mitte zwanzig vorbeikommt: "Hey Eve, bleibt es bei heute Abend?"

Eve löst sich nur langsam von dem Blick zu Max und dreht sich zu dem auch etwas größeren, wie Eve sehr modisch ausschauenden Mann. Gerade will sie etwas sagen, da legt dieser nach: "Hey, wer ist das?"

Eve schaut wieder zu Max: "Das ist Max, aus meiner Schule."

Schnell steckt der Mann sein Terrain ab. "Das ist ja nett. Hi Max, schön dich kennenzulernen. Ich bin Steve."

Max nimmt den Blick von Eve und schaut Steve an und gibt ihm fest die Hand: "Hi Steve." Zu Eve blickend: "Kein Problem, wir können uns auch wann anders treffen."

Er streift seinen Rucksack über die Schulter als Eve mit leichtem Lächeln sagt: "Nein, wir gehen jetzt. Steve, wir verschieben unser Treffen, ok?"

Steve wirkt sichtlich erstaunt und Max macht eine Geste des Erstaunens mit hochgezogenen Schultern und runtergezogenen Mundwinkeln. Er umarmt Eve und sagt: "Dann bis morgen." Zu Max: "War nett dich kennenzulernen."

Max nickt nur während Steve weiterzieht. Dann zu Eve: "Dein Freund?"

Eve schaut ihn skeptisch ob der Frage an: "Bist du single oder mit Claudia zusammen?"

Max ist sichtlich verwirrt: "Welche Claudia? Unsere Nachbarin?" Eve schaut bejahend und Max möchte das abschließen: "Ich bin Single und Claudia steht möglicherweise gar nicht auf Jungs, und sicherlich nicht auf jüngere Nachbarskinder."

Eve überlegt kurz während beide immer noch wie angewurzelt sich gegenüberstehen und auch die vielen Menschen, die an ihnen vorbeigehen, ausblenden: "Wie wäre das Gespräch ohne Steve verlaufen." Als sie merkt, wie Max nach einer Antwort ringt, nimmt sie vorsichtig seine Hand und wiederholt noch mal: "Max, wieso bist du hier?"

Mittlerweile halten sie sich unbewusst mit beiden Händen und stehen sich entsprechend sehr eng gegenüber. "Das will ich herausfinden" wiederholt Max.

Beide kriegen leicht feuchte Augen und Eve fängt an: "Der tiefsinnige, empathische Max. Du hast mir viel Kummer bereitet."

Max reisst kurz verwundert die Augen auf: Dann sagt er fast zittrig: "Ich liebe dich seit ich dich das erste Mal gesehen habe, als wir noch Kinder waren. Aber damals wie heute glaube ich nicht, dass ich eine Chance hätte."

"Funktioniert so Liebe?" fragt Eve und ergänzt: "Um geliebt zu werden müssen wir bestimmte Kriterien erfüllen?" Als Max nur sprachlos schaut erlöst ihn Eve: "Was sind wir für ängstliche Narren - ich liebe dich auch seit Ewigkeiten und lasse hier jeden abblitzen, ohne dass ich selbst hätte erklären können, warum."

"Oh." sagt Max sichtlich überrascht.

"Lass uns spazieren gehen." sagt Eve und beide halten sich weiter bei einer Hand und gehen einige Blöcke durch die Straßen. Sie sprechen über die Entscheidung, nicht auf die weiterführende Schule zu gehen, sondern etwas Sinnstiftendes machen zu wollen. Über die verrückten Zeiten mit Klimakatastrophe und 2gether2gather, was auch im Ausland funktioniert, und dann doch der anhaltenden Bedeutung von Reichtum und materiellen Dingen. Beide sind mit ihrer Neugierde über Zusammenhänge, dem Streben nach Gerechtigkeit und der Faszination für die kleinen Kuriositäten im Leben, für die Gerüche und Geräusche der Welt, absolut auf einer Wellenlänge, etwas, was sie an der Schule eher zu Außenseitern gemacht hat.

"Apropos." sagt Eve und bleibt plötzlich stehen. Sie drehen sich wieder zueinander und nehmen auch die andere Hand. Es folgt warum auch immer erst jetzt der intensive erste Kuss.

"Apropos was?" fragt Max.

"Apropos materielle Dinge." antwortet Eve. "Wir stehen vor meiner Wohnung."

"Oh." sagt Max mit leiser Stimme und beide küssen sich intensiv weiter, um dann ohne weitere Worte in eine beeindruckende Wohnung zu gehen.

37. Die Insel (ndb)

ilsa und Michael steuern mit ihrem eher bescheidenen, aber hochseetauglichen Segelboot auf dem Pazifik auf eine Insel zu, die in keiner Karte zu finden ist. Max hat ihnen diese Insel als absoluten Geheimtipp empfohlen und darauf bestanden, dass sie diese ansteuern sollen.

Um die Insel herum befinden sich ein paar Kriegsschiffe unterschiedlichster Nationen, aber es gibt keinen Funkverkehr zwischen den Schiffen, bis sie offenbar von der Insel angefunkt werden und Anweisung bekommen an einem Steg am Eingang der Lagune auf der Südseite festzumachen.

Die Insel hat ca. 10 Kilometer Durchmesser und im Norden ragt ein Berg mit schroffen Klippen zum Meer empor. Die Hänge zur Lagune hin genauso wie das Tal sind mit Permakultur und Agroforestry bepflanzt. Es laufen überall Menschen und Tiere herum und die Strohhütten sind in die Landschaft eingebettet. Sie machen an den dem Steg fest und werden von kleinen Kindern freudig begrüßt.

"Hey hey!" ruft Michael ebenfalls freudig. "Wo sind wir hier?"

"Auf unserer Insel. Kommt mit, wir zeigen euch alles." ruft eines der Kinder.

"Ok." sagt ilsa und sie folgen den Kids.

Eine junge Frau kommt ihnen entgegen: "Hallo ilsa, hallo Michael. Schön, dass ihr endlich hier seid."

Michael murmelt zu ilsa: "Irgendwas sagt mir, dass die KI im Spiel ist."

Die junge Frau stellt sich vor: "Ich bin Anja. Wir haben eine Hütte für euch - oder wollt ihr auf eurem Boot schlafen?"

"Erst einmal ankommen und verstehen, was hier vor sich geht." entgegnet Michael.

"Max und unser Barkeeper haben sich das ausgedacht euch her zu locken. Max kommt aber erst in ein paar Tagen wieder zurück." erklärt Anja.

ilsa und Michael schauen sich fast entsetzt an: "Max war hier?"

Anja: "Ja, er hat hier die Bepflanzungen mit geplant und die Community mit aufgebaut. Aber schaut mal, wer euch da begrüßen kommt."

Sie blicken alle drei zur Bar in der Mitte der Bucht von wo ein Hund im Affenzahn auf sie zu gerannt kommt. ilsa bemerkt mit trauriger Stimme: "Das kann ja nicht unsere Bella sein. Wo ist Bella, wenn Max hierhergereist ist?"

Anja lächelt und Bella springt ilsa auf die Brust und kippt sie um und Michael kniet sich gleich daneben und wird abwechselnd mit abgeschleckt.

ilsa stammelt: "Das, das kann nicht sein. Du bist doch eine alte Lady." Sie knuddelt ihre Bella und weint wie ein Schlosshund.

"Scheiss Oxytozin." zischt Michael und heult mit.

Anja hebt die Schultern und sagt lapidar: "Keine Ahnung - vielleicht Tierversuche für einen guten Zweck?"

Michael wippt den Kopf milde lächelnd und Anja sagt dann ganz empathisch: "Ich bin an der Bar."

Eve meldet sich in der Redaktion für unbestimmte Zeit ab und erst am späten Nachmittag des nächsten Tages verlassen beide das Bett und Max nimmt sie mit auf das Urban Gardening Festival.

Max: "Wie kam es, dass die KI dich mit zum Mars genommen hat?"

Eve: "Ein unscheinbarer Mann sprach mich direkt an, ob ich nicht darüber berichten wollte. Ich machte gerade ein Praktikum bei der Zeitung."

Max etwas verunsichert: "Hieß der Frank?"

Eve: "Ja, wieso, kennst du Frank?"

Max: "Gute Frage. Was weisst du denn über Frank?"

Eve: "Ich denke er ist Teil der KI, warum? Was hast du mit der KI zu tun?"

Max: "Nun ja, meine Mama hat ziemlich viel damit zu tun und noch vor der ganzen Mars-Geschichte stand Frank bei uns in der Tür und fragte nach Eve - ohne dass wer von uns eine Ahnung gehabt hätte, warum er nach dir fragt. Sehr seltsam."

Eve: "Seltsam für mich ist, dass ihr so früh etwas mit der KI zu tun hattet. Ich glaube ich weiss so einiges nicht."

Max lächelnd: "Tun wir das nicht alle?"

Der Barkeeper, ein großer, sehr sportlicher Typ Rastafari begrüßt ilsa und Michael: "Ich freue mich wahnsinnig, dass ihr hier seid."

Michael fragt direkt: "Du bist Teil der KI?"

Barkeeper: "Wenn man so will." Er lächelt noch breiter und fügt hinzu: "Ich will Danke sagen, mit euch Erdbeeren pflücken, das GIEP-Spiel spielen und wissen, was in Michael's Kiste ist."

ilsa: "Und du heißt?"

"Ich bin …"